小说月报原创版编辑部/编

小说月报

ORIGINAL FICTION MONTHLY

原创版
2016年精品集

天津出版传媒集团

百花文艺出版社

**图书在版编目（ＣＩＰ）数据**

小说月报原创版2016年精品集 / 小说月报原创版编辑部编. -- 天津：百花文艺出版社，2017.1
ISBN 978-7-5306-7190-0

Ⅰ. ①小… Ⅱ. ①小… Ⅲ. ①中篇小说–小说集–中国–当代②短篇小说–小说集–中国–当代 Ⅳ. ①I247.7

中国版本图书馆 CIP 数据核字(2016)第 294846 号

选题策划:小说月报原创版编辑部　装帧设计:郭亚红
责任编辑:刘升盈　刘　洁　　　　责任校对:魏红玲
　　　　　徐福伟

出版人:李勃洋
出版发行:百花文艺出版社
地址:天津市和平区西康路 35 号　　邮编:300051
电话传真:　+86-22-23332651（发行部）
　　　　　　+86-22-23332656（总编室）
　　　　　　+86-22-23332478（邮购部）
主页:http://www.baihuawenyi.com
印刷:天津市永源印刷有限公司
开本:787×1092 毫米　　1/16
字数:276 千字　插页:2 页
印张:17.5
版次:2017 年 1 月第 1 版
印次:2017 年 1 月第 1 次印刷
定价:35.00 元

# 目 录

# 苦雨斋

叶广芩

## 一

　　山道已经转得很高了，朝下望，来时的公路如同一条青白的带子，弯弯曲曲地绕过山根，扎进一条隧道，不见了踪影，好像被谁齐齐剪断了。时值暮春，已有夏日的感觉，太阳在头顶火辣辣地照着，往常这个时候我正舒坦地眯着午觉，今天不行了，得爬山，沿着沙石的土路吃力地往上走，我要到一个叫瓠家梁的村庄去，寻找一个多年失去联络的人，寻找他的人生终结之地。这不是一时的冲动，是父亲曾经的指派，是心里积攒了多年的一个愿望。以前是没有时间，没有能力，没有机会，现在有了时间和能力却失去了体力和精力，我已经不再年轻。

　　膝盖和我别扭着，每上一步都很认真地疼痛一下，不折不扣，执着坚韧，可谓一步不落。头上的遮阳帽早被汗水湿透，汗流进眼睛里，沙拉拉地疼，使得我不得不走几步停下来擦汗，地上腾起的干燥和炽热，让人有置身在烙饼铛上的感觉。没有树，四周都是狰狞凌厉的石头，有着生硬和难以抗拒的无情。在这样的环境下行路，不是件愉快的经历。

　　狗Aki一直跟着我，如同我的疼痛，不离不弃，从早晨出门它就跟着，好像窥出我出走的预感，轰也轰不回去，相隔三五步，不紧不慢地在后面追随。天刚刚亮,我上头班公交车,在前门瞄了半天刷卡机,就是不响。司机站起来帮我刷,趁司机分神,Aki像道白光,唰地从后门蹿了上去,再也不见了踪影。这样的把戏它玩儿过不止一回,它躲在了最后一排角落的座位底下,知趣地不发出一点儿声响。车上人不多,因为早起而郁闷无聊的乘客乐得车上多点儿插曲,都偷偷向Aki使眼色,Aki把握着分寸,装没看见。我原本以为Aki是秋田犬,是儿子仿照日本忠犬八公的模样买了送给我的,秋田的英语发音是Akida,所以叫了Aki。本来也是准备叫"八公"的,儿子黑桃老K说,八公的主人得心脏病死了,再叫这个名不吉利。孙子老猫接茬说,咱奶奶要像那个教授一样死在外头,这狗肯定也会在车站死等……

媳妇皇贵妃说,Stop!

两个二百五的话让我听着有些发堵。

媳妇的洋文让我莫名其妙。

老猫、黑桃老K、皇贵妃是他们三个的网名,平时在家彼此互称老猫、老K、贵妃,独立而平等,没有血亲一说。

倒也随意。

有一天老猫从网上调出一份资料让我看,原来养了半年的Aki竟是让黑桃老K把品种鉴定错了,是日本北海道犬而非什么秋田,老猫对此非常有看法,说老K老眼昏花,良莠不分,在狗的智商排序中秋田和北海道犬算笨狗,第一名是黑白花的边境牧羊犬,善于叼飞盘,第二名是小狗熊一样的贵宾泰迪,温顺善解人意。人家总共排了八十名,Aki是第八十,垫后的"八〇后"。老猫说,论智商,黑桃老K比Aki还差着一截子,他让皇贵妃那个小"贵宾"耍得一愣一愣的,怕老婆。

Aki的聪明是小聪明,不大气,跟不着调的孙子老猫一样,正经功课学不好,玩儿的都是歪门邪道。

我在路边一块石头上坐下来,掏出背包里的茶水瓶子,茶是早晨沏的,吴裕泰的茉莉花茶,还有着若有若无的温度。拧开杯盖,一股浓郁熟悉的香气扑鼻而来,我小心地抿了一口,望着浓酽的茶水出神,这杯茶大概是这一阶段我和北京城最后的维系了。

下了长途车本来有村村通的小面包车,但是那车一天两趟,通瓠家梁的车上午已经走过,就逼得我必须走五公里山道,而且是一路向上……车站小卖部的人说我可以走小路，小路近一半，还有荫凉，但多是陡而窄的山道，走起来颇费劲。我说我还是走官路吧，慢慢地走，缓缓地上，太阳下山前怎么也到了。我问小卖部的人叫苦雨斋的地方在哪儿，那人想也没想说，没这地方。我问他认不认识一个叫周宾的人，那人说这儿方圆几十里没有姓周的。

当然，周宾也可能换了名字，也可能早不在人世了。

喝了水继续走，山路一个弯儿连着一个弯儿，手里的登山杖派了用场，有它让我省了不少力。登山杖是黑桃老K二百多块在户外俱乐部买的，我说贵，老K说是牌子，值！后来老K又买了一根两千的，那是更牌的牌子，两百的便下放给了我，犯病的时候当了我的拐杖。年轻人的生活我无法介入，总是隔着，一根拐棍两千多，太奢侈！儿子在外企做事，花钱如流水，媳妇是海归，开着一个咖啡馆，说话夹洋文，把孙子老猫整得不中不洋，不伦不类，思维直接，词汇怪异，连个囫囵的中国故事也说不利落。我自认不是一个保守的奶奶，也不是一个拒绝新生事物的老糊涂，但是在老猫面前竟然什么也不是，他对我的跟不上趟很有看法，让我尽量不要当着他的朋友表达意见，说我的认知实在不够高远，还在秦始皇时代翻跟头，张嘴一股出土的兵马俑味儿。有一回老猫跟个女生背着书包在街上溜达，我走过去拍拍他的肩说，孙子，你今天没去学校，在外头瞎转悠什么哪？

老猫说，吓我一跳，您这一拍，出手阴毒，把我的暴雨梨花汗都拍下来了！

我问他为什么不上学，老猫说学校开运动会，他出来遛遛。我说，运动会学生就可以满街遛吗？还带个女的。

老猫说是临时碰上的。我小声说，鬼才信！

女孩儿对我轻蔑一哂，甩过三个字，蛋白质！

老猫说我把他吓得肾上腺素都要爆表了。为了这个，他得吃一杯冰激凌，以安慰受伤的细胞。冰激凌得哈根达斯的，和路雪的不行，钱得我掏。

不能跟孙子较真儿，什么狗血词汇都能从他嘴里蹦出来，为这个"蛋白质"，我琢磨了一路，不得其解，不得已又打电话问老猫，老猫说是笨蛋+白痴+神经质的概括，我才知道被老猫的朋友骂了，还给人掏钱请吃了冰激凌。

小辈的网络语言常常成为我们彼此交流的障碍，他们的话我听着生疏，难以理解，老猫称自己的网络水平是骨灰级，还有菜鸟级、中鸟级等等，就跟作家分一二三级似的，说他们使用的是"火星文"，我那些"张大哥、李二嫂"什么的恐龙语言早该歇菜了，我这一代的作品他们基本不看，全是一帮人闭着眼睛在自拉自唱,自我陶醉,要是哪个肯睁开眼看看周边没有一个听众的话,怕是早闭嘴哑了声。我是写小说的,拼的就是中国话,自觉得意的是驾驭语言的能力和天赋,常常自吹"能到出神入化的境地"。现在我却突然意识到哪儿出了问题,有点儿不对劲儿。吃过早饭端详着书房内整架整架的中外文学作品,古人的、洋人的、自己的、朋友的,感到有些恍惚,对我来说,这些生命中无比重要的东西,在我之后将付之东流,面临着无人理会、无人继承、无人赏识、无人打理的结局,将被狗屁不通的"暴雨梨花汗"而颠覆,我的失落是由衷的,一种难言的悲哀将我彻底打垮,从精神到身体。纵然也知道写作是件任他埋没与流传的事情,但是明白自己的作品到了连自家后代也不在乎、不敬重的时候,一种被冷落了的难堪,一辈子白干的难过从心底升起,像是写完一部长篇的收笔,有种紧张疲惫后的失重,五脏六腑一刹那全被掏出,人变作了空壳,忽忽闪闪腾飞起来……

来打扫卫生的小时工在桌旁边发现了我,她说我当时倒在地上,手里还拿着电话。亏得她来得及时,也亏得那天是礼拜一,是她早晨该来的日子。要不,这个世界就没有我了。

是心脏出了问题。

用时髦的话说,黑桃老K和皇贵妃在第一时间赶到了医院,这个"第一时间"是我最反感的词,也是新闻上用得最多最烂的词,什么是"第一时间"?"第一时间"究竟有多长?全是不清楚!第一时间赶来的晚辈表情是急切的,感情是真挚的,他们是我唯一的亲人,我对他们的"第一时间"无可挑剔。

病床前,老猫一边给我剥橘子一边朝我伸出大拇指,赞我为"小强",这回不敢造次,战战兢兢问"小强"为何物,老猫说,小强是《唐伯虎点秋香》里的蟑螂,生命力顽强至极。

……差点儿再次晕厥。

出院后黑桃老K再不让我一个人单独居住,直接把我接到了他的家里,让我在那个两层小楼里颐养天年。但是这期间我过得不快活,我总是想念四环以外望京地区的那座两居室,站在二十一层楼上,能够遥望到当年老家四合院的位置,尽管雾霾中那里已是一片高楼。站在楼上,能够看到尘寰中熙熙攘攘的人,来来往往的车,看人看车也是个乐子。每天还能够赶那热闹的、五花八门的早市,提着菜篮子在电梯口跟邻居议论白菜、黄瓜价格的涨幅,扒堆外贸衣服的物美价廉。踯躅房内,都是旧物,满满当当的锅碗瓢盆,满满当当的书稿,满满当当的日子,满满当当的回忆……

黑桃老K这儿什么也没有,窗外连个人影也看不见。屋里的摆设大而无当,不合格局,让人不踏实。石磨盘进了客厅,权作茶几,树桩子当作了矮凳,美其名曰原生态;角落里不伦不类摆了个佛头,聚光灯照着,不知是恭敬还是亵渎;当门挂着个牛骷髅,跳大神一样系着红绸子;楼梯口弄了个长流水的大缸,挤眉弄眼地闪着蓝绿小灯,喷着水雾;两匹土黄的布从二楼垂直吊下,庙里的帷幔一样,把明朗的大厅隔得影影绰绰、遮遮掩掩……黑桃老K说这一切都是皇贵妃朋友的设计,那朋友是设计博士,这样的效果既有文化品位又有现代气息,充满张力。我见过那博士,脑后梳着马尾巴,留着小胡子,说话百分之八十我听不明白,像个"天外来客"。"天外来客"张嘴Grumpy、迪亚吉列夫,闭嘴抽象的精粹、隐藏的奢华,我不知道他要表达什么,云里雾里地兜圈子,显示高深。我问他知道落地罩吗,答曰不知,犀背式罗汉床呢,亦不知,碧纱橱呢,还不知。我觉着"来客"的理念停留在看山不是山,看水不是水的档次,象征大于实际,两脚悬在半空,倒是天马行空般的自在,却是无法捕捉的虚幻。当然,不是我的房子,我自无权做主,但住在这样的环境里我别扭,有进了咖啡馆的感觉。这个咖啡馆还不是老式塞纳河左岸的传统咖啡馆,是掩盖文化欠缺的权宜之计。

儿子小区的大门口尽职尽责的保安,阻挡了一切闲杂人等,也阻挡了红盐白米的日子。望着窗外灰蒙蒙的天空,我一天可以不说一句话,屋里除了空调的嗡嗡声,再没了声响和活物,我活跃了大半生的思维停滞了,那些鲜活动荡、繁杂充实的喜怒哀乐如同一场梦,说断就断了,代之以苍白清冷、寡淡平庸……我怀疑自己已经患上了阿尔茨海默病。

黑桃老K在通州狗市上花两万块钱弄来了Aki。白毛黄耳,双眼皮,小白熊的模样,初来时在我的怀里瑟瑟地抖,小爪子抓着我衣裳不放。皇贵妃不让老猫接触狗,说玩物丧志,怕建立感情,影响学习。其实老猫语文、数学已经两门不及格了,用老猫自己的话说是这些跟狗"没有一毛钱关系"。

现在Aki长大了,卷尾直耳,很有了狗的模样,平日不离我的左右,比儿子亲,比孙子亲。晚上Aki睡在我的床沿下,一见我到盥洗室刷牙洗脸,它就钻进我的卧室,靠着床帮倒头装睡,任你怎么拉,怎么推就是不出去,只好认了,成了彼此的习惯。一天夜里,我胸口憋得出不来气,难受压抑。Aki见状,双脚搭在我身上,用嘴使劲拱我。我终于坐起来,好些了,Aki蹲坐在地上,歪着脑袋看着我,不肯睡去。夜色中,它那双眼睛分外明亮,有担忧,有关切,更有鼓励的成分在其中。我将它那毛茸茸的大脑袋抱在怀里，泪水夺眶而出。老K、皇贵妃在楼上，老猫卧室的位置在更为遥远的角落，他们都在熟睡中，只有Aki离我最近，跟我最直接。

杂志社编辑来约小说稿，电话被老K劫了，他对人很不客气地说，人病了，不写！你们就想着自己的杂志，怎么不想想写稿的人？

我说，儿子，怎么跟人说话哪，你以为你妈是谁！

我接过电话，回到自己房间，向小编辑道歉，告诉她，最近不能创作，身体不好是主要原因，另外还要出趟门，寻找一个失散多年的人，这要花费我很大精力，再不找就没有机会了，真到了另一个世界，将无颜面对已故的父亲。

编辑听了半天没说话，最终她说她能理解我，又补充说其实我的寻找本身就是一篇好文章，用不着怎么加工。

# 二

山路紧盘一直向上，Aki不见了踪影，我知道走不多远它会折回头来寻我。有汉子骑着摩托从山梁上下来，我问弧家梁还有多远，汉子刹住车说没多远，快到了，再绕两个弯儿就能看见村儿了。汉子说，您老太太上山不坐车，赶上佘太君了，佘太君曾经在我们这儿打过仗，梁顶上现在还有军寨遗迹。

我说我跟佘太君也差不多，这点儿山路对我它就不是个事儿。汉子说，您老真逗。前头那只白狗是您的吧？

我说是，汉子问卖不卖，我说不卖，汉子说挺肥实。我还想问周宾的事，汉子不想再纠缠，驾着摩托顺山道溜下去了。

果然绕了两个弯儿就看见了村子，白墙青瓦，绿树环绕，红花盛开，一看便是"社会主义新农村"的统一手笔。急呼几声Aki，没有回应，想来打前站去了。村口有座石砌的圆拱门，破旧衰败，苍凉悠远，一棵老槐从石缝间钻出，根深叶茂，如障如云，立刻给身后的白墙灰瓦冠以了历史，托起了深沉。

正赞那树，见Aki叼着一只鸡，兴奋地朝我跑过来。鸡在狗嘴里扑腾惊叫，毛羽飞散，丧心掉胆。Aki全然不管，将鸡放在我跟前，摇着尾巴向我邀功，以博夸奖。这只北海道犬，祖上是狩猎的猎犬，是敢和狗熊撕咬的犬种，有着见活物就扑的习惯，到山庄来，凸现了"鬼子进村"的本性，这点倒是我没想到的。正在教训Aki，有胖女人横着从石门内冲出来，绕过Aki，一把扯住我让赔鸡。我有些沮丧,问赔多少,女人说,散养的,吃蚂蚱、虫子长大的,四百!

我立刻掏钱,想着自己还要在村里住,得息事宁人,和地主争执就没意思了。女人想了想说,差点儿忘了,这鸡还是正下蛋的,八百!

我说,妹子,全聚德烤鸭一只二百。

女人扑哧乐了,说,那就五百!我们这是绿色食品纯天然,没有一点儿假冒伪劣,他烤鸭店不能比!

一个男人走过来,看来是女人的爷们儿,指着女人说,钻钱眼儿里啦,让人家上咱家吃鸡去不就完啦,急赤白脸至于嘛。

我问这村里哪家能住宿,男人说,您说的是农家乐吧,我们家就行,已经拾掇好了,还没正式开张。

女的说,每宿二百,不管饭。

男的瞪了女的一眼,回头对我说,三十!按铺位结算。

我就跟着夫妻俩去他们家,一问,男人姓王,瓠家梁的老户,他们家在村里住了几百年了。我说我得跟他打听个人。老王说这儿上上下下没有他不认识的,连村里屎壳郎姓什么他都知道。

我问瓠家梁有没有叫周宾的,老王说没有。我说,历史上从来没有过?

他说,从来没有过。

哦……这事不像我原先想的那么简单。

西边的太阳沉入脚下,万千彩云把天空渲染得一片锦绣,我感叹山村景致的变幻,赞美天空的凄艳,老王嗅了嗅鼻子说,彩云接日头,明天要下雨。

Aki一挣一挣还要往前蹿,被我用狗绳死死拽住,以免再生事端。

我被安置在王家正房西间,新被子、新脸盆、新窗帘、新拖鞋,白墙还散发着涂料味儿,看来是真的在打造农家乐了。老王媳妇把鸡扔在墙角,喊着让小翠刷锅炖鸡,小翠大概是王家闺女,一挑门帘从正房东间跑出来,嘴里还嗑着瓜子。透过门帘我看见东间炕上盘腿坐着个老太太,嘴里叼着一杆长长的旱烟袋。老太太神态安稳,小脚青布衫,像是民国人物,跟本朝没有关系。

我跟王家人说不吃鸡,大晚上的,趸一肚子肉消化不了。媳妇问我要吃什么,我说喝粥,我刚看了他们厨房的柴锅里正滚着芸豆粥,我吃这个就很对味儿。媳妇说豆粥是给太太熬的,我说能给太太就能给我,我也爱喝粥。媳妇还说要整几个肉菜,我说都不用,喝粥就咸菜挺好,来日方长,我得在这儿住些日子。

媳妇还在犹豫,我说,看了你们搁在窗台上的菜谱,一只炖鸡的价格是一百五,鸡我不吃,钱我掏了,以后的店钱饭钱,按天算,一天一百,半月一结账,前提是你们家老太太吃什么,我吃什么。

老王说,您打算住多久?

我说,一个月。

媳妇说,我们家太太九十多了,以喝粥为主,您能行?

我说,我也七十多了。

老王跟他媳妇合计了一下,觉得还行,简单明白,我不浪费,他们也没吃亏。

院里有棵大树,开了一树红花,香气袭人,我问是什么树,老王说是香花槐,说这树有年头了,他爷爷种的。老王媳妇告诉我,家里的自来水可以接来直接喝,是引下来的山泉,去年政府给村里接的,惠民工程,这点城里不能比,城里的水脏,喝了拉稀。

山里的夜晚来得快,太阳一下山天就黑,Aki 是个胆小鬼,天一黑就像跟屁虫一样紧紧跟着我,在我脚底下绊来绊去,很是讨厌。晚上我喝了一碗粥,给它掰了半个饼子,它闻了闻,不吃,那是吃惯了肉肠拌饭的主儿。出来时没想着它会跟来,没带狗粮。

不吃就不吃,饿几顿连屎也吃。

都是它自找。

晚上,我歪在炕上有一搭没一搭地看电视,抗日加谍战,换了几个台大同小异,演员一色港台腔,女的一惊一乍地叫唤,男的动辄便扎势举枪,非此表演便没有其他招数,完全是一帮未熟的半大猫在想入非非,过家家。越看越没劲。

Aki 靠着炕在打呼噜,睡梦中爪子一动一动的,不知在梦中是奔跑还是抓鸡。

窗外下起了雨,雨点砸在屋瓦上,砸在院落石板上,渐紧渐急,奏出一片声响。起风了,飒飒凉气从门缝涌入,带着雨的湿寒、草的青气,灌满瓠家梁的山村小屋。

老王顶着草帽往墙外的炕洞里添了把柴,炕上渐渐有了暖意。他在招呼小翠给太太加条毯子,说今晚气温降得厉害,别把太太冻着了。我注意到,老王将奶奶呼之为“太太”,肯定是老人的孙辈了,太太是老北京旗人的称呼,现在还这样叫的几乎没有了,深山小村还依旧保留着,实在难得。

身旁的手机在振动,是黑桃老K打来的电话,不接,任它去振。

离开家的时候我在餐桌上留了字条,说要到一个叫苦雨斋的地方转一转,让他们放心,别瞎找也别瞎猜。我走些日子,给心放假,让眼睛过节,体会一下心无挂碍的境地,这应该是退休老人享受的。

我没有将出行的目的告诉他们,事情还没有结果,周宾尚在不确定之中,他的存在与否跟他们没一点儿关系。

连着三个电话打来,有老K的,有贵妃的,看来是急了。

急了就急了。

不接!

哪个作家没有特立独行的主意,哪个作家没有自己留守的空间,谁都有点儿小个性,谁都有不愿被打扰的时候。

后半夜来了个微信,是老猫发来的,这小子夜里不睡觉,肯定发自被窝:

> 奶奶,您真行,玩儿失踪,这可是我梦寐以求的游戏,让您抢先了。奶奶,我好想和您在一起,让您带我装×带我飞,只是白骨精式的妈看得太紧,朕离不开。但是我会去找您,咱们后会有期。
>
> ——孙子老猫

老猫不知是诚意自谦还是玩世不恭,我的所作所为被他简化成"装×",如同一幅庄重严肃的油画,被扯得变了形,失去了原本的意义。什么东西一到了老猫嘴里,立刻变了味儿。

当然,老猫是只好老猫,孙子是个好孙子,有着一切现代少年的优秀与不足,老猫每天的任务除了上学就是在网上研究各类武器,将那些现实生活中毫无用途的枪炮坦克搞得门儿清,记那些武器型号比记数学公式熟练得多。世界上各类的枪被他用彩色打印机打印出来,贴了卧室满满一墙,花里胡哨让我看着眼晕。老猫问我看中哪一款,我顺手指着最下头的一杆说这个。老猫撇撇嘴说,落伍了呢,这是七九冲锋枪,咱们自产的,中越战场上用过,每分钟可打六百五十发子弹。

我又指上头的一个说,那个。

老猫说,那个也不怎么样,日本自卫队用的九九式突击步枪,名古屋生产的,工厂跟丰田汽车差一个字,叫丰和。

老猫说给我看一杆最新美国枪,让我开开眼,看他十个手指头在电脑键盘上敲击的速度,只让人眼花缭乱,火流星般的不可捕捉。十指的灵活并不代表着思想的灵动,终日沉湎于不着边际的武器,让我想起了那些美国打杀大片和中国战争题材电视剧。老猫对武器着迷,对网络上心,一天到晚魂不守舍,茫茫然胸无大志,有一回我跟他推心置腹地说,孙子,长点儿志气,咬咬牙,把那些破枪先撂一撂,咱们把那两门不及格的窟窿堵上行不?

老猫说,不行。

我说,你已经不小啦,奶奶照你这么大的时候都加入共青团了,准备着为共产主义事业奋斗终生呢。

老猫说,您那时候什么也没有,更没有网络可上,不入团您干什么!

…………

突然地,从老猫想到了周宾。

周宾那个时代又是一种别样情景。

三

周宾原名金载澄,从家里出走的时候十七岁,是北京崇实中学高中二年级学生,品学兼优,一表人才。他是一九四〇年中秋节时候离开家的,走时在他的房间里留了一张条子:

四哥、四嫂:

　　我走了,不要找我。到了该回去的时候我自然会回去。……也许永远回不去了。

弟载澄<br>民国二十九年中秋于苦雨斋

金载澄把他在后院的住室命名"苦雨斋",取的是明朝诗人谢榛《苦雨后感怀》的句子,"苦雨万家愁,宁言客滞留"的意境,那时候的北平正在日本人的铁蹄之下,在凄风苦雨之中挣扎,人心苦痛,山河无色。

这张普通的纸条我父亲一直保留到去世,内中的"四哥、四嫂"指的是我的父亲、母亲,金载澄在金家"载"字辈排行老六,是我父亲的弟弟。人称我父亲为四爷,称金载澄是六爷,四爷跟六爷之间差了三十几岁,就是说,金载澄是我的亲六叔。

母亲不止一次地对我描述过当时的情景,她说她和我的父亲急急火火地赶到前门火车站堵截逃逸的金载澄,疯了一样到他的同学家挨家找寻,不顾一切地冲到学校找校长要人,都没有半点儿结果,用现在的话说是,金载澄人间蒸发了,蒸发得无影无踪,连个泡也没冒。事后得知,那次出走的有十几个学生,是东城各学校的精英。

半年后家里收到了一封由南边捎来的信,金载澄说他到了重庆,参加了国民政府军事委员会的干训团,改名周宾。

当时日本人在北平活动很猖獗,特高课、新民会、特务、宪兵,鹰犬爪牙遍布角角落落,周宾的情况家里处于严格保密状态,除了我的父母,再没任何人知道,这样的事情泄露出去是要掉脑袋的。

后来我们家来过一个叫王宝贵的年轻人,自称是周宾在崇实中学的同学。王宝贵告诉父亲,周宾在印度兰姆伽美国军事基地做英文翻译,北平走出去那批人,大多都到南方战场,参加了中国远征军。由此,父亲知道金载澄在印缅打仗,那里又湿又热,不光有可恶的日本人,还有蛇蟒毒虫。王宝贵说家里有什么话可以说给他,他会设法找人给周宾传达过去。父亲低头想了半天,大概是要说的太多,最终托王宝贵递过去一句话:无论是什么结局,都得回家,回到北平。

其实父亲为他的兄弟做了最坏打算的准备。

那次王宝贵的到来,还偷偷送来一张照片,照片上的周宾穿着国民党军服,很英俊,很精神,照片的背后有几行小字:

> 弟兄们向前走,
> 五千年历史的责任已落在我们的肩头。
> 我们不愿做亡国奴,
> 只有誓死奋斗!

以为是一首诗,后来才知道那是中国远征军的军歌。

别离岁岁如流水,立尽西风雁不来。抗战胜利以后,父亲最终也没等到他兄弟的消息。由此,父亲更珍爱这张照片,装了镜框,挂在他的书房里,时时地张望,时时地叹气。我小时候见过这张照片,也见过后面的诗句,那个戎装的青年在框子里向我看着,比我所有的哥哥们都漂亮,都有气质。跟周宾比,我的哥哥们就是一群在窝里闹腾的土京巴儿,没出息极了。

照片在新中国成立后被取下,"文革"的时候付之一炬,看着照片上那略带忧郁的眼神和那些"向前走""历史的责任"之类字迹被烈焰吞噬,我有些难以道出的悲凉,为从未谋过面的周宾,为我的父亲,这一对嫡亲的兄弟。

那时父亲已被造反派揪出,从专案部门他得知了失踪兄弟的一鳞半爪,周宾进过国民党干训团,入过三青团,任过印缅远征军翻译,在缅甸战场下落不明……

与他一起出走的那些北京学生,一个也没回来。

是国民党就是敌人,是翻译官就是特务,"下落不明"有几种可能:死了,归依美国了,投降日本了,新中国成立时逃窜台湾了……我曾建议父亲花点儿精力把周宾的下落调查清楚,也给我们一个交代,这个飘忽的阴影,这个几十年不曾出现的虚幻人物,把我们影响得有点儿灰暗。但是父亲不为所动,他任着人们去说,去猜,在周宾的事情上,始终保持着沉默。

父亲殁于"文革"初期,身患癌症的他,一通批斗过后生命的迹象已很是渺茫,离世的前几天,他把我叫到他的住室,一个拥挤的堆着杂物的小间。前院的大房被造反派占用,变成了街道革命委员会。

时值深秋,这是北京被称为"秋霖"的日子,雨水连日不断,房檐滴着水,墙根湿漉漉泛着潮,屋里的家具用手一摸又黏又湿,甚不清爽。后院的小房低矮单薄,没有廊子,雨脚直接扫在窗玻璃上,打出一片迷蒙。一只十五瓦的灯泡从房梁上吊下来,照着屋里的杂乱,照着父亲苍白憔悴的脸,他的相貌已经走了形,我甚至怀疑床上躺着的究竟是不是我的父亲。

父亲闭着眼半天没有说话,他在大口喘气。窗外萧瑟秋雨,肃杀之气油然,我知道离别的时刻不会遥远。

许久,父亲睁眼慢慢环视了一眼小屋,像是对我,也像是对自己说,这是老六住过的屋子……

我明白,这就是被金载澄冠名苦雨斋的所在了,几十年前那个青年是从这里起身的。

父亲艰难地从枕头下摸出一个纸包,打开来是当年金载澄留给家里的那张条子,字迹匆忙潦草,可以想见离家的激动和仓促。纸包里还有一张父亲写的条子,同样写得很匆忙,简单几个词,显出了他写字时的紧张慌乱。

　　京西　　瓠家梁　苦雨斋

　　父亲点着纸条的地址吃力地说,以后有了机会你去找他……替我……周宾,你六叔……叫他一声……回家……

　　末了,父亲特别叮嘱了一句,不要通过官方。

　　眼泪溢出了父亲的眼眶,在他那近乎干枯的身体里竟然还能淌出这样汹涌的泪水,这是我没有想到的。更让我吃惊的是这座小屋的主人金载澄,那个叫周宾的人还活着,无声无息地落脚在了北京西郊一个叫瓠家梁的地方。

　　世界上的许多事不可思议。

　　金家的不少内幕出人意料。

　　日暮秋风,枕前泪语,我记住了父亲的嘱托,记住了那个风雨凄紧的夜晚。

　　替父亲找兄弟落实起来实在是难,不通过官方,是避开了派出所公安局的户籍环节,谨小慎微的父亲为他隐姓埋名的兄弟设身处地想得很周全,他怕过着平静生活的周宾再次卷入波澜动荡之中。

## 四

　　千辛万苦地来了,瓠家梁却没有周宾这个人,更没有什么文绉绉的苦雨斋,莫不是当年父亲得到的信息错了?

　　我明白,调查周宾和苦雨斋事情的终结必定结束在我的手中,黑桃老K、老猫对我父亲这代人经历的事情毫无兴趣,对老K他们来说,金家的六爷金载澄,瓠家梁的逃逸者周宾,"文革"中去世的外祖父金载源,这些扯淡的事儿是他们退了休的母亲、奶奶自以为是的"游戏",是一个文化人自我设计的"文化苦旅",一场没有实际意义的"春秋大梦",吃饱了撑的。

　　第二天雨没停,晌午饭我跟王家老太太一块儿在屋里吃,小炕桌上摆了煎饼和粥,一盘炒鸡蛋,一把青翠的香葱,一碟新鲜黄酱。炕沿离地很高,我侧身坐着脚挨不着地,很别扭,像老太太一样盘腿坐炕,我没那本事,只好脱了鞋,在炕桌对面扭来扭去,不断变换姿势。

老人一动不动,看着我在对面折腾。老太太手里的烟袋荷包上缀了一块绿翠,那块翠绿得深沉,润得悠长,绝对是罕见的物件,闭塞山村竟然有如此珍宝,让我不敢小瞧。

老太太不拿正眼瞅我,自顾自地卷了一张煎饼,张嘴便咬。那煎饼卷得粗壮丰满,空前绝后,我注意到,老人卷煎饼熟练地道,是把两个单张错落相叠,左搭右,兜底托起,动作麻利熟练,没有一丝汤水滴出。

我也卷了煎饼,两张相叠,左搭右,兜底托起,饼卷不散不塌,直立在我的手中。咬了一口,喷香。春饼是金家的看家饭,金家的孩子各个儿有卷春饼的本事,打小老家儿手把手地教过,为怕饼卷形象不好,把筷子夹在饼里一起卷,吃时把筷子一抽,饼卷竹子般挺立,形象颇佳。吃饼的小碟讲究无汤无水无散菜,干干净净,把春饼吃成了大散关那是饭桌上的大忌。

老人不动声色地喝了口粥。

我也喝了一口粥。

我说,太太,您认识周宾吗?

老人哑着嗓子说,别叫我太太,我可不是您的太太。

我说我是随着小翠爸爸叫呢。我们家也管奶奶叫太太。

老人不言语,她的不高兴是显而易见的。

我索性直截了当跟她聊周宾,想的是九十多岁的人应该对瓠家梁前后七十年的事了如指掌,除非她是老糊涂。我说,周宾一九四〇年从家出走再没回来,后来听说他落脚在了瓠家梁……

老太太很认真地听着我说话。

我说,您告诉我,周宾哪儿去了?

老太太拿起了烟袋,用烟锅在烟荷包里挖,荷包上的绿翠借着窗外光亮一晃一晃的,闪出一道道炫目的光。老太太拉出烟锅一看,没装满,又挖,没有回答的意思。我说,我是替父亲来找周宾,我父亲临死还念着他,周宾是我父亲的亲弟弟,我的六叔,他从家里走的时候才十七,还是个大孩子。亲情是不会以分离割断的,家里人没了我们得找,一代人接着一代人地找,了一却一个家族几十年的惦念,也给周宾一个完整的回归……

我说得很悲壮,连我自己也被自己的语言感动得快哭了。

老王进来,见了我的悲切模样说,该吃饭就吃饭,扯那些八竿子打不着的事影响食欲,我妈一辈子活得敞亮,从来不为辛酸事伤神,硬硬朗朗过了九十,人活着,就应该像您似的。

我注意到老王第三人称用的是"您",尊称,这是北京城里老住户才会使用的词,山旮旯儿的农民会说"您",有些奇妙了。

我再一次提起周宾,老王说,昨儿个跟您说了,我们这儿没这个人。瓠家梁统共两大姓,姓王的和姓胡的,再无其他。

我问有没有外来人住的,老王说,穷乡僻壤只有走出去的,没有来落户的,连插队知青都没给这里分配,这几年更是这样,但凡有点儿能耐的在山里更是待不住,年轻的都出去了,眼下的瓠家梁只剩下老弱病残,像我这样没本事又没钱的只好窝在家里陪老太太。

我说,六七十年前也没人来落户?

老王说他当过瓠家梁的文书,自有户籍制度以来,瓠家梁的人口进出都有案可查,没有姓周的。我问瓠家梁的户籍是哪年建立的,他说一九五三年。

老太太已装好了烟,老王赶紧凑过去把烟锅点了,老太太足足地喷了一口烟,缭绕的烟将那张苍老的没有表情的脸遮得严严的。

我知道,该撂筷子了。

走出房间我意识到,自始至终老太太没有回答有关周宾的任何问题。

这个老太太成精了。

午饭后冒着雨在村里转,石板路上上下下,水流得很急,把鞋弄湿了。Aki很兴奋,不放过任何一个水沟、泥坑,在泥水里恣意扑腾,浑身脏得已经失去本来面目,整个一条落水狗模样。村里的鸡和猫见Aki过来纷纷上墙上树,那些模样甚不中看的土狗串子夹着尾巴躲在门后头偷偷窥探,偶尔露出一嗓子"汪"! Aki舍我其谁的轩昂气势,如入无人之境的二逼派头让人可气又可笑。女人们抱着孩子站在房檐下朝着Aki指手画脚,咧着嘴笑,笑泥球一样的狗,Aki不因自己的面目而收敛,向着每一个关注它的人摇尾示好,甚至肚皮朝天地翻在人家脚下,不管不顾地把两只脏爪搭上人家的前襟,引起一片惊呼躲闪。这样的插曲是很好的搭讪前提,感谢狗儿有意无意的周旋,让我省了许多麻烦。我会没话找话地把话题从狗绕到周宾身上来,提到周宾,男人们女人们迷茫不解地冲我摇摇头,他们对Aki比对周宾有兴趣,称赞Aki是一条好性情、有人缘的狗狗。问及品种,我说日本北海道。人们说,哦,电影《非诚勿扰》里葛优去的那个地方!

黑桃老K又来过电话,没接。

老猫发来微信,说老K准备报警了。我给老猫回了信,说一切安好,老K报警是吓唬人呢,大可不必当真。老猫回信说他昨天在军事网搜罗到了他钟爱的四八歼二〇战斗机,那三角形的黑机身有着幻境的灵感、魔鬼的因素,诡异漂亮。

跟"天外来客"一个腔调!找到"魔鬼的机身"有什么用吗?什么用也没有,"四八歼二〇"再优秀,它对付不了数学不及格。

一下没看住,Aki钻进了一个小院,木头门,土院墙,破例没贴白瓷砖。院里传出一阵惊呼,原来是狗把主家的黑猫追上了窗户,不敢下来了。我奔进屋去,拢住Aki,那猫还是不敢下来,胆战心惊地抓着纱窗朝下叫唤。主家是个十几岁女孩子,模样清秀,丹凤眼,梳条粗辫子,穿双红塑料拖鞋。她把鞋脱下来拍Aki脑袋,身子离得远远的,怕Aki咬她。小翠也在这家屋里,毕竟跟Aki厮混熟了,小翠一边骂着Aki坏狗,一边把它扯到屋外,在一棵树上拴了。黑猫见狗走了,立即从窗上蹿下来,刺溜钻到柜子底下,再不出来。我问小翠怎么在这里,小翠说这是她舅爷家,她屋老太太的娘家。问姑娘是谁,说是表妹王樱桃。我说,敢情也姓王啊!

小翠说,可不,村里大部分都姓王呢。

眼前两个鲜活水灵的姑娘让人看着甚是喜爱,樱桃和小翠两个在屋里缝鞋底,一人一只,鞋底有莲花和莲蓬的图案。我问给谁做的装殓鞋,小翠说是给老太太,老太太岁数大了,这些东西得提早准备着。樱桃说,要赶着做呢……

话说出口觉着不合适,樱桃脸红了说,并不是盼着老姑太太死,是我们要出门……

我揪了揪樱桃的大辫子问她们要到哪儿去,樱桃说她们在商量进北京打工的事。村口贴了绿纸的招工告示,说廊坊的工厂在招人,她们想去试试。问是什么厂,说是化工厂。小翠说,老太太不让去呢,跟我闹了两天了,连我给装的烟也不抽,还让我爸看着我,怕我偷偷跑了。其实我爸才不管……

樱桃说,老姑太太怕咱们出去受欺负,该干什么不该干什么,您的主意正着呢。

小翠说的老太太和樱桃说的老姑太太指的是一个人,我的房东王家老太太。

樱桃家的墙上有两个大镜框,里头装了不少陈旧照片,有的已经发黄、发霉,看不出眉眼,那些照片大部分是樱桃的父母和亲戚,有些是在照相馆照的,还有着西洋楼房的布景,脚前摆放着假花和痰盂。我将那些陌生的人脸一张一张审视过去,企图在其中找到一些感兴趣的内容。小翠在我身后说,您又在找周宾吧,他不在这上头。

我说,那他在哪儿?

小翠脑袋一歪说,在天上呗。

一句玩笑的话让我心里一震,童言无忌,想的是周宾已经不在人间了。是的,如果他还活着,也是九十多的老人了,觚家梁能与之相匹敌的只有王家老太太。

从樱桃屋里出来,Aki在树下表示着它的不满,将树上的花朵抖落得满地都是,一地粉红,一地缤纷,散发着奇香。我问树是不是和小翠家院里的一样,小翠说是,都是她老爷爷种的,香花槐是觚家梁独有的,跟别处开白花的槐树不同,这里的槐树开红花,一到这个季节,满山遍野的花都开了,红灿灿一片,像天上的火烧云,美得让人没法说。

樱桃说,山外头人这个时候扛着"长枪短炮"就进来给花照相,蹲在梁顶上,成宿成宿地不下来。这也是小翠爸要办农家乐的原因。

院里的香花槐粗壮得抱不拢,看来有几十年树龄了,雨润青槐,古人总是把槐花和雨水联系在一起,眼前蒙蒙的细雨,湿淋淋的小院,湿淋淋的白狗,湿淋淋的空气,倒是一幅水汽氤氲的水彩画。

小翠见我观赏这棵树,告诉我,她老爷爷喜欢槐树,后面山梁上成片成片的槐树林子都是惚一人栽的,她老爷爷一辈子在山上种树,就住在山梁上,除了种树,不干别的。我问她老爷爷叫什么名字,小翠说,我没见过惚,大家都叫他富贵爷。

我说,富贵爷,这个名字真好。富贵爷怎么把自己喜欢的香花槐也种到樱桃家的院里呢?

樱桃插话说,惚娶的是我们家的老姑太太啊!老姑太太也喜欢香花槐。我们村里的人都喜欢香花槐。前几天区长还来了,领着一帮专家,看了我们的树林子,说这种树在全国也少见,种树的富贵爷是了不起的人物,有什么性?

小翠说,前瞻性。

# 五

我把红槐花的照片发给了老猫,描述了它的罕见和奇特。两分钟之内,老猫回了信息：

> 香花槐，拉丁名Robinia pseudoacacia CV.Idaho，别名富贵树，落叶乔木，豆科槐属，蝶形花科，花色粉红，花朵浓郁芳香，可同时盛开两百至五百朵小花，壮观美丽，树干笔直，树形自然开张，苍劲挺拔，观赏价值极高。原产地西班牙，属外来品种。

好一个老猫，调查如此详细，如此迅速，依靠的是网络，这些资料让我去搞，没有几天工夫怕是不行。

每天跟王家老太太一起喝粥，有一天我跟老王媳妇建议用槐花裹上面，可以蒸槐花饭，蘸上醋蒜汁，河北人都这么吃，挺香的。老太太说，红槐花不能吃。

这是几天来老人跟我说的第二句话，见我在疑惑中，老王媳妇说，红槐花有毒，大凡占了红颜色的一般都不能进口，老辈儿说，红色是人血。

哦……

的确，满嘴嚼红花，红水淋漓的感觉不是多么美妙。

雨水渐渐沥沥下得没完没了，单调的雨声催得人发困发闷，无所事事，歪在炕上靠着被褥垛用电脑玩儿"连连看"游戏，这是老猫最不屑的游戏，说一看我玩儿这个，他就想"含羞自绝于人民"。我说我不"含羞"，我的水平就是"连连看"，我羞什么，要羞你去羞！

Aki鬼头鬼脑从门缝挤进来，趴在桌底下神情黯淡，我看到它的后腿有一大块伤，流着血。我想拽过来看，它不让，藏在身子底下。一会儿见我不再注意，开始用舌头舔，舔完了夹着尾巴一瘸一拐又出去了。近几日村里的狗们开始联合起来对付Aki，土游击队员们觉醒了，敌疲我扰，敌进我退，依靠本地优势把鬼子Aki搞得狼狈不堪，经常是伤痕累累地回来，情绪万分低落。

狗们的事情有狗们的规矩，不去干预。

雨水中的山居小院，真成了地道的苦雨斋，我不知这连绵的雨水何时会放晴。北方在春末夏初多有这样恼人的天气，雨水过后紧接着是暴热，该开镰收麦了。下午的时候我看见王家老太太站在台阶上，指挥着王家媳妇举着一把扫帚向半空里抡，悄悄问小翠这是干什么，小翠说，天老不晴，老太太让我妈扫云彩呢。

我说，这风俗，跟我玩儿的"连连看"一个档次啊！

小翠说，我妈是扫晴娘，只有结了婚生过孩子的媳妇才能干这事。

有意思。

周宾仍然没有结果。

这样住下去料也再不会有什么结果。

香花槐的气味充盈着整个村落，浓郁得化解不开。

我的寻找停滞了，如同一团麻团在手里，找不出头绪，也许压根儿就没有头绪，这团麻在初始的时候被人将头和尾牢牢地打了个结，故意让人无从择出了。

索性就这么住着，对寻找已经失望，对我父亲提供的线索从根部就打了问号，水落石出的大结局只发生在电视剧的设置中，现实生活里只有平庸和无奈。山区恬静清淡的生活对我也有好处，来了以后心脏竟然没闹过毛病，体力也恢复了不少。雨打深巷少人迹，风扫槐花片片飞，这里是养老的绝佳之地。

小翠告诉我，她和樱桃已经报了名，到镇医院做了体检，就等着工厂来表填写。这事情家里谁都知道，就瞒着老太太一个人。

老王的农家乐还是没人来住，梁上漫山遍野的红槐花寂寞地开放着，独特的香气让人沉醉，迷迷瞪瞪不知该干些什么。老王说，主要是外头人不知道，不知道这片好看的槐树林子，不知道瓠家梁顶的古老寨子，不知道这里空气的清纯，山泉的难得，可惜了。

想起佘太君军寨的遗迹，想的是传说附会，杨家将抗辽，主战场在山西、燕北，离北京还差得远，山上的寨子大半是村落抵御土匪的围子，或是明代的边防工事，这样的构建在京西山区常见。问老王，老王说那个寨子早已是一片乱石废墟，兔奔狐蹿，没人上去。我说，赶天晴了，我想上去看看。

老王说，我陪着您。您看了写篇文章给咱们好好宣传宣传，就当给瓠家梁打广告了。

我问他怎知道我会写文章。老王说，现在的人想藏哪儿也藏不住，没有秘密可言，您的情况"百度"上一点全齐活，连照片都一张不落。

我无言。

老王说，小翠点了您，知道您写过电视剧，什么时候您也给我们这儿写个电视剧，也让我们名扬天下，让全国人都来旅游，那我们就立个牌位把您供上。

我说，老王你到此为止吧，我是一个退休的老大妈，到这儿来找一个叫周宾的，周宾没找着，看这儿清静，住两天。

老王说，没有周宾我们可以编一个周宾，咱们让他有他就有了。再给他配个花旦，演一出《柜中缘》。我上小学的时候有个梆子剧团来这儿演过这出戏，至今记忆犹新。

我说我是认真的，不是来写戏的。老王说，人生就是戏，戏就是人生，有时候很难把它们分清楚。

我说老王还是一套一套的，老王说他毕竟当过二十几年文书，严格说也是瓠家梁的文化人。

Aki领着几只狗大模大样地进了院，被老王不客气地轰了出去。一段时间的磨合，它已经和村里的狗打成一片，脏兮兮混迹狗群，不分彼此。现在是整天不着家，连晚上睡觉也不进屋，再没了小狗依人的娇嫩，俨然是一条中华田园犬的做派了。

狗比人更能尽快适应环境。

老猫来微信说黑桃老K到日本福冈出差去了，要走半个月，皇贵妃最近关了三里屯咖啡店，在海淀开了个更大的，正在装修，不叫咖啡馆叫Club，进口了一大批"猫屎咖啡"，每天早出晚归，这回装修走的是精神病路线，全部复古，托人走后门参观了故宫漱芳斋，想照着乾隆的思路，搞出一个集饮食、娱乐为一体的高级休闲会所。皇贵妃忙，顾不上他，他成了快活的散仙，每天想干吗就干吗，想吃什么就买什么。老猫还向我告密，皇贵妃为了复古，去望京我的家中，拉了一车东西到Club去了。

我能想到眼下的状况，如果我生活在其中，也会跟老猫一样成为无人问津的"散仙"，其实是多余的赘肉。但是赘肉有赘肉的可用之处，在煎锅里翻滚，可炸出喷香的油渣，油渣葱花饼也可成为餐桌上一道美味主食。皇贵妃构思她的乾隆因素，已非一日之念，早就看中了我两居室的一个光绪粉彩三乐图灯盏和一副对联，几次三番想要拿走，被我拦下。灯盏是父亲所遗，普通的江南民窑产品，因为来自后院"苦雨斋"小屋，就显得格外重要，那是金载澄留给家里最后的念想了。父亲将它擦拭得干干净净，很有品位地摆在多宝格上，看见它就想起了兄弟。对联是我去世的七哥所赐，"香稻啄馀鹦鹉粒，碧梧栖老凤凰枝"，摘录的是杜甫的诗句，表达了他对我这个小妹妹从西北回归北京的喜悦，望京地区的两室一厅虽称不上高大碧绿的梧桐树，总算有了栖老之所，是件值得庆贺的事情。老七一辈子画画，与世无争，是画界难得的清静之人。他的字规矩雅致，有着欧体的风范。两件器物都不值钱，算不得什么古董，不过是有着年代的风韵,看着有些文化品位罢了。

我搬进儿子的家,无形中等于放弃了自己的家,那里成了众人所需的后备仓库,小辈到旧家拿东西,理所当然。金家是世家,"文革"浩劫过后所剩物件无多,都一件一件地散了,如同那些凋零的再也收不拢的子弟。媳妇不拿自己当外人,是对这个家的认同,对婆婆的认同,我的娘家,一个京城有名望的大家族留给孩子们最大的遗产是冷漠,是各自的独立,这是我一生在努力克服的。跟小门小户"打虎亲兄弟,上阵父子兵"的热闹和关照不同,金家绝没有那些豁出命的照护,没有那些拉扯不断、黏黏糊糊的亲情。儿子、媳妇都不姓金,他们用不着理喻母亲娘家的风范家风,在他们看来,我的是我的,你的还是我的,一家人用不着分彼此。道理虽对,却终归让人心里不爽,怎么档子事儿呢,毕竟我还活着,还是一个独立的人。

皇贵妃的猫屎咖啡曾经是她店里自以为得意的主打产品,我领着文学朋友去她的店铺喝茶,她死乞白赖宣传"猫屎",说是外国一种叫麝香猫的动物吃了咖啡果拉出来的籽,炒了研磨,有种可贵的香味儿,数量很少,很珍贵,懂咖啡的人专门喝这种咖啡,高端品位,不是一般人所能理解的。为了"品位",我请我的朋友每人喝了一杯,小小的一个花杯子,酒盅大小,装了黑乎乎大半杯,跟店面的装修一样,形式大于内容。几个人不敢大口喝,用唇慢慢地抿,抿过后大眼瞪小眼地互相张望,既没品出麝香味儿也没尝出猫屎味儿,但都说好,整个翻版了一回《皇帝的新衣》。末了一结算,一千七!还是打了折的!

回来跟儿子学说,儿子笑而不应。

老猫倒是干脆,说我是富豪烧钱,绝对让贵妃宰了,坑爹升了级,坑到婆婆这儿了。

皇贵妃不高兴地说,怎么是我宰了?你以为炒咖啡豆像哗啦哗啦炒瓜子吗?那些麝香豆工艺复杂讲究,要清洗、烘焙、发酵,时间、气压、温度都有要求,不能错一丝一毫,今年的一斤猫屎豆卖到了一百克两千块,一杯猫屎咖啡的定价在一百四以上才不会赔本!

老K说,享受生活的快乐是不能用价值衡量的。

老猫说,本人缺少护驾精神,我这样的二逼屌丝没有上书房行走的本钱,是不配进皇贵妃的咖啡馆的,我也是猫,哪天把贵妃藏的那些咖啡豆都吃了,拉它一堆,让老K清洗,贵妃翻炒,也是猫屎咖啡。

老猫开始没正经地调侃了。

窗外的雨还没有停,山峰隐藏在云雾中,什么也看不清楚。老王披着雨衣拿长竹竿通沟眼,院里积了水。Aki在水里蹚来蹚去,跟着捣乱。我的思路从猫屎咖啡收了回来,觉着跟自己儿子、儿媳斤斤计较,忒小家子气,写了一辈子小说,应该是越活越明白,超越生活,超越是非,超越得失,超越生死,不能想得太多。

虽然不断宽慰自己,还是决定回到城里搬回自己的小窝去,想的是任何时候都得有自己的居所,任何时候都不能失去自我。跟孩子们住一起,不是长久之计。

老年的日子,不知道在哪儿过得不顺,也不知道下一步该怎么走。养老的生活也是在摸索之中,人这一辈子,经验是靠自己一点点积累的。真是活到老学到老。

小翠和樱桃一人拿着一张招工表格到我屋里来填,怕被老太太瞧见,两个丫头围着桌子叽叽咕咕地商量,逢有不会填写的还要拿过来问我,比如"主要社会亲属"一栏,她们不知道哪些该算作"主要社会亲属"。我告诉她们,主要社会亲属指的是父母、祖父母、兄弟姐妹。樱桃说,我的老爷爷是王宝贵,小翠的老爷爷是王富贵,这老哥俩早死了。

我说,死了就不填。

猛然,我心里像是被谁捅了一下子,用老猫的话表达是"肾上腺素一下爆了表",我拉住樱桃说,再说一遍,你老爷爷叫什么?

樱桃说,叫王宝贵。

我说,你老爷爷认字?

樱桃说,嗯哪。他当过村里初级小学教员。

我问哪年去世的?樱桃说,早了,我还没生。我大哥也没生,大姐也没生。阿姨您认识我老爷爷?

我说,不认识。

我脑袋里嗡嗡作响,像有一支签子,努力地努力地要从一片混沌的雾中穿越出去,却又不容易。从父亲、母亲私下的谈论中,七十年前,给我们家里送信的青年叫王宝贵,是六叔的同学,崇实中学的学生……至多,我逮了那么一耳朵,并没有认真记忆,想的是这样的事情,前头有父亲在顶着,用不着我张罗,却没想到最后竟然轮到了我来认证。现在想,父亲匆忙记下的地址,大概也是来自王宝贵的提供，是路上偶遇，是专程递达，不得而知。

在我的要求下，老王带我再一次来到樱桃家，在墙上的人众中寻找王宝贵。终于，在老王的指点下，我看到了一张二寸见方的黑白照片，相片上的人很小，穿着黑色棉袄棉裤，戴着棉帽子，背景是一片荒山，几块乱石，称不上景致，年轻的宝贵呆呆地站在石头跟前，一副木然模样。我问照片背景是哪儿，樱桃爸爸说是瓠家梁梁顶，那时候槐树还没有长起来，山是光秃秃的。我企图看清相片上的小人儿，终不能够。照片的模糊有年代原因，更有摄影技术原因。看不清照片，老王觉得很抱歉，说乡下人压根儿不照相，尤其在那个时候，老舅爷能有这张照片留下来也是奇迹。

话说回来，搞清王宝贵的长相实无多大必要，我要了解的是王宝贵和周宾在瓠家梁的关系，他把周宾到底藏哪儿去了。

樱桃爸爸说，我爷爷是个开朗豁达的人，一辈子坦诚待人，没和村里人红过脸，死的时候他的学生和乡里、县里干部都来了，送葬的队伍排出一里多地。就是现在，村里最大最整齐的坟也是我爷爷的，我爷爷是受人尊敬的先生呢！

我说，你爷爷到过我们家，这点是你没想到的吧，历史上许多故事，老先辈并没有把真相全告诉我们，所谓的坦诚也是有条件的。

樱桃爸爸很惊奇，他说没听说过爷爷还有过这样的事，他的父亲、老王的父亲十几年前就不在了，他们知道的情况或许更多。

我深感来得晚了，连上辈的人都不在了，错过了寻找周宾的最佳机会。我说，我们家在北京戏楼胡同，国子监成贤街对面，崇实中学在成贤街南边胡同，很近，王宝贵老先生早先在崇实中学念过书，我六叔离家以后，托王宝贵给我们家送过信，这两个人应该是莫逆之交，是掰不开的朋友。

樱桃爸爸说，是这样啊！这么说咱们有缘分，是老爷子冥冥中把您领家来了。贵客啊！

我说，历史大转盘转到这一步大概也到了该尘埃抖落的时候，当年的远征军在中国抗日战场的功绩已经得到了肯定，数万英灵得到了慰藉，可以瞑目九泉了。金载澄参加远征军，九死一生，残留性命，辗转归回，内地局势已经大变，他没敢直接回家，而是投奔了王宝贵，被王宝贵安置在了瓠家梁，以亲戚相称。周宾淡泊生存，不求富贵，不被打扰，默默终老。

樱桃爸爸说，不可能！

老王也说不可能，村里收留外人，这种瞒天过海的事根本藏不住。更何况还是个国民党的兵。

樱桃爸爸补充说，准确叫法是国民党残渣余孽，藏匿阶级敌人是立场问题，村里没有谁有这么大的胆子。

我说，您家老先生王宝贵有。北平沦陷时候您能顶着日本人的淫威，冒着生命危险给金家送信，新中国成立后敢偷偷告诉金家周宾在瓠家梁苦雨斋，您就有这胆子。

樱桃爸爸说，我爷爷一辈子耕读传家，政治清白，拥护共产党，尊敬毛主席，光明磊落，没有一点儿历史污点，在瓠家梁近乎完人，谁一提我爷爷都敬重得什么似的。您说的这件事是大事，我爷爷到死也没提过半点儿……

一时冷了场，我说，周宾留在瓠家梁，融入其中不显山露水，他必须更名换姓，更改性情，认祖归宗，给自己重新设计人生……

老王说，您这是唱《四郎探母》哪，杨延辉改名木易，娶代战公主，在番营一十五载……

我说，您别以为瓠家梁没有代战公主。

小翠说，阿姨，您是在编电视剧吧？

# 六

明天是端午节。

雨停了。

樱桃给老姑太太送过来十几个粽子，几斤猪肉。粽子是小枣江米，典型的河北金丝小枣，用马莲细细地捆着，包得精致紧称。猪肉是村里胡家前晚宰的黑猪，说是自家泔水养了大半年，没有一点儿外来饲料的嫌疑，专门是"给自己吃的"。送粽子的竹筐不能空着回去，小翠家的回礼是两个缠绕得光彩鲜亮的香包、半斤绿豆糕和六尺小碎花布，农家的礼数古朴周到，让人从中体味到了人情和传统。香包是我前天和老王媳妇坐在院里树底下缠的，五彩丝线裹着各样香料，缀上一串串珠子，实在是个很有审美情趣的细致活儿，我干得很投入。香槐树上的花朵不时飘落下来，掉在衣服上，掉在头上，手里的香和树上的香融成一体，觉着这个节过得香喷喷很舒坦，是从心里往外的舒坦。我对老王媳妇说，城里槐花早开过了，叶子都密密地起萌了，瓠家梁的花才开。

老王媳妇说，山里气候凉，比外头能晚半个多月。开红花的槐树比开白花的还要晚十天。去年城里有人要买香花槐,不要苗子要现成大树,一棵给十几万,老王跟我都动了心,坡上那么多大树,卖几棵不是什么事儿。

我说,老太太不答应。

老王媳妇说,让您猜着了,差点儿没跟我们拼命哪!王家老爷子的心全在树上,老太太的心全在老爷子身上,您以为老爷子活在那些树里……卖树就是卖老爷子。

两个女人,在香树底下闲聊,为即将到来的节日做着装点,白狗Aki趴在我的脚边,睁一只眼,闭一只眼,表面在睡觉,其实尾巴一动一动的,一门心思瞄着在窗台上晒太阳的花猫。我把香包搁在Aki黑鼻子上让它闻,它一激灵,打了个响亮的喷嚏,不满意地站起身,大肥屁股一扭一扭地扭到街上去了。我说,Aki你上哪儿?

Aki回头看了我一眼照走不误。这家伙,来了几天,交了一帮狐朋狗友,脾气渐长,有了自己的小主意,有点儿不听话。老王媳妇哧哧笑了,说大半是搞对象呢。我说,搞什么搞?狗Aki让我们家给骗了,它是个太监。

老王媳妇说,可怜见儿的,在城里当狗也活不顺畅。

我说,乡下的日子好,我许久没有这样清闲了。

老王媳妇说,既然好,您就住着,别把自个儿当外人儿。

说着,老王媳妇把一个缠好的香包挂在了我衣扣上,一股药香直冲鼻孔,我想起了去年的端午节,哄乱而浮躁的端午节,首先开战的是商家,进入超市,铺天盖地的是粽子,各样粽子,枣泥的、火腿的、鲜肉的、鲍鱼的、燕窝的……包装精美绝伦,价格成百上千,跟那些皇贵妃的装修理念一样,形式大于内容。端午早晨,皇贵妃孝敬了我一盒粽子,拿来了很珍惜地放在桌上,说了自己也舍不得吃的话,言外之意粽子价格高昂,非寻常之物。我不太领情,估计这东西也是别人送她的,借花献佛罢了,年节这些货色多是送来送去,转着圈串门。粽子的外包装是天坛祈年殿模样,拆毁"祈年殿"让我颇费力气,拿来改锥、钳子仍是无从下手。想起小区进门处有提示,"有困难找物业",遂把"祈年殿"抱到物业处请求帮忙。物业穿制服的小伙子加上穿制服的小丫头折腾半天才掀了"祈年殿"的顶,从殿里掏出一盒茶叶、一堆泡沫塑料,半天又摸出一瓶葡萄酒,最后才是两个粽子,粽子羞怯怯只有巴掌大小,看着实在可怜。茶叶送了丫头,红酒给了小伙儿,我用手指头钩着两个粽子回家,一个豆沙馅,一个红枣馅。

豆沙我吃了,红枣老猫吃了。

老猫一边吐着枣核一边说,这破粽子也好意思上市,硬得像砖,厂家迫切需要提高逼格!

我说,粽子的逼格比"祈年殿"还高。

中午,王家厨房传出了肉香,味道醇厚,酸甜的香味糅入满院槐香让我几乎不能自持——醋焖肉!这是金家独有的烧肉厨艺,烹饪方法来自紫禁城钟粹宫小厨房,溥仪时代我的老祖母常被传进宫去聊天,带出了这套方法,现在出现在瓠家梁老王家的餐桌上,有点儿匪夷所思。

山村的王家与京城的金家相近的信息不是一点儿。

老猫来信息了:

苦雨斋好玩儿吗?

翻检老猫的信息,净是飞机、大炮、坦克车一类,皇贵妃这几天忙,大撒把,看来这孩子真的放了野羊。香花槐的信息夹在其中,怕我没看见,小子又发了一遍。"香花槐,拉丁名Robinia pseudoacacia CV.Idaho,别名富贵树,落叶乔木……外来品种。"

我的目光停留在"富贵树"三个字上,"富贵树""外来品种","王富贵""富贵爷""富贵树"。

是啊——

漫山遍野的富贵树,宣告了王富贵在这里的存在,富贵存在于山野当中,存在于明月清风之下,"老爷子活在老太太心里,活在那些树里",说者无意,听者有心,我的思路豁然开朗,原来是这样!

我激动地推开窗户朝院里望,满院阳光,满院落花。

老太太在隔壁房里吭吭地咳嗽。

是摊牌的时候了。

因为过节,樱桃爸爸特意给我端过来一碗炸油糕,说是过端午必吃的,瓠家梁的本地风俗。樱桃爸爸赶上饭点也不回了,陪着老太太一块儿吃饭。自然有酒,牛栏山红星二锅头里还点了一筷子雄黄。王老太太饭量佳酒量也佳,喝了满满一瓷盅,竟然不动声色。我把第二盅又给老太太满上,竟然也没有拒绝。老太太把一块颤巍巍、肥瘦相间的醋焖肉夹进嘴里,吃得很惬意,一副满足的模样。我说，醋焖肉做法知者有限，王家是打哪儿学来的？

王家媳妇说，祖传的。

老太太说，锁头，明天是正日子哪！

老王说，太太，我记着哪。

老太太总是在关键的时候打岔。

酒过数巡，饭已大饱，我把话语切入正题，正儿八经对老王和老太太说，你们必须正面回答我的问题，我不想再兜圈子了。

老王奇怪地说，您什么意思？口气怎跟公安局似的。

我说，我想知道王富贵究竟是谁！

老王说，是我爷爷，这点没有疑问。

我指着烟笸箩里的绿翠说，这块满绿满翠的冰种老翠来自缅甸的龙塘，不是有人将它从缅甸带回，草野山乡搁不住这样的物件，毫无疑问，王家有人去过缅甸，这人除了王富贵还能有谁？

老王说，这块翠我爷爷那个时候就用着，有年头了，再之前有没有我还真不知道。太太，您成亲的时候这块翠就在，是吧？

老太太用苍老的手摩挲着绿翠，不屑于回答。

我说，王家的醋焖肉及一系列语言的蛛丝马迹，说明了王富贵并非瓠家梁土著，如果没错，他应该就是从缅甸回来，被安排在这里的远征军翻译官周宾！

老王愣愣地看着我，樱桃爸爸愣愣地看着我，老太太也愣愣地看着我。

老王说，可我爷是文盲，他连自己的名字也不会写，一辈子杨白劳一样，只会摁手印儿。您一生没出过瓠家梁，连区里也没去过，更不知道什么外国的缅甸。是吧？太太。

老王再次把话头递给他奶奶，老太太却盯着院里的小翠，根本没听我们说话。小翠和樱桃两个丫头正进进出出，忙得不亦乐乎。老太太说，翠儿这是要出门呢。

老王说，小翠哪儿也不去，您放心。

老太太说，我的翠得随时让我瞅见，除非我咽气了，随她到哪儿去。

老太太说的是院里的人，也不乏是手里的翠。

又要跑题。

我让老王详细说说他爷爷，老王抓抓脑袋挺为难，说他爷爷这辈子真没什么好说的，还不如他老舅爷王宝贵有说头，他爷爷跟老舅爷是出了五服的兄弟,都是"贵"字辈的,就跟他和樱桃爹似的,他叫王政才,樱桃爹叫王孝才,几百年瓠家梁的排辈不乱,看名字就知道谁是属于哪一支哪一家。我们家的老祖和王宝贵家的老祖打上几辈就分支了,所以村里上街王宝贵的妹子能嫁到下街王富贵家当媳妇。

我问老太太是哪年嫁过来的。老王也不知哪一年,樱桃爸爸说是国民党溃败那一年,听他爷爷讲过,当时村里住满了国民党的兵,乱哄哄的,像没头的蜂。老姑奶奶坐在轿里,轿子围着瓠家梁绕了一圈,后头跟了一大群兵,起哄架秧子,差点儿把轿顶掀了,把吹喇叭的帽子都挤掉了,送亲太太的鞋也不见了踪影。

大家说这些话的时候,王老太太面无表情地坐着,好像大伙的谈论跟她没关系。其实她就是坐在轿子里的人。

老王说瓠家梁他这一支的辈分很清楚,他老祖叫王大河,祖父叫王富贵,他爹叫王三来,他叫王政才,他在外头打工的儿子叫王开放,脉络准确,没有任何假冒伪劣在其中,纵然有个叫周宾的,这个周宾往哪儿插呢? 更何况还是个懂洋文的翻译官。

樱桃爸爸补充说,姑爷爷王富贵是个老实巴交的农民,话语不多,满手的腽子,满脸的风尘。您一个人在山上种树、养树,整年也不见下来,木讷得厉害,问十句答不上一句,人们怀疑他智力有缺陷。

老王反驳说,我爷爷那是本分,人一点儿不傻。给瓠家梁留下那么一大片槐树林子,可是得有心劲和毅力呢,周围荒山连着荒山,只有咱们这儿是绿的。那些香槐苗子,是我爷一根一根插枝养起来的,您几十年的心血全铺在山梁上,搁谁也难做到这一点。

樱桃爸爸说,也是呢,搁现在评个绿化标兵、劳动模范绰绰有余。

我说,说说你们家的醋焖肉。

老王说,醋焖肉瓠家梁家家都会做,做法打大宋佘老太君在瓠家梁安营扎寨时候就留下了,瓠家梁的百姓不会做红烧肉,只会做醋焖肉。

樱桃爸爸说他们家也会做醋焖肉,而且他媳妇做得最好。这可能是胡地的做法,跟中原大不一样。瓠家梁,瓠家梁,老县志上记的是胡笳梁,这儿曾经是两边争夺的地方。

老太太在炕沿哐哐磕烟灰,很是不耐烦的模样。其实一切的症结就在她身上,可她咬定青山不放松,就是不说话。

我认为思路很清楚了,所缺的就是老太太最后的肯定,看来她没有认账的意思,她的缄默不言或许是初始的某种约定,是几个人一生的承诺,那个王宝贵临死不是也跟后人只字不提周宾嘛。言多令事败,器漏苦不密,一切都在藏巧于拙之中。心系一处,守口如瓶,无论时局如何变化,绝不吐露半字。

瓠家梁的周宾,雨后观山,参透人生,不着色相,不留声影,留下姹紫嫣红的红槐花飘洒于天地之间。何等的潇洒自在……

尽管周宾的事没有得到王家的认可,老王仍旧坚定地认为王富贵就是王富贵而非什么周宾,樱桃爸爸也不赞同他爷爷窝藏国民党残渣余孽的龌龊之举,我还是断定周宾就生活在瓠家梁,更名改姓的王富贵。

我决定明天到梁顶上去,去看王富贵的长眠之地。老王说他明天也上去,明天是他爷爷的九十六冥寿,乡下人按虚岁算,九十六是大日子,每年这天老太太都记着,以前是老太太亲自来,后来是督促孙子来,没有一年落过空。

我偷偷盘算金载澄的年龄,大概也是这个岁数……

院里,群狗乱吠,一阵嘈杂,以Aki叫声最为响亮。一个声音在愤怒叫喊,狗Aki,你狗咬吕洞宾想造反哪! 看朕不灭了你!

嘿,老猫怎么来了!

一身短打扮的老猫出现在瓠家梁的王家院里,是骑着他的山地车来的,脸上是油汗,身上是灰土,裤腿挽得老高,正抡着头盔在和Aki周旋。Aki兴奋得有些过头,蹦起来往老猫身上扑,扑得老猫衣裳上全是狗爪子印儿。

我奇怪老猫怎么会找到这里,老猫说我的微信明明白白泄露了我的"藏身之处",连发信的地图都画得一清二楚,现在的世界没有秘密可言。我说,黑桃老K怎就找不着我,还张罗着报警。

老猫说,他是不想找您,那个职场的熟练工舔屁之风跟得很紧,孰重孰轻他掂量得准极了,老K心里只有老板,没有亲娘,更没有朕,不可救药了。

## 七

早晨,我奔梁顶而来。

前面走着老猫、樱桃和小翠,三个年轻人已经很熟识了,通过老猫我知道小翠和樱桃也有网名,是"八卦良相"和"爱搭不理",几个人从昨天晚上已经在微信里频频互动了,在一个院里待着,各自抱着一个手机,用微信说话,这种状态我不能理解,麻烦不麻烦呢?有话面对面说不好?

跑在年轻人前头的是一群狗,大概村里的狗全来了,黑的、黄的、四眼的、麻色的,白Aki夹在其中,轰轰烈烈一大帮,像是要干什么重大事情。老王走在最后,怀里抱着烧纸。樱桃爸爸也跟着,把老太太的烟袋攥在手里。

越走槐树越多,越走树干越粗壮,大树们最终连成了一片,盖满山岭。每棵树上都开着累累花朵,红花映着朝日,红光赫赫,灿若云霞。一阵风吹来,槐花乱落如红雨,扯动一山春色,飘逸壮观,人和树都罩护在清爽甘甜的香气中。


在这纷飞花瓣中,我的眼眶溢满了泪水。

昨天晚上我给老猫讲了周宾和王富贵的事情,老猫说这事再简单不过,刨出来查验DNA就一目了然了。我问跟谁对比,老猫说,跟您哪!

我说,这怕不行,好端端刨人祖坟,找骂呢。我的推断已经很清楚了,关键是那个老太太——周宾的媳妇不说是也不说不是,跟我装傻充愣。

老猫说那就是默认,人立了誓是不可破约的,地老天荒也不能改变。老猫说他要是周宾他也会这么做,他要是王宝贵,他也会这么安排,中国远征军那一批人,闯过了刀山火海,滚过了毒蛇炼狱,看透了人间生死,最终,心甘情愿归于沉寂。我说,周宾于瓠家梁落户主要是怕影响北京城里的亲人,他认为他的主动消失对大家都好,但终归还是念着家。

老猫问我,决定战争胜负的主要原因是什么,我说是正义。老猫说我的话是宛如狗屎的正确废话。老猫说,是武器和攻略!

我说,决定战争胜负的不是武器而是人,是用毛泽东思想武装起来的人。人民,只有人民,才是战胜一切阶级敌人的有利武器。

老猫说,哪儿凉快哪儿歇着去吧!您这刀枪不入的义和团思想比慈禧太后还慈禧太后,睁眼看看现在都什么年代了。

老猫说,缅甸战场日军地面动用的有坦克、重炮,空中使用的是东条英机式飞机,这种飞机在老东条授意下一改再改,改得七零八落,全是手工制造,靠那些精英飞行员操纵才显出了战斗力。美国飞机是机械化大生产,P-51驱逐机,号称野马,是最优秀全能活塞动力战斗机,二战名机;还有B-25米切尔轰炸机,当时是世界明星战斗机,有炮塔,双尾翼;用于缅甸战场的还有B-29,是轰炸主力,所向无敌,后来把日本本土炸得稀里哗啦,朝广岛、长崎撂原子弹的就是它⋯⋯

我快睡着了。

迷迷瞪瞪睁眼一看，老猫意犹未尽，还在说二战飞机，就说，这些跟周宾没关系哪……

老猫说，怎么没关系，他是翻译，没有他的沟通，没有美国支援，中国输得更惨！一九四二年五月美国第十航空队调往北非，放弃缅甸战场制空权，中国远征军在没有空中掩护下作战，苦苦支撑缅甸战局，以悲壮的失败换回北非战场的决定性胜利，自己近乎全军覆没。您记着，在战争对抗中，无论进攻还是防守，火力永远是决定的因素。在那场战争中，周宾能活着回来绝对是九死一生……

我说，他本来是北平的中学生，自己跑到抗日前线去了。

老猫说，命，绝对是命。

我说，要是中国、日本再打起来，你也能像周宾一样参战上缅甸吗？

老猫说，上缅甸干吗，脑子进水啦？我直接上美国！

我说，美国现在跟日本是一式的，你当汉奸哪？

老猫说，什么叫汉奸，这个词得重新界定……


瓠家梁顶是这片山峦的制高点，山上有老早的建筑遗迹，老青砖，大石头，三合土勾勒，砌出一道逶迤的短墙，许多地方坍塌得面目皆非，只能让人凭空想象了。说是佘太君抵御辽国的军垒牵强，但毕竟也与战争有关联，哪个朝代说不准了。古寨的一面是绝壁，笔直岩石刀削一般，看不到山底。站在崖边朝远望，几座低矮的山峰后面是丘陵，丘陵之外那片迷蒙的万丈红尘就是城市了。山寨上的香槐花在怒放，茂盛槐花像一个框架，将云里雾里的遥远城市圈在其中，好一幅美丽图画！

老猫在我身后赞叹，哇塞——酷毙了！

又说，奶奶，这样好的地方您应该早带我来。

小翠说，喜欢你可以年年来，咱们就当亲戚走动。

老猫说，咱们本来就是亲戚，干吗还"就当"？

老王指着紧靠短墙的一座石砌突起说，这就是他爷爷的坟。老王说，这坟选得讲究，不是坐北向南，是坐西向东，东边为大为正，京郊那些汉朝老古坟都是坐西向东，我爷爷的坟背靠酷峪寨，面向大平原，脸朝着北京，天气好的时候，白天能看见玉泉山的塔尖，夜里能观赏万家灯火，这大好位置是老舅爷给挑的。我以为自己听差了，追问眼前的山寨叫什么，老王说，酷峪寨。岩底这条沟叫酷峪，九十九里长，早年间沿沟走可以直通北京阜成门。

酷峪寨——苦雨斋。

苦雨斋——酷峪寨。

天哪，父亲字条上的错误一错几十年！

身边的石堆即是金载澄的安息之所，七十年前走出家门，最后终结在这里，远远地看着京城，看着家，心中无限的思念，无限的纠结，化作无尽的香花槐，无言中透给后人香中略含苦涩的信息。

老王在烧纸，嘴里念念有词。樱桃爸爸将烟袋点燃，摆在坟前说，姑爷爷，上来的时候姑太太让我替您给您点锅烟，让您好好歇着。姑太太惦记着您，我们都惦记着您。

翠绿的坠子随同烟荷包被樱桃爸爸摆在墓前石头上，映着天光，沐着春风，晶莹剔透，如有生命。我想我应该说些什么，这是六叔七十年后第一次面对来看望他的家人，他想知道的太多。

我说，六叔……

竟哽咽无言。

我说……这几十年家里变化很大，戏楼胡同的老宅拆了，盖了大楼，您回去怕也不认识了；您的四哥、四嫂，我的父母六十年代故去了，父亲走的时候还念着您，让我来找您；我的七个哥哥，舜铨、舜锴那一拨，您所见过的七个侄子都已去世；我的六个姐姐，舜镅、舜锦她们，您所见过的六个侄女，也都死了；金家我这一辈只剩了我自己，我是您没见过面的最小一个侄女金舜铭。您经历了很多，我们……也经历了很多……您的苦雨斋，家里一直保留到最后……

我泣不成声。

老王在旁边听着也抹眼泪，一个时代的终结，一个旧家的散落，从它飘零的子弟口中道出，平静中蕴含了太多内容。

老猫把我推开说，悲悲切切太伤感，至于嘛！让我跟老舅爷说两句！

我担心这厮嘴里冒出大不敬的网络泡来。

老猫不管，说，老舅爷，我叫老猫，是金舜铭的孙子，您的重外孙，从根上说我身上也流着金家的血，咱们是一家人。老猫是我的网名，我大名叫顾大愚。照顾的顾，大小的大，愚公移山的愚，其实就是大傻……嘿嘿……

我说，行了，你别说了！

老猫继续说,我也是崇实中学的学生,咱们是校友,您是先辈,您在关键时候的表现让我敬佩,您是您那一代的精英! 其实我也不错,品学兼优,精彩无限,尽管有两门没过关,也不影响主流。您是英文翻译,托您的保佑,我的英文在班上名列前茅,我对此引以为骄傲……您是我的榜样,我得跟您学。对了,最后我还得跟您印证一下,一九四二年美国在印缅战场究竟使没使用过改良后的汤普森冲锋枪,听说他们把枪弹口径改成了十一点四毫米,威力大增。

老猫开始跑偏,再次被我制止,老猫回身对我说,奶奶,我要给老舅爷磕头。

我说,磕吧,替我,也替金家后辈。

老猫说,我谁也不替,我就替我自己,我给远征军战士磕头。

老猫跪在坟前,一招一式磕得认真到位,其他人站在旁边看。

临了,几个年轻人站在崖边,向着空旷的山峦齐声高喊:

老爷爷——

老姑爷爷——

老舅爷——

一阵大风从崖底腾起,卷着一团团红槐花铺撒过来,花朵、风和我们绞在一起,难分彼此……

天大恸,人亦大恸。


黑桃老K开着车来接了。

临走的时候Aki死活不上车,是拽着绳子硬拉上去的。老猫喜欢红槐花,老王给老猫挖了一棵香花槐苗子,说回去种在花盆里也能开花。老猫说他回去摆在皇贵妃的Club里,搁在"碧梧栖老凤凰枝"的下头,一定很得体,很好看。同车走的还有小翠和樱桃,她们要到廊坊工厂去报到。

我到厢房跟王家老太太告别,老太太躺在炕上,脸朝着墙,一言不发,闹脾气呢。烟荷包扔在笸箩里,上头的翠没了,拴在了小翠脖子上。

车开了,那些狗紧跟着车跑,Aki从后窗望着它的一群朋友十分激动。狐家梁的狗随着车跑出七八里,车拐了几个弯,看不见了。Aki趴在座位上低声呜呜叫唤,可能在哭。


到北京,我搬回了望京自己的家,家里东西少了许多,架上的书籍一本没动。

老猫发来信息,说小树香花槐被皇贵妃扔了,皇贵妃说槐树的"槐"字里边有鬼,不吉利。

【作者简介】叶广芩,女,北京人,一级作家。1968年到陕西,当过护士、记者、编辑。主要作品有《青木川》《状元媒》等,中篇小说《梦也何曾到鹊桥》获第二届鲁迅文学奖。

# 肿瘤教案

申 剑

一

死人太多的地方总是很邪门的。肿瘤科就是医院里最邪门的地方。

虽然按照逻辑,重症监护室死人最多,但重症监护室的患者都是躺着进去的,进去时就有很多命悬一线的,能活着出来那叫奇迹,死亡才是预知的谜底,惊不掉任何人的眼球。肿瘤科可是个貌似风平浪静的宝地,太多活蹦乱跳的人,以当下最流行的平常心拈几页自己的体检单子来到这里,闲庭信步地来做个简单咨询,寻思着搞搞养生防防癌症,哪承想就被撂翻了,彻底撂翻了。再踏上一只脚,阎罗王的大脚,一脚踹过鬼门关,彻底踹断了人世间的百般爱恋千番恩怨万种繁华与不甘。

丹青市人民医院肿瘤科医生韩心智,才四十岁出头就已经充当过多次的钦差大臣,阎罗殿的钦差大臣。他的双手"夺命无数",双眼早已勘破生生死死。这个差事干久了,作为正常体温37摄氏度上下的芸芸众生中的一个,韩心智人如其名,心中皆智。心的最高智慧便是个"无"字,无心才能有智。韩心智多年来把个无心秘诀操练得出神入化,早些年热血铿锵的白衣仁心,早被岁月捶打成了铁甲空心的兵马俑,只是表情不似兵马俑那样没心没肺的。他的五官天生很帅,而穿白衣的人大多冷感,冷感加帅气就成了酷。于是他每天上

035

班都如同耍酷,面对着那些个呼天抢地的、泣血哀求的、抱头痛哭的,甚至以头撞墙痛骂苍天不公的,他只能耍酷。也唯有耍酷,才能让患者及家属迅速平静下来,才能快速给双方创造一个共同认命的缓冲地带。

他的脸是肿瘤科永恒不变的风景,三分春色二分愁,更一分风雨。春色是医生应当提供给患者的医学希望,愁绪是对肿瘤的无奈和纠结,而风雨,是医患双方必须要共同面对的生死无常。肿瘤到底是什么?肿瘤于每个人的人生究竟意味着什么?地球人都懂,所以地球人都怕。肿瘤比贫穷沉痛,比屈辱摧眉,比贬官丢权锥心刺骨,比情人的泪珠勾魂夺魄。任你黄金战鼓,任你壮怀八万里,任你珠围翠绕含笑坐东风,任你红绡帐底舍命戏鸳鸯,任你任你都任你,就怕肿瘤也任你。肿瘤最多情,肿瘤最公平,肿瘤无阶级无种族无性别无老幼,看上谁就亲近谁,粘住就不放手,才不管那是谁,他是乞丐还是君王,他是君子还是小人。

虽说肿瘤分为良性和恶性,虽说大多数人身上的增生和囊肿都可以被称作良性肿瘤,可很多良性肿瘤是随时都有可能把自己演变为升级版的恶性肿瘤的。肿瘤于人体,医学上的诠释是细胞在基因水平上失去了对其生长的正常调控,而导致异常增生。说得直白些,换句文盲都能听得明白的家常话,肿瘤就是人体的一个独立王国,一个政变成功脱离中央政权控制的地方自治区。和政变同理,肿瘤也是从小地方起家,然后迅速发展壮大的,直至全面控制人体,一举摧垮中央政权。国家闹了政变,那是政府军和地方武装的较量,而人体生了肿瘤,患者只能求助于医院和医生。医生的职责等同于政府军,他们采用各种先进技术和装备对肿瘤这个独立王国狠命瓦解和打击,镇压成功病愈出院的叫作福大命大,有时也叫医学奇迹。进进退退耗时漫长的拉锯战,于患者叫苟延残喘,于医生叫回天乏术。最多最常见的是独立王国势如破竹直捣黄龙,城头变幻阴府冥旗,大活人就这么被变成了骨灰盒。

站着进来,躺着出去,身上盖着条医院免费赠送的白被单,这是很多肿瘤患者的共同命运。韩心智在肿瘤科十四年,送白被单都送到手软了,再也不会因此而眼发酸心发痛,再也不会为着某个生命的凋零而伤感悲情。进肿瘤科住院的患者,都是深秋的衰草,一夜霜降,就不由你不化了草木灰。那些个良性的脂肪瘤纤维瘤患者,他们大多选择在普外科胸外科进行治疗和手术,他们都嫌肿瘤科晦气。韩心智在普外科待过几年,跟在科主任何无疆手下,他跟何无疆学了很多,何无疆常对那些做捧心状的手术患者说,又痛苦了?又恨人生不公了？都给我下床去肿瘤科看看，好好看看，看完回来就心旷神怡了。这招很灵验，普外科的患者到了肿瘤科，归来后无不产生深深的优越感和庆幸感，有些悟性高的，甚至都找到凤凰涅槃的腾飞感了。韩心智临去肿瘤科时，何无疆对他说，当今医学治疗手段和药物日益增多，医术高低既是如何合理整合使用这些医学资源，更要掌握怎样从心理上化解和慰藉患者。肿瘤科是全医院病情最惨烈的科室，号称第二太平间。你医术我不担心，但你得加强心理战术。韩心智很听话，在肿瘤科十四年，心理战术日益精进，但溃不成军的时候，仍是太多太多。

　　这一周，他面临了五次手术，三男两女，分别是肝癌、肺癌、胃癌、乳腺癌及结肠癌的切除。人体很奇怪，肿瘤很毒辣，一般来说，重要脏器的肿瘤，一经发现就是恶性晚期，很少能够提前发现防范的。恶性肿瘤就和恶人差不多，最善于伪善和隐身，让人体察觉不到，锁在烟雾中，最终显峥嵘，是罪大恶极必要取人性命的。韩心智这五个患者在来到医院就医时，身上的肿瘤皆已成功质变，成为恶性，医学检测再精进，仪器也只是仪器，有些最致命的真相不到开膛破肚那一刻，是怎么也不能够探知它的根底的。韩心智只做成了三台手术，乳腺癌、结肠癌及肺癌。他对乳腺癌很乐观，他预计这个中年女性患者除了失去乳房，生命无虞，可以安享晚年；结肠癌的切除也堪称成功，他自问切得坚壁清野，如果愈后良好，没有持续扩散，这人再活个七八年甚至十几年应当没有问题；至于那例肺癌，其实切除不切除，区别不大，也都只是半年左右的生命周期，只不过选择做切除是种圆满和心愿，是患者及全家对癌肿瘤所做出的困兽之战。

　　至于那两例肝癌和胃癌，韩心智进手术室时，就对患者全家交代清楚了，你们的等待时间如果超过两个小时，那就还有希望。如果我很快出来，就不用再多问了。患者想干什么就全由着他吧，时日无多，剩下的日子只能掰着手指头数着过了。结果是韩心智不到半个小时就出了手术室，手术没法做，一刀划下去，患者整个胸腹腔都布满了凹凸不平的颗粒状癌细胞结体，全身扩散，如果此时开颅，这两个患者的脑部也会呈现同样的风貌。韩心智让助手仔细缝合刀口，这种刀口不太容易缝合，因为患者皮肤已近糟朽。有些经验丰富的医生会在一刀切下去时就有感觉，知道哪些患者还有生机，哪些是死路一条，感觉皆是来自落刀时的手感。何无疆所说的医患心理战术在普外科有时管用，在肿瘤科的这种患者面前是丝毫也派不上用场的。心理战只能对着活人打，对着必死之人，纵然是大将军转世，排兵布阵布成个天地变色的十面埋伏，也纯属枉然。

　　肿瘤科原本叫作肿瘤中心，中心就干中心的事情，多年来只管针对没有手术价值的晚期肿瘤患者进行放化疗以及常规治疗，并无手术项目和手术医生，如果有相关手术，患者都是在普外科、胸外科及脑外科进行手术和治疗。故而在很多医生的概念里，中心是远远没有科室正规和正式的。奈何时势造英雄，肿瘤造科室。近些年肿瘤患者年年暴涨，人数比离婚率涨得快，恶性度比物价涨得猛，重点加强肿瘤专科技术和人员配备已成为很多大医院不得不做出的改良课题。韩心智就是在这种背景下被逼进的肿瘤科，和逼上梁山差不多，他根本不想来，可是不来也得来。院长在主持开完关于加强肿瘤科建设的会议后，直接把普外科、胸外科、脑外科主任留下了，没等院长开口，三个科主任赶紧表态，坚决支持肿瘤科开展手术项目，院里想从我们科里调医生，好好好，给给给，就是那谁谁谁不能去，其余人随院长挑，挑谁给谁。院长说很好，但我还就要那谁谁谁，别人我还不要呢。何无疆当时很想扇自己一个嘴巴，他又中招了，他报的谁谁谁就是韩心智。何无疆说我们普外科真正能干活的太少，小韩就是我胳膊，他不能走。院长说你还是我胳膊呢，肿瘤科还是医院胳膊呢，你看哪条胳膊粗呢？何无疆也杠上了，他说再细也不给，不然我得累死，院长你也是医生出身，你很清楚手术是什么东西，手术不能混不能蒙不能将就，错一点就是事故就是人命就是官司。要不你给我换换科室吧，哪里都行哪个科室都行，你要卸我胳膊我就只能这样了，手术又不是单人舞蹈，手术都是团队协作，我没胳膊我怎么做手术？胸外科、脑外科主任也跟着表态，我们也想换换科室，要是没地方，换到氧气室去造氧气也行啊。院长想硬硬不起来，想软放不下面子，面无表情地考虑半天，决定走中间路线，实话实说。院长长叹，我当院长十年了，你们知道我们全市院长会议各医院院长都比什么？我们就比一样，我们比手下死人了没有！咱们医院这十年来，医护人员虽然被打骂时有，但是咱们没有死过人，一个医护人员也没被杀，那些院长们都挺羡慕我，说我治理有方。他们都死过人，那个二院、四院、九院院长长期吃着抗抑郁症药物，我也整天吃着安定片呢。现在肿瘤患者暴增，好像几千年来也没见过这么多生癌的，真是不信邪都不行，你们说我敢不加强肿瘤科吗？我敢不给那些癌症患者抽调精兵强将吗？不会死的小病患者都会杀人了，那些癌症晚期患者他还怕什么?我是绝不允许手下出人命的,这就是我当院长的底线。我死守到退休那一天。你们能不能也可怜可怜我,咱们不说上下级咱们就说兄弟情,同病相怜吧,把胳膊都给我卸到肿瘤科吧,先保重灾区,肿瘤科就是医院的重灾区!

韩心智就这样到的肿瘤科,何无疆给他饯行,先说好好干,又说保重。韩心智说何老师你也保重。何无疆说社会顺气了,咱们就安全了,不然每天都得保重。韩心智说为医者只能给人治病,不能给人顺气,咱们边干边保重吧。韩心智每天上班如上坟,他的心态就和头顶的天空差不多,有风有雨有雾霾,偶尔风雨过了也能见见彩虹,只是PM2.5浓度高的时候居多。所以当钻石出现时,韩心智不能不如临大敌,在他的职业生涯中,所有见过的肿瘤患者都是来求生的,也有求生不成干脆跳楼寻死的,但那种求死是活不成的求死,相当于商家甩卖的跳楼价,折扣率太高,性价比就显得低了。

钻石自然是女性,身份证和医保卡的名字都叫钻石,但韩心智知道这绝对不是她的本名。两人差不多年纪,在那样的年代,谁的爹娘也不可能把意识形态炼成超前拜金的钻石。钻石的肿瘤生得雄风万丈,肝癌晚期也就罢了,偏还生成个弥漫型肝癌,不像常见的肝肿瘤,或大或小,自成一体,好歹给了医生一个下刀摘除的机会。弥漫型肝癌,肿瘤个子很小,基本都在1厘米以内,但它像满天星似的遍布整个肝脏,任是什么国医圣手,见到这种肝肿瘤,也唯有临阵却步、举手投降。

韩心智把检查单翻来覆去地看,看完直摇头。他说,你自己来的?你家人呢?最好还是请你家人来说吧。钻石说我没家人,父母都死十几年了,都死于癌症,我是独生女。韩心智只能问,那你先生和孩子呢?钻石答,头任前夫带着头一个孩子在国外,第二个孩子跟着第二任前夫在本市,早成陌路,没来往。现任丈夫住在小三家里,半年没见过了。韩心智起立了,每逢遇到这种特别苦大仇深的患者,他都会本能地站起来,就像防范着什么不测。他仔细看了这女人两眼,第一眼看脸,第二眼看身体,他是外科医生,常年阅尽无数裸体,他的眼睛可以瞬间将患者的衣服剥个干净,连内裤都不带剩下的。眼前这女人,此刻仍是无限江山,只是,红粉骷髅,于她也不过就是三个月到顶了,很难撑过百日。

韩心智说如今的患者都是半个医生,尤其肿瘤这种生死攸关的病,都会先行多方查询和问诊。我想你对自己的状况也是心中有数的,对吧? 钻石说对,百日变法必断头,对吧?韩心智说对,但也不能完全排除奇迹的存在。说实话,到了这个时期,我们所能够提供给患者的最大帮助,只是降低和减少痛苦,以及尽可能地拖延,拖得几天是几天,但是能拖几天,能拖多久,主要取决于患者的经济条件以及心理状态。现在的抗肿瘤药物,从几十几百元到几千几万元一支,患者可根据自身状况进行选择。钻石笑说,韩医生很坦诚,我就应该更坦诚,一个名叫钻石的女人,一个有三任丈夫的女人,她能缺钱吗?韩医生放心,我不缺钱。我心理状态也很好,原来就觉得人生挺成功的,现在加上这个肝癌,我觉得更是样样占全,罕见的成功。韩心智紧绷的神经终于放松,他说那就好,我很佩服你的冷静。在这个世界上,金钱唯一买不到的就是生命。看来这点我们已经达成共识,以后沟通就容易多了。

韩心智给钻石快速办理了住院手续,他给她一个向阳的单间,在走廊的正中间位置,离护士站很近。这间病房采光通风都挺好,早览红日晚沐余晖,正午头还能躺在奶酪般的太阳下,尝尽医学上种种令人欲生欲死的新式治疗手段。如果医院是当铺,那么她这颗钻石就是死当。用不了多久,她将从这间病房被推入太平间的冰柜,获得永恒。韩心智临走时又拐到钻石病房,他说我建议你请个护工,你如果认同,可以跟护士说。护工和抗肿瘤药物同理,有多种价位供患者选择。钻石说命都攥你手里了,我接受你所有的建议。也别绕到护士那儿了,你直接给我推荐吧。韩心智有点为难,他说倒是有个最好的护工,我很熟。只是他是男性,照顾你不太方便。再者他生意超好,目前受雇于某离休老干部,那老干部生殖系统癌肿瘤,手术成功,但仍有扩散迹象,在密切观察中,不是很快就可以的事情。钻石说你把这护工电话给我吧,我试试和他谈。性别不是问题,男女的概念只适用于正常人,对将死之人没用。离休退休的那是对着有职有业的人群说的,对我和护工这种人没什么作用。我和这护工只谈工钱,看他愿意跟谁吧。

## 二

芒种在护工行业,可比韩心智在医疗行业出名得多。丹青市医疗界若是要搞十大名医风云榜,韩心智这号医生只有投票表决和热烈鼓掌的份儿。就算是搞百家名医论坛,韩心智若想混进场子,也得四方叩首八方揖拜。医疗行业比护工行业高尚高端高贵得多,也就讲究得多,讲究个人脉资历资金。韩心智哪头也踩不住,跪了也是白跪,白跪为何要跪,那不成心犯贱吗?所以他从不打算跪谁拜谁,都没啥了不起的。

护工行业和医疗行业相比,实在显得太过于低端低级甚至低贱。稍微有点门路和办法的,谁也不会到这个行当里头讨生活。但是低有低的好处,低到极致是简单,简单到只要把活干好,就足以混成个行业红人,而无须去拼任何附加物。芒种就是丹青市护工行业的牛人,牛得生意多如牛毛,行情年年看涨,牛得他有时都会产生幻觉,觉得自己比穿着白衣的韩心智还要厉害还要权威还要有尊严有威仪。

芒种和韩心智是同乡兼同学,韩心智是超级学霸,芒种是无敌学渣。韩心智头悬梁锥刺股寒窗苦读,芒种不能看书,他一看字就眼花头晕胸发闷,还外带着冒冷汗。但成绩和交情无关,他们的情分比家乡那条严重污染的河流还要黏稠。知识分子和文盲都得同样直面饭碗和生活,没了饭碗谁都得混成饿殍。韩心智念大学时,芒种在丹青的各个工地连番转战,冬练三九夏练三伏,抽空还能回老家收收麦子种种玉米,小日子充满奔头,那时候两人会面都是芒种请客。韩心智毕业后穿上白衣做了医生,芒种的饭碗开始时满时瘪时稠时稀。大环境如同温水煮青蛙,不知不觉中渐行渐变,多种因素导致本省大量农民工扑向丹青,找活艰难,干完了活又常常领不到工钱。芒种是个很有创意的人,为了讨薪,他率众搞过跳楼秀跳塔秀甚至抹脖子秀,秀是假的,泪和血却是真的。总是流泪流血的,流得没什么文化的芒种都对全社会产生仇恨感了,他说心智啊心智,再这么弄下去,我会杀人的,我是见谁都想杀。我真想杀光那些个不干活就有钱的狗男女。

韩心智自然不能让芒种去杀人,文化人总是眉头半皱就能心生妙计,韩心智就把芒种一把推进了护工行当。入了这个行当,芒种恰似蛟龙入海,出道两年,芒种横扫深海区域的海参海豚海胆海葵,摇身混成了个护工行业响当当的大腕。

芒种不认工作,只认饭碗,谁给他饭碗,他就倾心尽力地服侍谁,从不掺假从不兑水,货真价实甚至买一送一。芒种能吃苦能耐劳,不怕苦不怕脏,从不喊累从不多说话也从不抒情,那些个护士不肯干家属也不愿干的活计,他一股脑儿全给包揽了。最重要的,他从不歧视他的雇主,这些雇主都是肿瘤患者,被日渐壮大的肿瘤折磨摧残得惨不堪言,个个敏感尖酸如黛玉,暴躁易怒胜李逵,多疑猜忌赛曹操。芒种在这行业干了十年,不仅没变态,还干成了翘楚,让韩心智佩服得五体投地。

韩心智跟芒种说话从不见外,他说芒种,照理说我的位置比你占优势,可很多时候你对患者说话比我还有用。真是反了,什么都反了。芒种说早就反了,现在反着干才是正着干。你捏着他们的命根子和钱袋子,你在上风口,他们当然要防你。我是从他们手里讨钱过活的,我在下风口,他们防我干什么,说句话就能让我滚蛋,犯不着跟我较真的。他们都是些死到临头的人了,都对着上风口的爷爷奶奶忍了一辈子了,这会儿还能不好好发泄发泄?韩心智说有理,人生最后的演出都是裸演,都是本色的极限发挥,因为都不用忍不用装了。我见过小职员当场扇局长耳光的,见过临死前两天签字离婚的,见过把全部遗产留给宠物狗的,还见过爬到天台上烧钞票的,成捆成捆地烧,谁也不给留,不让烧光不咽气。芒种说你见的没我多,你是每天进病房两三次,最多四五次,我是24小时和他们待在一起,你见过的我都见过,我见过的你可没见过。我见过每晚上做梦都向观世音菩萨讨要日子的,我见过听信偏方每天清早喝两杯童子尿的,我还见过把自己摘下来的肿瘤送到单位要求死前扶正的。还有两个更奇葩的,都是啥处级干部了,比我爹我娘还抠门,啥钱都不舍得花,啥自费药都不让你们开,一辈子省下百十万,你猜人家干啥用?人家买成龙凤山下豪华墓地了,带汉白玉刻碑的那种,说是死后落个住豪宅,值当。

韩心智呵呵笑说爆料普通,不稀罕。有什么猛料你留到咱俩吃饭时再爆。就着这猛料下酒,杯杯满载幸福。和他们相比,咱们没生肿瘤的,不能不感恩不能不满足。知道你馋酒了,周末来我家吃饭吧。芒种说不行,你知道的,我这种人哪有周末,我连端午中秋除夕都没有,全年365天都是24小时开工。幸亏老婆长得丑,不然我头上不知道得戴多少顶绿帽子。

芒种的时间,确实永远紧锣密鼓,虽说不想干也可以歇几天,可家里老爹老娘老婆外带三个孩子,他都得养活,他没法歇。很多护工会在手上的雇主死亡后,缓几天再接手下任雇主。芒种从不这样,只要不倒下,他永远奔波于各种不同的肿瘤间,他对不同肿瘤的了解和体验,比很多患者家属还要深还要痛还要感同身受还要无法释怀。

芒种的首个雇主,是位五十岁出头的厅长夫人,胆囊癌手术成功,愈后不佳。所谓手术成功,摘除掉肿瘤灶源就叫成功;所谓愈后不佳,扩散开了就没法佳了。癌症和十二属相差不多,有些天生乖巧温顺极易牵制引导,有些则桀骜不驯甚难顺服教化,还有些生来就脱胎为毒蛇猛虎,咬住了谁,谁就得呜呼哀哉。厅长夫人的胆囊癌属于第二种情况,术后用药好心态好亲情浓厚的话,再活个一两年大有可能。厅长对夫人很好,每天上班前和下班后都来探视,坐好半天,忆忆两人恋爱时结婚后的酸甜苦辣,聊聊国外儿子的现状和未来,平淡着也温情着。厅长夫人的病情一度甚至呈现强势好转,支撑她的信念是想亲手抱抱还未出生的孙子。

坏事就坏在厅长的手下们及朋友们,他们不约而同地都在为厅长的未来担忧和焦虑,他们每天都用各种方式向厅长举荐着新夫人的人选,唯恐迟了就会落后于人似的,搞得无孔不入无时不在,有些甚至把佳人直接送到了病房门口让厅长过目筛选。厅长严厉斥责,让他们不得胡来,这事以后再说。但就是屡禁不止。厅长夫人何等角色,自打丈夫步步高升,坐稳了这把实权派的椅子,她早把毕生心血专用于降妖除魔了,各路狐狸精和幺蛾子还从没有哪个能够成功染指她的枕边人,常年的揪心猜疑与秣马厉兵的备战心态,终于让她倒在了病床上。她常年受用众星捧月的奉承与巴结,又岂能咽得下这等连番折辱。她对芒种说,我知道丈夫迟早是别人的,可好歹也得等我咽气吧,等我死了他们再溜须他也还来得及吧,怎么就这么等不及,就这么等不及啊。芒种给她洗头洗脸,确切地说是洗头皮,她的头发早已脱落精光,由于大量使用抗肿瘤特效药,她的皮肤又脆又软,薄得能清晰看见皮下的每条血管。特效药能有力抑制癌细胞增生,但犹如双刃剑,同时也会对人体所有组织造成杀伤。芒种说大姐你要想开点。想开点日子就能长点,日子长了就是咱们的胜利,日子短了就让他们赢了。不能让他们赢了咱们,大姐你千万要挺住。厅长夫人就挺了,硬挺,死挺,每天都化妆,让芒种给她化,化得眼波似秋水横,眉如山峰聚,让每天络绎不绝来看望她的人都惊呆了,都不知道该说什么才好了。本来厅长夫人是带着自家保姆来的,芒种只能干干粗活重活,后来厅长夫人把保姆撵走了。她说芒种,大姐谁也信不过,这保姆跟我多年,我可没亏待过她。可她把我的情况都告诉那帮马屁精了,也不知道他们给了她什么好处。芒种说大姐是雇我的人,我就只认大姐,其他的谁也不认。

芒种给厅长夫人洗澡抹身再无心理障碍,夜里起床更是随时接屎接尿,比那个远在国外的亲生儿子还要贴心贴肺。厅长夫人只活了五个月,临死前她捧牢了厅长的手,有上气没下气地问了句话,你到底什么时候会再娶?厅长垂泪答道,你就安心吧,我谁也不要,我就自己过到底。厅长夫人是挂着笑容离世的,嘴角淡淡半丝笑意,像是信了,又像是还没来得及琢磨。

半年后,韩心智接到助手小柳医生的结婚请柬,当场眼前发绿,差点没仰天长啸。那张请柬上,新郎官的名字赫赫然,居然就是厅长。韩心智惊叹,小柳小柳,你们什么时候开始的,我的患者啊,就在我眼皮子底下,我怎么就没发现?小柳医生桃腮流丹,娇嗔道,韩老师真是的,哪壶不开提哪壶。他好讨厌哦,他什么都管着我,他就是不让我跟你们说呀,他说成了再说才是意外惊喜呢。韩心智心尖儿直颤,满后背冷汗热汗交流。厅长对于新夫人的选择太雷人了,却又合情合理,小柳医生年轻貌美纯真可爱,懂医学懂肿瘤更懂养生,比那些女公务员和女白领更实用更实惠更适合作为终身伴侣。尽管厅长比小柳医生的父母稍稍年长几岁,但这实在算不了什么。让韩心智心颤的是肿瘤科副主任的位置,科里副主任前不久调走了,韩心智接替这个位置已成为上上下下的共识。对于这顶从九品的小小乌纱帽,韩心智早已找到了扣在头顶的感觉,这下子他知道完了,这顶帽子怎么也不会属于他了,它会自动长出慧眼,血滴子般精准,直飞到小柳医生的青丝云鬓上。他是连出手拦截的机会都丝毫没有的。

韩心智很识时务,不仅出席了婚礼,还送了个大大的红包。从前有什么风险风波都是他罩着小柳医生,以后乾坤逆转,他得靠她罩着了。就像论文强不强,有时得看导师的名头响不响;医术行不行,有时得看老师的手术刀利不利。韩心智的刀锋算是锋利的,他是跟着何无疆那把出名的快刀混出头的。他带了两个助手,小赵和小柳,小赵很有潜质,小柳刀功太软,大手术根本上不了场。可软刀同样能干掉硬刀,小柳医生的特有独门软刀,也许未来会成为丹青医学界的风云名刀,假使她不想转行的话。

## 三

钻石出手就把芒种挖墙脚收编了。芒种还从没干过这种半路撂挑子的事,他给自己定的规矩是从一而终,雇主不死他绝不离开。从业十年,他从没破过自己的规矩。可规矩这东西,它的建立似乎就是为着等待某天被某人打破的。某天是钻石住院的当天,某人是钻石和芒种以及韩心智。三个小人物同心同谋,其利不能削铁也不能断金,却足以跟那个生了睾丸癌的离休老干部玩闪人战。

当晚,韩心智提前给老干部用了杜冷丁。老干部每晚发过脾气都要打杜冷丁,止痛兼安眠,越用越频繁。老干部睡着后,芒种溜到钻石的病房。钻石开门见山,芒种我需要你。我也是从山村出来的,咱们谁也不用嫌弃谁,完全平等互助,虽说是我花钱雇你,可你是陪伴我最后岁月的人,你得出力出汗忍脏耐苦,说到底咱们谁也不欠谁。我这辈子最后的缘分,也就是你了。芒种还没听过有雇主对他做如此表白的,谁也不嫌弃谁,这话让他听着很受用。雇主也有不少对他很善待的,说到底世上的关系还是以心换心的,但所有的关系也都还有个本质,一个"雇"字就是本质,一个"雇"字决定了谁在上谁在下。芒种比任何人都更渴盼真正的平等,比渴盼金钱还渴盼平等。他说我愿意来,可我怕他闹腾,他无风能起三尺浪,真有事还不得闹翻天? 钻石嘻嘻笑,你只管收拾东西过来,就跟他说你不干。要闹他得来找我闹,我正嫌韩剧不提神,想看看真人秀呢。芒种说好嘞。就给韩心智打了电话,说明天就转移病房。

五分钟不到,韩心智推门进来了,仍是穿着白衣,手上却拎了三个插了吸管的青椰子,说患者家属刚从海南带来的,说是下午才摘下来,新鲜。钻石说真新鲜,医生倒着给患者送礼,好吃。芒种说钻石你还不了解韩医生,他经常是左手进右手出,我抽的烟喝的酒都是他给的,高级着哪。钻石说我们以后就了解了,不了解也得了解,非了解不可。我得死在韩医生手上,都生死之交了,哪敢不了解。韩心智点头,说我这里都是生死之交。我这十几年跟无数人生死之交过。我这种职业,换个叫法就叫作生死之交。芒种说我这种职业和医生也差不多,但比医生还没个头,医生开完死亡证明书就算完事,我们遇到感情好相处深的,还要送葬和哭灵。我有几个雇主对我特别好,我每年清明都会去给他们扫扫墓,真的挺想的。钻石说芒种你比韩医生幸运,他的职业必须高度理性,甚至冷酷,绝不允许掺杂任何感情成分的。上手术台能带感情吗? 有情就下不了刀了;用药和治疗能带感情吗? 情重就下不了手了。你重情才是好护工,他无情才是好医生。无情人装有情人容易,有情人装无情人太难。他比你难受得多。你抽他的喝他的还抱怨他无情,你真是该罚。韩心智坐下了,他很少在病房落座,大多都是站着说话的。他说我家几代中医,我父母坚持让我学中医,可我选择了西医。我觉得中医太玄,不是顶级高手实在不能悟道。西医不同,做个普通从业者就足以立身。中医西医都是个医字嘛。医生医生,有医才有生,都是对着生命的。

韩心智有点弄不懂自己怎么就扯到了二十几年前,看看芒种又觉释然,旧事自然是要对着故人来说的。芒种说就是就是,中医西医就像电视上的偶像派和实力派,整天联袂出演,可总不是一个套路,谁也不买谁的账。钻石说我怎么觉得望闻问切那么像算卦呢?反正我不信搭一下脉门就能看透人体,那还要那么多医学检测仪器干什么?韩心智问,你学什么专业的,不会学过中医吧?钻石说,我学的那都不算专业,给人饭吃的才叫专业。说了你们也别笑话,我三任丈夫给我下的结论都一样,他们说我这辈子真正的专业就是勾引男人。芒种笑得满口椰子汁喷到了墙上,他说这专业最好,这专业秒杀天下所有专业。钻石也笑,她说可惜专业还是不精湛,攻城容易守城难,三任丈夫都跑光了。这下子我的专业也到头了,能活到中秋节都算我大赚。要是不得癌症,也许我能把专业练得更加专业。

芒种次日清晨如约向钻石报到,头也没回地把老干部扔在了身后,不光是钻石有吸引力,而是老干部让他受不了,再干下去,他觉得自己的生殖系统也会被气歪气掉的。

离休老干部八十多岁,儿孙满堂,都挺孝顺的。自从两颗睾丸因肿瘤被切除后,也不知道为什么,他忽然性情大变阴阳莫测,整天骂儿女骂孙子骂医生护士,也骂芒种,就连死去多年的老伴也常被他从土里刨出来骂个体无完肤。肿瘤患者都免不了骂人,被骂的人也都理解,问题是他不仅骂人,他还骂天骂地骂世道骂社会,每次开骂光是骂这些就要铺垫半个多小时,还没骂到核心,他痛骂的核心主要是贪污和腐败。他的痛骂是以讴歌为序的,序是建国前,正文则分为几个篇章,自建国至今,他是越骂越起劲越骂越血腥,把人家电视上那些职务犯罪者的祖宗十八代都骂遍了。骂就骂吧,他还搞破坏,把病房的床单被套枕套和窗帘都撕得稀烂,独独留下了电视机,因为他每天都要看新闻,他说这世上的每样东西上都沾满了权钱交易的罪恶,若当年长缨在手,他誓要将这满世界的贪官污吏斩尽杀绝。

他是离休医保,上不封顶,好药贵药可着劲使,他又骂医生挣回扣医院黑心肠。他的儿女子孙十几个,都在他的单位里工作,有处级有科级有工程师有调研员,他们每天必须早也来晚也来,如同早朝和晚朝,哪个也不敢缺席。他的单位向医院照价赔付了他所毁坏的全部物品,他又骂单位领导糟蹋民脂民膏,全是狼心狗肺的贪污犯。

这些芒种都能做到见怪不怪,芒种不能忍受的是他每天无数次地数钱和数纸,数钱还好说,把兜里的大钱小钱全倒床上,仔细点几遍,再揣起来就是了。数纸很可怕,就那么一卷破卫生纸,他每天都要摊开细数,少半格都要折腾半天。他上厕所一次只用半格纸,两三寸的长度。芒种是自备的卫生纸,每撕一格,就要挨次骂。骂得很有层次感,芒种你凭什么浪费纸,你懂不懂纸浆是什么造的,是树木是森林是江山啊,江山都是我们打下来的,我们抛头颅洒热血南征北战,打鬼子打蒋军打美帝。你们可倒好,活活把我们的江山给搞坏了搞歪了搞变色了。你配做农民的儿子吗?农民的儿子有你这么败家的吗……芒种有次顶撞了一句,他说我听我爷爷说,新中国成立前给财主家干活,吃的喝的也都挺好挺香的,并且财主从不欠工钱,比我干活时的那些包工头可好太多了。老干部当场就捂着裆部倒下了,全身指标刹那飙升,要不是值班医生抢救到位,老干部会牺牲在那个黎明前的黑夜中。

　　韩心智对这老干部也是忍无可忍,用药和治疗他早被骂疲了。让他窝火的是换药,对于癌晚期术后肿瘤患者,他历来亲自换药,这活看似简单,其实大有讲究,换不好很容易引致并发型感染。老干部不让韩心智换药,也不让小赵医生换药,老干部钦点小柳医生给他换药。本来医生这职业就没什么男女之别,小柳医生对老干部的裆部风光早已熟视无睹,比九千岁魏公公也强不到哪儿去,民间俗称蛋囊的睾丸系统已被韩心智切除殆尽,只留下个海绵体供他排尿。可老干部的海绵体总是如同当年疆场上的小战士,小柳医生的纤纤玉手则成了激昂的冲锋号角,回回吹得小战士热血沸腾奋不顾身地冲冲冲。小柳医生说韩老师,每次我都戴三层手套。我从学医那天起就知道这辈子要面对各种人体,可他真让我恶心。韩心智说按理说这个岁数这种手术,海绵体不可能再产生反应,因为产生雄性激素的睾丸已被切除。可老人家太有战斗激情,导致肾上腺激素每天超量分泌,作用于全身,包括海绵体。小柳医生说是,韩老师,肿瘤患者最重要的是心存求生希望和抗癌意志,但必须保持心态平静,他这么激动会加速扩散和恶化的。他让我换我就换吧,反正也换不了多久了。

　　小柳医生忍了。但芒种不忍了。芒种从肿瘤科西头老干部的病房跳槽到走廊中央钻石的病房了。老干部大闹护士站大闹肿瘤科大闹院长室,医院上下推脱得干干净净,护工不是医院的职工,医院自然没有任何责任。老干部调转枪口,对准了挖墙脚的钻石。老干部捂着裆部对钻石说,我是你爷爷辈的人了,孩子,你不能这么不敬老,爷爷的刀口整天流脓淌血,离不了芒种在身边。哎呀,又渗血了,你看你们把我气得又渗血了。老干部说着就往下褪裤子,他喊,芒种你过来看看,赶紧给我收拾收拾,擦干净。芒种没动,钻石动了,钻石动若脱兔,两步蹿到老干部脸前,钻石说老爷爷你可不能在我病房脱裤子哦,我会吓晕倒的。我是肝癌晚期你是睾丸癌晚期,我最多再活三个月,你用药顶级搞不好还能多活半年呢。老爷爷这样的老革命最讲究先人后己和大公无私了,老爷爷让我敬老,我还想求老爷爷爱幼呢。老爷爷你就让让我吧,你连江山都让了,让个护工又算什么呢?

老干部不想让也只能让了。他又连用了五个护工,哪个都干不足三天,不是他骂走护工,就是护工不要工钱甩手而去。他给十几个儿孙排了班,一天一个,轮番陪床。老干部很快发现,亲生的居然不如钱买的,儿孙们对他居然还不及护工尽心和耐心。尤其是孙子辈的,简直让他寒透了心,他们坐在病房比上班还敷衍,打电话玩游戏时刻摆弄手机,压根不愿意多看他半眼。儿女们比孙子们好得多,可也不肯和他多说一句半句的,总是嗯嗯嗯唔唔唔的。他们都在应付他,把陪护他的每一分钟都当成了煎熬,只求着熬到点了立马抽身离开。他们的一切都是他给他们的,他们的工作住房职称级别都是他舍着老脸向单位求来的闹来的。他是全家族的参天大树,遮风挡雨地庇护了他们一辈子,眼下他的树叶落了树干朽了就要化为泥土了,可他们竟敢这样对待他,竟忍心这样对待他。

老干部托韩心智再给他找个护工,韩心智照做,对惹不起的患者他都照做。让所有人深感诧异的是,这个护工没有挨过骂,也没有受过任何斥责刁难,老干部和护工的关系很好很铁,形影不离亲密无间,比鱼水情还亲还动人心弦。老干部解放了十几个儿孙,就像当年解放大好河山般,下手利索势如横扫。老干部对韩心智说,韩医生,癌症才不是人间最可怕的东西,明白才是。我活到要死才活明白,要不是这个肿瘤我到死都是糊涂的。我这辈子枉为人,我枉活啊。韩心智肃然道,老先生的明白令我们做晚辈的也明白了。我们明白了什么叫作本色。老干部死后,他的儿孙们才知道,老人已将自己毕生的积蓄和遗产全部捐给了他当年打游击的贫困山区,用于建造希望小学,就连住房都提前套了现。上过战场的人总是行事决绝,杀伐决断都是自己当家做主,谁也左右不了他的意志。老人的儿孙们对于他的捐款行为尚能理解,他们不能接受的是,老人竟然把自己的遗体也给捐了,捐给丹青医科大学用于解剖教学之用。老人的长子问,韩医生,我父亲还有什么交代?韩心智反问,他最后那个小时,我不是打电话把你们都叫来了吗?长子喃喃低语,那时他已说不成话了。韩心智说他让我告诉你,他捐遗体是不想让你们每年去给他扫墓,他说路远山高,你年龄也大了,他怕你跑不动。

## 四

　　和所有行业一样,医疗行业也存在着不计其数的父子档、兄弟档、姐妹档,以及夫妻档。医院里全家都在同个大院上班的也有好几户。韩心智未能免俗,他是夫妻档,医生和护士的组合,最普遍也最普通。这样的组合极具稳定性,知根知底知苦知难,相互扶持相濡以沫。韩心智的妻子是儿科护士,由于常年和儿童及婴幼儿打交道,不怎么有心眼,很容易哄劝也很容易按住。不像科主任的妻子,多年奋战在专司医患纠纷的质监科,很难摆平也很难安抚,特殊的职业性质,使她真话假话都当作谎言来听,男女老幼都视为潜在敌人看待,时刻保持着超高度的警觉性和战斗力。科主任常被贤妻盘问得时而怒发冲冠时而长吁短叹时而指天发誓。

　　参照物决定幸福指数。以科主任夫妇为参照物,韩心智不能不感叹自己的婚姻四平八稳甚至三生有幸。每当领教过嫂夫人那猎豹般雪亮的眼神和暗藏无限杀机的甜言蜜语,韩心智都觉得自己的妻子又天真又温柔又可爱又贤德。韩心智和妻子是顺理成章谈的恋爱,按部就班入的洞房,水到渠成生的儿子,同舟共济过的日子。

　　和天下所有的柴米夫妻没什么不同,韩心智和妻子过得平稳平凡平心静气,家里的滔天大事是买房买车外带儿子的学习,小事则不外乎吃喝拉撒兼着请客送礼随份子。日子是要多满足有多满足,要多无聊有多无聊,两口子要多恩爱有多恩爱,要多陌生有多陌生。遗憾总是婚姻的配菜,配菜若炒得香艳夺目照样能压了主菜的风头。韩心智妻子的遗憾是丈夫没能当上肿瘤科副主任,自己没能做成儿科的护士长,儿子这次的英语考试成绩比去年同期有所下降,都很具体和务实,故而皆可弥补与拉升。韩心智的遗憾则比较抽象,比印象派的画风还要荒诞和怪异,连他自己都懒得去面对和深究了。

　　几年前,他的患者地产商李闪电在临死前对他说,韩医生,我这辈子资产过亿,女人过百,这还都是在编的,编制外的都数不清。你知道最让我闭不上眼睛的是什么?告诉你吧,压根就不是钱,人死了钱就成冥币了,烧再多你也花不着半毛半分。我最恨的是女人,我的女人都是买来的,有些是我主动买的,有些是她非要卖给我的,总归都是买卖。你说我怎么就这么倒霉,我怎么就没弄到个让我一见了她,心里就咯噔一下子的女人呢?

咯噔一下子?谁能咯噔一下子?韩心智当时脱口而出。他说李老板,能咯噔的那大概叫传奇。你别遗憾你没咯噔。你要自豪你让别人咯噔了,你是著名慈善家,无数你帮助过的人,他们想到你心里都会咯噔的。李闪电涕泪交加不依不饶,他说我才不稀罕他们咯噔,我那都是买名声作秀。要是早知道我会长肺癌,我才不干那蠢事呢。韩医生你告诉我,你咯噔过没有?韩心智说没有,我没咯噔过。李闪电含笑道,这就好,这就好,我最恨别人有的我没有,都没有就好。说罢就瞑了目,遗容极其满足。韩心智在给李闪电拉上白被单时,破天荒地说了句,李老板安息,我还从没见过谁是咯噔着结婚生子的,你就安心吧。韩心智从没和死尸说过话,他只和活人说话,可他那天还是忍不住说了。

李闪电是丹青市的超级大款,名头比闪电还刺眼还霹雳。说是地产商,却从没盖过房子,他只圈地皮不盖房子。他很不屑那些盖房子的同行,那都是二道贩子才干的活,相当于闪电过后的毛毛雨,没响头,也没搞头。李闪电只爱地皮,在检查出肺癌前,他圈地都圈到大洋那头考拉和袋鼠的故乡了。李闪电的名片共八个折叠,不然印不下那么多社会职务和名誉头衔,名片首页是李闪电踏着千层底老布鞋的足部特写,没有脸也没有身体,只有一双脚,一双踩着世界地图的大脚。鞋帮子上烙着行金字:为什么我的眼中常含泪水,因为我对大地爱得深沉。

李闪电开始根本看不上丹青市的医院和医生,他的手术是在美国做的,本打算在美国继续治疗,可那两个金发蓝眼的外科医生让李闪电很不信任,很没安全感,因为这俩医生不仅不收红包和礼品,还装模作样地怪叫连连,甚至报了警。这就不对头了,太不对头了,这样的医生怎么可能尽心尽力地给他治病呢。不送钱和不收钱的人,李闪电觉得没人味,他是从不和没人味的人打交道的,又岂能托付生命于美国这种没有人性的医生呢。

李闪电回到丹青,召集多批肿瘤专家对他的肺部肿瘤进行会诊,专家有说两三个月的,有说四五个月的,没有一个敢说超过半年的。有人性的专家和没人性的美国医生,不约而同地给了李闪电致命重击,他们联手呈给他一张地狱的请柬。李闪电对请柬有心理准备,对请柬上的日期很不信邪。他觉得虽说钱不能买命,可买多几年日子总是天经地义。李闪电拖着左侧肺全切右侧肺半切的身体住了院,不是普通医院,而是精神病院,因为他彻底崩溃了错乱了精神分裂了。李闪电的孩子们都在国外,妻子们都是前妻,情人们和朋友们又都和他同样单纯,除了运作金钱,他们实在不知道该怎样应对肿瘤,于是都蒸发不见了,有些人干脆把精神病院的电话拉进了黑名单,搞得精神病院从上到下都很揪心李闪电这个超级VIP患者。

是精神病院用急救车把李闪电送到丹青市人民医院肿瘤科的。相较于精神病,显然是肿瘤术后愈合不佳更为可怕,加之李闪电又是名人,精神病院可不想背负满城骂名。确切地说,李闪电是被五花大绑地送到韩心智手上的。科主任不要,肿瘤科的另两个老医生也不要,韩心智也说不要。说了没用,就只好要了。韩心智猫爪挠心,整整挠了七天。七天,他日夜盯在办公室,连家都没敢回。李闪电属高危患者,不敢松绑,松了绑就要杀人放火撞墙跳楼,只能绑着用药,抗肿瘤药物和精神科药物并用。精神病院留下了随车押运的陈医生协同韩心智。陈医生说实不相瞒,我们先把他送到省字号两家大医院,人家坚决不收。还是你们医院才配称人民的医院啊。韩心智焦头烂额,他说我也实不相瞒,我今天如果早走片刻,没撞上你们,我们肿瘤科照样让你们把人抬回去。我正评着副高职称呢,我这个柿子不敢不软。陈医生说我也是啊,不然我才不收他。像他这种随时会没命的,在我们医院也是给谁谁不要。韩心智说同病相怜吧。陈医生说肝胆相照吧。不然出了事,咱俩谁也评不上。

于是就拼了,两个医生在李闪电身上拼了。乱世用重典,死症用猛药。韩心智和陈医生心心相印,李闪电可以瘫了残了,却绝不能立刻死掉和继续发疯。鉴于以前曾有过患者被有关部门从病床上抬走接受调查,韩心智干脆给李闪电先开出来十天的用药,他怕李闪电账户若是被冻结,就用不成好药了。韩心智让陈医生也多开些药,陈医生说,这种常识我会不知道?我们医院抓走过好几个住院装疯的,装得特别像,连我们都以为是真疯,可是一被抓他就不疯了,他立马就正常了。我有准备,我带了半个月的药呢。

李闪电还魂了。在韩心智和陈医生连番作战的第七天黄昏,李闪电对着眼前两个熬得不人不鬼的医生长歌当哭,哭完大笑,笑完又哭,然后就淡定无比了,他说赶快把我的律师叫来,就说我要安排后事,他们会比火箭还快,他们日夜盼着我有这天呢。

李闪电的遗嘱改了又改。他仔细问清陈医生和韩心智,自己在精神病院和肿瘤科住院期间都有谁来看过他。韩心智说没人来过,陈医生说有两个女人找他问过病情,都是流着泪走的,却没留下名字。李闪电让律师火速去取藏宝图。律师抱来十几本比《辞海》还厚的大册子,每一页都是女人,身高体重血型星座外带着风骚度可人度和性格爱好,分门别类资料扎实。每个女人的照片下都标注着星级,这是李闪电给她们打的星级,就像旅游局给酒店打的星级。陈医生翻到眼花手酸,才在三星级和二星级的册子中找到那两个女人。李闪电说真没想到哇,都说婊子无情戏子无义,他奶奶的屁话。这个小粘粘是洗浴中心的,这个小凤头是个唱歌的,怎么就她俩来看我了。这些个五星级四星级的女金领女白领女明星女主播怎么一个也没来,我给她们送房子送汽车送首饰送粉丝,我什么时候手软过?我是上下两头硬,她们是上下两头赚。买卖哪有净赚的,可她们总想净赚,我让她们赚足了,她们连看我一趟都嫌赔。李闪电吩咐律师,给小粘粘送房送车送钱,再送进最贵的商学院深造,给我把她打造成丹青最高贵的名媛。给小凤头出碟拍MV开演唱会上电视台,给我把她捧成最红的歌星。要快,要比圈地还快;要狠,狠命地给我砸钱。在我死前把她俩都给我捧上天去。李闪电哆嗦着手拿起笔,把两个女人的三星级和二星级郑重地涂抹成了五星级。律师幽了一默,他说李老板,我保管这些个藏宝图多年,占了我好几个保险箱。也没什么用处了,你看咱们是不是效法始皇帝的焚书坑儒,把她们都送进碎纸机?李闪电笑眯眯的,想得美,她们无义咱可不能无情,我历来以德报怨,你懂的。等我死后,你给我把这些东西扔网上去,给那些闲得蛋疼到处找窟窿下蛆的广大网民打打春药,可别让他们忘了我。我就喜欢热闹,被骂比被捧还热闹,活着死了我都得图个热闹。

李闪电是九个月后才死的,每天几万元的药费,加上韩心智的百般尽心,偷天换日地偷回了一个秋季。李闪电用最后的时光化腐朽为神奇,小粘粘和小凤头的新名字响彻商界和歌坛,那首《闪电劈死我》的半摇滚版劲爆嗨歌,韩心智和陈医生如雷贯耳。陈医生说见过分裂的没见过这么分裂的,我们为他做的都是白做?难怪报纸和网络现在还在拼命骂他,死这么久还不得安宁。韩心智说我们做的叫本职工作,无罪就是有功。那两个女人所做的叫情义,只有李闪电这种人物才配得上编导《情义无价》。我如果告诉你,我和你的职称评定此番顺利异常,是李闪电的情义使然,你以后会不会经常想起他?陈医生唏嘘,我都评了五年了还评不过去,我连烧香都拜不着庙门。我会铭记,此后把每个患者都视作他。韩心智说我们共勉吧。忘记他对她们,只记他对我们。别断联系,有空聚聚。


钻石让护士在食堂订了两份特号营养餐,每日三餐,汤美菜鲜,钻石和芒种对着吃,遇到高蛋白高纤维类较难消化的,她就拨到芒种饭盒里。芒种从没这样吃过饭,他和历任雇主都是各吃各的,泾渭分明。芒种挣钱不少,吃饭却寡,顿顿馒头就熬菜,逢年过节才舍得给自己加俩菜。老家六口人都吃着他的,他吃粗淡些,家人就能吃得香浓些。芒种说钻石你这饭真好吃,我在这里十年了,还没吃过这么香的饭菜。钻石说人间事都是咫尺天涯,越近越远,越是脸对脸越是吃的不一样。你要多吃,吃够,我给你订饭订到了我死那天。韩医生说我过几天就不能再吃饭了,得输营养液当饭了。以后你自己吃饭吧,我看着你吃,看着也香。芒种放下筷子端详钻石,钻石的脸部和全身都已泛黄,色如冬雪下沤着的秋叶,枯黄中还泛着残存的水灵。芒种知道这是黄染的迹象,用不了多久,钻石全身上下会像黄金那样异常的黄,连眼珠和嘴唇都是黄的,却没有黄金的光芒,是干黄和枯黄,是瘆人的黄。

韩心智每天数次走进这间病房,值班护士说韩医生也太关心你那个老乡芒种了,进就进吧,还老是顺手牵羊我们护士站的水果和零食,你把芒种都喂肥了耶。韩心智说有人瘦就得有人肥。芒种肥得好,我还从来没见他这么肥过。进了病房,韩心智变脸了,铁青着脸对芒种说,把饭盒放下,跟我到办公室来。芒种用眼神向钻石求救。钻石说韩医生有话当面说,别拿芒种当替罪羊。韩心智说好,我问你,这屋里是什么味道?芒种说饭香呀菜香呀,还有钻石的香水香呀。韩心智盯着钻石,我要让你说。钻石避开他的眸子,低了头吐出两个字,我疼。韩心智深呼吸,放轻了语调,你疼不疼,你有多疼,我比你还清楚。你还没疼到那个分上呢。你这是瘾。韩心智压低声音,我告诉你,我能闻出来各种不同等级的毒品味道,很多晚期肿瘤患者都用这个止疼。不光是我能,护士也能,你让她们闻到了,有的护士会打110。钻石说你让我戒?我还能活几天?我为什么要戒?你给我个理由,我就戒。韩心智近前半步对钻石说,人活着总得有个活着的样子,活一天也得和死人不一样,这算不算理由?钻石慢慢抬头,顶着他的目光,顶了片刻,她眼中的硬气忽然就虚了,糯米糍子勾了水似的,一圈圈拍打着波光,她说好吧,算。就从此刻起,我不会让你再闻到这种味道。

韩心智转身出了病房。不大会儿工夫,护士进来通知钻石和芒种换个病房,换到走廊最东头去。芒种边收拾东西边嘟囔,钻石说芒种你真是比驴还笨哦,这是怕我一下子断不了,有反复,让护士给发现了。也太小看咱们了,你去把我包里那些东西都扔马桶里冲走。说断了就是断了,你说这世上有什么东西是不能断的。芒种说那就别换病房了，都断了，还折腾个啥。钻石说换，断是断，换是换，都是必需的。芒种说这可不好断，要不我留一点，搁我身上给你藏着。以前我帮好几个雇主藏过，我有经验。钻石把脸凑芒种跟前，寸寸逼近，你当我是你雇主? 你要当你就藏，你要不当你就扔。芒种往后退，直至退进了洗手间。

## 五

韩心智中午临下班时收了个乳腺肿瘤患者，本来乳腺肿瘤在肿瘤队伍中算是轻量级的，如能及时发现及时手术及时治疗，术后几乎没什么风险，活到夕阳红甚至月当头都不在话下。可惜这个患者多年来从没做过任何体检，她是乳腺疼痛得受不了，甚至乳腺皮下组织都硬化了才来的医院。来了也不知道挂什么号，自己琢磨着挂了个妇科的号，妇科门诊很忙，等了半天叫号进去，三分钟不到就出来了。妇科医生说你去乳腺专科看看，不要耽搁了。女人说我只请了半天的假，这都快中午了，我下午还要上班。妇科医生叹气，她说你们这种人呀，你们让我怎么说你们呢。妇科医生拿起电话就拨到了肿瘤科，放下电话，她说，别去乳腺专科了，我就替你做主把这道环节省了吧。你直接去后面的病房楼18层肿瘤科，找韩医生。女人问，那我下午是不是还得请假? 妇科医生说请长假吧，具体时间韩医生会告诉你。

韩心智一看一摸这女人的乳房，就知道晚了。她的两只乳房表层都已呈现橘皮状，皮下布满硬块，手触之处，那些硬核稳如钢铁，推移不动。韩心智不动声色，只是说，打电话把你家属叫来，要直系亲属。女人说我男人没法请假，请假要扣钱的，医生你就跟我说吧，我这病是不是不轻? 要花多少钱? 韩心智说病情的轻与重，要视患者的情况来界定。你的情况不太好，但也不用太担心，都有治愈的希望。

这女人的丈夫很快赶来，趁着吃午饭的空当赶来的。韩心智回家吃了饭就回办公室等着了，他不敢一下子把话说得太直白。这种人群的患者太多太多，所有的医生都深悉他们的共性，他们很容易受到惊吓，癌症晚期之类的字眼会很轻易地就把他们痛击至崩溃，他们会抱头痛哭会捶胸顿足甚至会放弃治疗回家等死。命和钱，他们总是会选择后一种，宁可舍命也不愿花钱，因为实在是要命有一条，要钱真没有。韩心智是对夫妻两人一同陈述的病情，他没有让女患者回避。回避是个技术活,对类似这对夫妻的这个庞大的群体并不适用这种技术,即便对患者本人隐瞒病情,也总是隐瞒不了几天,一是他们演技太差,再就是银子太少,真金白银从来都是直接决定演技水准。

对患者本人隐瞒病情,医生只与家属做沟通,由家属决定患者的治疗方向,甚至生与死,这是中国医疗界的独有特色及规则,每个医生都不敢越雷池半步。普遍来说,选择对患者本人隐瞒病情的,以城市中等人群居多,中等嘛,弹性空间就很广阔,多种选择,可上可下。真正金字塔的两头,极少数的塔尖人群和最广大的塔基人群,他们倒是大雅如大俗,阳春白雪和下里巴人的选择没什么不同,大多都是直面,直面肿瘤,直面最后的时光和亲情。

这对夫妻都是丹青市的外来人口,男人是清洁工,女人在某个中学的食堂打零工。两人来丹青十几年了,都是五十岁出头的年纪,租住在不远的城中村,两个孩子都在外省上大学,不仅帮不到父母,还要父母供给着并不算少的学费和生活费。男人说要治病,倾家荡产也要治,砸锅卖铁也要治。女人抽泣,咱们有什么家有什么产?咱不治了,咱不治了吧。韩心智对男人说,开头都是这么说的,说什么都要治,我们就千方百计地给治,可很多人治着治着就变了,就往后撤了,因为经济条件撑不住了。我理解你们的情况和难处。这个病发现得太晚,如果早期发现就好了。目前的情况,手术及后续治疗同样重要,手术自然是全切,但是扩散程度要到手术时,医生肉眼观察才能知道。如果扩散严重,所谓后续治疗就是用金钱换时间了。如果没有扩散或扩散程度较低,现代医学也足以呈现出威力。

这对夫妻满脸迷茫,韩心智起身用纸杯给他们倒了两杯水,接着说,根据我的经验,你目前状况不大可能没有扩散,只是看扩散程度了。乳腺癌肿瘤本身并不可怕,很多癌肿瘤本身都不可怕,可怕的是扩散和转移。很多癌肿瘤只要及早发现,彻底手术切除,该活多久还是多久,当然会影响生命质量,但不影响生命长度。人类所谓的死于癌症,只有两种情况,一是重要脏器出现癌肿瘤,比如肝肺胃脑部等,这种位置决定医学手段无法逆转,但也偶有例外。其他部位患癌只要不转移和扩散到重要脏器,都不要紧,切掉就行了。韩心智说得口干舌燥,这对夫妻才终于明白并接受了自己的真实现状。相对于高端人群,他们大多具备明白了就等同于接受了的特质,就像接受生命中所有的风霜雨露般,他们不会抱怨不公平,不会怨恨没天理,更不会反抗和纠结,而是逆来顺受,来什么受什么,来什么都能吞了咽了消化了。

高端人群就深刻深奥得多，在面对癌肿瘤时，他们始终不忘拷问苍茫大地，公理公正公平何在？他们奋力拼搏无私奉献两袖清风问心无愧的一生何其不幸何其艰辛何其呕心沥血何其风雨兼程，为什么啊为什么，癌肿瘤为什么如此没眼没德没良心没原则，癌肿瘤为何不去找那些卑鄙阴险无耻不择手段幸灾乐祸的小人呢。他们比痛恨癌肿瘤还要痛恨小人，于是他们会选择封锁患癌的消息，严密封锁，谁也不让知道，弄得身上的癌肿瘤比倾国倾城的和氏璧还要神秘还要神龙不见首尾，免得让那些小人笑烂了嘴乐开了花，成群结队地痛饮庆祝甚至买了鞭炮大鸣大放。韩心智多次配合高端人群封锁消息，演技千锤百炼不断提升，他只对自己的患者负责，患者是仁人志士还是人渣人妖，他都不问不管，他只管患者身上的癌肿瘤，他只做对抑制肿瘤有益处的事情。对所有好事者一概封杀，绝不泄露自己患者的任何情况。他的手机无数次接到电话，韩医生，请问那谁谁谁是不是在你那儿住院？听说是癌，还能活多久？韩心智说我这里只记床号不记人名，记不住。放下电话，韩心智会把护士站挂着的那谁谁谁的病卡牌抽掉，然后写一个化名的放上去。曾经有好多个谁谁谁，至死不肯让同单位的小人们知道自己患了癌，韩心智就用代号填写他们的名字，直至给他们盖上白被单，他才会恢复他们的真实姓名和身份。

和那些普通科室的医生相比，肿瘤科属于高度机密最多的地方，虽说现在的患者都很喜欢晒，胡晒瞎晒乱晒，头疼感冒小病小疼到处晒，住院治个小毛病恨不能晒遍天下，可就是肿瘤不能晒，癌症不能晒，死到临头也个个守口如瓶，恨不得买个替身去替自己到处亮相招摇以正视听。肿瘤成了不能触碰的话题。患者的心头大患，自然也是医生必守的秘密。怀揣着太多秘密过日子并不好受，比揣着绝世珍宝还要如履薄冰。韩心智没铁锹，不能像童话里的农夫那样在地上挖个大坑，然后对着大坑偷喊，国王长了双驴耳朵。韩心智只能对人说，对懂行的人说，于是常常参加同学会，同学会就成了他的大土坑，每次去发泄完了都很爽，等同于心理减压。可惜机关很快被识破，大家都是同行，岂能总是你说我听，土坑资源必须共享，同学圈唯有共荣辱同进退方能地久天长。几个回合下来，土坑成了地壳运动的沧海桑田，不仅被填平，而且耸成了高高的土山。都是穿白衣的，都是满肚子的秘密与苦水，都是满身心的生死账册，有几个医疗官司缠身的同学更是不管不顾地往土坑里倾倒了河流决堤般的鼻涕眼泪与酒后呕吐物，搞得坑里坑外堆满了脓血和垃圾，比手术台旁的专用垃圾筒还要令人看着发毛。

医院东南角有个不大不小的花坛,花坛里头杵着座陈旧得掉屑的木质八角凉亭。凉亭有造化,数十年来大院里多次大兴土木,它都侥幸躲过了。或许是因为那棵树。那是棵银杏树,老得都不知年头了,由于太老,就没人敢动。凉亭就匿身于银杏树遮天蔽日的树影中,这个盛夏的银杏树仿佛不太服老,有点老不正经似的,抽出了翠得异样的满头油绿,每片树叶都无风自语地絮叨着什么,每颗果子都躲在枝叶间摇头晃脑的,透亮得撩人。韩心智夜里常去凉亭里坐坐,很多年了都这样,坐一会儿就走了。现在也是这样,不过不是坐一会儿了,总是坐好大一会儿还不走。他不再是自己坐了,是三个人坐,钻石和芒种也在。是谁先来的,是谁先遇到了谁,只有树知道。

　　这座凉亭,这棵树,就是我的土坑,韩心智说,非常奇怪,这么多年了我在这里从没遇见过人。说来可笑,这个亭子顶棚,原先有只燕巢,那燕子一家都认得我,夜里见了我也叫几声,跟老熟人打招呼一样。芒种问现在怎么没了?是不是燕窝被人发现,摘走当补品了?钻石说这里喜鹊太多,燕子喜欢清静,可能是嫌吵闹,搬家了。这里真是《聊斋》的场景,难得见人,容易见妖。可惜时日催人,我也只能当个过客了。不然倒是真愿意总来。韩心智说人妖相对,不是人被吃,就是妖被收,《聊斋》里头还没见过不吃也不收的。总得有个结果。有的结果是一年一结,就像这棵树。有的是一生一结,就像我们。其实都是过客。所以我们拼命留人,能留一天是一天。钻石说我觉得你都没说全,还有一些人是没有结果的,再想结果也没有结果,只能是今世开花来生结果了。我只知道这世上什么都不牢靠,什么都抓不住,怎么使劲怎么尽心都不行,手里的东西攥得再紧也会被拽走抢走。我家在山里,山明水秀的,后来开发了热闹了,满山的石头好的被运去当景观石,剩下的要么被就地开矿炼石英,要么被开厂子造成水泥。山成了秃的水成了黑的,左邻右舍的都富了,可是家家有癌症。我父母都是五十几岁就没了。我离开那里来了丹青,我以为自己有个家就好了,可我有过三个家,哪个我也没保住。我就又想着自己好好往下活吧,谁知道就连自己也抓不住,也不知道是不是早些年就留下的病根。我拼命往前跑,也没顾上回头看一眼,都不知道死神一直就追在我身后。早知道这样,我还干吗要改名字呢,改名字费那么多工夫,那时候我还以为有钻石就能把日子安稳住。不过也好,有钻石至少还可以住在医院里,而不必暴尸街头。说到底也应该满足吧,还能坐在这里这么说话,我觉得也捞够本了,我跟命运也算平局吧。

芒种说这些年我的雇主多了,干什么的都有,穷的富的高的低的都有,还真没见过你这样的。我和他们一样,整天操心这个担心那个,总想着以后能比现在好。我小时候盼着长大,长大了才知道还不如小时候自在。我现在盼着三个孩子长大,可我知道,等他们长大了,等我真老了,那时候我还不如这时候呢。村子里的老人都是指着养儿防老,可什么也防不住,都是半个月一个月一轮,在几个孩子家里轮着住,多一天都不行。几千年都这么过的,我就能免俗?有本事的人怕肿瘤,我这样的人不怕肿瘤,我就怕老。我送走那么多人,可我还是想不开,我还是怕老,怕老了没钱花,更怕有钱也没人管。可能只有真的到了死期,才能放得下吧。韩心智笑了,笑了两声,说,芒种,我见死人比你多,我没见过真能放得下的,都是临死前拼着最后一口气,东牵扯西挂念,左交代右交代的。死不瞑目的人太多了,猝死的除外,他们是来不及牵挂。

钻石说我向你保证,我到时候乖乖瞑目,不用你们帮我合眼皮。命运给我的,我都欢天喜地地要了,命运要拿走的,我都高高兴兴地给它。不欠人,也不欠命。韩心智忽然说,你的原名是什么?钻石说我得想想,你整天给我疯狂用药,不仅抢我的钱包,你还把我搞成脑残了,真的。我从前叫什么来着?哎呀,怎么想不起来了?等我想起来了,我立马就告诉你。

韩心智望向夜空,头顶上月明星稀,天宇浩渺,他伸手点了点,也就七八颗星星的样子,是七颗还是八颗,他点了两遍也没点清,那几颗星星总是在跳,跳过来跳过去的,在他指缝间穿梭游弋着。临走时他说,也不外乎花花草草山山水水或者彩云霞光吧?芒种说,什么?心智你说什么?钻石说,不是,再猜。韩心智说我从来不猜,不说就算了。钻石说你已经猜了,你刚才就猜了。韩心智说只此一回。真的,只此一回,下不为例。钻石说但愿。但愿你连这回都没猜过。芒种怕老,我不怕老,没长肿瘤也不怕老。我最怕不公平,真怕留下个不公平。

# 六

韩心智以超快速度给那个乳腺肿瘤患者做了手术,她身上的癌细胞每分钟都在扩散,不快不行。手术本身算是成功,手术医生能把肉眼所见和根据经验判断划定的已扩散组织摘除掉,于手术本身而言就叫成功。手术过程无惊无险平淡无奇,一切都和韩心智预料的一样,女人的癌组织并没有扩散到洪水滔天的地步,却也已呈现较为明显的扩散状态。这种状态才是最可怕的,因为医生的肉眼看不见肿瘤灶区外其他部位的明显癌变,而又明知已经扩散并正在扩散中。医生只能多切多挖,尽可能地把癌细胞所吞噬的组织挖掉。韩心智麻利摘除女人的两只乳房,刀锋深入扫荡,连腋窝部位都挖成了洞。手术后,女人的胸部不是平坦的,而是凹陷的。病理检测结果支持韩心智的肉眼观察,女人接下来要面对的是令人痛苦万状的放化疗过程。

让韩心智感到意外的不是女人,而是男人。这男人居然把两个正在外地上大学的儿女都叫来了,一家四口人,日夜紧守着那张病床。一般来说,穷家养娇儿,这种人群中为人父母的,大多都是死扛死撑,他们会把儿女的学业看得比自己身上的癌细胞巨大得多,也重要得多。不到临死那天,是不会把真实情况告诉正在读书的孩子的。

韩心智把男人单独叫到办公室,他说你这么做于患者很有利,患者的心态和意志在这个时期最重要,于我们的治疗也最有助力。放化疗过程会令患者身心极为痛苦,而亲情往往成为最大的慰藉。但是很多父母不这么做,他们会对子女隐瞒到死。可怜天下父母心啊。

男人说我也想过不说,她更是不让我告诉孩子,她说孩子念书重要,以后总能比我们活得有个人样。可是韩医生,我反过来一想,我就没听她的。念书不也是为个吃饭吗?我的孩子就算书念得再好,就凭我这么个爹,我的孩子毕业了还不是到处应聘四处打工?我倒是想护犊子,可我护不住啊。他们过两年到社会上漂着,什么脸色不得看?什么苦头不得吃?这么一想我就把他们都叫回来了,我们一家四口人总是东南西北的,我们俩打年轻时就在外头打工,两个孩子都是跟着爷爷奶奶长大的。我们一家人从来都没有在一起好好待过,这回我们就在你们医院好好团圆团圆吧。她跟着我从来都没过过好日子,我不能临了临了,还让她见不着想得发疯的孩子们。

韩心智说你的做法,我个人深以为是。你也不要太过于悲观,患者的结局连我目前都不能确定,因为放化疗过程极为重要,一切都要边走边看,说白了就是我们在和癌细胞打仗,就看谁能打过谁。但是治疗费用你必须要跟得上才行,现在都是计算机管理,你只要欠费,谁也没办法给你从药房取出药来。我给患者所用药品,因为现在手术刚过,术后抑制并发感染及抑制癌细胞同样重要,不能松懈半分,故而近期费用降不下来。我会考虑你们的经济承受能力,随时调整治疗方案。希望我们之间能够相互理解,有任何情况你可以随时联系我。韩心智把手机号留给了男人,让男人可以24小时找到他。

韩心智的手机永远24小时开机,做这行的都这样。不能不这样,也不敢不这样。医术好的医生患者总是很多,患者多了事就多,都是些生死攸关的事情,哪敢掉以轻心,所以这类医生都有一门常年练出来的拿手好活,就是深夜起床穿衣和奔跑的速度奇快,有时能快过海豹突击队员,眨儿眼的工夫就能把自己从头到脚武装完毕,再眨儿眼就已子弹出膛般呼啸着射进了病房。

钻石的丈夫来了,现任丈夫,也就是第三任丈夫。来了不是先奔病房,而是先奔医生办公室。韩心智很诧异,这男人太年轻,也就三十岁左右的样子,帅气得一塌糊涂,而且五颜六色姹紫嫣红,他怀里抱着的巨型花篮异香扑鼻,搞得戴着口罩的韩心智连打了几个喷嚏。

韩心智如实陈述了病情,然后把他带到钻石的病房门口。韩心智把门推开就离开了,片刻也没逗留。芒种不乐意了。这英俊小生扑到钻石身上,嘴里连呼着干儿,干儿,我的干儿。芒种说你这位先生怎么这么说话,谁得这病也得干儿了,你见过哪个生癌的胖了?钻石说芒种你又脑进水了,我们夫妻说话你别插嘴。钻石和小生紧紧拥抱,都在热切呼唤对方的名字,呼了好儿分钟还没顾上正式对话。芒种这回听清楚了,人家叫的不是干儿,是肝儿,心肝儿的肝儿。人家两个人的名字都叫肝儿。钻石抚摸小生的脸,她说肝儿,咱家小三呢?小生泪雨滂沱,别提她,肝儿你别再让我心碎了。她根本就不是个人,她用爱情欺骗我,她其实是想骗走咱家的财产。她做梦去吧。肝儿我不要她了,我和她分了。我现在才知道,世上只有你最好。我要陪着你守着你分分秒秒照顾你。我再也不离开你了。我错了,以前都是我的错。肝儿啊肝儿,咱把这护工辞了吧,他能干的我都能干。小生把脑袋深埋在钻石的胸前,呜里哇啦哭个不停。钻石用下巴摩挲小生的浓发,她的两只手背上都插着输液泵,护士刚给她输上液,手动不了。她说肝儿,你别伤心,你伤心我受不了。这小三咱不要了,咱以后再找个好的。你回家吧,这里的活你干不了,我都没舍得让你干过活,你也不会干活。我日子不长了,往后你得自己过活了。夫妻八年,打个抗战都够了。我所有的一切都留给你,你可别让人再给骗了。小生说不要不要,我就只要你要你要你。钻石深深凝视小生的脸,看了很久很久,她说我看你,总也看不够。肝儿,你真是太迷人了。你走吧,再也别来了,让我最后的日子清静清静。我求你了,肝儿。小生说肝儿,你真舍得撵我走?你不爱我了?你说过的我们生生死死不分开,死后也要烧成同一把灰的,肝儿,我要跟你合葬。钻石说心肝儿,你要好好活,你活着就是替我活着。我死了都爱你,我从没见过你这么好看的男人,我爱你的脸你的身体你的每根头发,你别哭破相了,快回家吧,回家去想我吧,别在这里受罪了。两人热切吻别,足足吻了三分钟,芒种无处藏身,只得全程注视。

小生是痛哭着离开的,一步三回首,半步一顿足。他知道这一别便是永诀。钻石也哭,无语泪流,流着流着就笑了。泪流满面的笑总是很吓人,芒种烫了条热毛巾给她擦脸,正擦着,韩心智推门进来,进来又出去,把那只大花篮给提出去了。再进来,他轻声说,这么多花太香,刺激呼吸道。钻石说让你见笑了。韩心智说先找的我,问你病情。主要是问时间,开口就问时间。钻石冷笑,那有什么不对?哪个家属没找你们问过时间?你不就是掌管时间的吗?韩心智说对,你不要激动。我就是个管时间的,管不了别的。钻石忽然左右手开弓,把两只手背上的针管都给拔掉了,她说我还要时间干什么?你这时间我还就不要了。我不要了行不行?我回家等死行不行?芒种急切地好言相劝,韩心智打断芒种,不行,我说不行就是不行。患者都得听医生的。三个人都没再说话,病房里好一阵子死寂无声。芒种觉得这屋里的空气都变了,变得不像是空气,都不流动了,结成了糨糊,芒种闷出了满身的汗。

钻石的声音如同耳语,她说,他给过我那么多快乐,我从来不知道我也可以那么快乐,满天满地都是快乐,快乐得都没了自己。怎么也忘不了。那些快乐那么真实,日日夜夜扑面而来,就像昨天。韩心智说好吧,我懂。他转身就把护士给叫来了,他说继续输水,静脉滴注一支安定。睡上一觉,昨天就过去了。


亲情的力量无限繁华,如春风落蛊,蛊惑得没了乳房的女患者面如百花,时刻怒放。她住的是三人间的病房,另外两张病床的患者来了又走了,被她熬走的,熬进了太平间。谁也熬不过她,她像钉子般钉牢在自己的病床上,虽然时松时紧,有时眼看着就要松脱了,却又被几锤子砸牢,砸进窄小的钉子孔里,夯得稳稳当当的。锤子是她的丈夫和孩子,他们服侍她如服侍女皇,呵护她如呵护公主,村妇骤然间升级为女皇公主,她太贪恋这样的感觉和时光,死命抗争,舍得一身剐,再痛苦的治疗过程也能含笑承受。科主任对韩心智说你的患者都是怪才,你那颗钻石能把肿瘤科住成度假村,前无古人后无来者。那个乳腺癌患者更绝,我还没见过放化疗能笑得出来的。我手上那个乳腺癌患者按理说扩散度比她还低,可是没了,昨晚上三点把我叫来的,这会儿都冻成冰棒了。韩心智说可惜治病如打仗,打仗最紧要是弹药,再亲再爱也顶不了弹药。他们几次弹尽粮绝了,到处借。现在我都不知道该怎么开药。下手软了药也软,不顶事;下手狠了用药硬了,又怕把这家人全压垮。科主任说有时候不能心慈手软,那样更拖沓。最关键时期,还不如猛下一两个疗程的好药硬药,集中火力,谁赢谁败看天意。赢了最好,败了也都有个解脱。韩心智说醍醐灌顶。前辈指导得太经典,晚辈受教了。科主任说肿瘤无情,为医者不能分心分神,那样反而会糊涂。要时刻牢记你面对的是肿瘤,而不是什么人。这是当年我老师教训我的,我那时也是你这年纪,常常下不去手,误人误己。韩心智说受用不尽。有些极端病案,医学也给不出答案,于患者叫作命运,于医学叫作奇迹。其实是同一码事,叫法不同。

韩心智到病床边把想法说了,对着一家四口人说的,这家人四人同心,他也没必要单独把男人叫到办公室去谈。韩心智说按照目前状况,再拖个一年两年的,医学上是有可能办到的。可是结局你们都清楚,久拖本身于癌细胞而言,那种状态叫作蛰伏,只要停止用药,蛰伏的癌细胞就会苏醒,并且卷土重来。我想给你们试试抑制肿瘤的最佳药品,用上一两个疗程。这种药品价格相当昂贵,当然它的效果也极其优良迅猛。我只是想法和建议,你们尽快考虑清楚答复我。女人说不用,家里房也卖了地也卖了,就是天上的药我也不用了。用不起,我的命配不上那么贵的药。两个大学生热切地说用用用,我们俩申请保留学籍打工挣药费。男人不言语,抱着脑袋蹲到了地上。他说韩医生,你让我想想法子,这个家是我当家我说了算,他们的话你不用听。韩心智说自始至终,你们从没有对我的用药和治疗方案提出过任何异议及质问。说实话,绝大多数情况下,患者家属对我们医生的类似建议都是同一个反应,他们会抵触会怀疑甚至当场反目,因为,他们认定这是我们变着法地想挣钱捞钱,想从他们身上榨干最后一滴血汗。所以,感谢的话以后不要再说了。我倒是很想说一句,谢谢你们的理解。

韩心智曾经一度心向往之的从九品乌纱帽,早已众望所归地落到了小柳医生的头上。当上了科室副主任,小柳医生自然不会再跟在韩心智手下,她自己单独成立了一个组,带了两个更年轻的医生另立门户了。本来韩心智还在等,等着几句话,几句类似解释或者宽慰的话,好歹师徒几年,没感情也有人情,他觉得给出几句话总是人之常情。但是没有,他什么也没等到,小柳医生就连半个字都没有给他。韩心智下了很大的决心,决心必须要给自己讨回那么点公道回来,不然也太对不起这些年自己无数次为护着她的挺身而出了。

韩心智请小柳医生吃饭,席间还有小赵医生和刚分到他手下的小于医生。酒足饭饱快散场时,韩心智说小柳,有件事还要拜托你帮忙。小柳医生说老师只管吩咐,只要我能办到的。韩心智霎时满面愁容,他说你看,我这两年要评正高职称,现在正准备论文和专著。别的什么的我也没指望了,所以很希望能把这个职称给评过去,这辈子也就这么到头了。我万里挑一地选了个病案做论文,想着重阐述患者心理状况与治愈癌晚期肿瘤间的关系及影响力,自认为角度新颖论点独特。我的病案就是那例乳腺肿瘤患者,你也跟了很久,情况都很熟悉。韩心智吐出成串的药品名称,他说我必须使用这些新型抑制肿瘤药品才能支撑这个论文,现在的论文讲究与时俱进,不然不好过关。可他们拿不出这么多费用。眼看论文要泡汤,这个职称要是评不上,你嫂子说要跟我闹离婚。万般无奈,想请你帮老师想想办法,把这道关卡给破破。小柳医生说优中选优的病案有的是,老师何不另选一例?真到了老师评职称那天,我自然是倾尽全力,说什么也不能让嫂子休了老师。韩心智说没办法,我盯这个病案盯了太长时间了,盯得发痴,放不下来。这么多年相处,你还不了解我?小柳医生说就是因为太了解老师,所以才总觉得有负老师期望。老师的论文就是学生对老师的敬意和谢意。

这顿饭吃过没几天,药房主任找到韩心智,神秘兮兮的,他说特事特办,你那几种药跳过所有中间关节,我给你从药厂直接提进来了。此事严重违规,当下风声紧响动大,韩医生务请当作天字号机密。韩心智说进渣滓洞都不说,躺铡刀下都不说。药房主任说这事从没发生过。韩心智说绝对没有,从前没有以后没有,现在更没有。

## 七

本来韩心智还担心,医院对药品管理流程烦琐,环节严密,如此操作是很难不暴露的。但事实证明,他的脑袋只拥有小人物的思维方式,还真不配戴乌纱帽。这件事虚幻得仿佛从未发生过,可患者的疗效日日让他惊喜。换言之,这批导弹级别的药品是以手榴弹的面目炸响在患者体内的,从包装到型号到价格,滴水不漏,严丝合缝,在整个药品流程中,没有任何人察觉出半分端倪。

可疗效是惊人的,患者体内的癌细胞队伍从汹涌进攻到进退维谷到焦头烂额到黔驴技穷,直至溃不成军就地阵亡。韩心智得寸进尺,提出再加强一个疗程。药房主任说兹事体大,你老兄我吓得整晚失眠。韩心智说失都失了,还怕再多失几天?可惜老兄纯爷们儿一个,没什么特殊嗜好,不然小弟我舍身陪你共眠。药房主任笑得上不来气,他说知道帅哥抢手,老弟这些年不光受尽女患者调戏,还要忍受男患者骚扰,医界楷模啊。

　　韩心智半个字也没对那个患者全家人提过。他们掏着手榴弹的价钱,却日夜享用着导弹炮的轰炸,说出来简直会吓死他们的。这种人群可以面对所有苦难,却承受不了任何机密。患者出院那天,男人用轮椅推着女人,他说韩医生,我岁数比你老得多,我让两个孩子代表全家谢谢你。那两个大学生扑通就要下跪,韩心智早有准备,他的双手比他们的膝盖快得多,一手拉牢了一个,拉得他们跪不下去。韩心智对两个大学生说,借用你们爸爸的话,我年纪比你们老得多,所以你们要记住我说的话,无论任何情况,面对任何人,你们这辈子都要站着,永远都别往地上跪。无论苦难还是恩德,只有站着,你才能面对。跪矮了,你就看不清楚了。咱们连癌症都能战胜,往后的日子还有什么值得下跪的?

　　这家人千恩万谢,韩心智如风过耳。感激与辱骂,他都已面对太多,多得成了挥手而去的云烟,去了就是去了,心里总是空的,不及时腾空,又何以迎战下一个又下一个再下一个,那些永无尽头的肿瘤和癌细胞呢。他把他们送到电梯口,他说,日子再难也要保证患者的营养及心态,这点至关重要。如有任何不妥,随时向我咨询,不得延误和自作主张。切记切记。在我的职业生涯中,你们这个病案令我深感骄傲。让我们共同感激当今医学昌明吧。

　　韩心智进了钻石的病房。他说刚送走了,我真希望这辈子永远都不要再见到他们,那就意味着完全正常了。钻石说那顶小帽子换回个起死回生的正常人,太值了。我都觉得那顶烂帽子根本配不上你,你要真戴上了,我都嫌寒碜。韩心智说,当初也曾朝思暮想过。钻石说当初是当初,现在是现在。当初第一次婚姻,艰苦奋斗白手起家,我以为情比金坚;第二任家缠万贯挥金如土,我以为弱水三千他只爱我;后来那个肝儿,你都见过了,我以为可以自己主宰命运。谁知道三局残棋意气尽,恨我此生无明朝。

　　韩心智双手忙碌,他每天都要给她抽腹水,不然她的肚子会鼓得像一座坟,土黄色的新坟。韩心智说我从没恨过自己回天乏术。医学又算个什么东西,它什么都不能留住。不过我也想通了,人世间所谓生离死别,死别还是比生离要好得多,你说呢?钻石说我历来屡败屡战,从没后悔过。和肝儿结婚时我就知道结果,可我没悔过。然而现在我真是后悔,后悔那天听了你的话,留下了。你说丹青这么多医院这么多肿瘤科,我在哪里等死不行呢,真不想这样死在你的视线里。韩心智的白衣下摆,溅满了她的腹水,污浊一片。他说十四年了,我经手晚期肝肿瘤患者274例,只当你是编号275,迎来送走就是了。可是你看,我抽腹水是从不沾衣的。你这编号真是你的名字,天长地久。

钻石说我的名字不叫钻石。我是在家里出生的,我们那里生孩子不兴去医院的,当时爷爷奶奶和我爸爸都在屋外头等着,他们想要孙子和儿子,我爸见我是女婴,心里头咯噔一下,说沉下去了。他给我起的名字就叫咯噔,我叫了二十多年才改的名字。那天我就说你怎么也猜不着的。韩心智的双手停了,如遭了雷击。他长长呼出一口气,笑说,我还用猜?那天你一进我办公室,我就知道你的名字了。咯噔一下子,一脚就踩空了。就这么踩空了。往后的年月就是深渊,再也爬不上来了。钻石说回头是岸。韩心智说回头无岸。钻石说那我先去岸上等着,总能等到吧。韩心智微笑颔首,不见不散。

芒种每晚都和钻石聊天,一人一张病床,躺着聊,聊着聊着她会睡过去,她睡过去了他再起来,起来把所有正往她体内灌注着的药袋药瓶细细检查一遍,也不开灯,就用一只小小手电筒拢着光,凑近了贴着眼睛看。她睡不好,每晚最多两三个小时;他更睡不好,得时刻操心着去叫护士给她补药。钻石说从没这么被人照顾过,你比我家肝儿还体贴,我家肝儿都是我哄他先睡。芒种说谁让你找那么小的,当然得大的哄小的。钻石说拉倒吧,第一任同龄,第二任比我大十五岁,也是我哄他,所以就嫁给肝儿了,想着扳过来,起码得在年龄上把败局扳过来。芒种在被窝里笑得直抽,他说扳过头了,也太小了吧。钻石说你别小看我家肝儿,肝儿可不是徒有其表,名牌大学出来的,内外兼修才华横溢,不然我能看上?他一毕业我们就好上了。芒种半天没接话,估摸着钻石快睡着了,芒种扔出两个字,姑奶,钻石姑奶。钻石说什么?谁姑奶?芒种说还才华呢,这都不懂,姑奶就是英文晚安。

# 八

半夜两点半,家里电话乍响,韩心智跳下床几步去接了,动作利索纯属条件反射,非正常时间段的电话历来都是找他的。电话不是护士打来,是科里值班医生打来的。值班医生先报病床号,韩心智就急了,没容值班医生往下说,韩心智就说赶紧抢救,我马上到,给我上所有设备,快快快!值班医生叫道,韩老师别急,不是病情有危险。我也不知道怎么回事,你那患者也不知道从哪儿叫来几个怪人,在病房里头点火,烟雾报警器直报警,走廊里头都是烟。

韩心智是顶着滚滚浓烟冲入病房的,进去了不管三七二十一,先打开门窗通气排烟,又拎起火源,一只正在燃烧着熊熊烈火的大铜盆,扔到洗手间沐浴喷头下给浇灭了。水与火相激,韩心智被呛得鼻涕眼泪横流,咳个不停。

病房里头的几个人都像被点了穴道,原汁原味地以原有姿态凝固了,个个呆若木鸡。是韩心智动作太快,快到让他们来不及做出任何反应和抵抗。钻石坐在床上,床还是那张床,却不在原先的位置。这张床此刻横摆在病房正中央,芒种的床和原有的床头柜及衣柜椅子等都不见了,也不知道被弄到哪去了。钻石是盘着腿端坐的,韩心智还没见识过她这种坐姿。钻石的四周,也就是床头床尾床两侧,各站了一个人,总共是四个人。韩心智只认得一个,芒种站在床尾,以金鸡独立的姿势站的,左腿着地,右腿高抬,正在惨淡支撑,微微摇晃。另三个人全是身着depths灰道袍的道士,道袍胸前彩印的不是八卦太极,而是只粉嘟嘟的大寿桃。站在床两侧的是两个年轻人,二十岁上下,一看就是当弟子的,他们正以一种白鹤亮翅的姿态对着钻石俯冲。压轴的老道士站在床头,站得犹如神话中的托塔天王,只不过他托的不是塔,而是一块披头散发的青黑色石头,石头上钻了孔,孔里插满了青枝绿叶,韩心智揉揉眼睛,看清楚了是桃枝桃叶。石头上有几个通红的大字,泰山石敢当。这块石头就悬在钻石的头顶,桃枝桃叶乱纷纷,枝绽新绿叶凝碧。那几枝桃叶垂在钻石的头上脸上,青的青黄的黄,青黄一片,青黄不接。

这几个道士是连夜驾车上高速公路,赶来给钻石作法驱鬼的。韩心智见过和尚也见过道士,这几年还见过不少神甫和修女。一般情况下,医院不允许任何奇人在病房设坛作法,但医生和护士大多对此持眼不见为净的态度,只要不干扰其他患者,他们不会过多干预。钻石请的这三个道士,也不知道是法术太高,还是低得不入流,和其他道士的驱鬼术完全不同格调。作法作得这么明火执仗硝烟弥漫并且姿势怪异的,韩心智也是头次开眼。

这几个人的道具也大不相同。韩心智见过不少传统型的道士,人家都是右手桃木剑左手葫芦瓶,由弟子捧着罗盘和白麻布袋,罗盘定方位,桃木剑刺出，死鬼收入布袋，不服输的鬼塞入瓶中，完事，收钱，走人，就这么简单，就这么鲜活，鲜活到那个葫芦瓶中不时还能传出鬼哭狼嚎的惨叫。由于道士回去还要另行处置这只恶鬼，患者家属一般都会多付些辛苦费。韩心智也见过勇于创新的道士，他们用手机GPS定位鬼怪的藏身之处，可以精确到厘米，用类似地震探测仪的最先进仪器迅速锁定并吸出深藏地下十几米的妖孽，再用笔记本电脑放幻灯片，向患者全家深入解剖妖孽的构成原理及来龙去脉，比医生说片子还详细。总之都要带来很多工具，肩扛手提气喘吁吁。就这么敢于靠一块石头和一只铜盆就面对恶鬼的，韩心智还真没见过。韩心智很知道怎么和这类人说话，他是一概地直呼大师，都是大师，全是大师，谁都爱听。他说大师应该知道，这里是医院病房，不能喧哗，更不能点火冒烟。大师不说话，没人敢说话。所有人都努力维持着原有的姿势，没人理睬韩心智。

韩心智知道捉鬼这种事，是绝不能半途被打断的。就像两个绝顶的武林高手对决，纵然天上下刀子，人家也只当作毛毛雨，连眼珠都不带转一下的。显然屋里这几个人此时此刻也是这般状态，他们都正在和恶鬼交战，拼尽心念和意志，正和屋里头也不知道藏在哪个角落的恶鬼进行着殊死较量。韩心智忽然发火，他劈手夺过那块泰山石敢当，猛地掷到床尾的棉被上，他多么想把石头砸到地板上，砸得碎成无数片，可楼下也是病房，再怎么怒火中烧，他也没敢忘了脚下的人。

石头被夺，道士惊呼，三个道士同时惊呼。韩心智说不许嚷嚷，全楼病床全满，说话都给我小声点。芒种一屁股跌坐到地板上，捧着腿直吸气，也不知道他用左腿独立多久了。道士说医生，你们治病我们捉鬼，都是受人之托，都是除妖保人。殊途同归，何不相互理解和包容。这只鬼叫肝妖，是肝毒久聚凝成的妖气，它刚才已经现了原形，要不是你推门进来破了我的阵法，我们就把它给生擒了。芒种说是真的，心智你别不信，我亲眼看见那只妖了，我们都看见了。就差一点就抓到了，它都被烧成裸体了，衣服都烧焦了。韩心智说芒种闭嘴。那是魔术，这些年你见的魔术还少吗？韩心智对道士说，赶紧拿钱，走人。这满楼的肝妖胃妖肺妖淋巴妖，天一亮我都得抓。你们以后接什么生意我管不着，作为某种心理暗示疗法，我也可以表示适度的理解。但是任何医院的病房，都绝不许点火冒烟，你请务必牢记了。道士不走，三个道士和韩心智争辩，非要再作一遍法。韩心智掏出手机，他说我一直没叫保卫科的人上来，是怕他们声响太大，影响到其他病房休息。

钻石开口了。整个过程中，她始终一动不动，一言不发。她的头上还挂着几片叶子，越发像是三魂七魄被摄走了的样子。钻石说大师，你们走吧。芒种，按两只鬼给大师结账。道士捧起那块泰山石敢当，左看右摸，心痛不已，两个弟子从洗手间出来，托着那只大铜盆说，师父，咱们的镇观之宝化妖盆被摔瘪了，凹进去好大一块。钻石说三只鬼，芒种，给他们三只鬼。道士说只恨功亏一篑。我们久居深山，我们只认神仙只认鬼，我们不认人，更不认钱。我们不是俗世中人，捉了几个鬼就是几个鬼。请勿辱人。钻石说是吗？大师千里迢迢原来是为弘扬正气？要我换个说法是吧？行啊，芒种，把那只盆算清楚，赔盆。道士还要说话，钻石说见好就收吧，大师，咱们心里都清楚世上无妖也无鬼，所以都喜欢装神弄鬼。装装弄弄，多好的日子，多热气腾腾的红尘啊。

道士临走时，不知是出于什么心理，硬是把那块石头给钻石留下了，他说这石头我还有，就把它送给你吧。难得一回撕破脸还这么圆满的，也算是缘分。韩心智问芒种，你以前都是向患者家属推荐崂山道士，这回怎么换了？芒种说崂山派做大了，不讲规则，上几次说好的三成，他们只给我两成。韩心智问这个呢？芒种说钻石想要个又简约又时尚的，我到处打听。以前是和尚跟道士争，现在是道士跟道士争得厉害。我有几个朋友在省肿瘤医院干护工的，有的小山头都给他们五五分了，抢了不少大山头的生意。这个行业怎么也没人来管管，比我们护工行业还乱。我们护工光是丹青就有十几万人，全国也不知道有多少。我们个个单打独斗，有生意多得做不完的，有接不着生意拼命自己压价的，有偷钱偷物偷懒不干活的，还有不会干活把雇主给干丢命的。我们干的很多活，在国外都是护士干的，可我们没受过一点培训。咱们的护士除了打针抽血量血压，什么活都扔给家属和我们干。韩心智苦笑，别说你们，我们也一样，在国外医界很多活是护士干的，在中国全是医生干。国外医生护士收入差十几倍甚至几十倍，我工资比护士长低两箱啤酒钱，比普通护士高三箱啤酒钱。她们是三班倒，我们是24小时随叫随到。韩心智和芒种说着干着，压低声音说，蹑手蹑脚地干，话没说完病房已被收拾得恢复了原貌。

韩心智拿起那块石头问钻石，你要不要？不要我就扔了。钻石说，我想送给你，你要不要？你要就留给你，不要你就扔了吧。韩心智就把石头放下了。他说，怎么想起来叫道士？钻石说想活，从没这么想活过。韩心智说你相信道士能让你活？钻石说不能。连你都不能。还有谁能？韩心智说那还叫他们来？钻石说怕死，从没这么怕死过，他们来跳跳蹦蹦，至少能让我不那么害怕。韩心智说有用吗?钻石摇头,没用。还是想活,还是怕死。刚才看到那只小妖,几寸长,在火盆里烧得又哭又叫,直打滚,我都想伸手把它抱起来,我觉得它就是我,我比它还不如,我不能哭不能叫不能打滚,我什么也不能,我只能叫几个道士来变变魔术开开心,可你还不让我变。

韩心智说满楼是烟,再让你接着变,消防车都得来。要不让芒种给你叫叫别的山头的? 也不点火,还变得特别好看,我上次见过和尚道士联手作法,人家都放下门户之见了,那才叫真精彩真高潮,连我都被打动了……

你被打动?你被抓鬼抓妖打动?你越来越会骗人了,你天天的工作就是骗人。你永远也不会明确告诉任何患者他具体的死期,你总说在好转有希望,要努力要配合,别绝望别放弃。傻子才信你,脑残才听你,你躺这张床上,身上插上十几条管子和各种仪器,不能吃不能喝不能动,你试试是什么滋味,试试你就知道我们为什么叫人来抓鬼抓妖了。钻石大口喘气,喘着说着,不肯停下来。韩心智说我每天的工作不也就是抓鬼抓妖?那道士给你抓的不是肝妖吗?我抓的也是同一只呀。钻石说他抓住了,你没抓住,你只会用药用针用仪器。韩心智托起那块石头,说那我回头练练手,这石头太重了。问题是我上哪儿才能弄到那么一只大铜盆呢,人家的镇观之宝呢。

破晓时分,天色忽地沉了那么一下子,紧接着,奶白色的曙光就被一把抛进了屋,抛得满满当当、毛茸茸暄乎乎的,叫人浑身麻酥酥得直发痒。钻石说今天太阳真好,比探照灯还亮。我庆幸今天还能活着。芒种不敢接话,他伺候过十几个肝癌晚期患者,男女老少都有,他知道,当他们的眼睛出现光感错觉时,剩下的日子屈指可数。韩心智说,这满楼的肿瘤患者,他们都是被家属当家做主,家属让拖就拖,家属说放弃就放弃。谁说人的生命是自己的?不是。我手上十几个患者,其中一半人不知道自己到底是什么病,到死都不知道自己是怎么死的。我很庆幸,庆幸你是自己说了算。庆幸你的命是你自己做主。我从来不会对任何患者家属说出具体日期, 因为生命无法具体到究竟几月几号,医生不是算卦的。但是,我可以告诉你,十天到半个月之间。你住院时间我能不能超过百日,你知道今天是多少天? 钻石说第143天。韩心智说144天,你没算上今天。接下来会更加痛苦,那种折磨超出你想象。所以,你可以随时告诉我,停止。钻石说我想照照镜子,芒种把我镜子收了,我想看看自己。韩心智说最好别照,你毕生专业已沦陷殆尽。钻石说那也用不着自卑,肿瘤科比的就是难看,没有最难看,只有更难看。韩心智说也还有机会,回光返照那会儿,比平时光亮很多。你可以照镜子。钻石说，对不起，真的对不起。我现在就要求停止，我受不了。停止吧。

# 九

韩心智说好。我也想说对不起。这些日子我其实每天都在问自己，要不要停止。问来问去，自己问，自己答不上来。就拖着你。那就让我们停止吧，生无可欢，何必非要拖过中秋节。每小时用一支特效止痛针剂吧。这种针剂十支一盒，你可能用不完整盒了。钻石说这不是安乐死，这还是拖死。韩心智说我们没有安乐死，我们只有拖死和疼死，还有折腾死。患者濒危，家属让抢救，我们就抢救，被抢救过来十几次的也不少见。抢救费用惊人，患者惨状惊人，家属执着精神惊人，我们劳苦程度惊人。全都是惊人。其实有时放弃比拖延更为仁慈。钻石说每时每刻都忍着，忍着剧痛忍着难受忍着对岁月的无限渴望，从前的岁月，未来的岁月，都想要，都不舍得放手。前几天一直想吃一种小时候吃过的点心，我都94天没吃过一口东西了。芒种去超市给我买回来，我想着舔舔总行吧，可是就连舔舔也舔不出味道，记得蜜三刀是那么那么浓甜。韩心智说你味蕾功能早已全部丧失。是记忆让你渴望。人类有太多痛苦缘于记忆，医学对此完全束手无策。很多晚期肿瘤患者会在最后的日子，舔一舔自己从前最爱吃的东西，可舔什么都是舔石头，没有味道和温度。钻石说你去忙吧。你该去查房了，那么多人都等着你呢。你放心，我能顶完一盒药，我这辈子都是提着气硬顶的。总怕气泄了就会一败涂地。提气提惯了，不死我不会松口。韩心智说试着放松，就用这几个钟头试试放松，放松比提气舒服。我上午要看十三个患者，还有一台胃肿瘤切除手术。我忙完就过来。

韩心智走得头也没回。钻石对芒种说你跟着好好学学，这才叫极限版耍酷。芒种说我凭什么耍酷？我要敢这么酷，我早被解雇了。酷也不是谁都配耍的。钻石说别闹脾气，知道你心思，刚才那么大事也没和你商量半句，搞得咱俩都很受伤哦。芒种眼睛一亮，他说你后悔了？我去叫他们来给你全安上吧。我就说嘛，好死不如赖活着，再活半个月，还能过个中秋节呢，我去买各种馅的月饼，舔不出味道，咱可以闻呀。钻石说你都不是驴，你就是头猪，一头爱死人的蠢猪。你记住，我一死你就打电话让我家肝儿来给我收尸。死透了再打。芒种说叫他干吗，我也能收。咱不求他，他走了这么多日子都没再来看过你。

钻石说肝儿本善良,不让他收尸他后半辈子都会过意不去的。就让他收吧。他会把我骨灰埋到那种中等墓地去,太贵他不舍得,太便宜他对不起我。估计会是个依山傍水的地儿,朝看水东流,暮看日西坠。你若来看我,我给你唱《明日歌》。记着风大的时候来,风声里你就能听到我唱歌了。

芒种痛哭,趴在钻石身上痛哭。他见过很多患者家属都是这样哭的,他还从没这么哭过谁。钻石说是我死还是你死?我该哭还是你该哭?哎呀呀,你压得我会死更快的。这么个阴阳颠倒男人爱哭的世界,早死早了也真是好。芒种说男人不好做,男人哭吧哭吧不是罪,我就是忍不住想哭。钻石说我还就是不放心你,别的我一个都不惦记。都会活得好好的,连今天晚饭都没人会为我少吃半口,只有你会为我吃不下饭。芒种说我明天后天大后天,都吃不下饭。钻石说知道,我都知道。等你老得头发白了拄拐杖了,你还会想着我的,日子再长你也不会忘掉我。哼哼,那简直就是一定的。钻石吃力地褪下左手中指上的一枚戒指,这是她全身唯一的首饰。这是一枚钻戒,她的第二任珠宝商丈夫献给她的婚戒。这些日子枯瘦得飞快,她就让芒种每过几天给白金指环上缠两圈丝线,免得不小心滑脱了。钻石把戒指放在芒种手掌心,她说等你老了,没钱花了,没饭吃了,看人脸色,受人气了,你去把它卖了,换几个孝子贤孙回来伺候你。你这辈子都是伺候别人,你靠伺候人养活全家,我不能让你老了落个没人管。

芒种攥紧了戒指,号啕着问,你真给我?我还以为你会留给他。钻石抚摸着芒种的头发,就给你,芒种我就给你。他那种人,我给他一块泰山石敢当就不错了。他只配得到石头。就让他往后对着石头当钻石吧。咱可没他那么高端,咱们都是实打实的人。芒种抽泣,你这钻石得值很多钱吧?钻石就贴着芒种耳朵说了。芒种惊叫,苍天呀那我不能要呀太贵呀妈呀吓死我了呀。钻石干脆拱到芒种怀里了,两个人都在抖,钻石是药劲要过疼得发抖,芒种是不明缘由地抖。由于抖,说话就都哆哆嗦嗦的,像深秋枝头焦黄的枯叶,一任风吹雨打,犹自簌簌着抓牢了残枝,不肯松手。钻石说芒种,如果生命可以从头来过,我就嫁给你,我就跟你过日子,这就是咱俩的结婚戒指,定情信物。贴着心窝收好了,跟谁也不许说,跟你老婆孩子都不许说,说了就不是你的了。芒种说我要我要我收好我跟谁也不说。我老婆心眼小,她知道了会吃醋。钻石,我跟你说,我跟她,那都不是爱情,都是凑合。年轻时,我们都不懂爱情。爱情真是个妖怪呀,没它日子好好的,有它就没法过好了。钻石你信不信人有来生?来生!来生我就娶你我不娶她了,我什么活都不让你干,我还像现在这样伺候你。钻石说来生都不够,三生,芒种咱俩缘定三生。至于这辈了,我知道也就只有你会总去看我,肝儿都不去了你还会去。芒种说我还一直以为不是我是他呢,女人心真是海底针啊。钻石认真了,他才不会去看我呢,他只会看石头。他看石头也不是看我,他是看他自己。他把我当成他自己了,我就是他的镜子。芒种,有你没你,三生十生,都不是他。他那种人没温度没味道,还不如那包蜜三刀。无论儿辈子都是只可以看不可以处的。我跟你过着看他几眼,日子能过到七八分。要是真跟他过,那日子得是零度以下。女人不比男人傻,跟谁过日子就是女人毕生的智慧。

韩心智进来时,钻石和芒种仍在海誓山盟,由于时间紧迫,都有些语无伦次,都说到梁祝化蝶了。钻石对韩心智说,刚跟芒种订过婚,下辈子提前预售,海枯石烂。韩心智笑容灿烂,他说热烈祝贺,缺不缺证婚人,我乐意效劳。芒种说非你莫属啊。钻石说这是刑场上的婚礼,你最适合当那个扣扳机的。

韩心智是从手术室来的,身上的手术服都没换。他早晨查房查了十三个患者,和平时同样的速度。查完房忙着开医嘱,根据查房情况调整每个患者的治疗和用药。做完这些,他应该进手术室去做胃肿瘤切除手术,这个患者的手术是三天前就排好的,这两天一直在做术前准备,心理上的和医学上的,患者禁食禁水已超过十二个小时。无论从哪个角度,这种规模的手术是不可以推迟和改期的。韩心智给手术室打电话,手术室护士说,我们一个小时前接的患者,半个小时前做的麻醉,韩医生该你闪亮登场了。韩心智说,让小赵小于先上,我一会儿就到。

放下电话,韩心智左看右看前看后看,整个肿瘤科人来人往,川流不息,来看病的来问诊的来住院的,给人看病的给人确诊的给人找床位的,医生和患者各自穿梭忙碌着。韩心智无处容身,他不知道应该把自己搁在哪里,不知道哪里能让自己安置自己,归拢自己。他去了那个亭子,去和回共计耗时五分钟。他在亭子里坐了片刻,这个片刻这么短又这么长,这么清晰又这么模糊,短得就像一道闪电刺破长空,转瞬就抓不着了,只留下无边的光亮呼应着黑暗。长得就如同眼前这棵树,银杏树,老得树身都皮开肉绽了,枝头却是浓绿的汪洋,秋风过处,碧波袭天,惊涛裂云,前浪未平后浪迭起。韩心智看看亭子看看树,看看这个大院,再看看自己,时而看着通透,时而就看不清楚了。

清楚也是不清楚,不清楚也得清楚,他在清与不清之间离开亭子,进了手术室。往台上一站,他立刻就清楚了,人是人刀是刀肿瘤是肿瘤,他眼里只放得下那颗肿瘤,全部心力都提到了刀尖上。这台手术做了三个小时,比预计时间多一个小时,由于这个患者高龄,心脑血管和血压状况术中出现异常,临时中断手术加强用药。按照惯例,出现这种状况应当叫心脑血管科医生进手术室来做个会诊,会诊记录白纸黑字,自始至终高度负责。韩心智当然遵循惯例,但他没叫心脑血管科医生,他叫的是心外科医生王惊雷。内科外科不是一个概念,外科医生可以随时转到内科去上班,反过来就绝对不行。韩心智此刻需要的不是惯例,他需要真正意义上的会诊。会诊大约十分钟,王惊雷针对韩心智的临时用药及其他措施提出异议,韩心智照单全收。他说感激王老师指教。王惊雷说小韩,你今天不是常态,你水平我知道,你怎么了?韩心智说因此才需要你。王惊雷说我们这种人,上了台就不是人,小韩我们是机器,手术机器。韩心智说学生谨受教,王老师说得好。王惊雷签字离开,韩心智继续手术。手术成功,这患者此后只有三分之一的胃,能否保住体内余下的残胃,还要看放化疗效果。韩心智手术当中出去对患者家属说,病理检测属恶性肿瘤,按理应当胃全切,但我肉眼观扩散程度较低,老人又是高龄,如果全切则毫无生存质量可言。所以征求你们意见,须立即决定,若切除三分之二,则术后要加强放化疗,放化疗效果如不理想,就必须二次手术进行全切。究竟怎么做?你们说,现在就要说。患者家属大眼瞪小眼,说什么的都有,都乱了套了。那患者的老伴问道,韩医生,你的建议呢?韩心智说谨慎建议全切。那老人又问,恕我不敬,手术台上要是你亲人呢?韩心智愣一下,回答,如此,我会选择保留部分胃部。当然,也得随时准备迎接二次手术。

韩心智对钻石说,这老人眼明心亮,极为擅长沟通,由此保全老伴余生生存质量。很多医患纠纷,都源自沟通问题,据说世上沟通分为三种,用嘴说,用眼说,用心说。有些患者对我们选择用嘴说,用拳说,用刀说。所以我们都不说或少说,我们都很惜字,惜字如金,从不多说。钻石说没觉得你有那么高深,我们从开始就什么都说的。告诉我,你以后会怎样?韩心智说又能怎样,就是现在这样,每天做手术查病房写药方,偶尔去和同学聚聚,有假期了出去旅旅游开开会。五十岁拿刀会眼花,五十五岁会手抖。我们这行业黄金时期太短,年轻时有体力没经验,中年时才能累积足够经验和技术,可是体力衰退,我现在站手术台就总是腰酸腿软,再好好干几年,每送走一个病愈出院的,心里头也挺得意的,毕竟是人命,因而那种得意比升官发财都过瘾,真的,只可意会。等六十岁退休吧,钱够花就歇着就养老,不够花就出去坐堂坐诊,七十岁散步打拳搞养生,八十岁走不动了坐轮椅,都是这么过的,我想我也就是这样了。但是,我比他们都强,老得下不了床了,我还有块石头可以相对,足以慰平生。

韩心智不时看一眼手机,钻石说你不用看时间,我说过要用完一盒药,我对你从没撒过谎,尽管我特别会撒谎。我践约了,我用完了,我的时间到了。我父母都死在县医院,他俩的医生都对我很好,看我时满眼怜悯,声音都没有对我用过重的,都是轻轻地说的。我很幸运,遇见的医生都很好。韩心智低语,我和他们比呢?钻石说没法比,不能比,你和谁也不能比,因为你不是别人。可惜我是你的过客。韩心智说不是过客,你过不去,我们都过不去。钻石开始抽搐,两只手向空中乱抓,韩心智本能地站起来,握住了那两只手,握得死死的。芒种俯身想托起钻石,韩心智说别动,最多一分钟,动了更难受。

钻石挣扎着说,取我一条命,给我这一遭,天意公道。芒种连声喊,钻石钻石钻石,姑奶,钻石你要姑奶啊,我会常去听你唱歌啊。

韩心智缓缓抻开手中崭新的白被单,当被单覆盖至她的头顶时,他清清嗓子,又清清嗓子。他说,就此别过,余生漫漫。

余生漫漫。


【作者简介】申剑,郑州市文联作家,中国作协会员。主要作品有中篇小说《完全抑郁》《白衣胜雪》等。

# 总有一个怀抱

杨映川

肖夏睡觉有三样必备的玩意儿,耳塞、眼罩和闹钟。耳塞塞上,眼罩蒙上,一片混沌中睡个昏天黑地地老天荒。所以,她还需要被闹钟叫醒。今天她请了假,没有任何理由,只是不想去上班而已。闹钟是未被设定的状态。当被吵醒之后,她摊开如蜗牛般柔软虚弱的身体,用了好几分钟才分辨出是楼下的吵闹声把她唤醒的。

母亲汪楚兰能与汽车喇叭声抗衡的嗓子嚷的分明是,你们再不走,我打110了!然后有细细碎碎的哭声响起,是外婆,还有另外一个女人的哭声。肖夏弹簧般蹦坐起来,手在头发上胡乱理几下,上下扫一眼睡衣还算齐整,人趿着拖鞋立马冲下楼去。

院子里除了外婆、母亲、几名熟悉的房客,还有一对陌生男女。汪楚兰身边站着像靠山一般的房客,他们脸上的神色表明只要房东一声令下,他们会毫不犹豫拔刀相助。他们平时都巴结汪楚兰,因为在这里租房子的都不是什么有钱的主儿,没几个没拖欠过房租的,想不看房东的脸色少听房东几句冷嘲热讽,逮着不花本钱的机会总得跳出来表现一下。与他们针锋相对的是那一对男女。这对男女从气质上看就不像本地人,身材高大健壮,皮肤灰黑,衣着过时,惹人注目的是那女的,小腹隆起,看样子得四五个月的身孕了,半边身子躲在男人身后。外婆则站在两个阵营中间,身形短小,手里紧紧捏着一本蓝皮存折,眼睛泛红像个受气包。

汪楚兰看肖夏现身,像来了救兵,挥手说,夏,快过来,来看看,开开眼。汪楚兰递给肖夏一张字条,肖夏认得出是外婆的字迹,如小学生,一笔一画,方方正正。内容如下:我徐荣妹自愿承担孙艳每月1000元的安胎费,10个月共计10000元,生产孩子各项费用10000元,两项合计20000元。如果张志军、孙艳无力抚养孩子,本人愿意替他们抚养孩子。立字据人:徐荣妹。

肖夏再看一眼那女人的肚子,问了一句,你叫孙艳?孩子几个月了?女人脸上还挂着泪,点点头说,我是孙艳,孩子四个多月了。肖夏说,你们的孩子为什么要人家帮你养?男人抢着说,谁稀罕别人帮养?刚才我都说过很多遍了,我们本来不想要这孩子,要做掉的,是你家老人求我们把孩子生下来,我们没有能力养就不打算要,她求我们要,她付钱养天经地义,我们也没求她来着。男人嗓门不小,理直气壮。

肖夏相信男人话里没有编派,这在别人听起来绝对是一桩讹人的事件,但肖夏一点不怀疑她的外婆会做这样一件事,她相信母亲汪楚兰也能明白这一点。所以,肖夏问的是,你是张志军吧,我外婆没付你们钱吗?男人说,是,我是张志军,头五个月安胎费老人家给我们了,一共五千块。汪楚兰巴掌一拍嚷起来,听听,五千块拿走了,现在还要提前来拿那剩下的一万五,要不是我正好碰上,你外婆就给人家取钱去呢,存折都拿手里了。房客甲说,两万块,快抵我三年房租了,真他妈的黑。房客乙说,就是看老人家好骗,天打雷劈!

男人说,你们说话太难听了,我再把刚才说过的话给这位姑娘说一遍,这是因为我们要回老家了,孩子计划在老家生,我们也不打算回这里来了,所以才跟老人家商量要剩下的钱,老人也同意了。汪楚兰说,你们这赚钱的法子真牛,孩子还没下来两万块就到手了,我怎么知道你们离开这里以后会不会把孩子打掉,害我妈空欢喜一场?老人家是菩萨心肠,你们这样做是造孽啊。男人说,这位大姐,我老婆不是母猪,我们不会拿生娃求财,这点你完全可以放心。汪楚兰说,这年头骗子满大街都是,我没工夫也没本事去辨别,算了,不和你们费口舌了,之前我妈给过的五千块就当她做善事,我不找你们要回了,可眼下你们再纠缠她老人家要钱绝对不可能,马上给我离开这里!房客甲说,阿婆是菩萨,大姐也是菩萨,你们识相就赶紧走人吧。房客乙说,我可没有这么好说话,恶人我来做了,我帮你们报警……男人气急败坏,拉扯老婆的胳膊说,行,你们人多,我说不过你们,我们走,我们上医院打胎去,孩子我们不要了!

一直不出声的外婆突然狠狠在地上跺了一脚说,汪楚兰,我用我的钱,和你没有关系,和你们谁都没有关系,你们现在住的是我的房子,房产证上是我的名字,这钱我心甘情愿给,你们管不着!一时间,院子安静了。汪楚兰尴尬地朝肖夏使了一个眼色说,妈,你冲我们发脾气干吗?我不图你留钱给我和肖夏,可你辛苦攒的也不能让人骗了去,善心让不善的人利用了,那可是会助长歪风邪气的。外婆不理会汪楚兰,对那对男女说,走,我们取钱去。肖夏说,外婆,我陪你一起去。外婆有些不太情愿,但此情景下也不再说什么,就让外孙女跟着了。汪楚兰看女儿跟去了,放下心,闭了嘴,让看热闹的散去了。

肖夏挽着外婆的手,那对夫妻落后一步跟在后面。外婆说,夏,你不会是替你妈拦我吧?肖夏说,钱是你的,我哪敢拦?我们都是你的房客。外婆拍拍肖夏的手说,刚才外婆说的是气话,你就别来戗我了,你妈那张嘴太毒,对人也苛刻,这点你比你妈好。肖夏说,先别说我妈了,后边那对夫妻你在哪儿遇上的?外婆说,他们夫妻是打短工的,这一两年都住在朝阳桥洞,我早认识他们了,前几个月我路过看孙艳在哭,打听才知道是怀上孩子了,她男的让她上医院打胎,她不愿意,正闹着呢,我就劝他们把孩子留下。

话说肖夏的外婆还算得上是个有家产的人,拥有一幢自家盖起来的五层小楼,一楼是外婆与汪楚兰住,二楼则是肖夏一个人独占,剩下的全外租。不过,这一带属于城乡接合部,房租不高,大多是付不起高房租的人群不得已的选择。十来间房,每间房租就五六百元左右。隔不远处有座朝阳桥,虽然叫桥,可桥底下早已经没有河水,就一条臭沟,因为靠近本市最大的水果蔬菜批发市场,有租不起房的人干脆在桥洞下面违规搭建的小棚住着,隔一两年小棚屋会遭城管清理一次,可不出一两个星期准会倔强地重建起来。

外婆几乎每天都到那一带溜达,手上提只塑料袋,袋里装的是剩饭菜。那地方游荡的野猫特别多,偶尔也有被主人抛弃的狗,这样的狗一般非老即病。外婆给它们送饭食去,有时还得出钱送它们上宠物医院治疗,钱应该没少花。肖夏不是很关心这些琐事,她想只要外婆喜欢就遂她的心愿,人老了不就找个可以解闷的活法吗?可外婆不仅喜欢跟畜生打交道,还喜欢跟陌生人打交道,比如住在朝阳桥洞里的那些人,说白了,大多是没有正经工作的,甚至是连暂住证都没有的外地人,外婆喜欢和那些人聊家常,给这家送米送油,给那家送果送菜。有一次外婆来跟肖夏讨要穿不着的冬衣,肖夏没细想,翻了好些出来给她。过了几天肖夏看到朝阳桥一带有几个女人穿着自己眼熟的衣服走动,才醒悟外婆是拿她衣服送人了。虽说那些衣服她不会再穿,可看到那些陌生的女人穿着自己衣服,带着自己的气息,她还是感觉有一丝不舒服。

肖夏是外婆拉扯大的,外婆做什么,她即便心里不是很赞同,却也不会反对。汪楚兰则牢骚不少,但那牢骚一般也只能冲着肖夏发。从母亲的牢骚中,肖夏了解到外婆和外公年轻时不是太和谐,两人时常吵架,一吵架外公就离家几日不回。外婆生下大姨、二姨和母亲后不愿意再要孩子,尽管外公盼个男孩,外婆还是坚决地把后来怀上的三胎孩子全打掉了。大姨和二姨都不长命,一个活到十六岁,一个活到十四岁,全都是莫名其妙得急病死掉的。外公在失去两个女儿后紧接着走了。孀居的外婆某日突然领悟,她之所以失去两个孩子是因为她的杀业,她杀了三个孩子,没了两个孩子,还欠一个。她将目光锁定到当时十二岁的汪楚兰身上,她害怕这最后一个孩子也会被带走。汪楚兰说,你外婆以前是怕我短命,现在我孩子都大了,她却是怕她不得善终,拼命赎罪呢。

汪楚兰抱怨最多的还是她自己的婚姻,她跟肖夏说,当年就是因为怀上你,我才不得已嫁给你爸,要是那时候我坚决打胎,也不会有今天。汪楚兰当年跟肖夏的父亲肖林婚前同居,后来发现肖林脚踏两只船,想把孩子打掉,是外婆下跪相逼一定要留下孩子才有了肖夏。肖夏说,即便打掉我,你的婚姻也未必是成功的,不嫁我爸,你以为后来就一定碰上个能和你过一辈子的人?汪楚兰叹一口气说,话是这么说,可头没开好,这一开始是求全,后面就只剩下委屈了。

走了将近两百米,有家建行。肖夏替外婆拿了号,外婆这下比较安心了,示意孙艳夫妻耐心等候。肖夏知道外婆手里其实没几个钱,这几年房租是母亲收的,外婆以前存下一些钱应该都花差不多了,这一下支取一万五,肖夏还是有些担心的。她轻声问外婆,他们现在要提前取钱,万一拿了钱又把孩子打掉,这可怎么办? 外婆说,夏,你放心,孙艳这姑娘不会的,她本来也是想保这孩子的,只是经济上不允许,做妈的,心都软。肖夏说,要不我们生产费用先付给他们一半,等孩子生下来,让他们给你发个照片过来,我们再把剩下的钱给他们好不好? 外婆说,夏,助人的事从来没有说还要留一手的,这心不完全敞开对人,得到的结果是完全不一样的。肖夏不是很同意外婆的话,但也不好再说什么。外婆取到钱,肖夏替她数了数,交到孙艳手上说,我外婆是善人,每一分钱都是辛辛苦苦攒下来的，你们为孩子积福吧。孙艳看了张志军一眼，张志军把脸调过一边。肖夏从那一眼里看出点什么来，她拉着孙艳的手说，妹子，我年纪估计和你差不多，可能比你还大一两岁，无论怎么样，孩子还是留下来的好，再大的难处，挺挺就过了。孙艳点点头。

回家途中外婆问，夏，都忘问你了，今天怎么没上班呢，不舒服？肖夏说，没有不舒服，就想待在家里睡觉。外婆说，好好一个姑娘，一身懒骨头，小心哪天给开除了。肖夏说，你外孙女是业务骨干，人家舍不得开除的。外婆说，谦虚一点，好好做事。肖夏说，反正我对得起付给我的薪水。外婆叹了一口气说，任性啊。

路过菜市场，外婆说，夏，想吃点什么？外婆给你做。肖夏说，水豆腐煮番茄。外婆说，嗯，好久没买水豆腐了，我也想吃了。肖夏说，买菜我就不陪你了，菜市那味道我最受不了。外婆说，行，你先回去吧，我可以好好挑挑，省得你嫌我磨蹭。

肖夏一个人回家，老远看到母亲守在院外的马路边，一看就是在等消息。看到肖夏一个人回来，汪楚兰赶紧迎上来，肖夏故意加快步子，把母亲甩后头，汪楚兰返身追上来说，死妹仔，钱到底取给人家没有？肖夏说，给了。汪楚兰说，给了？你一个搞财会的不会这么傻吧？肖夏在院里的石凳上坐下来说，你又不是不知道外婆这辈子最怕的是什么，她老了，有这个心就成全她，又没花你一分钱。汪楚兰说，好，你孝顺，你懂成全，我怎么没看你成全过你妈？肖夏说，我哪里不成全你了？我真恨不得你今天就嫁出去，是你自己不争气，算了，哪天得空帮你再介绍个大叔。汪楚兰说，呸，你能相中什么靠谱的人？别再给我乱扯。

说起这事肖夏就觉得对不起母亲，她眼神确实不太好。前几年有一个五十岁上下的老伯到这里租房，人看上去干净体面，精神矍铄，像这年纪一个人在外边租房的很少，而且听口音还是本地人。一般年轻人来租房子汪楚兰都喜欢刨根问底打听底细，可面对一个和自己年纪相仿的她突然不好意思起来，在肖夏跟前念叨了几次。肖夏洞察母心，找机会和那老伯接触。老伯叫赵刚夫，竟然是离异状态，目前附近有个球场请他做教练，他就到这里来租房了。肖夏探听他离异的原因，还很诗意。赵刚夫跟肖夏说，前妻爱的不是他，而是别人，现在退休了，他前妻要回老家了，那个人也在老家，他成全人家。肖夏说，您心真宽。赵刚夫说，到了这年纪有什么想不开的，不开心的还要自己寻开心呢。肖夏因此断定赵刚夫善良有情意，极力撮合他与母亲，经常邀他上家里一起享用母亲烹制的美食，顺带隆重推出母亲。赵刚夫是个明白人，对肖夏说，你还是个孝女啊。赵刚夫大大方方和汪楚兰处了一段时间，两人每晚上到附近广场上跳舞，耳鬓厮磨，渐入佳境。凭空的，某日有个女人带了一干人打上门，逮住赵刚夫要他还三十万元，说是赵刚夫借钱炒股赔光了，房子也卖了，人却躲起来了。汪楚兰惊慌失措面对这一变故，等众人架着赵刚夫走远才想起这几个月赵刚夫的房租没有收。肖夏赶紧向母亲检讨说调查不深入，光看人的外表了。汪楚兰叹口气说，总算没投入太深，否则就人财两空了。汪楚兰的眼里分明还有一丝不舍，肖夏觉得太对不起母亲了。父亲早年出轨，母亲本来是想忍着不发作的，可人家还是想和新人过，最后离了。这么些年来，就盼着找个稳妥的人嫁了，老了相守。相处这么多男人，始终没有一个向她求婚。肖夏认为是母亲一厢情愿的热情助长了对方的傲慢，曾毫不留情地指出来。母亲说，那我能怎么办，你要我待价而沽？那份无奈，让肖夏无言以对。

肖夏拉着母亲一块坐下来说，妈，事情往好处想，外婆这次没准是帮人家一个大忙，做了一件大功德呢。汪楚兰说，你以为我只是心痛那钱对吧？我最怕的是你外婆哪天领回一个小孩来。肖夏笑了，真领回一个孩子你养着呗，以后多个人给你养老。汪楚兰说，你这没心没肺的，你外婆有些想法是万万不能纵容的。肖夏说，行了，别想太多了，后面真有什么事出来我来处理，你们把我养这么大，这么乖，我还不能替你们担些事？对了，你和那个叫何建的怎么样了，今天怎么没去给人家做饭？汪楚兰敲打她的头说，没大没小没正经。正说着汪楚兰的手机响了，她接电话的神情小女儿家似的，言语轻柔，好，我马上过去，中午想吃什么？行，等下我到范记给你买。肖夏故意面无表情地看着汪楚兰说，我也想吃范记馄饨。汪楚兰笑着说，咦，你今天没上班，陆城没有约你？你这么罩得住，想吃什么让他给你送过来不就行了？肖夏说，我又没有打算嫁给他，为什么要使唤人家，多不道德。汪楚兰说，趁年轻有些资本就使唤，不要等像你妈这样老了，只能让别人使唤，不过，也不一定，我女儿命好。

汪楚兰出门了，家里一下安静下来。肖夏想不起可以做什么，回屋翻看手机，果然陆城发了好几条短信。她给他说过，今天请假不上班，想好好休息，所以，他只敢发短信，问她休息好了没有，晚上有没有计划出去玩。这么听话的男人当真乏味呢。她和陆城这么有一搭没一搭的，像谈恋爱，又不像谈恋爱，有肌肤之亲却无夫妻之实，这种情形将近两年了，她不知道最后会不会以结婚收场。她觉得自己不是太爱陆城,否则她怎么可以和史无缺一见面就上床呢?

肖夏是半年前与史无缺认识的。那阵子她公休,计划到某古城游玩,上网订客栈,搜索出了无缺客栈。无缺客栈的推广词是单身美女住店半价。她问无缺店主如何界定美女,无缺店主说,对她不需要界定,因为已经从网络传过来的气场感觉到她一定是美女。两人在网上热聊了一段时日,肖夏如期上门住店。这无缺店主没有花无缺的容,可花无缺毕竟是纸上谈兵的美男,面前这个史无缺是个活生生的大男人,身材高大,笑容灿烂。史无缺热情招呼肖夏,说自己也是外地人,多年前来此闲居,觉得安逸,便盘下这一小店,与南来北往的游客打交道,过着散淡的日子。这番说辞让肖夏内心生起一丝敬佩,对某种境界的一种敬仰。当然她不会把这些浅薄地露在面上。晚上史无缺拿出自己酿的水果酒请她喝,两人在小楼的平台上看月亮,聊世情,笑声酒意升腾,夜半两人毫无悬念、毫无羞涩地滚了床单。肖夏白日游山玩水,夜里便与这叫史无缺的男人痴缠烂打,偶尔的,她会想起陆城,她知道对陆城她一辈子都不会有这样的激情。

离开古城那日,肖夏心中隐约期待史无缺说些亲密的离别情话。但史无缺只把她送到客栈门外,替她招了一辆的士,他说,无缺客栈的大门永远为你敞开。他的笑容如初见那日一样灿烂。那一刻,肖夏猛地觉得史无缺曾经这样送别过许许多多前来住店的女子,当然,也睡了。她闭上眼睛,重新睁开,盯着他,那又如何?她从来也不会像藤蔓一样缠在一个男人身上,也不希望一个男人像藤蔓一样缠着她。她今年二十九了,这个年纪很多女孩都在担心嫁不出去,她从来没有。她不会扼杀自己的任何欲望,但她和外婆、母亲不一样,她无所畏惧。她冲史无缺挥挥手说,保重身体,再见。

在紧接下来的一个月,她发现自己怀孕了,她选择了无痛人流,谁也没有告诉就做掉了。肖夏想,如果让外婆知道她也流过产,肯定要哭死了。可如今女人流个产算什么,满大街无痛人流的广告不都做给女人们看的? 也许只有过去流产那种撕裂剥离的疼痛才能让人心生几分畏惧吧。


外婆在楼下唤,夏,饭好了。

一碟清炒上海青,一碟番茄焖水豆腐,菜色入眼愉悦,菜味入口清爽。肖夏平时在公司吃工作餐,油大,味重,难得在家吃饭,在家就喜欢吃这样清淡的饭菜。外婆吃得少,吃完饭碗里最后总剩下一点米饭,外婆说是省给猫的。这像一种仪式,那点剩下的饭是不够猫吃的,外婆还要另外准备。吃完饭,外婆用塑料袋装上一些饭食又往朝阳桥边去了,肖夏似乎都能听到猫呼唤外婆的声音。

　　今天特别闷热,一顿午饭吃下来肖夏的衬衣湿透了。她走到院子里,院子里风大,花草被吹得东摇西摆,一些房客扔的纸屑烟头也在地上打圈圈,她的衣服很快吹干。天上云层压得很低,灰不拉唧的颜色,要下雨了,这雨看样子小不了。肖夏从院角拿起扫帚开始打扫院子,一小堆垃圾在院子中央堆积起来,很快又被风吹散了,她四处寻找垃圾铲。一个人影悄没声息地从她身后飞快蹿过,却不留神踢到一只易拉罐。肖夏转身看到是汪楚兰奔上楼梯尘土飞扬的背影,如此诡秘,她扔下扫帚尾随而上。汪楚兰已经把房门关上。肖夏敲打房门说,妈,你怎么了?汪楚兰说,没啥,困了,我要睡了。依往常汪楚兰应该是到晚上才有可能回来,哪有刚出去两三个小时就转回头的,肯定是出事了。肖夏说,和何建吵架了?汪楚兰说,以后别提这个人,我和他分了。肖夏说,气话吧?放我进去,我们聊聊。汪楚兰把门打开。肖夏看到母亲的脸上有抓伤的痕迹,嚷起来,他打你? 汪楚兰捂着脸说,不是,一个骚货挠的,不过,她比我惨。肖夏眼珠一转说,何建找小三了?汪楚兰说,我看着像,但他坚决不认,我也不知道真假。肖夏说,你和那女的打起来他帮那女的了吧?汪楚兰说,那当然,他说我无理取闹。肖夏说,我们好好来理一下思路,他向那女的道歉没有?如果道歉就说明他们关系较生分,他是站在你的立场,如果只有维护,他们还是有问题的。汪楚兰想了一会儿沉默了。肖夏说,有问题对吧?他如果不来跟你说清楚,就算了,这样的男人一把抓。汪楚兰踢了旁边桌腿一脚说,去死吧,这些不要脸的东西!肖夏说,你非得嫁出去啊,又不是没嫁过。反正我是会陪着你的,你别怕啊。汪楚兰说,说得轻巧,你总有一天拍拍屁股就走了,哪里还顾得上我们啊!行了,扫你的地去吧,我这偏头痛又犯了,要睡一会儿。汪楚兰说着就躺床上去了。肖夏只得替母亲把房门关上,转身看一楼道全是从阳台上吹下来的落叶和落花。外婆说,女人把花养好,会有花的容貌。外婆和母亲都喜欢种花,院子里阳台上天台上,一年四季,姹紫嫣红。花开得那般好,可种花的女人为什么活得这么委曲求全,似乎从来没有盛开过呢?外婆大半辈子小心翼翼总像欠了别人什么,母亲日日忧心没有一个忠诚的男人来托付终身。唉,好在她和她们不一样。她未曾对任何事情感到过后悔,不担心没人爱,不怕变老,不怕苦,不怕穷,还真是无所畏惧啊!优越感高速升腾之后,一个念头突然到达肖夏的脑海,她把小腰板挺了挺,决定给自己下点猛药,搞点事出来。她要辞职,对,她要辞职,她甚至不怕——没了工作。她是一家会计师事务所的高级会计师,成天面对一堆烂账,还要做得完美无缺。她有做得很完美的能力,所以经常拿到高额的奖金,但她讨厌这份工作,现在终于有一个充分的理由摆脱,她兴奋得就想大喊几声。

肖夏冲回房间打开电脑,这么个壮举得跟史无缺说说,只有跟他那样境界的人说才有意思,像陆城,没说的欲望。她在QQ上跟史无缺说,我要辞职了。史无缺说,受啥刺激了?她说,生活一潭死水,自己给自己找点乐,搅动一下。史无缺说,你这是受那谁的鼓舞吧?她问那谁是谁。他说,就是那个说"世界这么大,我想去看看"那个。肖夏说,屁,世界没有人心大,我哪也不想看,辞完职,我的主要任务就是睡和吃,等到山穷水尽日,看我如何应对。史无缺说,好,我支持你,要睡就睡我这儿来吧。肖夏说,有美酒?史无缺说,少不了,来吧,我正在组团去梅里雪山,来了你能赶上。

肖夏看一眼床头的钟,已经是下午三点半,现在写辞职信,下班之前送到公司,一切便在今日圆满。肖夏找出纸和笔,信上给公司留面子,说了感谢培养的话,说自己身体原因要休整所以辞职。不管领导信不信,她也是要辞的了。辞职信写好,窗外的瓢泼大雨从天而降。一阵冷雨随风灌进房里,受这阴凉的刺激,肖夏打了一个喷嚏,她盯着放在桌上的辞职信,在一个坏天气里去做一件疯狂的事情,双倍疯狂,她又打了一个喷嚏。她两三下把自己收拾干净,辞职信往包里一装,出门了。

每日肖夏上班坐的是地铁,但从家里到地铁站有两三里的路程,这段路没有公共汽车直达,所以肖夏骑电动车,到了地铁站,把电动车存起来再乘坐地铁。眼下出门骑车子有点困难,雨一阵大一阵小,那风吹得人都站不稳当。肖夏决定走路到地铁站。她抄的是近道,穿过朝阳桥,折向左有一条早被封闭待拆建的巷子,不长,二十来米,穿过巷子只要走两百米就到地铁站了。那条巷子不知道因为什么事情扯皮,封闭了一年多却不见动工,周边住的人不耐烦,在封闭围墙处砸开一个人行的缺口。这大风大雨的天气在路上走的人不多,这条巷子更是没有人走动,肖夏闻到各个角落散发出的不洁气味,估计巷子比较隐蔽,不少人在这里行方便之事了。肖夏小跑起来,手中的雨伞用双手撑着挡住头脸,当她冲出巷子的时候有那么一股狠劲和盲目,她甚至懒得扭头左右看看有没有行驶的车辆。有辆在雨中奔跑的车子,也跟她一样不耐烦,眼见就要撞上她了,车主以为一定要撞上她了,已经在车里喊起来,其实车子只撞到肖夏手中伸出去的手和雨伞,顺势这么一带,把她往旁边冲飞了几尺远。肖夏听到一声钝响,她感觉像有一块石头砸进水塘里,而她坐着一只游泳圈,在水面上漂荡。那辆肇事的车子在前边不远处停了下来,车窗摇下,有人探头出来看了肖夏一眼,那人看到有鲜艳的血从肖夏的脸上流下来,全身一哆嗦,踩下油门,飞快地将车子开走了。

慢慢地,肖夏感到身子湿冷,她才真切地意识到自己正躺在地上,躺在雨水里,那一瞬间她的心脏抽搐起来,她快要呕吐了,她不知道自己身上是不是血肉模糊,是不是少了一条腿或是胳膊。她的手在身上摸索,摸索到完整的身体,她的心稍稍平静。她再努力去摸自己的挎包,只摸到了雨伞把子。她想稍微仰起脖子,一种过电似的酸麻让她放弃了努力。她平躺着,眯眼看着天空,天是灰的,雨像箭一样射向她的眼睛。她偏过头,眼睛的余光看得到马路旁边的树,这证明她不是躺在马路中央,而是靠近马路边上,但如果同时有几辆车过来,在这样的雨里未必会看得到她,或许就造成二次碾轧。这个想法让肖夏努力地将雨伞架到自己身旁,这样目标要大些。

一辆车飞驰而过,地上溅起的水灌进她的鼻子嘴巴,她两眼无法张开,她不知道人家是不是没有看到她。又一辆车经过,又一辆……肖夏是通过地上飞溅的水珠来判断那些经过的车是开得快还是开得慢,有些似乎开得并不快,应该可以看到她的,可为什么没有一辆停下来呢?一辆车不急不慢地经过她,她能感觉到那车停了,是的,停下来了。她努力侧身转过去,马路对面有一辆停下来的车子,她看到一个女人摇下车窗,那女人有着美丽的妆容,女人看到她了,她张开嘴喊了一个她能喊出的最大声音,"救我"——声音被雨声吞食了大半。女人在犹豫什么呢?肖夏看到车窗重新摇了上去,车子慢慢地滑出她的视野。

肖夏觉得地上的水快要把她淹没了,她正走在死亡的路上,原来,这就是死亡,这么孤单、可怜,没有人知道你正在死去,那些亲近的人、热闹的事和你一点关系也没有。肖夏浑身上下并没有疼痛感,她的心脏却被一种巨大的恐惧攫夺,她浑身战栗,然后是抽搐,她感觉自己缩成一个肉球。原来她害怕死亡,害怕孤独,害怕被所有人遗忘,与外婆母亲相比她有什么值得骄傲?她还不如她们,她那扬扬得意的无所畏惧早在这雨中溃败零落……

一辆的士,停在离她很远的地方,司机坐在车里打了一个报警电话,他放下车窗,扯着嗓子喊,姑娘,你再坚持一下,我已经报警了。说完,司机把车子开走了。

当警车和救护车到来的时候,肖夏的脑子无比清醒,做手术的时候也一样清醒。她没有一点睡意,她不想让自己在黑暗和无知无觉中被人动了手脚。她大腿缝了三十三针,下巴缝了十二针。医生说她颈椎有挫伤,腰椎有挫伤,二级脑震荡,建议卧床休息半个月。躺在病床上,她不和任何人说话。她觉得说话是要费力气的,现在她没有多余的力气,她的力气全用来思考她将来会怎么死。死在车轮底下,淹死在水里,压死在坍塌的楼房里,被雷劈死,被电梯夹死,被人杀死?她在一个个场景里死了一次又一次,每一次都无人相助,无论她如何撕破嗓子呼喊,如何挥动她的双手,踢腾她的双脚,从来没有人回应,没有人现身,她总是在绝望中慢慢死去。她以为把种种不幸想透了,她就不会怕了,但她还是害怕,她害怕的不是死亡本身,而是那深入骨髓的无助。

陆城每天都来看她。他拉着她的手,她让他捏着,不过,她没有看他,也不和他说话。汪楚兰把陆城拉到门外,他们关上门在外边谈话,她猜得出他们谈的是什么,他们一定认为她是吓傻了,魂丢了才会这样。陆城再进门的时候脸上充满了怜爱,他还是捏着她的手,她看着窗外,想这医院里每天有多少病人在无望中死去。陆城说,夏,和我说说话,别怕,事情过去了,以后都会好的,以后你上班我送你,不让你一个人走。她回过头看了陆城,静静地看着他,她想,这世上和她最亲近的男人就是这个了,起码他现在拉着她的手。

晚上趁着没人的时候,肖夏给史无缺挂了一个电话。电话响了很久才被接起来,那边传来无比欢快的音乐声。史无缺的声音还随着乐律跳动,他说,喂,宝贝,你在哪里,辞职手续办好了吗?她说,没有,想想还是不辞了。史无缺说,你们女人啊就是变来变去,这我早就料到了。她说,哦,是的,我后悔了。史无缺说,我们人齐了,明天就要上梅里,好多东西还没收拾好,就不跟你长聊了,再见。她说,好的,玩得愉快!

在医院一共住了七天,伤口拆了线,肖夏就搬回家住了。陆城买了很多花来摆在她的房间,祝贺她康复出院。她把下巴那条嫩红的伤口亮给他看,问,丑吗?他说,不怕,等过段时间找家整形医院,可以整没的。肖夏说,谁说我要去整?我打算留着它。陆城说,不整也关系不大,只要不把下巴扬起来看不到的。她说,这伤疤就是顶在额头,我也不会去整,嫌不好看你别看。陆城说,我心痛还来不及呢,哪会嫌弃呢?肖夏说,想娶我不?陆城说,想。肖夏说,发个誓吧,说无论何时何地,只要我需要,你都会在我的身边。陆城满脸喜悦地举起手发誓,无论何时何地,只要肖夏需要我,我都会在她的身边。肖夏说,好吧,你回家跟你妈商量结婚的事情吧。陆城说,你没开玩笑吧?肖夏说,愿意信你就办。

两个月后,肖夏嫁给了陆城。陆城原来是跟父母同住,家里房子不宽敞,所以结婚后搬过来和肖夏住在一块,相当于上门女婿。陆城没有寄人篱下的感觉,乐滋滋住着,每日打扫卫生做饭做菜,外婆丈母娘乐得合不拢嘴,他还帮房客们修电器捎东西,大家都喜欢陆城。肖夏觉得大家都喜欢这男人,她的决定应该错不到哪儿去。

肖夏很快回公司上班。当初写的辞职信她认真再看了一遍,然后收进衣橱和邮票明信片一块收藏,这真是个值得纪念的东西。她每天准时上班,凡她经手的账目一定小心翼翼查算一遍又一遍,怎么整都觉得有个错误像颗雷埋在那些数字中等她去踩爆,她怕。她为此竟然还经常加起班来,而因为她的敬业,公司给她升了职,让她当主管,薪水一下子涨了许多。她按揭买了一辆车,每个周末,固定的,夫妻俩载着外婆出去走走看看,吃顿饭,剩菜剩饭一定打包回来喂猫喂狗,肖夏陪着外婆一块去,在朝阳桥洞一带,她也认识不少人了,他们学外婆的口气叫她夏,听起来很亲切。

汪楚兰和家里人相处的时间越来越少,因为又交了一个男友,比她小上十岁。这位小男友和汪楚兰只处了一个月便求婚了,等了这么多年突然开出个大奖,母亲的态度却令所有人吃惊,她不但没有答应,反而让外婆把房子马上转到肖夏名下,等手续办妥后告诉小男友,她住的这一大幢房子和她一点关系也没有,让他努力挣钱买房子,她要搬出去住。肖夏跟汪楚兰说,他连个固定工作都没有,买什么房呀?人好就行了。汪楚兰说,日久见人心,我都等那么多年了,不在乎再等几年。男的答应汪楚兰倒是痛快,下定决心挣钱买房,可因为没有固定工作,汪楚兰先倒贴了一辆小货车,方便其在附近的蔬菜批发市场搞批发。肖夏跟外婆说,我妈要等那小爸的批发生意做大才嫁,估计要熬到您这岁数了。外婆说,随你妈折腾吧,不相欠的人这辈子碰不上。

一天傍晚,刚吃完晚饭的时间,外婆照例出门喂小猫小狗去了。肖夏夫妻俩,汪楚兰和刚收工回来的小男友,还有几个房客,大家坐在院子里嗑瓜子喝茶聊天。门外来了一男一女,男的手上提着一只大包,女的抱着一个包裹严实的孩子。他们径直打开院门,肖夏正想开口询问,男的兴冲冲走向肖夏说,你好,外婆在吗?过了一会儿肖夏才想起他们是谁了,是外婆给钱养孩子的那对夫妻,张志军和孙艳。肖夏说,你们回来了?张志军说,是,回来看看。他揭开女人怀里的包裹,一张娇嫩的婴儿脸露出来,他说,孩子五个多月了,带回来给外婆看看。肖夏赶紧推陆城一把说,去,快去把外婆找回来。肖夏凑到孩子跟前说,长得真好!汪楚兰也凑过来说,男孩女孩?女的说,女儿。汪楚兰说,女儿好啊,你们可别重男轻女。张志军说,啥年月了,没那事。汪楚兰说,你们之前不是说不回来了吗,这大老远地就为了把孩子抱过来给外婆看看?汪楚兰的警惕心又起来了,她最担心的是别人把孩子送过来让外婆养。张志军说,我们是专门来感谢外婆的。他从大包里掏出七八包东西说,这些都是我们那地方的土特产,有机的,你们在城里有钱也买不到。汪楚兰接过来说,哦,木耳、香菇,有心了,有心了。

外婆几乎是小跑回来的,嘴里喊着,阿弥陀佛,阿弥陀佛,我要上香去了,快,让我抱抱孩子。孙艳乐呵呵迎上前,把孩子递给外婆说,这孩子能到这世上来完全是您老人家的功劳,没您的善心,我们可能早挺不住把孩子打掉了,现在一切都好了。张志军说,是啊,现在一切都好了,说实话,去年外婆给的钱我们是拿去应急了,参加我们家乡那边的一个集资项目,当时急着用钱,正好外婆又劝咱们留下孩子,我们走一步算一步,确实是利用了老人家的菩萨心肠,真不好意思,幸亏村里的项目不错,才半年不到就给咱分红了,孩子也顺利生下来。孙艳一直念外婆的好,我本来说写封信寄张照片过来完事,可她坚持要买车票过来让外婆看看孩子,我们就坐火车过来了。听到这汪楚兰的心才真正是放下了,她说,你俩可别怪我当初不够礼貌啊,见到你们全家我也很高兴。张志军说,不能怪,你们都是好人。孙艳说,我们祝老人家长寿,早早抱孙。外婆听了这句话转头看着肖夏说,你和陆城什么时候要孩子啊?肖夏大大咧咧地说,我又没有避孕,说不定现在都怀上了呢。陆城说,真的吗?肖夏只是随口说说,说完想起似乎月经期已经过了,她跟陆城说,赶紧买根验孕棒去。陆城屁颠颠跑到附近药店买回验孕棒,一测,真中了!

晚上这院里可是热闹了。肖夏他们把孙艳夫妻留下来住,顺便讨教养胎经。第二天孙艳夫妻他们要回去,把他们送上火车回来全家人的注意力集中到肖夏身上,各种分工开始了。

肖夏在知道自己怀上的那一刻,便觉得身子里面有个憋着的东西开始松劲了,孩子是她的血脉,她的依靠,她底气足了。她不再加班,又开始隔三岔五地请假,在家里研究吃喝,上胎教课程,由陆城护航每日做孕妇运动。

肖夏三十岁生日那天,陆城给她安排在郊区一个农庄过生日。外婆和汪楚兰都说让他俩过两人世界,没有同去。肖夏准备了好几件衣服,带上相机,说是要拍准妈妈写真。陆城说,一般人拍这个都是不穿衣服的。肖夏说,笨蛋,不穿衣服的可以在家里慢慢拍。

农庄离城二十多公里的路程,陆城提前考察过,开着车子一路奔驰。在路上,看时间过了十点,陆城跟肖夏说,这时间,鸡汤已经煲上了,保证是现杀新鲜的土鸡。再走了几里,陆城又说,这会儿柴火鱼也该焖上了,保证是刚从河里捞上来的。肖夏说,好像这一趟来只为了吃似的。陆城说,你现在是大进补的时候,吃当然重要,我跟那餐馆老板说好是十二点准时开饭的。肖夏说,行了,别再说了,说得我都流口水了,这一天天吃这么多,不知道以后体重怎么减得下来。陆城说,是啊,孩子生下来又不用你照顾,估计要瘦太难,不过,我不会嫌弃你的。肖夏说,行,你得意吧你。

在他们的前面有一辆大概有十来个座的中巴车,开得不紧不慢,但一直占着快车道。陆城说,算我脾气好,要不早摁喇叭了。肖夏说,我们又不赶时间,这路上风光也蛮好的,慢慢开吧。他们说话间,前面的中巴车突然像被谁踹了一脚似的,左右摆动,竟然一个大拐冲下公路去了。陆城和肖夏都不相信自己的眼睛,他们互相看了一眼,才大声叫唤起来,车子掉下去了! 陆城把车子停靠到路边,马上拨打报警电话,说明出事地点。打完电话,他把车子重新发动起来。肖夏说,咦,你干什么? 陆城说,走啊,难道你还要在这里等救护车来啊,你现在这样子,看这种场面不好。肖夏说,谁说的? 我不但要看,我还要下去救人。陆城说,行了,行了,以后再发扬风格吧,我们这不是冷漠,实在是情况特殊。肖夏说,我必须去。陆城说,听话,那车子这么冲下去,说不定等会儿还会爆炸的。肖夏不等他说完,打开车门下车,快速地往出事地点小跑。陆城吓得熄了火,赶紧下车,跟在后头喊,肖夏,你一个大肚婆,较什么劲,到底是那些人重要,还是你肚子里的孩子重要? 肖夏站在公路边上,指着下边喊,陆城,在那群人里,你就不怕有一个人是我,而你就这么和我擦身而过,却没有听到我的呼救? 陆城说,这说的哪跟哪啊,你疯了吧,给我站住。肖夏说,你就当我疯了吧。说完她从先前车子撞开的豁口出溜下去了。

这坡并不是十分的陡峭,中间山石很多,那辆中巴车被卡在半山腰。肖夏笨拙地往下走,大肚子成了她的障碍,有时候她干脆坐下来,用屁股哧溜往下滑。陆城站在公路边往下看了几分钟,看肖夏挺着大肚子一颠一颠的,他是又惊又怕,急得直跺脚,再唤肖夏,肖夏当没听见,他无计可施,只得顺着原先肖夏往下走的路线,磕磕碰碰一路小跑冲到肖夏身边。肖夏侧脸看他说,哼,总算对得起你发过的誓。陆城气喘吁吁地说,我早晚要被你这个疯婆子气死。肖夏上前亲了陆城一口说,亲爱的,不会的,我爱你。

车子往下冲的时候可能翻了几个筋斗,好些人被摔出来,躺在树丛里岩石上,发出瘆人的惨叫声。肖夏说,我们先把车里的人弄出来再说,说不定等会儿车子还会往下滑,再滑就掉河里去了。陆城一听头皮发麻,再看肖夏根本不像一个怀了七个月身子的女人,几乎是从杂草和碎石中跑过去,头探进车子里,大声喊叫——谁还能动的努把力自己爬出来,谁脑子还清醒动不了的吱一声,我们帮帮你。肖夏看到一个年轻的女人颤颤地举起一只手,女人怀里抱着一个孩子。旁边还有几个人呻吟着。肖夏对陆城说,我先救那个女的,其他人交给你了。肖夏从一面破碎的车窗钻进去,玻璃划破了她的裤子,血马上洇出来。她根本没发现自己出血了,她迅速地爬向那女子,近前的时候发现女人的头上有一个不断冒血的洞,眼神已经逐渐暗淡。女子虚弱地说:"救我的孩子。"肖夏被强烈的母爱冲击着,忍着泪从女人的怀里把孩子抱过来,她对女人说,放心,孩子没事。肖夏把孩子抱着爬出车窗,到外边检查孩子全身上下并无伤口,可这孩子怎么瞪着眼睛没有一点声响呢,突然,孩子发出一声尖厉的哭声,听到这哭声肖夏放心了,她轻轻地拍打孩子的背部说,好了,好了,宝宝,别怕,妈妈在这。

车上有七八个人互相搀扶着慢慢地爬出车来,陆城也陆续把两三个昏迷的抱出来。肖夏把孩子交给其中一个人抱着说,看好孩子,我再去看看。肖夏再一次进入车内,从每个座位边爬过,发现还有一两个是喘气的,和陆城一道把人移出车子。有些还能行动的人,也加入了救援。后来车里还幸存的活人就剩司机一人了,司机的双腿被车头挤压了,无法移动。在大家无计可施时,车子突然开始往下滑动。大家齐声惊呼,跑离车子。肖夏说,能动的人都起来,大家找大石头,顶在车子下面。大家把找来的石头一块块垒到车身下边,慢慢地,车子停止了下滑。

有警车鸣笛的声音从远处传来。大家欢呼起来,陆城也兴奋地抱着肖夏亲了一口。肖夏推开陆城的怀抱说,让我躺一躺,累死了。肖夏双脚一软瘫躺在地上，她清楚地听到自己心脏咚咚跳动的声音。面朝着天，天蓝蓝的，有一丝丝轻飘的白云在跑。多长时间没这么轻松惬意地看天了，真是个出游的好天气。肖夏用手轻轻抚着隆起的肚皮，刚才的剧烈活动，孩子有些抗议了，用脚使劲踢她。她说，好了，好了，宝贝，妈妈是不是很勇敢？其实妈妈什么也不怕。

【作者简介】杨映川，曾用笔名映川。在《花城》《人民文学》《作家》《小说月报》《十月》等刊物发表过小说百万字，出版有长篇小说《女的江湖》《魔术师》《淑女学堂》和中短篇小说集《我记仇》《零食》《为你而来》《下一个是你》等。获过广西独秀文学奖、青年文学奖、文艺创作铜鼓奖，小说《不能掉头》获2004年度人民文学奖，小说《我困了，我醒了》入选2004年度中国小说排行榜。

# 雪花禅

叶　弥

男人要把每一个地方都变成战场，连社交界都不例外。但是真的战争来了，何文涧却要逃到西安。

世道这么乱，他要去西安的消息一传，还是有数不清的人冒着日本飞机轰炸的危险前来告别。吴郭人对他的尊敬，就在告别中。昨天，忙乱中，不知谁把一个条幅挂在他书房外面，写着：

你走了，城就空了。

何文涧见此条幅，流了泪。他知道这句话的凶狠。吴郭在上海边上，上海昨天沦陷，吴郭也快了。他现在要逃命。

这几天，说不尽的依依惜别，把何文涧搞得心力交瘁。何文涧不喜欢死亡，不喜欢告别，喜欢在自己的土地上，自由快乐、风花雪月。

所以，你看：何家的马厩里，养着两匹高头大马，时不时地喷出威武鼻息。院子里的喷水池边，停着吴郭第一辆小轿车，车夫是从上海雇来的。两辆自行车，时常亮闪闪地倚靠在假山边上。何家的大门口，永远停着一辆黄包车，拉车的小江，也是何家的花工。后院子里，放着一乘四人抬的小轿子，何文涧的父亲用过的。除了骑马，有时候，何文涧也会坐上小轿子出游，轿边走着几个盛装丫鬟，有时都穿旗袍，有时全穿洋装。全吴郭，只有他喜欢这样玩。何宅后门口的私人码头上，停着他的画船。为了这画船，他用了两位厨师，一位点心师傅，一位烧菜师傅。明月皎皎的夜晚，叫上三五好友，摇着橹，师傅做菜，丫鬟上酒，他们吃着绿豆糕,沿着碧清的小河悄悄滑行。沿河人家的后院子里,常有桂花、玉兰花、栀子花、金银花、玫瑰花。花香徐来,晚风轻拂,赏天上的月亮和沿河的灯。

他会玩的还不止这些。家里两间大屋子,一间放他的行头和琴、筝、鼓、弦、琵琶各色乐器,他演唱京戏、昆剧、越剧时,用得着。他也自编自演时尚的话剧。另一间大房子放他喜欢的古董、书籍和纸砚笔墨,供他在这里写字绘画,研究金石。宣纸旁边,放着名贵的莱卡照相机,柯达的镜头。全吴郭城找不到第二架这种相机。他拍下他的妻女和丫鬟的姿容。

去西安前夕,光景撩人,满院子的蜡梅一朝开放,走在浓重的香气里,像穿了一件香气的外套。

现在,他要与这些风趣甜美的生活告别了。他要做的事,是逃命。昨夜,他是哭泣着入睡的。


清早起身,焚香,香是藏香。洗脸、擦脸的丝巾上滴了自制的玫瑰露。然后,喝了半小碗厨房里做的桃胶蜂浆桂花水。早点是茯苓粥、虾干拌香芹菜、桂花腌茄干。这些东西都拿到书房里吃着,仆人阿进来报告,门口来了一些学生,他们要求何先生与吴郭城共存亡。

何文涧听了,半晌才说:"存是可以的,亡?我还没做好思想准备。即使我思想做好了准备,我的肉体怕也不答应。"

阿进说:"我怎么回他们?"

何文涧说:"你去告诉他们,人有生存的权利,只要不妨碍他人。人也是自由的,只要不犯法,不当汉奸,做什么,他人不得干涉。"

阿进说:"老爷说的话,学问太高。恐怕我还没到门口就忘记了。"

他到大门口,对门口的人说:"都回吧,我们老爷说了,树倒猢狲散,大家逃命去吧。"

刚说完,他额头上吃了一块石头,回过神来,学生们早跑了,面前站着一个人,定睛一看,是何文涧最喜爱的学生潘新北的叔叔。便叫了一声:"潘叔叔有什么事?"

潘叔叔说:"让你见笑了,我知道何先生要走,来要些他不要的东西。"

阿进说:"你个不要脸的东西,我家里没有不要的东西。我早就说你不是个好人,你要是个好人,也不会不养新北,把他从小抛在花神庙里。等到我家老爷资助你们新北读书成才,你倒上门来拉拉扯扯的,好意思么?"

潘叔叔说:"不是我不养他,我养不起他。只怪他自己命苦,六岁就失了父母。我自己也有四个小人要养。"

他说着话,从袖子里掏出一块大石卵,说:"最近时局太乱,我出门总带一样东西防身用,你快进去和老爷说,不然我也请你吃一块石头。"

阿进进去对何文涧说:"潘叔叔来了,他知道我家要走,来要点东西。"

何文涧听后笑了一声,说:"他好久不上门来了,一定不是光要东西。你让他进来吧。"

潘叔叔走进书房,看见何文涧吃剩的桂花腌茄干,说:"口水都流下来了,何先生赏给我吃吧。"一手抓了就吃。

何文涧不喜欢他的吃相,转脸看墙上挂的一幅唐伯虎字画,问他:"你要什么?"

潘叔叔说:"先生把那带不走的吃饭桌子赏我一张,我一家老小每天要在吃饭的桌子上聚拢两次,我想有一张好桌子。"

何文涧吃饭用的桌子都是讲究的,他正踌躇间,潘叔叔又说:"先生要是舍不得,那就把后花园里那棵大梓树给了我吧,我自己做一个吃饭桌子。先生这回不要推三阻四的,兵荒马乱的,你园子里的树迟早都要砍了做枪把子的。"

何文涧笑起来,说:"我才没有推三阻四的。这棵梓树你拿去吧,但是你要告诉我,人人都在慌忙,为什么你倒不慌不忙地要添新桌子?"

潘叔叔跪下叩个头,不起来,说:"何先生真是一个聪明人。我就把话都说了吧。阿进,你出去,站在这里碍手碍脚的。"

阿进出去了。潘叔叔站起来说:"何老爷,我临街的两间房子卖给日本人竹下四郎开了太久产业公司——这件事你是知道的。今年春上他关了门,撤回日本了。前几天又悄悄回来了,还带着一个日本男青年。和我说了好多话,主要就是人要识时务。他叫我和你说,不要走,留下与日本人一起建立大东亚王道乐土。"

何文涧说:"哦,你做汉奸了。这么说,这城里现在就有好多日本人的眼线了?难道我离开吴郭,日本人就会杀了我?"

潘叔叔说:"四郎给我透过一个消息,说住在吴门桥的杨荫榆,也是留学过日本的,但现在对日本的大东亚理念没有一点理解,还在报纸上一直乱说话。这种人恐怕没有好下场。你是个有趣谦和的人,我家新北又受了你那么大的恩,有我在,他们不敢对你怎样。你要走就悄悄地走吧,哈哈,你要不走,我怎么拿到梓树呢?"

何文涧说:"章太炎以前对我说过一句话,小城市的人,反而自大。"

潘叔叔说:"自大总比自小好。自小了,没人看得上。"

何文涧问:"日本人答应给你什么好处?"

潘叔叔说:"一开始不能谈好处,要走着瞧的。我是这么想的,人往高处走,水往低处流,人家现在强势,英国老强盗都拿他没办法,美国人有《中立协议》,也是怕他的意思。我们就得倚靠他。何先生,你和我们草民不一样,日本人说了,你要合作,有大大的好处。"

何文涧低下头冷笑了一声,喝了一口茶,说:"日本人,只会打仗杀人而已。给我好处? 配么?"

潘叔叔说:"反正我把话带到了。唉,我也是没办法,被四郎这鬼东西逼得苦了。我走啦,要去镶个金牙,早就想镶了。哈,祝你一路顺风。"

何文涧坐着发呆,想哭,又哭不出,心里十分难受。忽然听得门外一片喧嚣,阿进跑进来,惨白着小尖脸说:"潘叔叔刚出大门就被人捅死在街上了……有人看见是潘新北叫住潘叔叔说话,然后边上就蹿出一个人,朝他后脖子、后腰、后背,扎了十几刀……梓树拿不走了。"

何文涧问:"那潘新北呢?"

阿进说:"潘叔叔一倒地,他就走了。"

书房门口,汉白玉台阶下,有人说:"何先生,我来了。"

正是潘新北。


何文涧最好的学生潘新北,六岁时父母双亡,一个月里轮流去亲戚家里乞饭,寄住在花神庙里,给庙里做些事情。八岁时碰到了去花神庙祭花神的何文涧,见他聪明伶俐,就资助他读了书,上了大学。他长得貌不惊人,瘦小干枯,阳光下,却是一身凛冽,寒气逼人。何文涧看见这许久不见的人,忽然丝丝胆怯漫遍全身。他对阿进说,不要让他进来,他身上有冷气,我正头疼呢。你让他去隔壁待着,给他上茶。有话你替我们来回传吧。

以下是阿进来回穿梭,传送的语言:

潘新北说:"请阿进告诉我老师,不要走,留下来,为家乡父老做个表率。"

何文涧说:"阿进,你去问问他,我听说上海、北平都有了锄奸队,他是不是锄奸队的?"

潘新北说:"我们有一些人,是自己组织起来的队伍。日本人已经在吴郭暗杀了,所以我们也开始暗杀。"

何文涧说:"阿进,你去问问他,杀自己的叔叔,怎样下手?"

潘新北说:"白刀子进去,红刀子出来,在裤腿上擦擦血。"

何文涧说:"裤腿上擦擦? 乡下人的习惯,不可想象。"

阿进去告诉潘新北:"裤腿上擦擦,不卫生,不管是乡下人还是城里人,都不可以这样。"

几个来回过后,阿进告诉何文涧:"姓潘的忍不住,嘴里不干不净的,什么文天祥、辛弃疾……"

何文涧挥挥手说:"随他骂去,不要管他,只管给他茶杯里续水。他爹娘死得早,在世上六亲无靠,平时除了学习,没有什么爱好兴趣。对于这个世界,他没有什么留恋,不怕死,要做英雄。"

阿进去了隔壁好一阵子才出来,回来说:"他把茶杯推在地上砸破了,还把牙咬伤了,故意吐出一口血在白墙上……"

何文涧说:"城未沦陷,血已满地。"

阿进说:"哟,我忘记说了,他还说起以前住在艺圃的文震亨老爷。"

何文涧说:"文震亨是我学不来的,那么风花雪月的一个人,竟然为了'忠义'二字投河自杀。但是各人有各人的自由,他有死的自由,我有活的自由。"

珠帘一动,潘新北走了进来,说:"老师怎么这样没骨气?别人打上门来,屁都不放一个,还说什么自由?"

何文涧说:"我现在,活着比死难,谁都要我死啊。"

潘新北说:"只要老师带头抗日,就是我们的大英雄。虽死犹荣。"

何文涧站起来拍了桌子,吼道:"书生不是用来打仗的!"

潘新北却也执拗,走上来也拍了桌子问道:"那书生是用来干什么的?难道等着以后每天向日本天皇的画像三鞠躬?"

何文涧说:"书生是用来传道授业和风花雪月的,外邦皇帝想让我鞠躬,也不是那么容易。"

潘新北说:"说来说去一句话,你就是贪生怕死。"

何文涧骂道:"小猢狲,我贪生,干你屁事!"

潘新北几步跳到院子里,转过身回骂道:"我骂你一声他妈的。姓何的,你走着瞧！"

　　何文涧想起小时候的一件事，与死亡有关的一件事，风花雪月的日子一路过来，他几乎忘了这件事。

　　他五岁的时候，有一天夜里，与丫鬟们淘气，奔出大门外。十分安静的冬夜，仿佛听得见树上鸟儿的梦语。大门外，隔着一条石板路，无声无息地流淌着绕城河水，上弦月剪纸一般缀在高空。就在河里，突然有一处明亮起来，明亮的地方，下着鹅毛大雪，从天上接到河面，就如万花筒里转着的花朵一般。这一处孤零零的飘雪分外吸引着他，他张开双手，慢慢地走过去，越走越近，手几乎要摸到雪花了。阿进的父亲，何家的忠心老仆人，第一个从门里冲出来，看见何文涧穿着棉袄漂在河里，风车一样打转，双手在天空里抓着什么。他脱下鞋子就朝河里扔去，喝道："哪个恶鬼在这里撒野？走开！"

　　以后，每年的第一场落雪，何文涧的奶奶就要带着他去大穹山的念念寺，祖孙两代坐在雪地里念经文，祈福消灾，还要施饭施衣，为菩萨重塑金身。

　　何文涧十岁时，奶奶去世。他那时已经显露出自由快乐的心性，说什么也不去念念寺了。后来，他又去了。因为他听说，念念寺里有一样与众不同的洗浴，大穹山上长满野蜡梅，每年蜡梅花开放，寺里都要收集花瓣，加上没见阳光的山泉水，压紧了，一起封存在陶器里，埋在山洞里，隔年天寒时拿出来，舀一勺子放在浴桶里洗浴。皮肤干燥的，无光的，洗了以后就变得光滑细柔。更有香喷喷的味道，几日不散。所以，每年冬天一到，何文涧三天两头都要去寺里洗蜡梅花浴，给寺里的供养也比平时多了一倍。

　　今天想起念念寺，不是洗浴，是要去祈福求生。

　　他看看天，太阳不见了，阴云满布，风也慢慢地起来了。看来吴郭要下今年的第一场雪。他关照了阿进，让家里人按他的布置继续收拾东西，他一个人开了汽车去找娜拉，明天要走，天各一方，也许就是永别了。他要与娜拉一同去念念寺。

　　潘新北是何文涧最好的学生，娜拉是他最好的女人。

　　最好的女人，总是不在身边的那个，是想见才见的那个。潘新北二十五岁那年收留了娜拉，把她安置在三状元弄里一处名叫冷香苑的小院子里。娜拉那时不叫娜拉，叫王小兰，和母亲在街上乞讨，六岁，现在她十六岁。

　　娜拉在冷香苑里长大，何文涧让她听古筝，从早听到晚，据说古筝的声音有让人高贵的力量,使人沉稳安静。娜拉听了五年,听得像块冷冷的木头,不言不语,几天也没有一句话。何文涧只得换了周璇的歌让她听。周璇这年十二岁,发行了她的首张唱片《特别快车》,何等天真,又何等风情。娜拉与她差不多年纪,一听就领悟了,从此也是既天真又风情。又有一件怪事,她身在深闺,不知道从什么地方学来一口脏话,因为不以为脏,一高兴,就挂在嘴边上说,譬如说:"何文涧,你来了? 你妈妈的,多少天不来了? "

娜拉的妈妈解释说,她是从后窗走过的卖鱼娘娘那里学来的。

何文涧倒是不以为怪,非但不怪,心里还暗暗叫好。美人不会骂人,就像玫瑰没有刺,终究缺乏真味。

街上反战的传单四处飘,却没有人,一片凄凉。

今天他去,娜拉说:"你好久不来了,太阳从西边出来了? 你个杀千刀的。"

何文涧说:"你看现在天上还有什么太阳,乌沉沉的,怕要下雪了。你陪我去念念寺做个雪花禅,好不好? "

窗外有几个女人的头一探而没,他起了疑心,走出去一看,一群女人,一个也不认识,见了他,四散躲藏。

他正想问娜拉,娜拉却一把扯起他的袖子,一路拉着他,把他朝大门外面推,说:"我明天一早也要走。跟的是吴郭电影制片厂的老板老刘,他死了老婆,他要娶我的。这些人是他上海、宁波赶过来的亲戚,住在我这里。"

何文涧着急说:"我没法带你走,不是我的意思,你知道的。"

娜拉说:"说什么废话? 大家各自逃命去吧。我不怪你,你也别怪我。人人都有生活的自由。我就是为生活当了婊子,你也怪不得我的。他娘的。"

何文涧扶着大门,一只脚在里,一只脚在外,叹气说:"你把我的一套全学上了。我要是不显得大方,那就是自己打自己的耳光。"

大门被娜拉用力地关上,她在里面,叽叽呱呱地说着一连串没法记述的脏话,表达她展翅高飞的心情。

何文涧站在门外,脑子里涌起一笔笔旧账,什么时候整修冷香苑花了多少,什么时候添置大量家具花了多少,养了她十年,请了多少先生,教古琴的、教古筝的、教字画笔墨的、教女红的……很快他就明白,他不是心疼钱,最主要的问题是,娜拉是个处女,他还没来得及享用她。

日本人破坏了无数风花雪月的事。

他想,算了,只要留得命在,风花雪月,后会有期。易卜生的娜拉,留不住。

我的娜拉,凭什么留住她?

他再次回头看了一眼紧闭的大门,说了一句:"别了,我的小娜拉!"

走过一队游行队伍,凄冷的街道有点热闹起来。群众是要聚在一起做点什么的,以便发散多余能量,造反、战争、舞会、看热闹……都是发散能量的形式。枪杆子面前的游行示威,终究是一个高发散能量等级,从队伍里的每一张涨红的脸都能看出这一点。

游行队伍从他面前走过,有人交头接耳说:"看,这是何文涧……他当逃兵……"立刻,队伍里嗡嗡地冒出一些词:民族、危亡、命运、战斗、宁死不屈……一个声音突然刺耳地从嗡嗡声里响起来:"兄弟姐妹们,上前打死他,防止他去做了汉奸。"

何文涧抖着手,急忙发动汽车,逃离这条街道,他浑身汗津津的,愈加想念念念寺的蜡梅花浴。拐弯时回头一看,身后的街道空空荡荡,一个人也没有。他不禁如此想,历史的长河中,他,何文涧,不过是一只偷生蝼蚁,人畜无害,怎么会有人大动干戈取他性命?他怀疑刚才那一幕是不是错觉。


念念寺前,两位在湖边挑水的小和尚正在玩耍,一个叫寂欢,一个叫寂行,窃窃地笑着,拿手里的茅草逗地上的蚂蚁。

看见何文涧走过来,寂欢说:"何老爷来得巧了,前天刚收的蜡梅花,晒了一天太阳,昨晚上用泉水浸了一夜,花油已经渗出来,还没存进洞里,正好趁着新鲜花油洗一洗身子。"

何文涧说:"两位小师父好兴致,兵火快烧到鼻子上了,还在玩蚂蚁?"

寂行说:"你不是也好心情么?兵火烧到屁股上了,还上山洗花浴。"

寂欢推了寂行一把,扔下手里的茅草说:"我们大前天听说,日本人不毁寺庙,所以才放下心来,大家玩玩。何先生要洗花浴,我们两个就多挑些水吧。"

念念寺的住持背月和尚与灵岩山的印光法师来得多,印光法师写了一个"死"字,贴在自己的卧房里,也给背月和尚写了一个"死",背月把这个字贴在卧房边上的书屋里。

念念寺香火很盛,吴郭人都说背月通神,是半仙。

两人见了,便去书房磨墨写字,一边写,一边重温两人第一次见面的情景,何文涧那时才五岁,穿的戴的,说的什么话,背月记得清清楚楚。何文涧写了一个大大的"生",换下印光写的"死"字。背月也不反对,只是微笑。两人的关系很是奇特,何文涧父亲死得早,他是把背月当父亲的,却不尊重背月,在这里,他想发火就发火,想骂人就骂人,有一次在山下受了气,上了山,冲着背月发脾气,把经书砸到背月的秃头上,砸了一个包。背月还是笑微微的。何文涧上课的时候,对学生说过,只有在背月的身边,他才感到彻底的自由,他希望老死的时候,是在念念寺。

何文涧说:"想活,都那么难。"

他扔下毛笔,跪在背月脚下说:"我心里害怕,这些天,总是心闷,出气多,进气少,走路脚飘,像踩着棉花一样。"

背月也不扶他,只安静地写字,嘴里说:"世上一切全是幻境,生与死,全是造化弄人。其实世上无生无死。生就是死,死就是生。参不透'生死'二字,一生苦恼。"

何文涧气愤地站起来指着他说:"这个时候你还说这种空话？让你现在就死,你舍得么？"

背月笑起来。

寂欢走进来问道:"何先生是先洗澡还是先吃饭？"

何文涧说:"先洗澡吧,给我多放些蜡梅花油。"

他抬头一看,见外面的天空上飘起了零星雪花,今天的雪花飘落得分外缓慢,就似无比留恋天空、不忍与天分离的模样。何文涧只看了一眼,眼角就有泪花涌出,说:"我先去雪地里坐一会儿,诵一诵大悲咒。诵完了再洗澡。我想起中午饭也没吃,到现在也不饿,游魂一样。人要是不知饥饿,生活乐趣起码少了一半。"

窗外走过一位女子,何文涧想也不想地叫她:"娜拉,快进来,外面有些冷。"

寂欢说:"外面没有人。"

何文涧推开窗一看,果然没人走过。他笑了一声说:"这两天,当真累坏了。"

背月还在写字,头也不抬地说:"你就念心经吧。不停地念,就有放下之念。人一想放下,就舒服了。"

寂欢一手拿着蒲团,一手把何文涧扶到寺庙东边的一块巨石上坐下,说:"何先生,要是雪大,就回屋来吧。"

这雪一直没有下大,但也一直不停,稀稀拉拉地,慵懒颓废地飘荡,何文涧闭上眼睛,带着眼角边的一滴泪花,开始诵心经。梅香扑鼻,天寂静,地空远,他在诵经声里颤抖,知道自己对死的恐惧有多深。

枪声在山下响起,难民携儿扶老,从山下拥入寺庙,寺庙里所有的屋子都亮起了蜡烛光。上山的一条道,密密地行走出一条人龙,这条手无寸铁的龙寻求看不见的佛法庇佑。

何文涧在巨石上就如入定,纹丝不动,气息屠弱,对枪声和人声充耳不闻,口中的诵经也不知不觉换成他平时酷爱的风月诗句,柳永和杜牧,他们的诗句才是他的心头之爱,才能在此时与他融为一体。

不知过了多久,寺里的蜡烛光一个一个地熄了大半,上山来的小石道空无一人,雪也在地上积了起来。寂静中有一支蜡烛微光踏雪而来,是寂欢和寂行。他俩走过来,把何文涧推倒在地,把他抬到洗浴的地方。

何文涧坐了许久,身体已经僵硬,不能言语,他的头歪在一边,眼睛看着地上,烛光一路照着地上的杂物,有小孩子的一只布鞋,女人的发带,扁担,绑腿,破碎的碗,一本小学课本……说不尽的狼狈。他叹了一口气,他不喜欢看这些东西,他的眼睛专为美丽的东西而生。

洗浴处热气腾腾,烛光通明。两个人抬起何文涧,扑通一声把他扔到浴桶里。何文涧在香喷喷的热水里很快就暖和了,身体也柔软下来,只是还不能说话。这时,背月和尚走了进来,笑着说:"你为了求生,差点把自己冻死。既然你这么执着,我把你的三魂七魄封存可好? 封到岁月太平,你自然会醒过来。"

何文涧想,人都说这和尚有大神通,果然是的。于是在木桶里面露欣喜,连连点头。

背月和尚面色突变,神情冷凝,朝何文涧一指,他就昏沉沉地睡过去了。这一睡,睡过了山河破碎,日月无光。不觉时光如梭,斗转星移,正如背月设想的一样,他醒来时,是八年以后,岁月太平了,太阳重新灿烂。这时,寺里空无一人,墙壁坍塌,浴室外面长满杂草,他睡的木桶也长成了一棵松树。山下锣鼓喧天,他听了一会儿,知道抗战胜利了,山下的百姓正在庆祝。

何文涧又惊又喜,他逃过了劫难,从此后,他又能在这片可爱的土地上受用无边的风花雪月。他嚅动着嘴唇练习说话:"我,我,爱,生活!"

门外出现一个瘦削汉子,一脸胡须,身上背着枪,手里提着大刀,大步走进来,站在木桶边,朝何文涧瞪着眼,又是愤怒,又是惊诧,说:"我找得你好苦,原来躲在这里?"

何文涧认出来了，是潘新北。

潘新北更不搭话，抢起大刀就砍。何文涧在凛厉刀风下喊出最后一句话："我要活，何其难？"

苍穹之中，黑暗无光。一根火柴划亮，半根残烛光明。寂欢说："山里风穿过门缝，把蜡烛弄熄了。何先生，你醒了？起来用饭吧。寂行，你去厨房里把饭热一热。"

何文涧睁眼一看，没有背月，没有山下锣鼓，更没有提着大刀的潘新北。

寂欢体贴地说："何先生，泡了一泡花澡，你现在能说话了吧？你说句话吧。"

何文涧说："我要活，何其难？"

【作者简介】叶弥，本名周洁。苏州人。1964年出生。1994年开始文学创作。江苏省作家协会副主席。曾获第六届鲁迅文学奖。

# 朋友圈都是尸体的一夜

蔡　骏

我只喜欢跟尸体交朋友。

我不是法医,也不在太平间工作,更不是殡仪馆的入殓师。我在上海一家互联网公司上班,普通的办公室职员,每月工资七千元,刚够付完房租,还有一些吃用开销。所以嘛,我没有女朋友,也没有男朋友,只能一个人住,父母远在老家。

对了,我是男的。至于年龄,你自己去猜,但也容易想到。平常我是个闷葫芦,从不主动跟人说话。公司开会常忘记叫我,出去旅游就算走丢也没人会记得。我不用出去跑业务,也不跟同事们私下来往,没人会问我扫二维码。我的朋友圈,每夜寂静如同坟墓。当然还有个小小的原因,我的微信名字叫"尸体的朋友",微信号你自己搜一下:Dearbody。

你会问——我为什么喜欢跟尸体交朋友?

以前玩QQ的时候,有网友说我是恋尸癖,但我不承认。你懂的!跟尸体交朋友,怎么能跟恋尸癖放在一起呢?两种完全不搭界的兴趣啊。恋尸癖就是死变态!是对尸体的玩弄和亵渎,是丧尽天良的犯罪,不是吗?而我们跟尸体交朋友,则是一种包容和尊重,无论他是活人还是死人,也不管男人还是女人,只要曾经是个人,就值得用心地对待,不带任何欺骗地交流。尸体并不可怕啊,许多人看到尸体就躲得远远的,还要趴在地上呕吐——全都是心理原因,这不是歧视又是什么?就像有的人歧视同性恋,有的人歧视农民工,有的人歧视残疾人,而绝大多数人都歧视尸体！哪怕死去的是自家亲人，恐怕都会有小辈嫌弃吧。

两年前，那天晚上真特别冷啊，当我要钻进冰窟般的被窝时，手机提示有人要加我微信。对方的名字很普通，不可能是女人，还附了一句话——你好，我是尸体。

刚开始我的反应与你相同，恶作剧吧？还是精神分裂的变态？手指犹豫了好几分钟，还是决定接受他为好友。

加上这个"尸体"，微信跳出一段对话文字——他说自己昨晚刚断气，现在医院太平间躺着，终年七十三岁，是个老头，死于心肌梗死。

我没有直接质疑他的身份，毕竟我的名字叫"尸体的朋友"，不能表现得叶公好龙啊。我先跟他寒暄几句，尊称对方为老伯伯。但他的头像是个小女孩，看起来不超过十岁，令人疑惑。再查看这个人的图片，最近的相距不到几天，转发老年人养生订阅号。一条条往后看，果然是个老头的日常生活——各种中央反腐消息，退休党员的组织生活，《环球时报》的新闻报道，黄金周的老年摄影展。至于头像上的女孩，是在读三年级的小孙女。他是有多喜欢小孩子啊，从家里玩耍到课外兴趣班的照片，还有学习钢琴和唱歌的小视频。但见不到儿子媳妇的，也不见老伴，倒是退休老同事们聚会的不少。

老头在微信里说，自己死得突然，早上送完小孙女上学，在学校门口就不行了。心脏仿佛被闷了一拳，立刻摔倒在大街上，窒息到失去知觉，送到医院已宣告死亡。

是不是很难过？我问他。

他说，全家人依次赶到医院，呼天抢地地号哭，他真想坐起来呵斥一顿，还让不让人好好去死了？当他看到小孙女从学校赶来，趴在他胸口哭得梨花带雨，尸体都忍不住要哭了，好想再抱一抱她，摸摸小羊角辫子，在脸蛋上亲吻个够，哪怕每次儿媳妇都会嫌弃老头子不干净。

我认真倾听他的描述，不时回他一个笑脸或是大拇指，有时也配合他的情绪，打上一串省略号，或发个哭脸的表情。

总体来说，老头还算是积极乐观的。他觉得自己属于幸运的，要是得了某种慢性病，在病床上折腾个一年半载，花费掉几十万的医药费不说，还得让老婆和儿子辛苦地守夜，被儿媳妇白眼，最后依然逃不了翘辫子的结局，还不如突发心脏病！死得一点都没有痛苦，也不会连累家里人，顶多就是死亡时有些大小便失禁，但这毕竟是短暂的。唯独临死前没能多看小孙女一眼，留了个不大不小的遗憾。

　　老头详细介绍了太平间的环境——第一次在这里过夜,四周全是各种死因的尸体。虽说这鬼地方温度很低,但还是能闻到一股淡淡的腐烂味。这时有人进入太平间,将他推出走廊。深更半夜,医院里有些恐怖,我问他有没有见到鬼?他先说没见到,接着说不对,自己就是鬼!他被抬进一辆黑色面包车,车皮外是殡葬车的标志。他感到车轮颠簸,载着尸体来到殡仪馆。

　　微信对话持续了一整夜,我熬得双眼通红,只能先去上班了。老头很有礼貌地说对不起,打扰到我的正常工作。我说不要紧,等到午休再联络。

　　昏昏欲睡的午后,我很担心尸体会烟消云散,或者根本就是自己的幻觉?我着急地在微信上叫他,老伯伯,你还在吗?

　　没等几秒钟,他就有回音了,在啊,我在化妆呢。

　　原来他正躺在殡仪馆里接受尸体化妆。在那个冷冰冰的化妆室里,有个中年妇女正在为他做面膜,这是他的儿子花钱增加的一项服务,让老爷子走时面色好看一些。

　　我和他继续聊天,他说过两天就要火化了,这是他在这个世界上的最后两天。我说我非常荣幸,可以在微信上陪伴你度过。

　　他从未发过微信语音,所有的聊天都是文字,因为死人是不能说话的。

　　忽然,我想起自己小时候。老人死后会在家布置灵堂,让尸体过一晚再送走。守灵夜,自然是最漫长的那一夜。大人们撑不住打了瞌睡,虽然不准我靠近尸体,但我会偷偷从床上爬下来,守在死去的爷爷或奶奶身边。老人活着的时候,并不怎么喜欢我,说我这孩子性格怪怪的,不讨人喜欢——没错,我不讨活人喜欢,直到现在都是。灵堂中一片寂静,我开始跟死去的老人说话。告诉他,我想再被他抱一抱。不骗你的,我能感觉到灵魂存在,他很想回到人间,跟我一块儿玩,教我挑棒棒,下象棋。这时候,大人们突然醒来,看着我在跟死人说话,都觉得这孩子是不是有病?

　　是啊,老人们的魂一定都还在啊,离不开这个世界,那时候如果有朋友圈,成为尸体的他们大概也很活跃吧。

　　再回到我的微信,我问这唯一的好友:你的老伴呢?

　　沉默几个钟头才有答案,我不喜欢她,一辈子都不喜欢!

　　他们经常吵架,从"文化大革命"吵到移动互联网的时代。老婆样样管住了他,不准藏私房钱,不准乱交朋友,就是对男人不放心。快退休了,老婆经常突然袭击要抓奸,其实啥事都没有。六十岁那年,他提出离婚,其实已酝酿多年,离婚协议书都备好了。老伴当场哭了,看到她眼泪滴滴答答的样子,他缴械投降,继续老实过日子。有人算过命,她很长寿,至少能活九十岁。

尸体的最后一天。

这是个周末,我的朋友在微信上直播了自己的葬礼。他穿着寿衣,躺在水晶棺材里,同时给我发微信聊天——我想是通过灵魂完成的吧。追悼会上来了七八十人,家属们哭声一片。原单位领导致辞,然后是儿子致辞。儿子四十多岁了,在政府部门做公务员,据说混得还不错,葬礼办得也不寒碜。小孙女没有太伤心,还在没心没肺的年龄阶段。爷爷并不怪她,只要孩子开心就好。三鞠躬后,哀乐响起,当他如此描述,我想起小时候参加老人葬礼,这音乐让人心里发慌,但我似乎能听到尸体在说话!躺在棺材里的我的朋友,不断发来微信,诉说每分每秒的感受。当老伴趴在棺材上痛哭,他想起四十多年前,他俩结婚正好是1971年9月13日。哎呀,她年轻时的容颜啊,老早就被忘记了,此刻却异常清晰地重现眼前,仿佛一个小媳妇正在给英年早逝的丈夫送葬。

我还是喜欢她的吧——尸体给我发来了这样一条微信。

然后,他被送去火葬场,老伴和儿子一路陪伴,儿媳妇带孙女回家,还要管宾客们的豆腐羹饭。

我的尸体朋友,直到被推进火化炉,发了毕生最后一条朋友圈——

二十年后,老子又是一条好汉!

自此以后,我的微信忙个不停,每个礼拜都有人来加我,无一例外都自称尸体。大部分刚死不久,等待葬礼和火化的阶段。年龄普遍在七十岁以上。有男有女,但老头子居多,因为男的寿命比女的短。

我的这些尸体朋友啊,性格与兴趣也各不相同,有的人为丧命而徒自悲伤,有的人却有重获自由的快乐,更多的是舍不得凡间亲人。他们对我都很友善,因为在尸体们的世界里,我是唯一能和他们说话交流和解闷的人。就算是性情内向的尸体,也会跟我滔滔不绝地聊天,为了排遣无边黑暗里的孤寂。

我认识了一个中年尸体,四十四岁,死于癌症。他拖了三年,接受各种化疗与偏方续命,头发早就掉光了,整个人瘦得不成人形,不晓得吃了多少苦头,为治病家里卖掉了一套房子,老婆辞职在医院守夜。当他躺在殡仪馆里,却说自己现在很开心,终于解脱了无穷无尽的痛苦。他在朋友圈发各种笑话和段子,尤其喜欢开死人玩笑,被烧掉前的几天,他成了我的开心果。

还有个家伙,年龄跟上面的一样,也是癌症。他放弃了治疗,取出所有存款,与老婆离婚,周游世界,吃喝嫖赌,也拖了三年。他的结局在大洋彼岸,金碧辉煌的赌场,昏迷在一个兔女郎的怀里,没送到医院就器官衰竭而死。成为尸体以后,他却说自己莫名地悲伤,躺在拉斯维加斯的太平间。他不是基督徒,等待被送入火化炉,家人早已不管他了,骨灰将快递回中国。

　　在我的朋友圈里,每个人出没的时间都很有限,长则一两个星期,短则几个钟头就销声匿迹。但他们留下了许多有意思的内容,比如有个阿森纳的球迷,死后还在分析今晚的英超比赛,继续为枪手们加油鼓劲。还有休斯敦火箭的球迷,不断发比赛的九宫格照片,全是哈登的各种英姿。尸体在朋友圈发照片,是怎么做到的呢?显然不是用手机,我想就是灵魂吧。对了,灵魂之眼!我看到了一些奇怪的角度,有时从空中俯拍,有时又从地面仰视,有的更像是鱼眼镜头,几分恐怖哦。有人被推进火化炉的瞬间,还拍了一张火焰暴烈的图片。

　　我还看到有尸体玩自拍,真是不要命了(我好像说错了什么)!那是具如假包换的尸体,三十多岁的女人,死于车祸,脸部完好,皮肤底下泛出铁青色,有些恶心——灵魂以另一种角度看自己,生前必是个自拍爱好者,死后纵然没有自拍杆,也忍不住要发朋友圈。

　　随着我的朋友圈发展壮大,突破了一千具尸体。我还遇到外国友人,用英文交流,头像是个欧美男人,在中国工作过几年,对朋友圈上瘾了。他被公司调去非洲工作,撞上恐怖袭击炸死。现在尸体还没被发现,孤零零地躺在乞力马扎罗山脚下。一群野狗正在啃噬尸体,同时激烈地撕咬缠斗,远处有头狮子虎视眈眈,让他想起了伟大的海明威。而他即将通过野狗们的肠胃变成粪便。他在朋友圈最后发的那句英文,我查了很久才明白——尘归尘,土归土。

　　有个最惨的人告诉我,他才二十四岁,刚自杀,炒股票,玩杠杆,欠了几百万的债。他说他不想死,从楼顶跳下来的一刻,就后悔得想要死!但是来不及了,他在地面撞得粉身碎骨,尸体分解成好几块。

　　事已至此,我只能安慰他,愿他早日被烧化了事。他说活着的时候,没什么朋友,变成尸体,我就是他唯一值得信赖的好朋友。现在他很想念妈妈。七岁那年父母离婚,妈妈开了间卖水果的小店,人家都叫她榴梿西施,却不知道她有多辛苦地赚钱,独自将儿子养大,还送去英国留学四年。他读初中那会儿,妈妈不到四十岁,打扮打扮也是美魔女。他的数学老师没结过婚,家庭条件不错,人也挺老实,不知不觉跟他妈好上了。人家不嫌弃她有个儿子,在学校格外照顾他,给他买玩具买漫画书。初三中考前夕,妈妈和数学老师快要结婚。学校传得沸沸扬扬,同学们取笑他,开些过分的黄色玩笑。虽说他不讨厌数学老师,但很介意妈妈再嫁人,尤其要嫁给自己的老师。做儿子的总想独占妈妈,就像所有男人对女人的独占欲。他给老师发了匿名短信,说妈妈是个烂货,经常跟不同的男人睡觉。他还买了几个安全套,偷偷放在妈妈的包里。没过多久,数学老师跟妈妈分手了。这件事让妈妈非常伤心,整个夏天瘦掉了十几斤。

在他葬礼那天,我悄悄来到殡仪馆。对于爱好跟尸体交朋友的我来说,这种地方并没有让人不自在。我用了共享实时位置的功能,很快找到了他——葬礼临近尾声,来宾寥寥,大概都被死者借过钱吧,对于他的自杀表示愤怒。我看到了他,原本破碎得七零八落,现在被重新缝合,但总跟正常的尸体不太一样,比例严重失调,躺着的姿势也摆不正。

尸体火化前,我找到他的妈妈——白发人送黑发人,但她并不像别人那样号哭,而是默默为儿子送别。看得出她年轻时很漂亮,不负榴梿西施的称号。我看着她通红的眼圈,随便撒了个小谎,就说自己是他儿子的大学同学,上下铺的死党。他曾经告诉过我一个秘密,如果他死了,就拜托我把这个秘密告诉妈妈。

当她听完,只是抹去眼角的几滴泪水,淡淡向我道谢。她说,她从不怨恨儿子。当年发生的那个事情,比如匿名短信把数学老师吓跑,她当时就发现了。只是她从未戳穿过儿子的秘密,也未责怪过他,因为她知道儿子是爱自己的。怪只怪自己不了解孩子的心,怪只怪那个数学老师不信任自己。

你早就原谅他了吗?

其实,我专门跑过来参加葬礼,就是为了代替我的尸体朋友,对他妈妈说声"对不起"。

当妈妈的点头说,是啊,他是我的儿子,我从来没恨过他,又哪里需要原谅呢?

尸体被推进火化炉的同时,我把这段录音发给了我的朋友——我想,他还来得及听到。

咳!咳!咳!写到这里啊,先让我找找餐巾纸,真不好意思,一脸的眼泪了啊。

我再想想啊,在我的朋友圈里头,那么多尸体好友们,哪一个跟我保持友谊最久呢?

那是一个姑娘。

跟其他尸体不同的是,她不是自然死亡,也不是自杀,而是他杀。

她是个高三学生,还没有谈过男朋友。有几个男生追过她,但没被她看上过,因为她只喜欢TFBOYS。有天晚自习,放学后她独自回家,哼着小时代的《时间煮雨》,很不走运地遇上一辆黑车。司机是个邪恶的中年男人,用迷药蒙住她的嘴巴,几秒钟就让她昏迷了。

在那个忧伤的春夜,细雨靡靡,晚风沉醉。她不知道车子开了多久,等到苏醒,在一个陌生的房间。然后,她被强奸了。强奸之后,还没来得及痛哭,对方用铁锤重击她的后脑勺,然后狠狠掐她的脖子,杀死了她。

凶手是个变态,死亡的瞬间,她才第一次看清那张男人的脸。她还没工夫恨他,也没想到被强奸后怀孕之类糟事,整个大脑只剩下恐惧,如果自己死了怎么办? 真的真的真的很害怕变成一具尸体。

她变成了一具尸体。

死亡是什么感觉呢?的确是有个隧道一样的东西,好像把一辈子所有的经历,全都变成电影在眼前回放,不仅是画面还有声音和气味,包括皮肤的触觉。自己出生时的啼哭,吃到的第一口奶的滋味,少女时代的喜怒哀乐,第一次暗恋上初中体育老师,哪怕最微弱的情绪,无病呻吟的叹息,都不会错过丝毫。

隧道尽头,她回到自己的身体,不再感到疼痛、窒息与绝望。丝毫不能动弹,也发不出任何声音,尽管很想尖叫,哪怕撕破嗓子。那个男人将她装入麻袋,刚死的身体还没僵硬,关节还可以活动,体温还残留在三十度。麻袋装入汽车后备箱,后半夜开了不知多久,也无法确知具体位置。她记得自己又被搬下汽车,被那家伙从地上拖过。那里冰冷冰冷的,她很害怕会不会是殡仪馆?后来她才觉得,要是殡仪馆或火葬场的话,实在是件太走运的事了。

她被塞进了一个冰柜。

冷气很足,零下二十度,但在尸体界看来,这样的温度非常舒适。这个冰柜不大,最长不超过一米五,大概是冷藏雪糕的吧,被横躺着放在地上,像一口小小的棺材。她是个高挑瘦长的女孩,只能弯着膝盖塞进去,双手蜷缩在胸前,臀部顶着冰柜内壁,额头靠在门内侧,很快结上一层霜花。

她告诉我,她没有穿衣服,遇害时就一丝不挂,死后塞进麻袋又送入冰柜。当她在微信上找到我时,已成为尸体很多天了,习惯于光着身子,沉睡在冰天雪地的棺材里。但她保持了少女的矜持和尊严,对于自己身体的描述,仅限于此。

每个夜晚,我无数次想象她在冰柜里的模样,一丝不挂的睡美人,肌肤如雪,发似乌木。身体微微隆起与曲折,还有婴儿般蜷缩的姿态,将隐私部位掩盖起来,没有丝毫的肉欲。好像只要王子打开冰柜,一个轻轻的吻,就能将她唤醒、复活和重焕生机,仿佛枯萎的玫瑰再绽开,干涸的溪流再汹涌……

我看了她的微信图片,有许多生前的照片。她留过假小子的短发,在学校门口喝奶茶,逛小书店买漫画杂志和盗版书。随着姑娘越长越漂亮,头发渐从耳边长到肩膀,又慢慢拖到胸口。她学会了使用美拍软件,留下一张又一张朦朦胧胧的自拍照,不是噘嘴就是斜四十五度。

可怜的姑娘,为什么会被死变态盯上?大概就因为这些微信里的照片吧。

我问她叫什么名字?她给了我一串可爱的表情,只打了两个字:小倩。

好贴切的名字啊,我问她在哪里?但她说不清楚,她在内陆的一个小城市,遇害以后被关在后备箱,不记得冰柜在什么地方?虽然能使用微信,但无法给自己定位。

我要向警方报案,她却说案子已经破了——朋友圈分享的新闻,花季少女晚自习后失联,全网发动微博微信的力量寻找。强奸和杀害她的那个变态,很快就被警察发现了。这个家伙持刀拒捕,被当场击毙。凶手没留下过多线索,但在他的床底下发现一个地下室,里面有四台冰柜,各自藏着一具女孩的尸体。至于小倩,没人知道她在哪里?未必在她与凶手所在的城市,甚至远在千里之外。公安局的记录中,她仍是失踪人口,爸爸妈妈还在满世界张贴寻人启事。

我想,只有办案的警察清楚——这姑娘十有八九已不在人世了。

有一晚,她给我发了语音。

短短十几秒钟,我犹豫了大半夜,第一次感到害怕——我还没听到过尸体说话。熬到天快亮,我才在被窝里点开语音。

一个少女的声音,带有南方口音,嗲嗲的,柔柔的,像正在烈日下融化的一枚糖果。

"嗨!我是小倩,忽然很想你。我这里没有黑夜,冰柜永远亮着灯。但我想,你现在黑夜里。如果,我打扰你了,向你道歉。"

这声音令人无法相信她只是一具尸体,在零下二十度的冰柜里躺了无数个日夜,赤身裸体。

我不知道该如何回答她,手机拿起又放下,按下语音键又退出。我走到镜子跟前,小心翼翼地说话,仿佛对面不是自己,而是那具美丽的尸体。

终于,我语音给她一段话:"小倩,感谢你!"

笨嘴笨舌的我,原本想好的一肚子甜言蜜语,还用记号笔抄在手掌心里,一句都没说出口。

半分钟后,收到她的语音回答:"很高兴听到你的声音!跟我想象中不太一样哦,你的声音很年轻,就像我喜欢过的男生的声音。对了,我问你啊,跟尸体交朋友是什么感觉?"

这个问题嘛,令人一时语塞。跟尸体交朋友什么感觉?就像跟志同道合的同学交朋友,跟单位里说得上话的同事交朋友,跟公交车上偶遇的美丽女孩交朋友……不就应该是那种平凡而普通的感觉吗?虽然,我的生活里并没有出现过以上这些人,除了我亲爱的尸体朋友们。也许,当这些人活着的时候,也不会多看我一眼吧?我们更不会发现彼此的优点,只是擦肩而过的路人,哪怕说过话也会转眼忘记。只有当他们成为尸体以后,才会看到我的各种闪光点,不仅仅因为我是世界上唯一可以跟尸体对话的人,也不仅仅因为我是冰冷的停尸房里唯一的倾诉对象,还因为我像小动物般的敏感,以及玻璃纸般的脆弱。

我和她认识了一年半,共同度过了两个夏天和一个冬天。通过万能的朋友圈,我们愉快地玩耍着。而我清晰地感受到她的存在,赤身裸体的少女,宛如刚出生的婴儿,蜷缩膝盖和双手,保持冰柜里的姿态,每个夜晚躺在我枕边。而我只是默默地注视,与她保持五到十厘米距离,绝不会碰她一根毫毛。我的睡美人。

今年夏末,她告诉我,遇到一些麻烦——虽说还躺在冰柜里,但偶尔停电。你知道的,家里冰箱停电的后果。她说断电时间都不长,顶多一两个钟头,但她会特别难受。气温从零下二十度,上升到零上二十度。她不知道冰柜外面是什么?如果地下室或冷库还好些,要是普通的民房,甚至就在街边的冷饮店,几乎紧挨灼人的烈日,无疑就惨了。每次停电,她都会感到浑身不舒服,尽管死人是不会感受到疼痛的,也许是心理上的莫名恐惧。不过,原本雪白的皮肤确实有些变暗,经过断电后的高温,肌肉从冰冻的僵硬,渐渐越发柔软,仿佛一块正在融化的雪糕。她还能清晰地感应到,冰柜外面有苍蝇在飞,发出耸人听闻的嗡嗡声,就像飞临广岛上空的轰炸机。

她很害怕,自己即将腐烂……

从夏天到初秋,手机里不断传来这些可怕的消息,让我在每个深夜与黎明心急如焚。

老天哪，我不想失去这个最好的朋友——不得不承认了——我没有活人朋友，我的朋友全都是尸体，但其中对我最重要的，就是这个叫小倩的女孩的尸体。

于是，我通过微信告诉她——我可以说我爱你吗？

她回答，我也爱你。

第一次听到女孩这么对我说。我感觉自己是世界上最幸福的男人。

终于有一晚，她说冰柜断电了，超过十二个小时。她快要完蛋，黑色彻底覆盖额头，像没有边界的夜。不知从什么缝隙里，钻进了一些肮脏的昆虫，苍蝇正在她的嘴唇和鼻孔上产卵……

突然间，她说出一个秘密：对不起，亲爱的，我欺骗了你。

冰柜没有断电吗？

不是啊，冰柜已经断电了，但我知道自己在哪里……

我看到她打出了一长串地址，原来是一家生鲜食品加工厂，就在她所在的城市。

她说，既然已经死了，对于世界也没有什么依恋，更不愿意被别人发现自己的尸体——如果离开冰柜的环境，肯定会很难看吧？爸爸妈妈看到她的尸体，无法想象他们痛苦的样子。

哎，我可不想看到我妈再为我哭了。

小倩接着说，她也不想在公安局做尸检。法医肯定会检查她有没有被强奸，那多么羞耻啊，好像又被强奸了第二遍。最后就是火化。我天生不怕冷不怕冰，却怕热怕火，虽然尸体不会感觉到疼痛，但是想想在烈焰中化为灰烬，实在是件令人恐惧的事啊！

她觉得在冰柜里也挺好的。永远这样下去，每天看看自己，刷刷朋友圈，了解天下大事，娱乐八卦，谁跟谁劈腿啦，哪个小鲜肉又出道啦，某个明星又被扒出来整过容啦。最重要的是，有我这个深深爱着她的男人存在，让她一点都不会感到孤独，还有种热恋中的感觉，这样度过剩余的漫长人生，直到我渐渐变老死去，同样成为一具尸体，依旧死了都要爱，不是许多人梦寐以求的浪漫韩剧里才有的故事吗？

我在微信里打出无数个感叹号，发誓来帮小倩把冰柜的电线插上，并且保证不泄露她的秘密，不把她的尸体交给任何人！

当晚，我乘坐红眼航班，千里迢迢来到她的城市，找到一家食品加工厂。凌晨时分,偌大的厂子里没有人,堆满了各种冷冻食品,每天早上运出去供应市场。厂子最后面的小院,有个废弃的房间,门口锁着粗大的铁链子。我用铁钳铰断链条,闯入埋葬我的小倩的坟墓。

没错,我看到了那台冰柜,手电照射下发出阴惨的反光,横卧在地上如同棺材。

而我心爱的睡美人,就躺在这具棺椁深处,静静地等待我的亲吻。

打开冰柜之前,我发现电源线被拔了,插座上有台山寨手机在充电。我重新把冰柜电源插上——谢天谢地!冰柜没有损坏,很快重新运转,发出一如既往的噪音,宛如一支秋天安魂曲。

希望尸体还没有腐烂,苍蝇的卵也没有那么快孵化成蛆虫。我的右手放在冰柜的门把手上,左手整理自己的头发,不要弄得像个屌丝似的,努力保持想象中最帅的姿态。

时间无比漫长,仿佛长过我们每个人的一辈子。虽然我没结过婚,却莫名想起新婚前夜的恐惧与慌张。右手仿佛被凝固在白色的门把手上,我与她就这样结合为一体。

闭上眼睛,打开冰柜。

我还有一分钟的时间,用来停顿和想象,她蜷缩在冰柜里的模样——尽管是个裸体的少女,我却感受不到任何色情,而是像我们每个人,刚从妈妈的子宫来到这个世界一样,赤条条得纯洁无瑕。

但我没有看到她。

冰柜是空的,是空的是空的,是空的是空的是空的,是空的是空的是空的是空的。

没有尸体,更没有活人,包括人或者动物的器官组织。就连苍蝇都不剩,只留下一层厚厚的污垢,像所有旧冰箱里的那种颜色,还有一股氟利昂泄漏的气味,不断刺激着我的鼻孔。

我用了半个钟头,才慢慢接受这现实——我的美人,我的新娘,我最爱的人啊,她不见了。

是她说的地点有误?还是在一夜之间,尸体意外被人发现,送到了别的地方?还是这一切从来没有发生过?包括作为尸体的她?

也许她还活着?这大概是我能想到的最美好的结局。

为了让自己不那么悲伤,我也躺进了这个冰柜,蜷缩成她说过的那种姿态。

我重新关紧冰柜的门,让冷气环绕着我的四周。但我不是尸体,活人终究是怕冷的,就算穿着再厚的衣服,也很快冻出鼻涕。冰柜里的灯光照亮着我,而我只带着一部手机,以及无数个充电宝,默默打开微信,用流量刷朋友圈,与新认识的尸体朋友们打招呼,聊天,点赞,评论,抢红包……

亲爱的尸体朋友们啊,我很想拥抱你们每一个人,无论你们是冰冷还是炽热,我只想感受你们活着的时候,所有的喜怒哀乐,与家人共度的时刻。在与这个世界离别的时刻,前往另一个世界的途中,有我这样的好朋友相伴,你一定不会孤单,也不会恐惧,而是面带微笑,还有幸福泪光,就像每一个春天的黎明。

然而,我在冰柜里躲藏了不到俩钟头,就感觉电线插头被人拔了,机器噪音归于平静,代之以纷乱的脚步声,响起一个大妈的咒骂,冰柜门打开了。

CNM的!哪儿来的精神病?买不起棺材啊?干吗拔我的充电器,还让不让人玩朋友圈了?

大妈的双手孔武有力,准确地拧住我的耳朵,将我整个人拖出冰柜。

对不起,我无法解释我的行为,总之被食品厂值班的大妈扔到了大街上。她警告我要是再敢来食品厂的话,就通知火葬场把我送去烧了。

凌晨三点,气温下降到零度,月光如同尸体的双眼。我跟所有失恋的男孩们一样,躺在冰冷的街头,伸开双手,泪流满面。

这天早上,巡逻的警察发现了我,将我带到派出所,想要确定我是不是精神病人?或者是流浪乞讨人员?

最后,有个看起来像是警官的人,要求我说清楚一切的来龙去脉。因为我是在食品厂门口被发现的,警官调查了食品厂的值班大妈,确认我是从冰柜里被扔出来的。

你为什么躺在那个冰柜里?

面对严厉的警官,我不敢说,因为害怕一旦说出口,就真的会被关进精神病院。这倒没什么了不起的,但我的手机会被没收,就再也不能在我的尸体朋友圈里玩了。

在派出所里被审问了一天多,我终于保住了自己的秘密,也成功地证明我与某桩凶杀案无关,至少我一辈子都没来过这座城市,就消除了我是同案犯的可能——

那是特大系列强奸杀人案,因犯罪嫌疑人拒捕被击毙而闻名。最后一个受害者,名字里有个"倩",是个女高中生,晚自习路上被劫持,强奸后头部遭到猛击。根据办案的警察判断,凶手误以为杀死了被害人,将她赤身裸体运走,藏在生鲜食品加工厂的冰柜里。昏迷了二十四小时,女高中生被食品厂的值班大妈发现,紧急送到医院,尚有微弱的生命体征。

女孩还活着,医生说这是一个奇迹。

但她再没醒来过。大脑受了致命伤,在冰柜里的二十四小时,也严重伤害了中枢神经。爸爸妈妈决心拯救女儿的生命,鉴于这座小城市的医疗条件很烂,决定把她送到大城市的医院。

她第一次来到上海,在昏迷中转入全国闻名的脑外科病房。经过专家会诊,医生判断她的生命延续不了多久,也许十来天,顶多一个月,那算是烧高香了。几个月过去,女孩不知从哪来的力量,熬过了最艰难的阶段。病房里常年堆满鲜花,许多网友捐献了医药费,都想来看她一眼,但都被院方拒绝。除了父母家属,只有医学专家可以进入病房,但也提不出什么治疗方案,只能是听天由命,看这姑娘的造化了。

于是,名叫小倩的女孩,已经昏迷了一年半以上,经历了两个夏天和一个冬天,漫长的五百六十多天,几乎全在上海的医院里度过。

对我来说,这是一次命中注定的相遇——那家脑外科医院,就在我家小区对面,相距一条街的拐角,不到一百米远。每个深夜,我扒着窗户眺望外面的夜色,都能看见住院楼的几排灯光,也许她就躺在其中一扇窗后。

这是她昏迷的第五百六十五天,我离开这座长江边的小城,坐了三小时的大巴,再换乘七百二十公里的高铁,回到上海的虹桥高铁站,打了七十七块钱的出租车,直到我家门口的脑外科医院。那里有个大脑结构图的雕塑——制作这尊雕塑的艺术家,也是根据尸体标本做出来的吧,我的大脑在想。

清晨七点,我走进医院的九楼,那间被各种鲜花包围的病房,来看她。

她醒了。

小倩,你穿着白色的病号服,理着一头病人常有的短发,正在病床边沿站起来。护士搀扶着你的胳膊,帮助你艰难地保持平衡,还有个康复治疗的架子,让你缓缓迈动双腿,重新找到站立行走的感觉。昏迷了五百六十五天,你应该过了十九岁生日,容颜还像个女高中生,苍白到近乎透明的皮肤,需要更多的营养。乌溜溜的黑眼睛,盯着被晨雾笼罩的窗外——相隔一百米之外,恰好是我的那扇窗户。

昨天凌晨，大约三十个小时前，事先毫无征兆的，她醒了。

太突然了，从漫长的植物人状态中醒来，医生和护士都已惊呆，没人能解释这件事。过去几个月间，她的病情非但没好转，反而几度恶化。最糟糕的那几天，病房里出现了苍蝇，各种手段都无法消灭。好多次危险时刻，她只有出气没有进气，心电图几乎变成直线，差点被医生拔了管子。爸爸妈妈跪着求医生再等一等，结果又自动恢复了呼吸。仿佛一场艰难的拉锯战，无数次走过黄泉路，渡过忘川水，走到奈何桥再转回头。

当她醒来，睁开眼睛，说的第一句话——他打开冰柜了！

她不清楚为何在医院，更不晓得已远离家乡到了上海。她以为自己早就死了，被坏人强奸后杀害，变成一具赤裸的尸体，塞在食品厂的冰柜里，始终没被人发现，度过了一年半时光。但她并不孤独，因为一个神秘而遥远的朋友。那个人很有趣，也有男人魅力，经常跟她说起外面的世界，偶尔也说他自己的故事，陪伴她度过每一个漫漫长夜，晚安道别，早安问候……

医生只能告诉她——这是一场漫长的噩梦，但你是个超级幸运的女孩，很高兴你能醒来，这又是一个足以写入医学史的奇迹。

此时，此刻，我最亲爱的朋友啊，第一次，不再是一具尸体——而是一个活生生的，会喘气会眨眼还有心跳的，嘴里的热气喷涌到你鼻尖，突然害羞到脸红的女孩子。

她在我的面前，触手可及。而我的手里，捏着一枝饱满的玫瑰。

你好！

女孩凝视着我说话了，就像语音里听到过的声音，好像还在那个无边无际的梦里。她的双眼泛动情人般的泪光。我确信无疑，她认识我，虽然我无法回答这个问题。

刹那间，我放下玫瑰，转身飞奔而去，从她的世界彻底消失。

再见，朋友！

【作者简介】蔡骏，中国作家协会会员，中国最具全球畅销潜力的悬疑小说家。已出版《最漫长的那一夜》《偷窥一百二十天》《生死河》《地狱变》《谋杀似水年华》等二十余部长篇小说、三部中短篇小说集。作品被翻译为英、俄、韩、泰、越等多种文字出版。多部作品被改编为电影、电视剧、舞台剧。

# 天　蓝

方　方

　　我第一次发现那对亮晶晶的眼睛是在母亲的墓前。她径直走到我身边,拉着我的衣袖,说我总算找到了你!

　　她只有八岁或是九岁,语气却像一个成年的大人。她说出这话,仿佛如释重负。这副神情,让我有点惊愕。

　　这是一个春天。太阳正落着。她就站在春天的夕阳下。有几株柳树衬在她的身后。柳叶已经很长了,一叶叶绿色的小刀片在阳光下玩着变色,忽而发绿,忽而发白。春风吹来,女孩的发梢和柳叶朝着同一方向飘着。她的发丝略细,有点偏黄。让我忽地觉得这是一个蛮有意味的场景。我说,小朋友,你怎么了?

　　她认真地说,这下我放心了。

　　我笑了起来,说小朋友,你一个人吗? 怎么到这里来了? 小心迷路了。要不要我送你回家?

　　她没有回答我的话,眼睛盯着我的手袋。落日的光线呈淡金色,正洒在它的面上,恍然让本色变异。这是一款迪奥的银色手袋。式样和色彩都相当经典。我有点奇怪这样小的女孩子竟会留意它。

　　女孩子突然说,这包很配你。不过我更喜欢这个。你也喜欢它吗? 她用手指着系在圆环上的挂坠——一只用彩色毛线编织的小兔。

　　原来小朋友盯着的是这个。我心下释然,说当然喜欢。在我心里,没有比它更漂亮的东西。因为这个手袋和这小兔都是我母亲当年送给我的。现在,她在

116

这里。我说着指了指母亲的墓。

女孩笑了,她笑的样子很好看。女孩不看墓,只是望着我说,我知道。我知道你一定会喜欢它。你怎么不住在仁康路了?

我有些惊愕。那里是我曾经的家。母亲在世时,我们就住在那里。后来,她死了,被卡车撞死的。那年我二十岁。两年后,父亲另外娶了妻子。于是我们搬了家。

见我满脸诧异神情,她笑了笑。那笑容与她的年龄全然不符。刹那间,令我有某种亲切的熟悉。

然后她告诉我,她叫天蓝。又说这是她母亲取的名字。但她并不喜欢。她喜欢的是紫色。她说时,指了指不远处树下站着的一个女人。这女人我也有点眼熟,一时想不起在哪里见过。

我朝她的母亲望了望,说天蓝这个名字不错。不过我也喜欢紫色。她笑了,说当然,你喜欢的颜色当然和我一样。

我又一次地诧异。反问了一句,当然?为什么是当然?

远处她的母亲在叫了。她对我摆摆手,朝她母亲跑去。她跑步的样子,像只小鹿蹦跳,轻盈活泼,正如一个八九岁的女孩。快到她母亲面前时,她突然又回过头,大喊一声,今天我很高兴。我们还能再见面吗?

这语气,跟她孩子般的蹦跳全然不同。这种不同,令我瞬间有恍惚感。

我一直望着她们母女离开,待到她们消失在层叠的柳树之后,我忍不住侧过身对着母亲的墓说,春天。墓地。小女孩。机灵古怪,笑容熟悉亲切。满嘴说大人话,话中暗含玄机。妈,是不是有点像小说?

回家的时候,天开始下雨。我加快了步子。公共汽车站并不远,傍晚的乘客也显得比白天安静很多。在汽车上,我接到小杜的电话,说他有重要采访,今晚不能陪我一起吃饭。小杜是我的男朋友,他在电视台当记者。我们曾经是仁康路的邻居,但我们恋爱却只是近年的事。暑假时我在丽江的街上遇到他,当时他刚与女友分手。他乡遇旧邻,我们很容易亲近起来。于是一同到香格里拉玩了一趟。高原美景,孤男寡女,两个人的感情便自然发酵了。

小杜的声音有点黏黏的,像是被这雨水打湿,透着一派的疲软。我说,没事,你忙吧。我很好。顺便中,我告诉他,在母亲的墓前遇到天蓝这样一个女孩。我向他描述天蓝说话的语气。他在电话那头笑了,说也可能完全是你的幻觉哦。

我怔了怔,觉得还真是说不定。

十年前,也是这天,也是下雨。母亲去她的朋友家取一个手袋。就是我手上拎着的这个"迪奥"。因为我的二十岁生日,她要送一份大礼。她花掉了自己一本书的稿酬。这件事,她没有跟我说,也没有跟父亲说。她想给我们一个惊喜。母亲显然是有点溺爱我。因为我并不需要这样一个名牌手袋,可是母亲觉得我应该有。她认为这是品位的象征。母亲一直也很溺爱她自己。她喜欢名牌,喜欢时尚。她认定拥有这些,才意味着生活具有品质。那天她在朋友家里,把自己亲手编织的一只小兔子挂在手袋的金属圆环上,因我属兔。然后她高高兴兴地带着它回家。不幸的事在她最愉快的时候发生。在过马路时,她被一辆卡车撞飞。这卡车司机是个女人,正急着下班与男友约会。她开得太快,没有看到匆匆行走的母亲。母亲躺倒在血泊中。女司机跳下车,哭着俯身抱起母亲的身体。母亲却将抓在手中的手袋递给她。母亲说,给我女儿。跟她说我会回来陪她……这句话没说完,她便昏迷。我和父亲闻讯赶到医院,母亲已在弥留状态。女司机拿着手袋出现在我面前,她扑通跪下,伸出双手递上手袋,哽咽道,你母亲让我交给你,她说她会回来陪你……可是在这天的半夜,母亲不辞而别。母亲说话一向言而有信,但却没能兑现她人生的最后一句话。

我叫马小雯,在一所小学教算术。我很喜欢这份职业。我的母亲是个作家。她曾经希望我也当作家。可我并不喜欢文学,也不喜欢她的生活方式。她因写作而每天熬夜。她一支一支地吸烟。她喝着浓得发苦的茶。她到处出席一些莫名其妙的会议。她几乎整夜不睡觉,而又整个上午不起床。她为了写作过得日夜颠倒。我看够了她的一天又一天,所以,我坚决不想跟她干同样的事。我选择了教书。这是一份简单而自在的职业。它让我的生活井然有序。孩子们的纯真可爱也常常让我陶醉其间。我每晚有很多的时间。我看书,也看电视。天气好的时候,出去散步,间或也去酒吧小饮。我的母亲喜欢交际,她在交际中享受尊贵。但我却喜欢孤单,在孤单中独享清静。虽无母亲的名声和自傲,于我来说,这是我自己的喜欢,也就足够了。

这天下班,校长叫我去她的办公室。她就是当年为我母亲带手袋的朋友。校长说,你知道今天我见着谁了?我说谁呀?她说,就是当年那个司机。我说,哪个司机?她说,就是撞了你妈的那个司机!我有些吃惊,说她来做什么?校长说，她来为她的女儿转学。她要求孩子去你的班。

我有点奇怪，于是沉默，仿佛在想。我不明白那女人何故特意让女儿转到我的班上。她应该明白，我心里有多么恨她。校长说，我同意了。我叫你来，是想告诉你，孩子没有错，你不能对她另眼相看。我说，那是当然，你得相信我的职业操守。只是，您不觉得这事有点怪吗？

校长也仿佛想了一下，说好像是有一点。

我在教室门口看到了新转来的学生，我惊讶得几乎咧开了嘴：她竟然是天蓝！她像那天一样盯着我，脸上露出兴奋，甚至还有一点点狡黠的欣喜。

我说，怎么是你？问完心想，难怪会觉得她的母亲眼熟。

天蓝仰头望我，很大方地说，我可以向同学们自己介绍自己吗？我想了一下，说可以。然后，我牵起了她的手。

握住她手的瞬间，一股奇异的感觉呼地从心底涌出，仿佛另有一只手，把我的心狠狠抓捏了一下。我不由得怦然心跳，甚至有一种莫名的激动。我说不出理由，只知这份激动里满含着无限喜悦。我想，啊，看来我是喜欢这孩子的。

我牵着她走进教室，对大家说，今天我们班又来了个新同学。然后我示意天蓝自己说。天蓝上前一步，大声道，我叫天蓝。九岁了。我喜欢马小雯，所以特意让妈妈把我转到这里。我会努力当个好学生。希望大家帮助我。

我被天蓝的话感动，可又对她强调喜欢我有些不解。她与我不过是一次偶遇，这一次的印象就足以让她为我而转学？我心里的警惕像出芽的小苗，突然顶破土层。她怎么知道我在这所学校任教？难道她母亲有什么意图？

我与天蓝的往来，就这样开始。

对我来说，天蓝就是班上很多学生中的一个。平心而论，我的确也很喜欢她。她的成绩非常好，尤其算术。她每天的作业几乎无可挑剔，常常被我拿来让其他同学比照着学习。每次上课我在黑板上演算，回过头，总能看到她睁着亮晶晶的眼睛凝视我。她的脸上总是堆着笑容。这目光和笑，似乎都在传递着某种暖意，让我觉得非常舒服。

可对于天蓝来说，我似乎远不止是她很多老师中的一个。早上我来上班，总能凑巧在学校门口遇到她，然后我们一起走进校门。而我下班，她也恰巧放学，我们又一起走出校门。我们回家有一段相同的路。这是一条林荫密布的小径。径边的花坛种着密集的蔷薇，花开的时候，我们如同从花丛中走过。我们两个年龄差距那么大，却满能聊到一起。班上同学是我们共同的话题。有时候我会问起她的家,但她似乎不愿意说。断续中,我只知道她从来没有见过她的父亲。她在单亲家庭中长大。偶尔,她也会对我提几个小问题。一次她很小心地问我胳膊上的烫伤怎么不见了?我告诉她,我通过疤痕修复技术已经消除。回答她时,我的心咯噔了一下,心想她怎么会知道我胳膊上有烫伤?又有一次,她又问道,你吃杞果还会过敏吗?我说是呀。说完我又一次奇怪,反问她,你怎么知道?她笑了,又笑得满脸成年人的意味。她说,就是这样知道呀。

这样的回答,等于没说。

几个月就这么过去。我突然觉得自从天蓝出现后,我的生活仿佛被翻了新。我的心里经常怀有愉悦,回到家里,为延续这份愉悦,我会忍不住播放音乐。而这乐曲,也一定不再是伤感和悲哀的。纵是我随手挑选,播放出来的竟也都充满欢快和轻松。我曾自我欣赏的孤单感,不经意间就消失不见。我就这样变了。变得像母亲不曾去世时一样。

一天下午,我外出参加一个社会活动。回到班上,孩子们七嘴八舌说,天蓝今天跟吴龙打架了。我说为什么? 一个孩子说,吴龙的算术不及格,他骂了老师。天蓝很生气,打了他的嘴巴。吴龙就跟她打了起来。

我看了看教室,天蓝和吴龙都不在。便问,他们人呢?同学们说,校长路过这里,把他们带走了。

我赶紧去到校长办公室,见两个孩子坐在办公室的沙发上,背对着背,相互不理对方。校长正接电话,我示意了一下,把他们领了出来。

我们走到学校操场边,驻足谈话。吴龙低下头,承认自己骂人有错,向我道了歉。然后他指着天蓝说,是她先动手。她打了我的脸,也不对。天蓝说,你骂人,就应该打嘴巴。我严肃地对天蓝说,他骂老师,应该由老师来管,而不是由你来打嘴巴。你应该向他道歉。天蓝说,我才不哩。他下回骂你,我还要打他。任何人都不准骂你。

天蓝在这事上表现出她强烈的固执。僵持半天,就是不肯向吴龙道歉。好在吴龙一心想去操场踢球,大大咧咧说,算了算了。

我也只好算了。但这事我有些生气。我对天蓝说,你回教室吧。以后任何人骂我,都是我自己的事。不需要你来管。天蓝沮丧地转身而去,走了几步,又回过头用一种坚定的语气说,不可能。

望着她的背影,我突然觉得不可思议。我完全不能理解,这小小的孩子有着怎样的心情。难道是她的母亲所教?我的警惕性再一次冒了出来。

一学期过去了。寒假即临。这天我跟男朋友约了一起去吃饭,我们要商量去三亚过年的事。说好他来学校门口接我。出门时,遇到天蓝。我对天蓝说,今天你先走吧,我约了人,我得等他。天蓝认真地问,是男朋友吗?我笑了笑,说小孩子别管这些事。天蓝脸上绽出笑容,说啊,看你样子,肯定是了。他叫什么名字呢?干什么的?我说,他叫小杜。是个记者。天蓝的笑容更加灿烂,她说,那一定很配你哦。我说,去去去,小朋友懂什么!

　　天蓝笑着摆摆手跑开了。她跳跃着奔跑,仿佛有一种格外的开心。

　　但是小杜却没有来。他短信说,临时有个重要采访,走不开。在小杜,这是常有的事,我也早已习惯。

　　晚上我的心情有点阴郁,说不出为什么。便给小杜打了电话,他没接。一会儿,我的电话铃响,以为是小杜回过来了,不想竟是天蓝。天蓝在电话那头笑嘻嘻说,你今天开心吗?

　　我一时没反应过来,便说,怎么啦?还好呀。天蓝说,跟男朋友约会,难道不开心?

　　我想起放学时天蓝的笑容,便告诉她说我的朋友没来,他有重要采访。天蓝显得有些失望,说这样呀。

　　放下电话,我不知怎么就在想天蓝。蓦然发现,她似乎从未叫过我老师,每次都是直接说话。我不由重新回忆认识天蓝的过程。她的目光她的提问还有她对我的过度关爱,林林总总,都交织在我的回想里。一种莫名的、神秘的气息慢慢弥漫得到处都是。这气息又让我心中的警惕一寸寸地生长。

　　结果,这年寒假,我也没有去三亚。小杜说他母亲身体不好,一定要回老家过年。他的家在北方山里,坐飞机转汽车加上小摩托,路上要走整整一天。他没有邀我同去,我也就没提。在那种偏远山村过年,我想,一定是件无聊的事。

　　这年的冬天很冷。日子寂寞但也轻松。读书上网以及看电视,仅此三样,便已将所有时间消费一尽。除夕的夜晚,外面有鞭炮炸响。隔着玻璃窗,能看到烟花在夜空中灿然开放。

　　十点多钟,电话响了。我想这一定是小杜了,这个不懂事的家伙终于记得打电话了。不料接起来听却是天蓝。天蓝的声音有些诧异,她说,你没去三亚吗?我说,没哩。天蓝更奇怪了,说你为什么不去?我说一个人不想去呀。怎么啦?你过年好吗?作业做了没有?天蓝不回答我的话,只是说,你怎么是一个人?你的男朋友呢?我顿了一下,心里有点排斥,但还是回答了她。我说,他回老家了。我一个人就懒得动。天蓝那头叫了起来,说他在三亚! 你那个小杜在三亚! 我说,你说什么? 谁在三亚? 天蓝说,你的男朋友,小杜! 她几乎是喊叫着把这一句话说出来的。

我的头嗡了一下,说不可能。天蓝继续喊着,我认识他,是我亲眼看到的。他还有别的女人。他骗了你! 他在骗你! 她的声音还是那样清脆尖细,童音浓重,可她说出来的每一个字都饱含愤怒,全然与九岁无关。

我拿着电话呆了半天,觉得已然无法与她对话。她不过是我的学生,并且只是一个三年级的小学生。我不想问也不想听她说什么,于是我挂断电话。

这一晚上,我都靠在沙发上,满脑子空白。我的眼前晃着两个人影,一个是小杜,还有一个,居然是天蓝。

除夕夜就在这些空白和人影中流逝而去。

我见到小杜时,是初五。他脸色阴暗,坐在沙发上一言不发。我说,是不是弄反了? 好像应该是我不高兴呀? 三亚那么暖和,又有艳遇,你有理由很开心是不是? 小杜说,你太过分了! 居然派你的学生监视我。而且还是小学生! 我说什么意思? 小杜说,一个丫头片子,不管不顾,冲到我面前就大喊大叫,骂我不要脸,无耻流氓。说我骗她老师感情。那么多人在场,你让我丢尽了面子。

我立即想到了天蓝。心想这个丫头片子一定是天蓝无疑了。我说,她骂得对吗? 小杜说,你也够卑鄙。你算什么老师? 竟让孩子做这种事! 你不怕孩子学坏嘛! 我冷笑了一声说,真是笑话了。居然是你来指责我。我根本不想解释,这事到此为止了。小杜说,你指什么? 我说,所有的。

就这样,我跟小杜分了手。虽然我非常讨厌背叛我的小杜,但对如此多管闲事的天蓝也充满反感。我怎么也不明白她何故如此。这不是一个九岁孩子的所作所为。这一切想必都是她母亲从中教唆。我必须跟她的母亲好好谈一次。


这样,我去天蓝家做了一次家访。

那天我给天蓝的母亲打了电话,并提出希望与她单独谈。天蓝的母亲说,你放心,我会把天蓝支开。

与十年前相比,天蓝的母亲变化不算太大。见到她,一种怨恨自然而然由心底升起。正是这个人,让我的母亲意外早逝,让我像一个孤儿活在世上。现在我站在她的面前,我甚至无法露出笑容。

天蓝的母亲很客气,她直接把我引进天蓝的房间。令我吃惊的是,一进天蓝房间,某种亲切和熟悉扑面而来。并非墙壁的装饰,也并非床上的用品,而是气息。这气息令我心跳加剧,就像那天第一次牵着天蓝的手一样。我无法理解自己何故如此。

天蓝的母亲说,你不觉得天蓝这孩子有些异样吗?

我坦率地回答说,正是觉得有些怪异,所以特意过来家访。

天蓝的母亲又说,你有没有察觉你跟天蓝之间有着某种奇特的感觉?

我说,是的。我们之间是有一种说不出的东西。她对我的关心过度了。我不知道是不是你在利用天蓝弥补你过去的罪行。如果是这样,我劝你赶紧放弃。这对孩子的成长,对我的生活都无益处。天蓝实际已对我的生活造成某种影响。我不希望她继续过分关注我。

我一口气说了这么多,我想我已经把话说得很清楚了。

天蓝的母亲突然泪水盈盈。我蓦然有点不安,心想难道我伤着了她?于是忙说,请原谅我的直率,我只是想把话说得更明白一点。

她用手抹了一把泪水,勉强微笑着,说我理解。但我想讲个故事,你介意吗?你就算不相信这故事,但请你也一定听完。

我有些惊异,微一点头,表示了默许。她给我倒了一杯茶,坐在我的对面。

她说,故事的开头你都知道。有一天,我开车送货途中因急着会我的男朋友,不小心出了车祸。我撞上了一个女作家。她就是你母亲。她倒在马路上,怀里抱着一只包。我也吓软了,上前抱住她。她却把怀里的包交给我,让我交给她的女儿,她还说,我会回去陪她……这句话你还记得吗?

我说,当然,妈妈在那样的时候还想着回来陪我过生日。

天蓝的母亲说,是呀,我后来得知你将过生日,也以为她说的是这个意思。可是……可是,我现在不这样想了。

我有些惊讶,说难道不是?

天蓝的母亲说,或许真的不是。你想听吗?

我说,你说。

天蓝的母亲说,你或许会觉得不可思议,但我觉得你可以静下心来仔细分析。

我莫名其妙,不解她的话意。她继续说,车祸后,我自己也几近崩溃,天天蓬头垢面,无法面对生活。男朋友说他没法再跟我一起过,于是我们分了手。分手后,我发现自己怀孕了。那时的我,对婚姻了无兴趣,决定生下这孩子,让她

123

与我相伴。她就是天蓝。

我说，难怪天蓝说她没见过父亲。

天蓝的母亲说，是的。我根本没有告诉她父亲。天蓝六岁之前，像所有的小孩一样，聪明活泼，无忧无虑。但她六岁的那年，有一天我带她去参加一个朋友聚会，她突然浑身痉挛，脸上露出怪异的神情。我们都吓着了，几十秒钟后，她缓解下来，她指着一个朋友的银色手袋，大声说，这是我的包！朋友都笑了起来，说你豆大个人，你妈舍得买这个给你？天蓝说，是的，我有这个包。朋友便把自己的那款包递给天蓝。天蓝急切地拿在手上看看，又想想，仿佛在回忆什么。一会儿，她还给朋友，平静地说，我的包上有个小兔子。初始，我也跟着朋友一起笑。但听到这话时，我突然惊呆。因为那款包跟你母亲交给我的一模一样，都是迪奥的经典。我对那包的印象太深刻了。而且我也清晰记得挂在圆环上的编织小兔。那只小兔曾经加剧过我的犯罪感，令我长久都无法自拔：这是一个多么爱孩子的母亲呀。却因我的粗心，让一个爱孩子的母亲从此与自己的孩子阴阳两隔。那一刻，我急忙拉着天蓝问，你说什么？你在说什么？天蓝闭上眼睛，好像是在回忆，说一个包，跟这个一样的。上面有一只小兔子，在我跟前晃，不停地晃。有个声音一直在跟我说，我有个女儿。还说我答应了要去陪她……

我对天蓝的母亲的厌恶感，让我也很容易讨厌她的话。我说，你瞎编什么呀。你知道，我妈妈是写小说的，我根本不会信这些。

天蓝的母亲苦笑了一下，说是呀，谁都很难相信的。但是我了解天蓝，她才六岁。她编不出来这些。而我也从来没有跟她讲过我的过往。所以我当时不是不相信，而是被吓着了。从那天起，我也开始观察她。她变得经常发呆，仿佛使劲在回忆什么。神情甚至显得很痛苦。我跟她说话，想缓解她。她却会冒出一些我难以想象的词。比方仁康路。又比方开眼。还说304。我记得你家当年住在仁康路，于是有一天我特意带她到了那里。走到路口，她停下脚步，脱口而出，这是仁康路呀。说完又四下张望，又说，路口应该有个雕塑的。有个女孩天天往上面爬。她就是我女儿。你知道吗？在之前，她从来没有去过那地方。

我的心狂跳起来。蓦然想起小时候母亲带我散步，每次见到路口的少女雕塑，就要往上爬的往事。这件事，天蓝的母亲应该不会知道。我简直有点发蒙了。

天蓝的母亲说，在仁康路，她指着一个水果店说，这里本来是书店，我去买过书。我到水果店去问老板，老板说，是的，以前这家门面是开书店的。然后天蓝不管我,自己走到书店背后的小巷,指着一幢楼,说我家住在这里的三楼。304室。她又走到楼侧的墙根,指着墙上的刀痕,说这是我划的。我女儿希望长得比房子高,我就在这里让她跟房子比赛。

天蓝母亲的话更加让我惊愕。跟房子比赛身高的事,只有我和母亲知道。母亲用小刀划完线,然后与我击掌,说这是我们两人的秘密。天蓝的面庞忽地就浮现在我眼前。有一次天蓝曾问我胳膊上是不是有伤痕,还问我吃杧果过不过敏。她怎会知道这个呢?显然她的母亲教不了这些。

我全身开始发软,脑袋呈现一片混沌。我像傻了一样望着天蓝的母亲。

天蓝的母亲说,天蓝所说所做,都超出一个孩子的举动。仁康路回来后,她的心事更重,没事就坐在窗口,望着天空,使劲想什么。问她想什么?她说她想见到这个女儿。你想她才几岁?或许是为了证实她所说的那些是否真实,我开始帮她。我不知道你在哪里,但我知道,在你母亲十年祭日时你一定会去看她。就这样,我带她到了墓地,并且见到了你。当你的身影出现时,天蓝激动得浑身战栗,她不顾我的阻拦,上前去跟你说了话。回家后,她一直处在亢奋之中,我无法描述她的样子。她不停地说,就是她就是她。然后就开始天天纠缠我,要再去看你。我几经周折,打听到你在小学当老师。所以,我们重新租房,将天蓝转到你们学校。转学的第一天,天蓝回来说,她说过要陪你的,现在她做到了。

我不再作声,脑子混乱得厉害。天蓝的眼睛,那对亮晶晶的永远欣喜地看着我的眼睛,浮雕一样刻在我的面前。

或许天蓝的母亲见我脸色难看,她用一种十分小心的语气说,我知道你可能会不相信。我能理解。但请你当是听了一个科幻故事。千万不要责怪天蓝,她到底还是个孩子。她好像是在完成前世的承诺,一心一意想陪着你……

我猛然一挥手,打断了天蓝母亲的解释,说了一句非常不理性的话,我说转学吧。请你带着你的孩子转学吧。我不想再见到你们。这件事只当从来没有过。

然后我连再见都没有说,掉头就出了门。

我不知道自己怎么回到了家里。我的头脑昏昏沉沉。我完全没办法让自己理智,也没办法让自己冷静,甚至没有办法让自己有头绪地想事情。我喝很浓的咖啡,用凉水冲澡,把头对着墙壁撞击,用刀背砸我的腿,这些都无法让自己有一点清醒。我甚至不知此一刻是日或是夜,不知时光是否还是一如既往地运行。

还好，我到底还是清醒了过来。

这天外面刮着大风，但阳光却很明亮。我坐到电脑前，下意识在百度上敲出两个字"前世"。我还不曾来得及敲别的字，"前世记忆"四个字便自动蹦出。排列的目录仿佛没有尽头。我怔住了。不敢搜索，只是呆想。难道……难道……人真的有前世？难道天蓝的前世会是我的母亲？难道母亲带着前世记忆过来了并且成为天蓝？她是为了找我而来？她专程过来陪我？

我承认，我无法想象。并且我觉得自己难以承受。我的恐惧远大于我对母亲的想念。我甚至根本没有能力和勇气面对天蓝。

开学的时候，我不敢先去我的班上，我找到校长。校长见我第一句话便说，那个撞死你母亲的女人又带着她的孩子转学了。这事的确有些奇怪。

我长长地吐了一口气。

回到教室，天蓝的座位果然空着。但它的空，却让我莫名惆怅。我调了另一个孩子坐在那里，试图填补什么。可惜却什么也填补不了。我写黑板转过身总想寻找那对亮晶晶的眼睛；我发放作业本，也总想翻出最完美的那一个；上班时，我渴望遇到站在门口的小女孩，而下班则希望她还会蹦蹦跳跳地出现，来和我同走那一段开花的小径。但是，都没有了。我慢慢觉得自己打不起精神。有一天夜晚，我甚至在梦里见到这个叫天蓝的孩子。


春天又一次到来了。我再次去母亲的墓地，我的手上依然拿着那款银色的手袋。母亲亲手编织的小兔也仍然挂在上面。我每年只在这天里拎着它们出门。

还是夕阳下落时分，我在那里再次遇到天蓝和她的母亲。天蓝直勾勾地望着我，她那对亮晶晶的眼睛被泪水覆盖了。她的母亲紧紧地抓着她的手，仿佛是怕她挣脱而出。突然之间，我觉得自己的眼泪也在眼眶里如潮水翻腾。

我没有跟她们说话，低下头越过她们母女，快步走到母亲的墓旁。我把鲜花和手袋都放了墓前。敬上香，我感觉到天蓝和她的母亲在慢慢向我移动。

我对母亲说，妈妈，有句话憋在我心里已经很多年很多年了。您怎么会觉得我需要这只名牌手袋呢？我最最需要的就是你呀。你当年那样离开我很不值得，你知道吗？

我不知道是说给母亲听，还是想说给天蓝听。我的声音刚落，天蓝在我的背后大声地哭了起来。

这声音，令我百感交集。

我情不自禁地转过身，对面的天蓝一脸泪水地朝我凝望。在我们目光相遇时，环绕在四周的春天突然变得无比明媚。

【作者简介】方方，女，本名汪芳，原籍江西，1955年生于南京。曾当过四年装卸工人。毕业于武汉大学中文系。著有长篇小说《乌泥湖年谱》《水在时间之下》《武昌城》及小说集、散文集数十种。中篇小说《风景》获全国优秀中篇小说奖，《琴断口》获第五届鲁迅文学奖。作品有英、法、日、意、葡、韩等多种文字译本。小说《十八岁进行曲》《桃花灿烂》《纸婚年》《埋伏》《过程》《在我的开始是我的结束》《奔跑的火光》《有爱无爱都铭心刻骨》《万箭穿心》《琴断口》《声音低回》《涂自强的个人悲伤》分获《小说月报》第二、五、七、八、九、十、十一、十三、十四、十五、十六届百花奖。现为湖北省作家协会主席，中国作家协会全委会委员。

# 私　厨

阿　成

火车沐着雨丝到了终点站。

对面铺的那位一身农民式西装的汉子站了起来，一脸疲倦地伸了一个懒腰，说，到啦——有家的回家，没家的奔庙。说罢，开始收拾行李准备下车。回头看着我坐在那里没动，说，大哥，到站了，终点了。我说，知道。

我是最后一个下车的。那个女乘务员笑嘻嘻地说，大叔，您可真够稳的。我点点头。我走在所有出站旅客的最后。一位执勤的老警察看了我一眼，我便冲他点点头。他问，回家？我说，算是吧。他也点点头，看着别处说，多快呀，一场秋雨一场凉啊。我点着头从他身边走过去。那个警察在后面自言自语地说，就要下雪啦，还是家好啊！

在出站口，有位男验票员说，欢迎来到H城。

我说，我是回家。

他说，哦，欢迎回家。

我说，谢谢。

尽管我仍然孤家寡人一个（没有正式结过婚）。不过，我已经习惯了一个人的生活。从少年时代我就是少年管教所、拘留所、劳教营和监狱里的常客。到现在我还记得我的监号——194。这就像古代犯人脸上的黥纹一样，永不磨灭。说一个细节：街上有汽车驶过时，我能立刻捕捉到哪个车牌号曾经是我的监号，冥冥之中总有一个声音在提醒我，你少年时曾经是个囚犯。

几番春秋冬夏过后,我老了,生活的节奏也随之慢了下来。人一老经常会莫名其妙地感到有点不好意思。如果街上有不良青年向我挑衅,我会向他行个举手礼。总之,日子过得有点无聊,雇主也越来越少了。门可罗雀了。我该回家看看,算起来,这些年的漂泊加监禁,离家已经太久了。

我回来的途中雨下大了,我刚走进巷子的时候,就看见姐姐打着伞正站在巷子口向外张望着。就是在这一刻,我决定不走了。那年我刚好五十岁。姐姐比我大三岁。

见了面,姐姐问,弟弟,回来啦?

我说,哎。

姐姐问,弟弟,饿不饿?

我就笑了,流泪了。已经有很多年没有人问过我"饿不饿"了。

回家的第一顿饭,吃的是疙瘩汤。姐姐知道我喜欢吃疙瘩汤。

姐姐说,弟弟,喝点酒吧,祛祛寒气。

我说,姐,我已经戒酒了。

姐姐看到我很坚决的样子,忍不住哭了……

第二天的雨小了很多,烟雾似的。囚犯最讨厌的就是这样的天儿,雨若不大囚犯就不能歇工,照样要出去干活,干活的时候浑身都被雨雾洇透了,与身上的汗水贴在一起,难受极了。

烟雨中,姐姐陪着我去墓地看望父母。母亲是在我四岁的时候去世的,父亲再未续弦。在墓地,姐姐说,老爸临死的时候跟我说,你弟弟的悟性好,是个当厨师的材料。他嘱咐我说,如果这小子愿意,还是让他开家小饭馆维持自己的生活吧……

姐姐说,我对爸说我能照顾弟弟一辈子。可老爸说,他是个男人哪。

父亲给我这个唯一的儿子留下一处门市房,独门独院,挺不错的。房子一直空着,也曾有人过来租,但都被父亲婉言拒绝了。老头子到死都坚信自己的儿子有一天会回到这幢房子,并且和他想象中的儿媳妇过平安的日子。他的口头禅是,"时间是最好的老师"。父亲死后,这幢房子由姐姐替我照看,当然,她照看的还有父亲的灵魂。

在监狱生活的时候,教授就曾问过我,出去以后打算干什么?我说,我老爸是个厨师,他看儿子也不是块读书的料……教授立刻打断了我的话说,你的确不是读书的料。说着,教授叹了一口气说,其实我也不是读书的料啊。我问,你原先打算干什么呢？教授说，我原本的志向是开一家小饭馆，但我母亲坚决反对。没办法才这么一路读下来。说起来，五四时期的那些文化人几乎个个都不希望自己的儿女从文。如此说来，你父亲还是个开明人哪。教授说，老弟，你有家传，手艺又不错，还是开个小饭馆吧。我送给你一个店名吧，叫"寻味小馆"怎么样？我笑着问，这是教授打算给自己饭馆起的名吧？他说，所谓寻味小馆，就是专门给客人预定他一生中最钟情的吃食。你来满足他们的需求。庄子《逍遥篇》就有"寻味"，"卓然标新理于二家之表，立异于众贤之外，皆是诸名贤寻味之所不得。"只是我呀老喽，不要说当寻味小馆的老板，就是能成为一次寻味小馆的客人也就知足啦。

晚上，我一个人坐在父亲留给我的宅院里，看着父亲留给我的那些厨具，菜刀、大勺、铲子，以及一些古怪的东西，无端地失眠了。屋子外面的雨时下时停，房檐儿不停地往下滴答着残雨。我在想，老爸的确是一个手艺不错的厨师，开始的时候他希望自己儿子能考上医学院，将来当个医生。他不希望自己的儿子干厨师这一行。后来看到儿子不成器的样子，才改变了初衷，希望儿子将来能自食其力就好了。这些年，无论是在社会上混，还是在监狱里服刑，我从帮厨一直干到厨师，虽说谈不上有高超的手艺，但一般的家常饭菜做得还是挺好的。教授也说过，恰恰是家常饭菜最能触动人情感最为脆弱的地方。那就主打家常菜吧！

那一夜，伴着窗外的雨，伴着父亲的遗像，我吸了好多烟。我想，还是教授说的对，人生就是妥协的艺术。别人都能妥协，我为什么不能妥协呢？

我就决定不走了，开家小饭馆。

姐姐听了我的想法之后说，弟弟如果心里不愿意开饭馆也不必勉强，老爸的话只是一个参考。姐姐想过了，你也可以去你姐夫的建筑公司做事。唉，只要弟弟平平安安的就好。总之这事不急，弟弟，你先休息一些日子再说吧。

姐姐又看着我的脸说，弟弟，你也年过半百了，头发都白了，总该成个家吧？

我没有言语。

姐姐说，弟弟，我们家总不能断了后哇。

我说，姐，有的。只是他们母子始终避而不见。

姐姐说，你是说那个叫梅的女人吗？这件事就交给你姐夫，让他安排人去找。他有办法的。

我还清楚地记得那年的初冬。梅因为怀了孕不得不离家出走。也许是命运，也许是缘分，我们居然在H市火车站的站台上意外相遇。她挺个大肚子小心翼翼地下火车时，而我正准备上车，而且是同一节车厢，当我伸出手来准备扶一把这位孕妇的时候，一抬头，我们两个人都愣住了。看着她的大肚子，我四处寻找着。梅问，哥，找谁呢？我问梅，就你一个人？梅点点头。我问，孩子他、他爸呢？梅幸福地说，你不就是吗……后来，我问梅，怎么知道我在这里？梅说，我不知道哇，我只想登上一趟火车，随便去哪儿都行。谁承想，老天爷都替咱安排好了。

　　我搀扶着梅来到了我的住处。我还开玩笑说，要是事先知道你来我就收拾一下了。梅看了看凌乱的屋子似乎还挺满足，说，没事，收拾一下就好了。收拾完后，我说，走吧，上饭馆吃饭去。梅说，嗨，到了，上什么饭馆呀，我做点疙瘩汤，咱先简单垫一下。你不是爱吃疙瘩汤吗？晚上我们包饺子吃。

　　就这样，一家人就安顿下来，是啊，一家人。一直到孩子出生。但孩子出生后不久梅又决定离开了。记得梅带着孩子离开之前，将我们租的那个房子烧得暖暖的，还和好了做疙瘩汤的小面穗儿。窗户上印着的儿子的小脚丫印儿已经开始往下淌水了。她在留给我的纸条上写道：哥，不能让儿子再过他父亲那样的生活了……

　　我对姐姐说，还是不要打扰他们母子吧。

　　我的寻味小馆在梨花巷。相对于繁华的大都市，这个地方儿算是比较幽静的一隅。这条巷子里只有两家小旅馆和一个咖啡馆，都是比较内敛的，静静的，不是张扬的那种。寻味小馆就在这条巷子的中间。虽说我决定开一家小饭馆，但年过半百的我并不想太累，不完全是为了挣钱，我只是希望能过得放松一点，怀旧一点。

　　寻味小馆与其他类似的私厨不同，小饭馆里只有两张餐桌和一个L形吧台，类似日本小酒馆的样子，只招待那些即来即走的客人，像工装上沾满油漆的装修工人，西装革履的保险推销员，穿着衬衫的中年男子，或者浓妆艳抹的老女人，要一杯啤酒，一碟干肠，或者一小碟五香花生米，喝光了就走了。甚至连椅子也不坐，就靠在吧台那儿，跟我聊几句天气、胡同新闻之类的闲话，就匆匆离开了。

　　寻味小馆没有专门的菜谱，只有一个留言簿，客人可以在上面写上打算吃什么，什么口味的，然后留下联系方式，如电话、微信、电子邮箱，只要能联系到就好。也可以打电话留言，不必专门跑一趟。对那些即食即走的客人，我会预先准备好四五款清爽应季小菜，方便他们选用。当然，生啤酒必须是最好、最新鲜的。我对那个瓦口脸的啤酒推销商说，这是本店的操守。他看了看我的眼睛说，好，我喜欢你这样的人。

开张之前，我做了一点功课，在附近的居民楼里贴上了寻味小馆的广告。我原以为不会有太多的客人，会比较清闲一点，但开张之后情况却并非如此。

## 土豆饼

第一个打电话来的客人说，他初中毕业之后就下乡插队了。对，是1965年。他说他至今还记得下乡的时候，房东大娘烙的土豆饼。可是当时不好意思，只尝了一张。他说，真是太好吃了。四十多年过去了，还在想。老板，你那儿能做这种饼吗？如果可以，就烙五张，行吗？

从这位自称老张的人的声音与语态上判断，他应该是一位老人。我还是要再打电话确认一下。电话只响了一声就接通了，似乎对方一直在等这个电话。

我说，我看到了您的留言。非常感谢。

他有点吃惊，说，没想到你这么快就回我的打电话了，嗨，你千万别为难，我不过是一时冲动……

看来对方是一位自尊心很强的人。

我说，我打电话是想确认一下，您想吃什么口味的？咸的，辣的，还是甜的？

他立刻说，不不，不是辣的也不是甜的。就是乡下老大娘烙的那种普普通通的土豆烙饼。对，略微……

我说，略微有一点点咸是吗？

他吃惊地说，你知道？

他突然问道，老板，你下过乡吗？

我说，没有。

他问，老板，那我什么时候能吃到呢？然后他又压低了声音说，不要担心钱，我有私房钱。

我说，等我的电话吧。很快。

说实话，客人要吃的那种土豆烙饼，今天已不那么容易做了。首先面，必须那种是一箩到底的面。所谓"一箩到底的面"，是新麦子打下来之后，连皮带粒一起磨成的面,也叫黑面。做土豆饼用的土豆,须是那种麻皮土豆。只是现在这种只上农家肥的土豆很少了,在乡下,只有个别人家会种几垄留着自家吃。这种麻皮土豆不像"蹿地龙",又长,又大,又脆。麻皮土豆完全是靠土里的营养把它滋润成丰硕果实的。如果用这种土豆炖鸡、炖肉,绵软,好吃。唯其绵软,乡下人才将它蒸熟后碾碎,用来做土豆饼。我是吃过的。那还是在我服刑劳动改造期间,记得那天我们这些犯人正在地里给玉米锄草,这时候,负责看管我们第11小组的小周管教的对象来了。其实,我们早就看见她了,穿着一件蓝色小碎花衬衫,胳膊上挎着一个篮子,顺着河渠那边走过来,一拧一拧的。我们几个犯人就猜,今天她会给周管教送什么好吃的。这个时间送的饭在农村叫"贴晌饭"。教授说,有点类似英国人的下午茶。农忙时节,在午饭和晚饭之间的一种垫补小餐。犯人自然是没有的。小周管教的对象是监狱附近农村的,看得出两个人的感情挺好。小周管教的对象把饭篮子放在警戒线外面,冲着小周妩媚地一笑,就走了,一拧一拧,很自信的样子。这时候,警卫班的班长照例过去检查一下。他打开一看,说,嚯,土豆烙饼,真他娘的香啊。每次小周管教的对象都会给他带很多,小周管教吃不了,就奖励给在劳动中表现最好的犯人。警卫班长也只是睁一只眼闭一只眼,充满慈爱地说,就是他娘的年轻。

为了做好这一客地道的土豆烙饼,我决定开着姐姐送给我的那辆二手的客货两用车去农村走一趟。没错,仅仅购买做几张土豆烙饼的原材料真的是不好意思开口,量太少了,而且容易被对方误解。但是,君子一言,驷马难追。岂能失信?况且这是小馆开张后的第一单生意。无论如何要做好。

到了乡下,逡巡了一圈儿之后,我便大着胆子敲开了一户人家院子的柴门。院子里那只大黑狗立刻狂吠起来。我冲它走过去,蹲了下来摸着它的头,狗很快就驯服地趴下了。

院当中的老大姐看了之后非常吃惊,说,啧啧,这可真是怪事,你可不知道,黑子可凶了,真咬人呀。白天我都不敢放开它。今天可是怪了,见了你老实得像只小猫似的,啧啧。

我抬起头来客气地说,大姐,我想讨口水喝。

老大姐很热情,立刻放下手里的活儿,去屋里给我倒水。我坐在院子里看着乡下人宁静的生活,真是很羡慕。心想,难怪竹刀他们两口子喜欢乡下的生活。

老大姐端来了一碗热水,说,家里人都去收麦子去了,就我一个人在家给他们做饭。

我问,是贴饼饭么?

老大姐说,是啊。你不知道,庄稼地里的活儿呀能累死个人呀。

我说,我知道,我干过整整十年哪。大姐,您这是打算烙土豆饼吗?

老大姐愣了一下,说,咋,你还知道土豆饼哪?

我说,是啊。到了秋收的时候,咱乡下人不就喜欢土豆烙饼吃个鲜嘛。您烙土豆饼还是用那种一箩到底的面吗?

她说,嗨,现在可不是那个挨饿的年代了,早就不用了。咋,你过去吃过呀?

我说,我吃过。到现在还惦记着哪。

老大姐真有股子东北人的风火劲儿,说,你别走了,一会儿尝尝我的手艺。

说完,她猛然看到了停在门口的车,愣了一下说,兄弟,你的车也别闲着,去西头的岗地去帮我拉一趟麦子。让黑子给你领路。

真是盛情难却。我还和老大姐他们一家人共进了晚餐。是啊,老大姐烙的土豆饼真香啊……

翌日,我打电话给客人老张,说,张先生,您过来吧,土豆饼做好了。

老张比我预想的年龄还要大些,估计在六十五岁左右。看他的样子、打扮、神态、做派,应当是个老工人。他那双布满青筋的糙手足以说明这点(有一根手指还缠着创可贴)。我心里说,是啊,这真是一个令人怀旧的季节呀。

当我把热气腾腾的土豆烙饼、一碗苞米面粥、一碟青萝卜条和胡萝卜条及豌豆、小尖辣椒拌的咸菜放到他的面前时,他完全呆住了。

他磕磕巴巴地说,老板,我不是在做梦吧?

我说,您尝尝看,是不是您说的那种味道?

他小心翼翼地拿起一张土豆烙饼,轻轻地尝了一口,然后用筷子从小碟中夹出一条咸菜,放到嘴里,慢慢地品着。这时候我发现,眼泪已从他的眼角处缓缓流了下来。

他一边用纸巾擦眼泪,一边说,对不起,人一老啊,骨头就软啦……

我说,没关系,您慢慢用吧。

我躲进了厨房。掐着腰站在狭窄的小厨房里,冲着窗外的秋景,长长地叹了一口气。我知道,张先生在当年下乡插队的那家一定还有很多故事。时光像飞箭一样快,一晃几十年就过去了,当年意气风发的小伙子老喽。

老张吃过以后,将剩下的土豆饼和咸菜全部打了包。然后对我说,有一件事想请教你。前几天我把菜刀放在洗水池旁边，一不小心菜刀掉下来了，我下意识地伸手去接，结果手指头被割了一个小口。幸亏我反应快，不然……当时，那个女人就站在我身后。我在包扎手指头的时候，她说，我突然想起来了，我还有个急事忘了，我得走了。你自己吃吧。

讲过之后他问我，老板，我是不是很蠢哪？

我问，那个女的叫什么名字？

老张说，忘了，我们是头一次见面，好像叫什么花。

我说，掉刀割手这种事我也有过。你说，我蠢吗？

老张愣了一下说，咱们可以拥抱一下吗？

拥抱之后，他就离开了。


土豆饼的做法：

做土豆饼，其实很简单。先把土豆去皮儿，然后擦成丝儿到水盆里，这样能防止土豆变黑。且这样一来，和面糊的时候就不需要再加清水了。盐是百味之首，自然要加点盐，味道会好。然后再加入面粉，用勺子拌成均匀的糊，之后，加进一些小香葱，把它拌匀。

开做了。锅热以后加一小勺油，摊入适量的面糊，把它晃匀了，中火加热三分钟之后翻面儿，再加热三分钟。瞅见土豆饼呈金黄色了，那是就熟透了。可以吃了。

除了我说的这种普通的土豆烙饼之外，还有一种黑胡椒土豆饼，就是加一点儿胡椒粉就可以了。除此之外，还有洋葱土豆饼、炸土豆饼、椒盐土豆饼、香煎土豆饼等。看名字您就会做了。

这里我想多啰唆几句。土豆很好的，它所含的蛋白质与维生素$B_1$，相当于苹果的十倍。其中维生素C是苹果的三倍半。维生素$B_2$和铁质是苹果的三倍。磷是苹果的两倍。正是这种"身份"，联合国粮农组织才将2008年正式定为"马铃薯年"，并将马铃薯定义为地球"未来的粮食"。还有顶重要一点忘了，就是土豆还含有丰富的钾，它可以有效预防工作压力大而导致的脑中风及高血压。


## 雪里蕻炖豆腐


这位叫老雪的客人(估计是个化名)在电话里留言说：多年来我一直惦记

着吃一次雪里蕻炖豆腐。这期间我也吃过几次,但都不对味儿。老板,我不知道怎么形容这个菜,简单说吧,我就是想吃一次地道的雪里蕻炖豆腐。能配上一碗大糙子粥就最好了。拜托了。老雪。

看到这个留言之后,我开始拨打他的电话。头几次没人接,但最后一次还是打通了——我跟别人不一样,别人都是给对方三次机会,而我至少是四次。这可能跟我是个囚犯的经历有关吧。

我说,您好老雪。我想确认一下。你是要那种辣的雪里蕻炖豆腐么?

老雪说,就是普通的、家常的,我奶奶做过。辣不辣呢?我想想,好像有一丝丝辣。这有点儿说不准了⋯⋯

我笑着问,这道菜您还有什么特别的记忆吗?

老雪说,有。咸咸的,香香的,嫩嫩的。特别好吃,一生也忘不了。

我问,奶奶还在吗?

老雪说,嘻,怎么可能呢? 我都当爷爷了。

我说,好。等我的电话吧。

放下电话之后我想,雪里蕻炖豆腐不是难做的菜呀,普普通通,东北人家都会做。如果这个老雪他不是单身的话,他的老伴儿就应当会做这种菜。这个想吃雪里蕻炖豆腐的老雪是怎么个情况啊?

作为一家私厨的老板,你的客人不可能全都是那种夫妻健在、儿女双全的家庭。我粗略地回顾了一下,自打寻味小馆开张以来,打电话来我这儿订餐的多是那种家庭残缺人士,其中八成以上是老年人。是啊,人进入老年,如果再让他们有怎样宏大的理想,就不厚道了。虽然听起来他们这些对吃食的要求有些匪夷所思,但对他们来说却是真诚的、迫切的。人生苦短嘛。

这让我想起了我的发小"竹刀",他现在像我一样也是一个老头子了。年轻的时候,我们都是梨花巷里的问题少年(当年的官方称谓是"青年走险分子"),我们在一起干过不少荒唐事。竹刀这家伙不喜欢城市了,而且相当决绝。现在竹刀和他的女人"小喇叭花"(不好意思,她曾经也是个在街头跟我们混的女孩儿,也五十多岁了。她现在的名言是"宁做老妖精,也不当老太婆"),在乡下过着自给自足的生活,种菜,养鸡,还弄了一个很大的葡萄园。他每年都会给我两小桶自酿的葡萄酒。讲一件趣事。有一次竹刀和小喇叭花去监狱看望我,小喇叭花是第一次去,她环视着监狱的四周说,哇,逃不出去呀。把旁边的那个狱警都给说乐了。这些年我和竹刀一直保持着友谊。记得我们二十多岁的时候,竹刀的父亲得了重病,老爷子临终前对竹刀说,儿子,我想吃黄瓜拌猪耳丝。这件事让竹刀很为难,他知道老爷子不可能嚼得动带脆骨的猪耳丝儿,就连黄瓜都嚼不动啦。可是,这毕竟是老爷子离开人世前的最后一个要求。于是他打电话给我。他打电话的意思并非是想让我帮助解决这件事情,不过是向我倾吐一下苦水罢了——流氓也有流氓的苦闷啊!竹刀说,老爷子一辈子跟我较劲,临死了还要砍我一刀。我说,竹刀,这件事情交给我来办吧。不过,放下电话我就有些后悔了,如何能将那带脆骨的猪耳朵让牙齿不好的老人嚼得动呢?最后我还是做到了。首先,我将猪耳朵切得像玻璃纸一样薄,透明的。然后选那种最嫩的、还没有长成(仅有两三公分长)的小黄瓜。不需要太多,一小碟就足够了。但在选料和配料上不能有丁点的马虎。比如猪耳朵就选的是小嫩猪的耳朵,加上碾细的海盐,小磨香油,再温上一点点(一克)纯粮食酒。事后竹刀对我说,老爷子吃了几口说,儿子,香啊。竹刀的父亲是个极老实的人,在一家工厂当仓库保管员,年年都是劳模,小心翼翼,恪尽职守。但临终前却对竹刀说,儿子,今后你想干什么就干什么吧。竹刀讲完,放声大哭起来。

尽管雪里蕻炖豆腐是一道比较简单的家常菜,但我心里明白,这个叫老雪的客人想吃的是上世纪七十年代那种口味的雪里蕻炖豆腐。看来,我必须去竹刀那里走一趟了。竹刀一定留有自家吃的雪里蕻。我很清楚,小菜园里的雪里蕻是不放化肥的,虽然长得个头比较小,但味道绝对纯正。

竹刀听了我的想法后,说,靠,你打个电话,我给你送过去不就得了。脚飘啊?竹刀的夫人小喇叭花也在一旁说,是啊。为了这点玩意儿还专门跑一趟。三哥,我想知道,这道菜你打算卖多少钱呀?

竹刀对小喇叭花说,三哥是阔小姐开窑子,不图钱财,图快活。

除了雪里蕻,还需要纯正的豆腐。于是小喇叭花带着我去了村里。一路上,小喇叭花絮絮叨叨地说,三哥,我跟你说,李二狗家的豆腐做得是最好啦,李二狗用的黄豆不放任何化肥,别看黄豆粒儿比较小,但做出的豆腐啊贼好吃。我跟你说三哥,李二狗做的豆腐只卖给本村的乡亲。给城里人的,是另外一种。可爱吧?嘻。

说起来,小喇叭花也怪可怜的,从小就寄养在姑姑家。姑姑和姑父是做小本生意的,根本无暇照顾她。再加上毕竟不是亲生,说实话也无心看护她,随她像野草一样生长。小喇叭花从小就爱美,可又没钱,就每天都采一朵野花插在头上。我们那个巷子里,家家的栅栏都开满了艳丽的喇叭花,小喇叭花就天天采一朵插在头上。这么多年过去,至今还是这个样子,虽说人老珠黄,但看着风骚不减当年。

在豆腐坊,李二狗痛快地说,不就这么几块豆腐吗?咱敞亮人说敞亮话,你也这么大岁数了,又是大老远跑来的,免费。

我说,兄弟,你要是不要钱下次我就进不了你的门了。这样,我听说你不是喜欢喝酒吗?我送你一瓶。

李二狗说,妥。

至于做大楂子粥的苞米和饭豆,自然也需是绿色的,且可以多购进一些。总之,在二〇一六年想凑齐七十年代的味道,难哪。

晚上,月光下,厨房里。我将大楂子和饭豆用凉水泡上,准备第二天用小火慢慢熬,一直煮得稠稠的才行。当老雪来的时候最好是刚出锅,米汤既不大也不小。给老雪配的小咸菜,是用大葱叶做的——这纯粹是七十年代的老式咸菜。小时候,父亲挣的钱倒是不少,可一样是穷日子。我母亲就在秋大葱上市的季节,去菜站捡些人家不要的碎葱叶,洗净以后,腌咸菜。通常,只有最穷的人家才吃这种咸菜的。

一切都准备停当了,我打电话给老雪,请他明天中午过来。

第二天中午,老雪准时到了。哦,是个邋遢的老头,脸呈浅灰色,眼神迷茫。以我这个老江湖的经验,他还应当是个酒鬼。因为他一进门儿就瞥了柜架上的白酒瓶一眼。

当他看到我用中号碗盛着的雪里蕻炖豆腐和一碗大楂子粥时,将手在胸襟上擦了擦,忘我地说,老板,那我就不客气了。说着,捧起碗就吃了起来。一边吃一边说,太好了,对,就是这个味儿,太好了。

我站在一旁插着手笑眯眯地看着,问,小咸菜怎么样?

他说,噢,天妈呀,大葱咸菜,地道。我小的时候,我妈就给我们腌这种咸菜。现在想,老太太可真可怜哪,连腌咸菜的芥菜、胡萝卜、青萝卜都买不起。对呀老板,你怎么会想到腌大葱咸菜呢?莫非我们都是穷鬼家的狼?

我说,我总觉得你会喜欢。

老雪放下了筷子说,老板哥,你的雪里蕻炖豆腐做得太地道了。我吃过许多雪里蕻炖豆腐,唯独你煎豆腐的时候就把它煎得稍微煳一点。是特意的吧?

我说,这样才能有香味。

老雪说,对呀。可很多人不会这么做。虎了巴叽地就把生豆腐直接削进去

138

了。吃着只剩下一股子老咸菜汤味儿了。

我说,兄弟,我是专门到农村给您买的雪里蕻,人家是自己留着吃的。

他说,怪不得,不然不会这么清香。但钱不是问题。钱是什么?钱是王八蛋!

吃过以后,老雪向我微微鞠了一躬,说,谢谢。

我说,不喝一口么?

他瞟了一眼柜架上的白酒,说,不了。今天喝了,那明天呢?

说完苦笑了一下,说,结账吧。

我拿出一个已经装好的餐盒,里面是满满的雪里蕻。说,带上吧。

他一愣,立马说,太谢谢了……请问,一共多少钱。

我说,难得咱兄弟俩的口味相同,别客气。走吧。

他说,我可带着钱哪……

我说,我知道。慢走啊。


雪里蕻炖豆腐的做法:

做雪里蕻炖豆腐,先把腌制好的雪里蕻清洗干净,然后再用水浸泡一会儿,这样泡一下就不会很咸了。然后再切成您认为合适的小段。豆腐呢记着用开水煮一煮。煮的时候别忘了放一点儿盐,这样子豆腐不易碎。之后切成小块。

做的时候,先煎豆腐块儿,煎成微黄色。再放入葱花和姜末,把它炒出香味后,放点料酒一烹,把雪里蕻放进翻炒,接着放一点儿糖提鲜。差不多了,加清水,一定要没过雪里蕻才好。用中火炖十分钟,汤汁儿收得差不多了就可以盛出。再把切好的小嫩葱米放进去,拌点香油,就可以了。


## 酸菜油滋啦饺子

客人老齐在留言簿里写道:老板,你好啊。我就想吃一顿地道的酸菜油滋啦饺子。多少钱不重要,只要是地道、正宗就好。

看了他的留言后,我心想,又来了一个穷人家的孩子。现如今你要是跟年轻人说酸菜油滋啦饺子,恐怕没几个人知道。酸菜油滋啦饺子是一道典型的东北人怀旧菜。我记得那次逃亡到乡下,暴雨突然而至(还伴有冰雹)。我躲进了附近那个看地的窝棚里。我的腿在一次替人讨债的械斗中受了伤,已经开始红肿化脓了。我躲进窝棚,正在地里干活儿的梅也跑进来避雨。她看见我吓了一跳。我说,你家的窝棚吧? 别怕,我立刻就走。但是,受伤的腿让我站起来都困难。梅说,你受伤了呀,快坐下。看到外面的大雨冰雹如此迅猛,我只好留下来。梅问,你这是怎么了?我咧嘴笑了笑说,没事。后来,梅替我买了药和绷带,并为我清洗了伤口,包扎好。那次我在梅的看地窝棚里住了一周,直到伤口渐愈我才离开。临走的那天晚上,梅给我包的酸菜油滋啦饺子。梅说,上马饺子下马面。图个吉利。有关上马饺子下马面的民风我还是头次听说。梅说,小的时候,老妈熬猪板油的时候,常会用熬油炼下来的油渣儿,给我们包酸菜油滋啦饺子吃。嗨,就是穷。有钱谁不知道猪肉白菜饺子好吃啊。我说,难为你啦。梅说,快尝尝吧,可香啦。

这道怀旧版的酸菜油滋啦饺子,首先在选料上要精益求精。这样说好像有些夸张,但事实的确如此。既然这位食客要吃当年那种味道的酸菜油滋啦饺子,首先,酸菜就必须是本地的白菜腌的。所说的本地菜其实就是山东菜。早年那些流亡到黑龙江讨生活的山东人从山东老家带来的白菜籽儿,播种到黑土地里,由于黑土的肥沃,大白菜长得格外壮实,比在山东老家长得还壮实。北大荒嘛,有道是"棒打狍子瓢舀鱼,野鸡飞到饭锅里"。当年的北大荒土地肥得流油,插根儿筷子都开花,还下什么化肥呀。这样的土地种出来山东白菜自然好吃。当然,只有在那个年代才能吃到这种纯绿色的大白菜。用这种白菜腌的酸菜自然地道又好吃了。可是今天要找这样品质的酸菜就难了,城里更难。我只好给在乡下逍遥的竹刀打电话。尽管是二十一世纪,入冬后,东北的乡下照例是要腌酸菜的,而且农家腌的酸菜绝对有品质上的保证。

竹刀和小喇叭花足足腌了三大缸酸菜,有几百斤。竹刀说,嘻,大部分是给朋友腌的。小喇叭花说,虽说不值俩钱儿吧,但效果贼好,我那帮闺密,刚一入冬就给我发微信:花儿,别忘了给我留酸菜呀。啧啧,这帮馋鬼……

酸菜有了,下一个就是肉。是那种可以熬大油的肥肉。这个竹刀搂草打兔子顺带就给我解决了。竹刀说,三哥,这玩意儿不然就是一个扔。这年头谁还吃肥肉哇。我说,酥白肉这道菜也从馆子里消失了。竹刀说,对呀。不过,你这一说酸菜油滋啦饺子,我也想吃了。油滋啦配酸菜,简直就是绝配,吃着一点也不油腻。小喇叭花翻着白眼说,我一辈子不吃都不想。一帮贱种。

一切都准备齐了。饺子也包好了。我打电话通知老齐过来。

老齐到了,此人六十多岁,明显的,刚换上了一身新衣服,叠压的印儿还没展平呢。表情有点不太自然。一看就是那种早就被生活打垮了的人。

他用手点着自己的新衣服解释说,我老母亲活着的时候,总是嘱咐我说,儿子,出门在外,一定要穿得干干净净的,别让人看不起。

我忙说,好看,不错。兄弟,你穿上它感觉挺年轻的。

老齐说,让您见笑了。

我郑重地说,人老了,一定要讲究穿戴。要精精神神的才好。没听说老女人们有一个口号吗,宁做老妖精,也不做老太婆。咱们呢,宁做老帅哥,也不做糟老头子。

老齐虚虚地坐下来说,老哥哥,你知道我为什么一定要吃酸菜油滋啦饺子吗?

我说,您说。

老齐欲言又止,半晌才摆着手说,不说了,不说了。

我说,好,您稍等,我去给您煮饺子。饺子必须吃现煮的,对吧?

热腾腾的饺子端上来了,还有一壶刚温好的纯粮食酒。

我说,饺子就酒,越吃越有。

说着,我将一碟佐酒的花生米放在老齐的面前。

老齐呆住了,一个劲儿地搓着手说,娘亲,我做梦了吧? 老板,你简直就是……神仙啊。你都看到我心里去了。

我笑眯眯地看着他,又递给他一碟蒜酱。

老齐将鼻子凑近蒜酱碟,深深地嗅了一下,沉醉地说,这蒜味儿地道。

我说,这是阿城的蒜。

老齐说,我知道,我知道,闻出来了。只有阿城的蒜才这么冲,这么鲜。

我说,兄弟,不是有那么一句话吗:呼兰的葱,阿城的蒜,双城的姑娘不用看。

老齐说,对对对,那——我开吃了。

我说,趁热吧。

老齐用筷子夹起一只饺子,轻轻地在蒜酱里蘸了一下,然后放在嘴里,虚虚地嚼了一下,之后便开始全身心地品尝起来。

说实话,站在一旁的我还是有点担心,怕不对他的胃口。

老齐吃完了第一只饺子后,随即快速地吃了起来。看到老齐那副满足的样子,我知道,成功了。

老齐吃过一阵子之后,放下筷子,端起酒杯抿了一口酒,他没用花生米佐酒,而是夹了一只饺子,这样子佐酒喝。吃过了,他长叹了一声说,啊,真是太地道了。老哥哥,我以为能吃上一次味道大概其的酸菜油滋啦饺子,咱意思意思就行啦,咱是谁呀?老百姓一个。没想到,老哥哥你做得可真地道。还有这小菜儿、这蒜,地道啊——

我递给他一支烟,问,来一支不?

他说,来一支。

说完,凑近我的打火机,把烟点燃,吸了一口就剧烈地咳嗽起来。他一边咳嗽,一边说,你知道,平常我是不抽烟的。但是,吃这种东西,哪能不吸一棵烟呢?

我说,是啊。你不要吸进去,意思意思就行了。

然后我们就聊了起来。

他说,老哥哥,我也不拿你当外人。

说着,老齐的眼睛便潮湿起来。他说,几年前老妈走了,前年,老爸也追过去了。老话说,秤杆儿离不开秤砣,老头离不开老婆。我那个儿子呢,大学毕业之后,我还没反应过来呢,他嗖一家伙去国外了。唉,过洋节的时候给我发一个明信片来,被我撕得粉碎。老哥哥啊,大丈夫也难免妻不贤子不孝啊。

我说,老弟,咱们都老了,活好自己就好。该吃吃,该喝喝,该乐乐,该骂骂,该玩玩儿。怎么舒服怎么活嘛。就咱们这个熊样的,还能流芳百世呀?

老齐说,老哥哥,一看你就是一个明白人哪。

我说,老弟,现在是到了该糊涂的时候了。

他咂了一口酒,轻轻地,然后极其小心地放下酒杯说,我老妈活着的时候,每年都会给我包一顿酸菜油滋啦饺子吃,只给我一个人,别人没有。我的老伴和儿子都非常反感我吃这种东西。老伴儿说我是穷鬼命。儿子说,老爸,这都什么时代了,还吃这种东西,你不怕得"三高"啊?每当我吃酸菜油滋啦饺子的时候,就好像做贼似的。

我见他的手很粗糙,就问,兄弟,在哪儿高就啊?

他说,你猜呢?

我摇了摇头,说,猜不出来。

其实,我心里已经猜到了八九分了。

他说,过去,拉车送货,有一副铁脚板啊。红军长征走了两万五千里。我呢,我的长征呢?至少也得有二十五万里呀。现在城里的大街小巷已经看不到人力车了。

我问，后来呢？

老齐说，后来，后来什么都干过。我不怕你笑话，我还在火车站前兜售过一些假冒伪劣的小玩意儿。现在我在一家工厂打更，彻底熊啦。

我说，一个人过日子挺没意思的。

老齐说，老哥哥，你记住我的话，在这个世界上，没有一个人是在一个人过日子的，那些亲戚朋友、儿子、老婆，包括个别的混账王八蛋，像鬼魂似的一直跟随着你，这怎么能说是一个人过日子呢？老哥哥，你知道什么是最珍贵的吗？

我说，知道。

他说，知道我就不说了。吃饺子。好吃。这下子我又能挺一年了……

老齐吃过以后，将剩下的饺子打了包，说，老板，不好意思了。

我说，说什么哪？欢迎还来不及哪。

他摇了摇头，说，不不，不是这个意思。今天是我的生日。

我一惊，说，这太冒犯了，要是知道我——

老齐打断了我的话说，过去过生日的时候，家里穷啊，老妈就给我一个人包几个酸菜油滋啦饺子……好了，不说了，再见吧。

他走了以后，我才发现他放在桌子上的一百元钱，便立刻追了出去，但早已不见了他的人影。我在心里说，腿脚可真快。


酸菜油滋啦饺子的做法：

做酸菜油滋啦饺子需要准备面粉、酸菜末、油渣儿、盐、生抽、老抽、绍酒、胡椒粉、五香粉、花椒粉、葱姜末，别怕麻烦。首先在面粉中加入温水，和成软硬适中的面团，饧三十分钟到一小时。这工夫，您将油渣儿切碎，在炒勺稍微热一下，盛出来装到小盆里，等稍微凉了之后，再放盐、绍酒、生抽、老抽和花椒粉、五香粉和胡椒粉。然后将葱姜碎放到油渣里，搅拌均匀，再把剁好的酸菜放进去，搅拌均匀就可以开始包饺子了。锅里的水将开未开，下饺子，煮开后，点三次凉水，就煮好了。


## 大酱炖鱼


每年的七月上旬，用教授的话说，我"照例"要去一趟内蒙古。这已经成了我的"例行私事"了。正当我背上行囊准备出门的时候,电话铃声响了。我抓起电话说,对不起,我得出趟门儿,过三四天才能回来。

去内蒙古杏林镇的火车每天只有一趟,还是那种老式的绿皮火车,且逢站必停。没办法,只有这种将要被淘汰的火车在杏林这样的小站才会停。停车三分钟。上下车的人并不多,时间非常宽裕。是啊,每次上下火车我都盼望着奇迹发生,希望能在火车站再一次遇到梅……

七月份,对省城来说已经过了花季了,黄色的迎春、小桃红、紫色的丁香、鹅黄色的连翘都已经开过了。服刑的时候教授就说过,古人说的菊月、兰月,这要看是在江南还是在北方。所以内蒙古的"春天"是在六月份,六月份才是"春花"初绽的时节。这时候披在山峦上的白雪刚刚消融,取而代之的是一身轻纱似的新绿,山下的那条远道而来的杏河正衔冰破雪,湍急地从山脚下,从小镇的西侧流过。我是知道的,内蒙古的早晚还是比较冷的,我事先带好绒衣绒裤。我笑眯眯地对自己说,三哥,年岁大了。哦,这里需解释一下,竹刀是二哥。大哥"青子",在越狱时被击毙在电网前。我们三兄弟在少年时曾是梨花巷的三剑客。二哥常带一把竹刀。而我,什么也不带。称三哥。现在说这些事真有点脸红。

我到杏林不是来放松身心的,是给一个还不满二十岁的年轻人上坟。自我出狱以后,年年如此。

在杏林下了火车之后,我径直去了喇嘛山。去那儿的路还算好走,过了那座晃晃悠悠的吊桥,然后贴着喇嘛山的山脚,走过杏河的河滩,踩着那些半浸在河水里的青石过去就到了那片开阔地了。念中学的时候,记得有一篇课文《桃花源记》,这儿与桃花源非常相似。不同的是,这里漫山遍野全是火红的杜鹃花。

风景可真好啊。

在河滩上,我见到了那棵开满了乳白色山丁子花的野树。它就在那个年轻人的坟墓边,像一个卫兵,又像一个侠客陪伴着那个可怜的年轻人。在不远处,我看到了那个羊倌正赶着十几只羊在那片草地上吃草。在河洲的灌木林里,有几个人正在支吊锅准备野炊。那几个人的岁数也都不小了,他们几乎年年到这里来,如果赶巧,我就会看到他们。他们发现我之后便冲我挥手,大声地喊道,老哥,上完了坟,过来一块喝酒呀!

我笑着冲他们边挥手边说,好啊。

我到了那座年轻人的坟墓前,发现坟已添上了新土,在坟碑的祭台上还有颜色未褪的纸铂。看来有人已经上过坟了。我半跪了下来，从行囊中取出供品——摆上。还有一扁壶"绊倒驴"（烧酒）。蒙古族人喜欢喝这种高达70度的烧酒。我给他斟上了一大杯，轻轻地祭酒在坟前，说：我来看看你，傻瓜。之后就没话了。是啊，年年都是这么一句。然后我盘腿坐在坟前，替他点上一支烟，放在祭台上，又给自己点一支慢慢地吸着。那支祭台上的烟也在慢慢地燃着。

我还记得我刚刚出狱后第一次来到这儿的情景：一边听着那个羊倌唱的小调，一边从行囊中掏出祭品。当我刚刚摆好了祭品，羊倌的歌声突然停了，我回过头去，发现我身后站了十几个手持木棍的当地汉子。我什么也没说，回过头去继续我的祭奠。一切都做完了，我站起来对他们说，动手吧。我不会还手的。说完，我转过身等待着，并静静地看着那只落在树枝上的褐色蜻蜓。那天他们并没有动手，默默地散去了。当我转过头来时，看到了正在河洲上野炊的那几个汉子，其中一位冲我竖起了大拇指。

我与睡在坟里的这个年轻人本就素不相识，我们是在F城的一个小酒馆里偶然相遇的。那天他喝多了，很兴奋，端着酒杯晃晃悠悠地过来给我"敬酒"，就是那种"绊倒驴"烧酒。当时我刚从拘留所出来，说实话，我不想惹事，就客气地说，兄弟，我不认识你，也不想喝。谢谢。他说，你确定？我问，确定什么？他说，我再说一次，你到底喝还是不喝?! 我没理他，继续吃面。但没想到的是，他将一杯白酒全部倒在了我的头上。我回头冲他笑了笑，打算就此息事宁人。他却大笑着对他那几个同伙说，看哪，这个傻×还笑呢。我站了起来，说，你再说一次。没想到他连说了好几个"傻×"。我回手一拳。结果，没想到在那场混战中，他的眼睛被我打瞎了一只……

逃亡中，是梅劝我自首的。在服刑期间我听狱警说，那个年轻人本来是准备在下个月结婚的，因突然瞎了一只眼睛，女方一改初衷坚决退了婚。这小子从此开始酗酒，整个杏林镇没人管得了他。是七月中旬的一个早晨，羊倌在杏河的河滩上，发现他在那棵山丁子树上吊了。

祭奠过了之后，我去了那几个汉子野炊的地方。吊锅子已经支好了，有人正从灌木林里拾些枯枝，往返于吊锅之间。另一个男人正蹲在河边收拾鱼。一些从上游冲下来的枯枝被挡在了河边的那老树下，于是我过去把它们收回来。

一位被称为老王的汉子问，老哥，这柴火这么湿能行吗？

我说，大火无湿柴呀。没问题。

说起来，在野外吊锅炖鱼的方法既原始也简单，江水、盐、花椒、辣椒、八角、料酒,水烧沸之后,把鱼顺到锅里就行了。这种方法是我逃亡时一个猎人教给我的。我又教给了他们。现在他们已经把这门技术掌握得很熟练了。

鱼煮好了。我将带的两瓶白酒和一小桶葡萄酒取了出来。葡萄酒是竹刀自酿的,他每年都会给我送两桶过来。味道不错。

这几个男人都是从小的朋友,退休之后,他们无意中发现了这个地方,于是每年都到这里来玩。这个地方偏僻,清静。加上蒙古族人属于游牧民族,逐草而居,所以这一带极少有什么像样的、固定的历史古迹,旅游者更是寥寥。总之,是一个没人干扰的野营之地。说实话,我很佩服这几个老兄弟的……

老王说,老哥,刚才我们还特意留下了一条鲤子,等你来做。我们也学一学你去年说的大酱炖鱼。

我说,好。吃完了锅里的鱼我做给你们。

我们边喝边聊。我自从刑满释放以后就戒掉了白酒,平时只喝少量的葡萄酒。他们兄弟几个自由自在得很,不仅喝白酒,还带了一箱子啤酒。看到这几个老男人喝得那样怡然自在,我很羡慕。

老王放下酒杯感慨地说,多好啊,青山、绿水、草地,听着林子里的鸟叫,听着身边湍急的流水声,闻着清香的草气,围着吊锅子吃鱼,喝酒。好哇……

我笑着问,哥几个,你们怎么不带夫人一块儿过来呀?不像我,轱辘棒子一个。

小丁(也是老丁了)说,这是男人的世界。野营,让女人走开。

说完几个人都大笑起来。

我开始给他们示范做大酱炖鱼。先在铁锅里放上足够的油,然后将我带来的两包香辣酱倒在里面炒,再放上十几颗蒜瓣儿,然后再将鱼放进去,添上滤干净的江水,加一点白糖就妥了。

我说,等汤熬干了就可以吃了。

老王吃惊地问,这么简单?

我笑了。

记得少年时,我和青子、竹刀等一伙不良少年逃学去江北玩,在河滩上练习拳击、摔跤。晌午的时候,我就是用小铁桶给他们炖鱼吃的。有一次恰好老爸的同事到江边采购活鱼,发现了我们,他还过来尝了尝我做的鱼汤,说,小兔崽子,有两下子呀。

西坠的太阳把杏河水都染红了,蚊子马上就要上来了,该回去了。当我正

146

打算将那些空瓶子之类的垃圾收拾好带走时,老王说,放那儿吧老哥。一会儿,羊倌会把这些东西带走的。

果然,远处传来了那个羊倌唱的民间小调。


大酱炖鱼的做法:

鱼最好是草鱼、青鱼或者鲤鱼。其他配料有老豆腐一块、粗粉条一把、大白菜和五花肉数片、榛蘑或香菇若干、土豆一到两个。其他小配料有青辣椒两个,记着小干红辣椒一定要有(怕辣的人可以少放一点),大葱一根,姜一块,蒜半头,再就是大酱、盐、料酒、糖、酱油、花椒、八角、桂皮之类的。

先把鱼去内脏洗净(一定是鲜鱼),改刀,把水控净再过油,用旺火煎个三四分钟。

调汤的时候,根据个人的口味掌握盐量;把葱切成段儿,不要切太碎,这样子可以增加菜的美感。姜切片,蒜去皮。之后把所有配料放在料理盆里调匀。再把榛蘑洗净,洗净,再洗净,然后浸在水中。把土豆切块儿备用。

鱼过油之后,就把多余的油倒出,再把调好的汤汁浇在鱼上(这一过程非常享受),下五花肉,加开水,水量一定没过鱼身。先用旺火炖。水开三五分钟后,再用小火炖二十分钟。注意,水量一定不要太少。炖的时间长啊,后面还有粉条呢,粉条特吃水。鱼炖了约二十五分钟之后,再加榛蘑、土豆和粉条(粉条不要紧贴着锅底,粘锅)。十分钟后加入切成大片的豆腐、白菜,白菜可以整片放入(野一点,有气势)。五六分钟后,关火出锅。一定要用稍大一点的盆来盛,这样吃起来才豪爽,才够气氛。


## 白高粱米饭


晚秋了,我站在厨房的窗户那儿往外看着——这可能是我在监狱服刑期间"养成"的习惯吧。正是这样的一个习惯常常会让我产生一种错觉,只要看到有人站在自家的窗户那儿往外看,就会误认此人曾经也是一个囚犯。当我把这个想法跟教授说了之后,他说,没错,至少是一个精神囚犯。

这天上午,当我正站在窗前往外凝视的时候,看到一位坐在轮椅上的客人进到院子里,他用双手推着轮椅的轱辘,碾压着落满一地的黄叶,艰难地走着。昨天的秋雨整整下了一夜,路就不好走了。我赶忙出去,把他推进了屋子里。

这位客人五十岁左右的年纪,他环视着我的小店,目光很纯净,也很亲切。他似乎很欣赏小店的环境。

他说,你这里可真暖和啊。老板。

我说,先生,立秋了,开了土暖气……

他说,我们都老了,不扛冻了。

我说,先生,要不要先来杯热茶?

他犹豫了一下,说,冒昧地问一下,什么茶?

我说,红茶。大红袍。我个人喝的。

他说,红茶暖胃呀。好。

我将沏好的一壶红茶放在了他的面前,并将一个精致粗瓷小碗放在茶壶边。果然像我预料的那样,他将茶水倒到粗瓷碗里,然后浅浅地呷了一口。

我问,加糖么?

他说,加一点吧。

我给他加了一小勺砂糖。

他一边轻轻地搅动着茶汁一边说,现在喝茶和过去不一样了。

我说,过去都是煮茶,特别是红茶,一定是要煮的。好像蒙古族人就喜欢喝煮的茶。

他说,我的老家就在蒙汉交界的地方,赤峰。

我笑着说,辽西汉子。

在我的狱友当中就有一位是辽西汉子。他被判了五年。是因为在一次牧场的纠纷当中,他一怒之下将对方打成了一个傻子,见了谁都傻笑着说"我是一只羊,我是一只羊"。在牢房里,这个辽西汉子经常一个人垂头丧气地自言自语,说,要是能喝上一口热热的红茶该多好啊。

这位先生说,是啊,当年的辽西汉了,今天的残废老头。

我说,冒昧地问一下,先生,您今年贵庚?

他说,五十六啦。

我笑着说,看着您留着胡子,还以为您是哥哥呢。

他说,我本来是不留胡子的。前些天,去看一个生了病的朋友,都是多年的老哥儿们了。他病得很重,灰心了。为了鼓励他,我对他说,从今天我开始留胡子,一直到你病好了,我再把胡子剃掉。

我说,哦,到底是辽西汉子呀。敬佩。

他感慨地说，到了我们这个岁数，朋友之间就得互相搀扶着，招呼着，一块儿往前走哇。谁都不希望哥们儿朋友掉队呀。

我将记事本递给他，问，要花镜吗？到了我们这个年纪，眼神就有点不中用了。

他戴上花镜一边翻看记事本一边说，您说的是啊，眼神儿不中用喽。

这位先生真是一位认真的人，他在记事本上一笔一画地写着。

写过之后递给了我，说，不会让你为难吧？

我看了看说，没问题。弄好了我会打电话通知您。

然后，我又说，先生，我们都是一把年纪的人了，这种事你打个电话过来就行了。

他摆手说，不不不，那是年轻人的做法。

说完便不再言语了。

我们便一块儿不由自主地看着窗外。窗外，间或有被秋风吹落的叶子无声地旋落下来……

我问，对了，你那位朋友得的是什么病？

他看着窗外说，他是个死刑犯。

这位先生预订的是白高粱米饭和小笨鸡炖白蘑菇。在辽西一带，白高粱米虽是粗粮，但在六七十年代，辽西的寻常百姓家，只有在过年的时候才能美美地吃上一顿。如同我们过年吃大米饭一样。在监狱服刑的时候，我听"我是一只羊"（狱友给那位辽西犯人起的绰号）说过。"我是一只羊"特别喜欢说话，而服刑期间狱友们最热门的话题就是精神会餐。说实话，我若说有一点厨艺，和狱友们夸张的大白话有很大的关系。"我是一只羊"讲过，辽西的白高粱米粒儿很大，很圆，很白，很饱满，用它蒸出的饭贼香。是啊，黑龙江的红高粱米就差很多了。做白高粱米饭的时候通常要放一点红芸豆。奢侈一点的，会掺入少量的大米一起蒸煮。不过这样的情况极少，除非家里来了尊贵的客人。至于，客人点的白蘑菇，我年轻的时候曾经吃过。"我是一只羊"说，蒙古族人将不用的肉汤倒在蒙古包的旁边，不久就会长出白蘑菇来。然后将白蘑菇晒干，用它来炖小鸡，口感非常细腻、筋道，特别香。

这位坐轮椅客人的要求看似简单，但做起来却并不简单。首先是这种纯天然的白高粱米，今天是否还有呢？于是，我打电话给释放后回辽西的狱友"我是一只羊"。

电话里,"我是一只羊"说,你说的这两样我这儿还都有一点儿。下午就让我儿子快件给你发过去。

我问,是当年的新米吗?

他说,三哥,咋说话呢?

接着他又问,什么样的人啊,非要吃白高粱米饭?

我说,一个坐轮椅的老人。

"我是一只羊"说,哦哦哦,那没的说,应该,应该。

我问,你在干吗?

他说,喝茶呢。

我说,新煎的红茶吧?

他说,三哥,你可真是个特务哪。

一个星期以后,一切都准备好了。我打电话给那位先生说,明天您过来吧。对方似乎迟疑了一下,说,好的,好的。

我立刻说,没关系,你也可以改天来。

他说,那么就后天吧。

在头一天晚上我将白高粱米用冷水泡上,让它充分吸收水分。这也是"我是一只羊"说的,他说,这样做出的米饭才好吃。

第三天的中午,那位先生坐着轮椅如约而至。让我有些意外的是,他的胡子刮掉了。

他先尝了一口白高粱米饭,放在嘴里慢慢地嚼着。然后问,老板,您这饭不是用电饭锅做的吧?

我说,您真是好口味,连这个都尝得出来。没错,我是用铁锅做的,柴火,铁锅。这样做出的饭才会好吃,筋道(这也是"我是一只羊"说的)。

他夹了一块白蘑菇,仔细地看了看,一边看一边点头,随后放到嘴里慢慢地嚼着。

我问,怎么样?先生。

他说,真的不错。说实话,吃白蘑菇炖鸡,主要是吃蘑菇。这也是用铁锅炖的吧?

我说,对。您慢慢用,还需要什么您跟我说。

他说,有高粱酒吗?

我说,我这儿有台湾金门的高粱酒。需要热一热吗?

他说，那就麻烦你了。

我一边热酒一边说，酒还是热一热比较好，这样酒里的乙醇就会蒸发掉一些，伤不到人了。

酒热好了，他浅浅地呷了一口，说，还好吧，但不如我们辽西的土烧啊。

说着，他跟我说起了他的那位朋友。他长长地叹了一口气说，老板，你知道我昨天为什么没有来吗？我那位朋友走了。

我吃了一惊，执行了？

他说，不。油灯熬干了……

我默默地点了点头。心想，病死总比枪毙强啊，也给了家属一个好一点的说法。这对家人很重要啊。

我们沉默着，一同看着窗外间或飘落的黄叶。他自言自语地说，这人生啊，就像坐公共汽车，到了我们这个岁数，已经没有几站就要到终点了。

临走的时候，他让我把剩下的饭菜打包，并把喝剩的酒也带上了。

我说，您回去吃的时候，还需再热一热。

他说，晚上和我那位朋友一块儿分享。实话说吧，老板，本来这顿饭是给他定的，可没想到……

我帮他将轮椅推到了院外。

我说，要不，我开车送您吧。

他说，不用了。这上坟啊，最好是别坐车。人生再短暂，也有好多事情值得在路上好好回忆回忆呀！

白高粱米饭的做法：

先将白高粱米和芸豆淘洗干净，加入清水，放在冰箱浸泡上一夜。翌日，先倒掉浸泡过的水，再重新冲洗一遍，放到锅里开煮。之后把煮好的米饭用勺子翻松，再用凉开水把米饭过过凉，就妥了。吃高粱米饭可以搭配烀茄子、烀土豆，或者蘸大酱吃，也可以就着野菜、小葱吃。在夏天天热，把那种硬实的高粱米粒和着清凉的水一起吃，凉快，过瘾。

## 热面和素丸子

我还记得那个早晨，雨已经下了一夜了。那天晚上教授一夜未睡。他自言自语地说,秋风秋雨愁煞人哪。就是在那天上午教授刑满出狱了。我这人从来不为离别伤感,但那一次教授离开我心里很难过,就像监狱外面缠绵的秋雨,心,一直阴着,下着雨。教授出狱后我们再没有联系,以至于我误以为他耻于和我们这些社会渣滓为伍。我出狱之后,一次偶然在街上遇到了正在疯狂逃跑的狱友"甩子"。那次是我帮甩子解了围(让他把偷来的钱包丢在地上)。在一家包子铺吃包子的时候,甩子告诉我,其实,教授刚一进监狱他老婆就改肠子了,立马就跟教授离了。甩子问我,三哥,这娘儿们是不是早就有主了?我说,后来呢?甩子说,教授出狱后去见他老婆,人家拒不见面。我说,教授不是有个女儿吗?甩子说,丫头嫁到韩国了,给一个当导游的小高丽当媳妇去了。甩子叹了一口气说,教授算是他妈的家破人亡,无家可归了。我问,他没开个小饭馆吗?咱们有不少狱友出去后都开小饭馆讨生活呢。甩子说,教授的心都死啦,那句话怎么说来着?对,心都冰凉冰凉的,哪还有心思开什么饭馆呀。唉——也是,咱国家不差一个教授,可他毕竟是个有文化的人哪,他跟咱们不一样啊。我问,那他怎么生活呢?甩子瞪起了眼珠子说,活人还能让尿憋死啊?沿街乞讨哇。教授见了外国游客还会说英语哪。说完,甩子大笑不止,把眼泪都笑出来。笑过了之后,他长叹一声说,唉,教授也怪可怜的。毕竟人家是个好人哪,跟咱们不同。

我记得那也是一个下雨的日子,我和教授站在囚室的窗前看天,教授自言自语地说:"在监狱里,流动的时间是停止的。"我问,啥意思?他说,没什么,一部日本电影里的台词。他问我,你知道旅行和流浪的区别吗?我摇了摇头。他说,旅行是有目的地,而流浪却没有回去的地方。我问,这也是电影里的台词吗?他点点头。我记得那天教授还跟我说起了他的初恋女友荷花,他说出狱后会去找她。我说,那她丈夫……教授说,荷花一直未嫁。

我问甩子,教授没去找他那个初恋女友吗?

甩子说,怎么,他还有个初恋女友?这我可不知道。不过你想啊,人到了走投无路的地步,怎么能不去找呢?说不准那女人也嫁人了呢?或者死了。对不对?三哥。

平日里,我除了经营这个小饭馆,没事做的时候,就是喂喂鱼缸里的金鱼,听一听六十年代的老歌。如果觉得身体僵硬,就简单地做一下那种早已经过时的广播体操(那还是在监狱学的)——这几乎成了我每天的固定程序。如果是下雨天,就像今天这样,站在窗前望着外面的秋雨发呆。打在窗玻璃上的雨,像人的眼泪一样迟疑疑地往下流着。我在想,不知道流浪的教授在这样的天气怎样过啊。想到这儿，我突然有了一种感伤的情绪。这人生啊，就像窗玻璃上的雾气一样，让许多景物变得模糊起来（包括教授），变得那么不真实了。

这个时候，我看见院外有人冲着窗户挥手。心想这么早就来了，一定是有急事吧。于是我打伞出去给他开门。这是一个年轻人，蓬松的头发被雨打成了湿绺儿，正顺着疲倦的脸往下淌着雨水，样子怪可怜的。

我问，有事？

他说，大叔，饭馆是吧？

我说，还没开门呢。

他问，几点开门？

我想了想说，别站在雨里说话了，进来吧。

进到屋子，我递给他一条干毛巾，他擦干了头发和脸上的残雨后，环顾着小店说，大叔，你这儿真不错啊，真暖和啊。烧的炉子是吧？

我说，你怎么知道？

他说，大叔，这事儿我有经验，烧炉子的热气和暖气的热气，还有电暖气的热气，不一样，味道都不一样。

我赞赏地点点头，觉得这个年轻人说得有道理。这种烧炉子的热气会让人感受到另外一种温暖，是那种亲切的、老派的温暖。而今这种温暖少了。

我问，年轻人，这么早就冒雨跑过来了，有急事吧？

他说，大叔，不瞒您说我一宿都没睡觉了。

我笑着说，抢银行去了？

他说，大叔您可真幽默。我是在和人做斗争呢。

我说，你这是跟谁怄气呀？

他说，和我自己呀。我自己是人吧？再就是和我老爹。我老爹也是人吧？就这样，天天在斗。

说到这儿，小伙子停了下来，说，大叔，能给我整一杯热水喝吗？免费的那种。

于是，我给他倒了一杯热水。

他喝了一口，很感慨地说，我现在也老啦。

我说，怎么讲？

他说，您看，我一进门就知道您这暖气是老式的暖气，这水我喝一口就知道是用那种老式暖水壶存的热水，还是过夜的，阴阳水。对吧？大叔。

我说，你都让我不知道说什么好了。

他说，大叔，实话说吧，其实我本来没有这样的经验，和其他的年轻人一样，我也喜欢喝咖啡，整可乐，虽然穷点儿，但那是我的最爱呀。我的这些老式经验都是从我老爸那继承过来的，也不能说是继承，是被传染过来的。有个词儿怎么说来着？

我说，耳濡目染。

他说，对，没错。我老爹就是这么一个人，挑剔了一生，犟了一生，凿死铆子一生。在单位凿死铆子凿了一辈子，见啥凿啥，只要是不合理他就凿，没有他凿不到的地方。凿来凿去，凿到临退休才弄上了个副科，还是员儿，副主任科员。唉，还有哪，没有老爷子不讲究的事，而且是穷讲究。讲究来讲究去，就把我讲究成一个老不老、小不小的一个怪人了。

我问，老爷子一定挺精神吧？

他说，没精神了，在医院里躺着呢。凿不动了，锤子都拿不起来了，可躺在病床上还想凿呢。

我问，这是凿谁呀？

他说，凿大夫，凿护士呀。我一天像汉奸似的，光给人家赔礼道歉了。

我就笑。说心里话，我喜欢凿死铆子的人。

他说，这不，是我和我妹妹两个轮流负责看护老爷子，晚上是我，白天是我妹妹。我妹妹比我孝顺，每天早早就过来接班了。

我问，现在老爷子病情怎么样？

他说，痴呆，傻了，连儿子都不认识了。天天嚷着要回老家找妈。你给他买的任何东西，他都说是他买的。唉，大叔，您看现在是多好的日子啊，想吃想玩都可以，可老头子脑瓜子彻底乱套了，不知今夕是何夕了，好日子都让他过瞎了。唉，痛苦哇……

我说，你打算给老爷子预订点儿什么吃的呢？

他说，不是。老爷子已经吃不下去什么了。是我自己，干了一宿，大清早上就想吃点热乎的。看到您的饭馆，就想着每天早晨能到您这儿吃顿热乎的早餐。

我说，你想吃什么？

他说，很简单，就是一碗热面，再卧两个鸡蛋。我就是感觉冷，就想吃点热乎的。老板，我每天早晨六点准时到您这儿，行吗？

154

我说,按说是不可以,这个钟点我还没开门呢? 不过,看在你这份孝心上,可以。我现在就给你做去。

他说,大叔,那太谢谢您了。不耽误您玩儿吧?

我说,玩儿?

他说,我爸说的,老人不光是当领导干部,也得玩儿。不耽误您吧?

我说,已经耽误了。

当我到厨房去给他做面的时候,小伙子在后面说,大叔,宽点儿汤。

然后,他自己嘟嘟囔囔地说,我这身子也得补一补了,这一个多月让老头子给蹂躏完了。

在厨房里我一边做面一边笑。觉得这个年轻人挺可爱的。二十分钟后,一切做得了。小伙子看见海海的一大碗面条卧鸡蛋,惊喜地说,大叔,您太厉害了。我以为您下点挂面就可以了,没想到,手擀面,我的天啊,讲究人哪。

说着,小伙子又低头闻了闻面,连连说,厉害! 还放了白胡椒粉,太对路了。瘦肉丝、香菜末、葱末,我简直成皇帝了,谢谢大叔,那我就开吃了。

我又将一小碟拌芥菜丝儿放在他面前。

他说,哇噻,大叔,您这个人真是妙不可言啊。大叔,我绝对不是要冒犯您,要是您伺候我老爹,那真是没的说。

真想不到这个小伙子还是个话痨。

他说,大叔,我这一生算没整了,在我家老爷子面前,我做的任何一件事都是错的。说白了,就是我错误地有一个错误的爹,错误的爹又生了一个错误的儿子。然后这爷儿俩又错误地生活在一起。这就是我全部错误的生活。这些年来让我家老爷子弄的,我现在都不愿意和年轻人在一起了。有句话怎么说来着?

我说,未老先衰。

教授的形象又在我眼前一闪而过。

对——太对了。

年轻人吃过面以后十分满足,说,这下好了,我又可以投入火热的生活和复杂的斗争当中去了。

我说,你还要去上班吗?

他说,没错。请一天假扣三十块钱。其实,我们老板也是一个苦出身,没想到,旧社会那些残酷剥削工人的资本家成了他现在学习的楷模了,对待我们这些出苦力的人,就是一个字,狠。

我问,你做什么工作?

他说,嗨,我那也不叫什么工作,就是站在门口,穿上一身制服,看大门,门卫,保安。懂吧?

我说,晚上看护老爹,白天还要上班,真辛苦你了。

他说,大叔,别看我发牢骚,家里有个爹,当儿子的心里还是踏实啊。我老妈早就没了,就剩这么一个错误的爹了。他再没了,这个家就没错误了。没错误的家还叫家吗? 大叔。

从那以后,我天天都考虑给这个年轻人做不同的热面吃。这样子一直到了开春。有天傍晚,那个小伙子突然打来了一个电话,跟我说,大叔,从明天开始,我早晨就不去吃面了。

我说,老爷子出院了?

他沉默起来,半晌才说,出院了,没事了。谢谢大叔。

当我再一次见到这个年轻人的时候,是一天的傍晚。

小伙子突然推门进来,说,大叔您好,还记得我吗?

我说,记得。怎么今天得闲到我这里来。不会是又要预订热面吧?

他说,不瞒您说,大叔,挺长时间没吃您的面了,心里有点儿想了。不过,今天不想吃面。想吃点儿炸素丸子。不知道您现在方不方便?

我想了想,说,好!

年轻人环视着小店,唉,转眼工夫就是春天了,这日子过得可真快呀。

少顷,我把炸好的素丸子放到他的面前。问,老爷子还好吧?

他迟疑了一下说,好,好,谢谢您还惦记着他。

他一边吃一边说,真好吃,又香又脆,难怪老爷子这么喜欢吃……

我明白过来了,拍了拍他肩膀说,年轻人,生活就是要让我们去经历许多事情,没别的办法,我们就只能去面对它们。

年轻人说,大叔,您说得真好。

看到年轻人离去的背影,看着院子里含苞待放的丁香,我想起教授临别时对我说过的一句话,生活还得继续呀!

那么,流浪的教授怎么样了呢?


热面和素丸子的做法:

156

先说热面。开锅后放入手擀的面条,也可加些葱姜。这个空当您将所有的小调料放入碗中,喜欢吃辣的人可以多加些辣椒油。面熟了之后,可以加些小油菜,翠翠的,养眼。将熟了的面和汤倒入调料碗中,拌匀就好啦。如果讲求增加营养,可以多加一些蔬菜,再卧上一个鸡蛋。

做素丸子时,要先将豆腐抓碎,再把胡萝卜擦成丝。然后把香菜切成一厘米长的段,备用。然后取一只干净的海碗,把碎豆腐、胡萝卜丝、香菜倒进去。再打入一个鸡蛋,加上盐调味,再把所有的材料搅拌均匀。一边搅拌一边逐步地加入适量面粉,让黏稠度刚好,就可以挤成丸子了。等锅中的油六成热的时候,把丸子逐个下锅,炸成金黄色。成了。

# 山东包子

二十年前,秋菜上市的时候,东北的城市几乎大街小巷都堆满了白菜、大葱、土豆、萝卜等过冬的秋菜,一垛垛像巷战的掩体似的。那个年代,储存秋菜是老百姓入冬前必做的一件事。冬天在这里大约要滞留六个多月,一年日子半年冬。而今这种事少了。有蔬菜大棚了,即便是严寒的冬日,东北人照样可以吃到新鲜的蔬菜。

尽管储存秋菜的事儿已经渐行渐远,不过,有老年人的家庭还会或多或少储存一点。我一老光棍儿,即便是储存也不会储存多少。说心里话,有时候还真希望有人来预订跟秋菜有关的饭菜。

想不到,用教授的话说,在"城市变成银色的时候",就来了这样一位客人。这是一位五十岁左右的中年妇女,人高马大,大脸盘子,结结实实,一看就是东北女汉子。

一进门,她劈头就问,老板,你这儿能预订哪些内容呀?

听口气,这位应当是个领导,很强势。

我说,都是老百姓吃的那种普通饭菜儿。高级的恐怕……

她打断了我的话,说,对,就是要普通的。老板,我想预订一屉正宗的山东大包子。

我将记事本递给她,说,请您写上吧。

她皱着眉头说,我不都说了吗? 还写什么?

我说,您还要写下您的具体要求。比如有什么忌口的,要什么馅儿的,还有您的联系电话。这样包子做好了以后,我好打电话通知您呀。

她说,不用,我明天中午就来取。有问题吗?你不要和我谈价钱,价钱不是问题。需要交定金吗?

说着她开始掏钱,并将一张一百元的钞票拍在柜台上。

我说,那也要请您留下您的联系电话,万一有什么变化……

她再次打断我的话,不能有变化。老板,不是我要吃,是我的前老公爹要吃。他能不能挺到明天晚上都不好说了,所以请你务必在明天中午之前做好。我好打包带走。

我说,这样啊,我尽力。

她说,不是尽力,是必须。

我笑着说,您说得对。我们是在同生命赛跑。

她乐了,她一乐,人还挺好看的。

我问,冒昧地问一句,您的老公爹是哪里人氏?

她纠正我说,是前老公爹。山东人,威海的。

我说,哦,闯关东过来的。明白了。

她说,那明天中午十一点半,我准时来取,再见。

说完,风风火火地就走了。

我合上了她什么也没写的记事本,心想,这号女人……

不过,她的前老公爹真是有口福。在秋菜上市的季节,选择上好的山东大白菜非常便利,不必去骚扰乡下的竹刀和小喇叭花。不过,选择那种肥瘦相间的纯绿色猪肉,倒是需要我亲自走一趟了。大小也叫一个老板,我知道城里哪家小店可以买到这种上好的绿色猪肉。

为了对这位即将撒手人寰的老人负责,我特意做了几种不同形式的山东包子,包括发面的、烫面的,圆形的、大饺子形的,放虾仁海参的,以及老百姓说的那种纯猪肉白菜馅的包子。我在威海流浪的时候,当地一个道上的兄弟请我在他的包子铺吃的就是烫面的山东包子。这个精明透顶的家伙是个奇才,虽说是山东人却能讲纯正的普通话和四川话、湖南话。而且还是个活地图,你只要随便说一个地名,他立刻能讲出那个地方的地形地貌、风土人情、名胜古迹和特色美食。用他的话说,这都是"工作"需要嘛。我跟教授聊这个人的时候,教授说,《国家地理》杂志应当聘他当特约记者。那个寒冷的冬天我们曾在一个拘留所待过——他是为了过冬,干点坏事进来的。过去这山东哥们儿一直是在外地流窜作案的,但最终还是摆脱不了家乡山东包子的诱惑,回山东了,并从此金盆洗手,踏实地开了一家山东包子铺,还娶了一个满嘴谎言的寡妇做了媳妇。我最欣赏的是他儿子,才十二岁,没表情,你看不透他心里想什么。临走的时候他悄悄地递给我一张纸。我问,这是什么?他说,路上看。我在路上打开一看,竟是做各种山东包子的方儿。这小崽子。

同时,我还为这个女汉子做了那种馅儿里面放一点粗粉条的包子(有些在东北待久了的山东人爱吃)。用教授的话说,尽管麻烦,但乐在其中。

听甩子说,流浪中的教授并非像我认为的那样过得凄风苦雨。甩子说,三哥,这你可是百分之一万地想错了。教授过得贼滋润,讨到了钱还经常去小馆来二两呢。教授跟我说,这几年他差不多把中国都走遍了。他说,在大学当老师也没这个福分哪。教授说,甩子呀,我唯一的遗憾哪,是此生不能去国外流浪一番啦。甩子说,我说教授,你是不是还想去月亮上走一趟啊?三哥,你猜教授怎么说,他说,我做梦都想啊。甩子说,把我乐得直跺脚,搂着他的头差点儿没把他亲死。我问,教授真是这样还不错。甩子说,对了,教授还问起了你,问我见没见到你。我急了,说,雷子(警察)都抓不着他,我上哪儿见他去?教授说,唉,也不知道他开没开上饭馆。三哥,教授挺关心你的。听了甩子的话,我取出了自己的名片递给了甩子,说,万一你再见到教授把这个给他。甩子说,三哥,我看你跟教授在一起混得也越来越像个有文化的人啦。你也不是不知道,狱友出了局子,除非有案子要做,一般是不会登门拜访的,那一段儿就算翻过去了。好,试试吧……

第二天还不到十一点半,那位女士就来了。

我说,您稍等一会儿,包子刚上屉。我保证11点半之前您拿走。

这一次,这位女士的态度倒是好了很多,没有说什么,坐在那儿很感慨地说,唉,这人哪,一辈子也就那么回事吧。

我说,不过,老妹儿,我挺佩服您的。

她说,这话从何谈起?

我说,如果我没听错的话,您一直称呼那位男士是您前老公爹。

她说,没错,的确是我前老公爹。这么跟你说吧,大概在十五年前(说着,她说了一句粗话),我那个傻×丈夫有了外遇。你说,老天爷可真残忍啊,这种混账的事儿偏偏让我遇到了,我想骗骗自己都不可能了。

我说,他向您……

她说,求饶?对,一般人都会这么认为。恰恰相反,他见事情已经败露了,就对我说:"娟啊,有句话我一直憋在心里没对你说,现在你已经看到了。我爱上别人了,那咱们就离婚吧。"我上去就给了他一个大耳刮子。我一天三顿像老妈子似的好吃好喝地伺候他们家老少三代,结果烧着了,跟我玩出轨。我越想越气,又连着扇了他几个大耳刮子。

　　我憋不住笑了。

　　她说,可这混账的男人却说,打得好,打得好。娟呀,这下咱们两清了。我跟那个小女人说,我就不明白了,你怎么能和这么一个垃圾男人扯到一块儿呢? 行了,既然你喜欢垃圾那就送给你了。就这样,他挑战,我应战。但是无论怎么说,应当是他一脚把我给蹬了。

　　我说,那你前夫和那个女人走到一块儿了吗?

　　她说,都在国外呢。加拿大,温哥华,70大道。他妈的,两口子过得相当美满,把他老爹扔国内了。这就是他的风格,不管不顾。这不,前天,那个看护他爹的护士给我打来了电话。我都奇了怪了,问,你怎么能想起给我打电话呢?那个护士说,是您前夫告诉我您的电话。

　　她说,老板,看见没有? 这叫什么? 这叫孽债。我就是一个债户。都过去十五六年了,我的债还没有还完呢。

　　我说,后来呢?

　　她说,后来我就去了。老爷子见到我之后呜呜地哭哇,说,娟呀,我们全家都对不起你呀。我对老爷子说,老同志,您现在说这种话还有意义吗?好好养病吧。说完我扔下一千块钱。对,没错,这都是我该他们的。老板,这十几年前哪,我每天晚上只要一躺在床上,耳边就想起那句话,娟啊,有句话,我憋在心里一直没跟你说……

　　我说,那,您说的这些事跟山东包子有什么联系呢?

　　她说,我的前老公爹他要吃啊。老头子说,山东人嘛,你讲话了,闯关东那伙。他一直想吃山东大包子。护工也给他买了,但他说不是那个味儿。你看,都滑到谷底了,嘴还挺刁。

　　我说,他不是仅仅是为了吃山东包子才找您的吧?

　　她鄙夷地说,你以为呢? 把他自己的存款给我? 想啥呢? 找我就是想吃山东大包子。

　　我一看表,连忙说,哟,到点了,包子该出屉了。

我将包子包好,格外加了保温,并带了一盒玉米面粥和一碟芹菜炝虾籽。

这位女士一边装包子一边说,想一想,这老爷子也怪可怜的。我这个人哪就是心软啊。唉,这十几年我也算没白过,有一件事我想明白了,就是我太强势了。女人是不可以这样的。

我说,老妹儿,我说句不该说的话,您可别介意,我认为您原先的丈夫还是爱您的。

她愣住了,眼泪唰地就流出来了。这个快呀。然后马上恢复了常态,说,不会不会。我得抓紧走了。你说得对,我们在和生命赛跑。


山东包子的做法:

做山东包子,要先把大白菜和猪肉都切成小丁,放到盆里,再加入鹿角菜(洗净后切成小段儿)、碎葱、姜末、香菜末、盐、香油、味精和黄酱,拌匀了,把味调好,制成馅。再把发好的面兑好碱,之后分成剂子,擀成皮儿。记着,将包好的包子先饧十分钟再上屉。用旺火蒸十分钟好了。

这里我介绍一则有益的消息。说是法国一家面包厂的工人,无论他们的年纪有多大,一个个手上的皮肤都既不松弛,也没有老人斑。后来研究发现,原来是他们每天揉发酵小麦粉的缘故。


## 坛肉米饭


西北风开始扫荡这座城市了。一夜之间,城市里所有的草木全都开始凋零了,紧接着就飘起了雪花。我这个院子的房盖上,果树上,地上,全部是一层白白的雪。这倒方便,只要是听到有咯吱咯吱的踩雪声,就知道有客人来了。

这天晚上,我披上棉衣来到院子里,准备关掉饭店的灯箱,一辆快递摩托一跐一滑地开过来了,停在了我的院门口。是个年轻人,他吃惊地问,咋,老板,打烊了?

我说,是啊,您是要预订啊,还是吃饭?

他说,预订。

我说,那就请进吧。

那个年轻人随我进了屋子。

我将预订的记事本递给了他说,干快递挺辛苦吧?

他说，这不刚完活儿吗。快递这行就是今日事今日毕。晚一天，客人就投诉你。妈的，现在的客人不知怎么回事，一个比一个脾气不好。

我笑着说，嗨，就是他们太普通了。

他说，大叔，您是把这种事情都看透了。您要是年轻，我倒建议您去干快递。

说着，他将写好的记事本给我，问，这个可以吗？

我看了一下，大米饭坛肉。

他说，对，我就想吃这个。这个最解决问题了。您知道干我们这行，从早到晚，走街串巷，楼上楼下，真的很辛苦。有时候你觉得自己都快不行了。可是你也得坚持呀，一天下来骨头架子都散花了，就想吃点高热量的东西补一补。

我问，怎么，家里就你一个人？

他说，还有一个妹妹，在上海念书。老板，大、上、海呀，知道吗？富人聚居的地方，一个不花钱不能生活，不付费不能活下去的地方。我听妹妹说，那些上海人个个都像你的救命恩人一样，居高临下，趾高气扬。我真闹不明白了，每个城市都有大学，连县城都有大学了，为什么偏偏要跑到那样不靠谱的城市去念大学呢？

我说，小伙子，我听一个当教授的朋友说，考到上海的大学那可不是一件容易的事啊。

他说，是啊是啊，我知道。我开始不希望我妹妹去上海念书，可是这个丫头蛋子哭了。那就去吧。

我问，那你父母是什么意见啊？

他说，大叔，有父母还说这些干啥了？我和妹妹是一对苦命的孩子呦。我这一天拼死拼活的，就是为了供她上学，给她攒嫁妆，然后，让哪个王八蛋把她娶走。之后，我才能捯出工夫来想想自己的事，自己破碎的人生。

我说，这么说你还没有对象呢？

他说，倒是想，可不敢有啊。先当业余和尚吧。老板，可我也不能天天吃素啊。所以到大叔您这来。订几天坛肉大米饭。

我笑着说，这你就不怕花钱了？

他说，大叔，这我也是从保养我的摩托车得到的启发。你看呀，摩托车行驶到一定的公里数，就得保养一下，不然机器就会疲劳，坏得就快。人也是一样的。何况人还是血肉之躯呢。是不是？累了一年了，总得抽出几天来自我保养一下。不仅仅是为了解决馋的问题,更是为了能够胜任眼下的这份工作。大叔,我这个人已经三年没保养了。我妹妹还有一年就大学毕业了,听说她还要念硕士。我不知道我的有期徒刑还有几年啊?

我说,你这个哥哥挺不错啊。

他说,大叔,你可别这么说。我心里是一万个不愿意。可谁让我是她哥呢?所以我必须做,我老妈死的时候告诉我,你要照顾好你妹妹。

我问,那时候你多大?

他说,十岁。我妹妹六岁。

我问,那你爸爸呢?

他说,跑路了。

我问,一直没回来吗?

他说,人间蒸发了。

好了,大叔,不打扰了,你也该休息了,我走了。

我说,小伙子,你还没吃饭吧?

他说,没事,回去泡碗方便面,一袋榨菜,完活儿。

说完就告辞了。

从那天开始,这个小伙子成了我这个饭馆每天晚上最后一位客人。我总是早早地就把坛肉大米饭给他准备好。这可是一道费时的饭菜。大米,我通常会选择那种最好的五常大米。这样子,两者搭配起来才好吃。晚上,只要我一听到院门口的摩托车声,就知道他来了。

他推门进来,一边掸着身上的雪一边说,老板,今天的雪下得可真不小啊。那帮爱滑冰的人高兴了,可是,环卫工人和我们送快递的就遭了罪了。过去一天能送几十家快件。这一下雪,送十五六家撑死了。唉,有人欢喜有人愁哇。

当我把坛肉大米饭放在他面前的时候,他搓着手说,啊,闻着就香死了。然后就狼吞虎咽地吃了起来,连我给他做的高汤也喝了个精光。吃过以后,用手拍着自己的肚子说,后娘打孩子——又一顿。

我问,味道怎么样啊?

他说,没的说,大叔,两个字,好吃。三个字,贼好吃。大叔,你的手艺真是一级棒啊。

我说,对了,你妹妹决定考硕士了吗?

他说,小丫头蛋子给我来了个短信,说哥哥太辛苦了,真不忍心让哥哥这么受苦,我决定不考研了。呸、呸、呸,大叔,这是小花招儿,但是我得装傻呀。我说,妹妹啊,你该考研还得考研啊,爸妈要是在九泉之下知道你考上了研究生,他们不仅要夸你,还要夸我这个当哥哥的呢。

我问,那你妹妹怎么说?

他说,妹妹发来一个笑脸。大叔,就为了这个笑脸,我也得继续努力啊。

说罢,站了起来,说,再见了大叔,你也该休息了。这么晚打扰你,不好意思。

我一直把他送到院门口,站在那儿,看着他的摩托车渐渐地消失在雪夜之中。我想,谁会想到呢,当哥哥也是这样不容易啊。


坛肉米饭的做法:

先把五花肉洗干净,然后切成两厘米左右的小块,备用。之后用油润一下锅,再把油倒出来,下入肉块,用急火不停地翻炒,直至肉变色,并且有油浸出来。这时候放入拍碎的冰糖,用中火把肉块炒成金黄色后,放入腐乳汁、甜面酱、老抽、生抽、料酒、葱段、姜片、蒜瓣,继续炒,直至炒出香味儿再加开水,放八角、花椒、香叶、桂皮。记着,水一定要没过肉块。用大火烧开,用中火焖二十分钟,之后再倒入砂锅中,盖好盖子,用小火再烧一小时左右的时间,直至五花肉软烂为止。最后配上刚蒸熟的大米饭,即成。


# 苏伯汤


春风吹过来了,又到了这座城市最美妙的季节了,迎春花、小桃红都开了,其中柳树的样子最好看了,小嫩芽儿、小嫩枝儿,那么一摇一摇的,真让人舒心。这样的风景在四季常夏的南方是看不到的。这座城市与俄罗斯的气温差不多,只有到了五月才拉开春天的大幕。苏联有一首民歌叫《五月美妙,五月好》。在监狱里,教授就特别喜欢唱这支歌。唉,想到这些真是让人心酸哪。我是在上个月接到那个陌生的警察从W市打来的电话的,警察说,教授死了,我们在他的口袋里找到了你的名片。所以就打电话给你。他的挎包里还有一封信,但没有说交给谁,应该是交给你的……

当晚我坐最后一班火车去了W市。那一夜我几乎没睡,站在两节车厢的过道处一边吸烟,一边回想着我们在监狱里的日日夜夜。教授说,你是我带的最后一个学生了。我笑了。他问我,你笑什么?难道我不配做你的老师吗?我笑得更厉害了。他不断地摇头叹气说，想不到在牢里想当老师都这么难啊。当时我心里是这样想的，教授，您这是何苦呢？教授好像看透了我的心思，说，就算我求你当我的学生行了吧？然后他自言自语地说，好为人师，教师的职业病啊。

那个胖胖的女列车员几次从我身边过，最后一次她说，你的烟抽得太多了，少抽吧。啧啧。

到了W市，教授已经火化完了。那个警察将教授留下的那封信交给了我。信里写道："我走了。请把我的骨灰一半儿撒在大海，一半儿撒在我的家乡C县的南山坡上，小时候我就在那个地方一边看书一边放羊……"警察问我，你们是什么关系？我说，狱友加师生。他听了好像吃惊不小，但很快镇静下来，说，他还留下这本诗集。

我抱着教授的骨灰罐去了一处僻静的海湾。路上，我对教授说，老师，你为什么不来找我？你是好人犯罪，跟我们不一样啊。在海湾我租了一条渔船，随船出海，一点一点地将教授的骨灰撒在了海水里。那个船工问，这是你什么人哪？我说，老师。船工说，看来这个鳏夫亏着有你这个学生了。

去C县很方便，坐长途客车只有两个小时的车程。然后，我乘出租车去了南山坡。在车上，那位出租车司机就对我说，师傅，没有南山坡了，也放不了羊了，那个地方变了外国人的汽车制造厂了，还撒骨灰呢，大门你都进不去。我看你还是往远里走一走吧，那边清静一点儿。

在一处清静的地方，我下了车。这地方还好，离南山坡并不远，或许教授小时候放羊也到过这个地方吧。我将教授的骨灰轻轻地撒开去，并说，教授，回家了……

回来之后，我发现种在院子里的小葱、韭菜、生菜，都抽出了纤细的嫩叶。真是让人开心。这时候院门被推开了，进来了一位纯俄罗斯打扮的中国妇女，看上去她有四十多岁的样子。但是，仔细看还是能看得出，她的实际年龄已经超过五十岁了。

这位女士很有教养地问，您好，先生。

这是我当老板以来，第一个称我为先生的人。

我说，您好。

这位女士说，我冒昧地问一句，您这儿是否可以预订俄式菜肴？

我说，这要看您预订什么了？

女士说，我预订的很简单，就是红菜汤和烤面包。

我说,那您请进吧。

到了屋子里。我把记事本递给她,说,请您写下您的具体要求吧。

这位女士拿起了笔,不假思索地写道:纯俄罗斯面包,纯基辅红菜汤。

写过之后,递给我说,我这样写是不是有点苛刻?您知道,这是给我老父亲吃的。

我快速地扫了一眼,用俄语说,纯俄罗斯面包,纯基辅红菜汤。没问题。

她吃惊地说,先生,想不到您的俄语说得这样好。

我说,只会简单的几句,是一位教授教的我。

她说,先生,我父亲曾经在小白桦西餐馆当过厨师,他的师傅就是俄罗斯人。哦,我母亲就是那个俄罗斯人的女儿。我父亲做得一手地道的罗宋大菜。现在老了,病魔缠身,不行了。真是可怜。

我有些意外,问,您既然是厨师的女儿,也应该会做呀。

女士说,别提了。事情就是这样,诗人不愿意儿女成为诗人,演员不希望儿女当演员,而厨师呢,也不愿意让他的子女当厨师。

我频频地点头说,您说得有道理,非常有道理。

女士问,我明天中午来可以吗?

我说,恐怕得后天。因为要做地道的基辅红菜汤,尤其是给一位做西餐的前辈做,必须要准备好所有的配料。这您懂的。

女士显得很高兴,说,好的。我等您电话。

我说,冒昧地问一句,老爷子在医院还是……

她说,家庭病床,我是专职护理。

做纯粹的基辅红菜汤,就是城里人常说的苏伯汤(或者罗宋汤),这不仅需要上好的牛肉、绿色的卷心菜、马铃薯、西红柿、洋葱、胡萝卜、桂树叶、黑胡椒等等,还有一个很重要的调料,就是中国人称为野茴香的东西,它的学名叫莳萝,也叫土茴香。这种植物市面上根本没得卖,但我知道哪里有。

也可能是出于对一个前辈厨师的尊重(也包括我对父亲的感情),第二天一早,我就坐头班的火车去了一面坡。那儿是我的老家。历史上,一面坡曾经是远东铁路的一个重要站点。俄国人在这里建了车辆厂、机务段、学校、医院等等,并且还建了很多俄式住宅。这些俄国人大部分是在铁路上做事,还有一些人养奶牛,开餐馆,这里的中国人也深受他们的影响,喜欢吃面包喝红菜汤,吃红肠喝啤酒。一面坡的南山有一片林子,六七十年代的时候那片林子很茂盛。

先前许多俄国人会在五六月份去山上采野茴香,就是莳萝。因为用这种东西做的红菜汤,味道特别的鲜美。

下了火车,我径直去了南山,人变了,但山没变。吉人天相啊,那片林子居然还在,且依然是一副春山葱茏的景象。也许是诚心感动了上天吧,进山不到十分钟我就采到了新鲜的莳萝。之后回到镇上,向路人打听谁家养奶牛。

那个人问我,是畜牧场吗?

我说,不,私人养的奶牛,只给自己家喝的那种。

这人仔细看了看我,说,跟我走吧。

我随他进了一个院子。一进院儿,他就对院子里正在挤奶的妇女高声喊,大手绢儿,你看看谁来了?

那个被称为"大手绢儿"的女人仔细地看了看我,我呢,又仔细地看了看身边的这个男人,我们几乎是在同一时间认出了对方。天,小时候爷爷家的邻居呀。

我在"大手绢儿"夫妇这儿得到了一大罐最纯正的牛奶。他两口子一直把我送到火车站的站台,并挥手看着火车远去。教授说,"莫道前路无知己,人生何处不相逢"。果然哪。

做纯粹的俄式大列巴,是不能用面包机来做的。必须自己亲自上手。材料全了,上好的面粉、啤酒花、地道的盐巴和从林子里带回来的桦木烧柴,以及老酵母、鲜牛奶、麦芽糖、橄榄油。然后,按照程序,兑好,发酵好,做成形,再放到烤炉里烤。只有这样烤出的面包才能外皮脆,质地又松又软,香喷喷的。

然后调制基辅红菜汤,配料好啊,熬好了之后,再把鲜奶皮儿放进去。一切都做妥当之后,约定的时间也到了。没想到来取的不是那位妇女,而是一个中俄混血儿。没问题,我将所有的东西装好,再三地叮嘱他路上一定要小心。

混血男孩儿说,外婆已经嘱咐我不下三十遍了。要小心,要小心。您是第三十一遍。

我一直把混血男孩儿送到院子门口,看他上了吉普车,又说,小心,慢点开。

他说,这是第三十二遍。

我原以为这事儿就这样过去了,某天的中午,那位女士突然来了。老熟人了,我打招呼说,女士,这次您打算预订什么呀?

她说,不,我是来给您送一件礼物,是老爷子送给您的。

说着，她从包里取出一个木匣子。打开后，里面是一个厚厚的本子，上面是用中文和俄文手写的菜谱。

她说，这是老爷子珍藏了一辈子的东西。他决定送给您。

我说，这太珍贵了。不可以吧……

她说，您知道吗，老爷子喝了第一口您做的红菜汤时说的什么吗？他说，上帝啊，这是从山上刚刚采回来的土茴香啊。先生，老爷子自从病倒在床上这是第一次吃了这么多。吃过之后，他自言自语地说，那些西餐馆怎么能和这个比呢？反反复复地说着这一句。

苏伯汤和大列巴的做法：

苏伯汤的"苏伯"是俄语，意思就是"汤"。它的英文名叫：subo soup。但中国人都叫苏伯汤。做这种汤时，要先将葱切成葱花，倒入油锅炒香后，加入两碗清水，煮开。将西红柿洗干净，用开水焯一下，去皮切丁。土豆切块，牛肉切片。然后一块倒入锅中继续用中火熬煮。别盖盖儿。煮沸后，再用小火煮五分钟后加入盐、黑胡椒粉、莳萝、番茄酱。淋上香油就可以了。

特别说一下莳萝（就是野茴香）。莳萝的英文dill源自古语dilla一字，意为平静、消除之意。原是生长在印度的植物，它外表看起来像茴香，开黄色小花，结小型果实。是从地中海沿岸传至欧洲各国的。莳萝的味道辛香甘甜，多用作食物调味，据讲有促进消化的效用，还能抗痉挛、祛肠胃胀气、利消化、消毒、促进泌乳、助产、镇静、促发汗、帮助睡眠、预防动脉硬化等。据说在公元八一二年，法兰克王国的君主查理曼大帝，曾下旨在全国广栽莳萝。莳萝常用来烹调鱼类，烘焙面包，做汤，调味酱和腌渍小黄瓜。全城都是这个味儿。

再介绍俄罗斯大列巴面包的制作。主要原料有面粉、啤酒花、盐等。过去烘烤这类面包时，用的是那种人工砌制的土炉，燃料以柞木或桦木为最好。听说在俄罗斯中东部的乡村，现在很多地方还在沿用这一传统技艺。这样烤出的面包味道一级棒。其中"啤酒花"是一味必不可少的，也是最重要的添加剂。吃大列巴可配以鱼子酱、果酱、花生酱，以及各类沙拉等。搭配甜酒也是极好的。

## 疙瘩汤

看到窗玻璃上的那层灰蒙蒙水汽，我在上面用手指写道："冬天到了。"这是我在监狱服刑期间养成的"习惯"。每到季节更换,每到下雨天,只要窗玻璃上结满了一层灰色的水汽,教授都会在窗玻璃上写字,或是"下雨了",或是"春天到了"等等。我虽然早已刑满释放,但经常会有身在囹圄的错觉。就这样季复一季,年复一年。如今我已经六十多岁了,是啊,总算走上了自然死亡的道路。我这样说不见得人人都能理解,自然死亡,对大多数重刑犯而言是一种奢望。用竹刀的话说,我们比起那些被押到法场枪毙的哥们儿,幸运多了。

我下意识地用拳头的侧面儿在窗玻璃上印了一个小脚丫印儿。透过这只小脚丫印儿,可以看到院子里已经着满青霜了。教授说过:人生一世,草木一秋。有道理呀。我的爷爷奶奶、父亲母亲,他们的一生可以说过得平平淡淡。我和他们不同的是,他们有儿有女。或者正是这样,他们到死也放不下对儿女的那份牵挂。我就不一样了,可以说无牵无挂,一无所有。

电话铃声响了。对方是一个年轻人。

我问,您有什么吩咐?

他说,是这样,这天儿不是冷了吗,我母亲想吃点热乎的东西暖暖胃。您是服务生还是老板?

我说,都是。

他说,哦,老板。不好意思,我母亲想吃点儿热乎乎的疙瘩汤……

我略感吃惊地问,疙瘩汤?

他说,对,疙瘩汤。

我问,您母亲多大年纪?

他说,这有什么问题吗?

我说,没有。我是说,这么简单的东西您自己不会做吗?

他说,能自己做就不会麻烦您了,老板。

我说,那您母亲还有什么要求?

他说,随您了。您过去怎么做,今天就怎么做。

我问,几个人?

他说,四个人,一家子嘛。好了,老板,我们中午见。

说完就挂断了电话。

我嘟囔了一句,这是不由分说呀。

说实话,不过是一锅疙瘩汤,没什么可特别准备的。

我记得早年在外逃亡的日子里,梅给我做的第一顿饭就是疙瘩汤。我当时就躲在那个废弃的窝棚里。看着外面的雨,心想,要么,这个女人带警察过来,要么就给我带些吃的过来。梅做的疙瘩汤可真好吃呀。我当时想,这可能是人在逃亡的路上吃什么都香的缘故吧。梅对我说,就是着急,担心我爹回来,做疙瘩汤方便,快。我后来问过她,你为什么这样对我?梅说,不知道。我觉得你不是个坏人。我说,我真是个坏人。梅说,至少骨子里不是。梅的这句话深深地震撼了我。唉,这一晃十七八年过去了。用教授的话说,逝者如斯。

那么,这位和我有同样嗜好的老太太是怎样的一个人呢?

不管怎么说,既然人家提出了要喝疙瘩汤,无论这个要求多么简单,作为厨子就一定要把它做好。为此,我按照"当年给我做的疙瘩汤"的样子,准备了一盆。现在就只等客人上门了。疙瘩汤只有现做现吃才好。

临近中午姐姐来了。她一进门就问,怎么,没有客人?

我说,有。一会儿就到了。

姐姐哦了一声,脱下外衣,走到窗前。窗玻璃上还隐约留着我写的字迹和那个小脚丫印儿呢。

姐姐轻轻地读着,"冬天到了。"读罢,回过头来问我,弟弟,你写的?

我说,这是我在监狱时养成的习惯。

姐姐的眼睛立刻湿润了(姐姐就是这么一个多愁善感的人),她转过身去继续向窗外望着。

姐姐每次到我的小店来,一进了门便脱掉外套,立刻开始干活儿。但这一次她却有点儿反常。

姐姐说,弟弟,你看看谁来了?

我走到窗前,看到院子里一个小伙子搀扶着一个老太太正向屋子这边走来……

我说,这小伙子真帅呀。

姐姐说,这可是个品学兼优的孩子。你再看看,那个老太太是谁?

我仔细地端详后,愣住了……

姐姐的脸上露出了胜利的笑容。


疙瘩汤的做法:

做面疙瘩的时候一定注意,水要一点点地倒入面粉碗内,做到边倒水边不停地搅拌。记着,一定要用凉水,这样面疙瘩才会做得又小又细,入锅即熟。疙疙瘩汤千万不要煮得时间太长,否则不但颜色不好看,吃起来口感也会很差。多实践几次就会了。简单。

【作者简介】阿成,中国作协第六、七届全委会委员,黑龙江省作协副主席,哈尔滨作家协会主席,享受国务院特殊津贴专家。曾获1988—1989年全国优秀短篇小说奖、中国首届鲁迅文学奖、《小说月报》百花奖、《小说选刊》优秀作品奖、《人民文学》优秀作品奖、蒲松龄短篇小说奖等。曾出版长篇小说《马尸的冬雨》、《忸怩》等,小说集《年关六赋》、《安重根击毙伊藤博文》、《良娼》(有法文版)、《空坟》(有英文版)等,随笔集《哈尔滨人》(有中国台湾版)、《殿堂仰望》、《和上帝一起流浪》。创作剧本《一块儿过年》(电影)、《快,的士》(电视剧)、《哈尔滨之恋》(话剧)等五十余部。作品被译成法、英、德、日、俄、韩等多国文字。

# 越　狱

李　铁

## 下雪了

郝新萍推开窗子时打了个喷嚏,牛晓春顺着她的喷嚏声望过去,看见她的脸和胸扑了好些雪花,冷空气在喷嚏声还没在听觉里消失时已经抵达到他跟前。郝新萍赶紧关上窗,双手捭脸上和胸前的雪花,雪花瞬间变成了浅浅的湿痕。郝新萍有晚上睡前开窗透空气的习惯,冬天这个习惯会照常延续,换了一屋子新鲜空气,睡觉才会安心与舒服。他们家地暖效果不错,天越冷供暖方越会卖些气力,换了冷冽空气的屋子,关窗后用不了几分钟就会温暖如初。

郝新萍说,下雪了。

下班往家走时并没有要下雪的迹象,西边的太阳还艳丽着,走着走着太阳落山了,骤然黑下来的天空也是那种晴天才有的明朗的黑。牛晓春挪到窗前望了望窗外,漫天雪花正乱糟糟地飞舞,明朗的黑已经被混浊的颜色取代,一幢幢楼房像结冻的雪堆,白中泛黑,黑中泛白,边缘部分又像是在融化,住宅小区那几条小路像雪水似的流淌。

牛晓春拉上窗帘,回到床前开始脱衣服,郝新萍也走到床前脱衣服,脱了一件,她突然冲牛晓春一笑,一边脱下一件一边奔卫生间去了。牛晓春躺到床上时听见卫生间响起了哗哗的水声,他朝那边看过去,看见玻璃门上映着裸体女人冲澡的影子。郝新萍没有睡前必须洗澡的习惯,她睡前洗澡多半是一种暗示,想一想刚才她那一瞥中的暧昧成分,牛晓春就知道自己接下来该做什么了。

中年夫妻了,牛晓春对接下来的节目有些麻木,想一想初婚时恶狼扑食状,几乎有一种恍然隔世之感。他下意识地伸手摸了摸还没有任何反应的下体,脑袋里旋出了郝新萍二十多岁时的样子,马尾头,瓜子脸,细细的腰身,滑如绸缎的肌肤,腮帮上肉也是紧紧的,每一次亲热,他都会用更多的时间双手捧着她的脸,如同捧着被焐热的一只大苹果。那时候是中国住房最为紧张的时代,牛家只有两间平房,父母住一间,兄弟五个住一间,牛晓春的新房就是兄弟五个住的那间用木板搭出来的半间,放一张床就没放其他东西的地方了。因为木板太薄,屋里动静很难做到不外泄,偏偏郝新萍兴奋时总会声情并茂,搞得牛晓春十分紧张。郝新萍一喊,他就用嘴去堵她的嘴,声音是洪水,哪容易堵住?有一次他居然把郝新萍的嘴唇咬出一个豁口儿。他趴在郝新萍的身上说,你想一想,让弟弟们听见了多难为情呀,想通了就叫不出声来了。郝新萍说,这是生理反应,不是想不想的事,用针扎你手指头你想不疼就不疼?牛晓春说,这是疼吗?郝新萍说,差不多。牛晓春说,疼你还要?郝新萍说,再这么讲,以后真不要了。牛晓春连忙说,别不要,你不要了我就受苦了。

当然还是要的,兴奋时郝新萍还是要喊。牛晓春想了个新办法,上床前他会把一条干净毛巾搁床头,估计郝新萍要兴奋了,便把毛巾塞进她嘴里,让她紧紧咬住毛巾,这样喊的力量化为咬的力量,弄出的动静就说得过去了。时间久了,郝新萍克服了喊的习惯,不塞毛巾也不会喊了。后来搬进单元楼,空间变得私密,牛晓春觉得可以让郝新萍喊了。住进楼房第一个晚上,牛晓春鼓励郝新萍喊出声来,郝新萍只死死地咬牙,兴奋到极致了,依然是咯吱咯吱地咬牙。牛晓春说,你喊吧,别人听不见了。郝新萍说,问题是我喊不出来了。牛晓春说,再来一次,这次你无论如何要喊出声来。郝新萍说,行。于是酝酿一番,开始第二轮冲击,郝新萍不等兴奋便试着发声,啊啊啊咦咦咦地音量不低,只是有些做作,做完了喊完了,当初的感觉谁也没有找到。翌日早晨二人被一阵说话声吵醒,声音是从隔壁传来的,一男一女的声音十分清晰。二人你看看我我看看你,再摸一摸看似足够厚的墙壁,都傻眼了,敢情这楼房也不隔音呀!这以后,郝新萍再也不喊了,牛晓春也没再鼓励她喊过。

郝新萍洗完澡,裹着一身水汽上了床。牛晓春翻过身不理她,却被她从身后抱住了,他动了动,没有甩开她,反而被抱得更紧,犹如缠裹了一身水草。牛晓春知道郝新萍这几天亢奋,上了床总是缠住他要啊要的,这不是生理周期,而是郝新萍遇到了值得亢奋的事。郝新萍是一家私人律师事务所的律师,一年前主动揽下一个活儿,要为一个投毒案的嫌疑人做辩护律师。嫌疑人叫张明德,在本市五金土杂一条街上开了一家小小的五金店,专营插座插头和插排,和隔壁开店的洪大嫂经营的是一个项目。有一晚,洪大嫂十岁的儿子吃过晚饭后出现了腹痛、呕吐、昏迷等食物中毒症状,被送到医院后抢救无效死亡。法医从死者的呕吐物、胃里检测出了鼠药毒鼠强的成分,显然是一起投毒案。洪大嫂男人半年前刚刚死于一场车祸,现在儿子又亡了,真是祸不单行,苦了这个只有三十多岁的女人。当时警方询问她有什么仇人没有,她说没有。警方又问,最近你得罪过什么人吗?洪大嫂想了想,抹了一把眼泪说,要说得罪过谁,也就是隔壁的张明德了,一次有个买主本来是冲着张明德来的,是我趁他不注意,把买主拉进了我的店,用比他便宜一点的价格卖出了两个插排,后来他知道了这件事,就站在门口指着一条路过的狗骂道,做人有人道,做狗有狗道,不按道走早晚有一天会遭报应。随后警方对张明德进行了调查,张明德,四十八岁,离异,和洪大嫂一样,店铺既是卖场又是卧室,他有作案动机,有作案时间,更重要的是在他店铺里搜到了一包毒鼠强。审讯过后张明德交代确实是他投的毒,他把毒鼠强倒在一只矿泉水瓶子里稀释后溜到隔壁,趁着洪大嫂不在时,顺着烧水的壶嘴倒了进去。法院一审、二审均判处张明德死刑,只有郝新萍认定此案仍存疑点,在二审的庭审现场,郝新萍指出警方审讯张明德的视频是经过剪接的,其中有三十分钟的空缺,这三十分钟发生了什么呢?另外,往壶嘴里倒毒水,不可能一滴不漏在外边,而壶附近地面上并未检测出毒鼠强的成分,还有,饮用水中毒不应该只有孩子一个人⋯⋯郝新萍鼓励家属坚持上诉,最高人民法院在死刑复核时也认定疑点多多,案件退回重审,这意味着,张明德无罪判决已经指日可待。能为一个无辜的人成功洗清冤屈,应该是一个律师最高兴的事了,而高兴直接导致的结果就是连日来突增的性欲。

完事后郝新萍很快睡着了,牛晓春从一身水草中挣脱出来,反而精神了,翻过来调过去睡不着。他顺手从床头柜上摸过手机,重新开机,上网,打开微信,有一条新微信显示,网名是“冷温柔”,头像是一个鲜嫩诱人的女孩。每每看见这样的女孩,牛晓春就觉得身体里有一头野兽在牢笼里走来走去。

牛晓春是通过“附近的人”搜索添加的冷温柔,他们聊过几次,女孩风格和她网名一样,说话尖酸刻薄,但偶尔又会露出女孩特有的温情。

冷温柔:睡了吗?

牛晓春:睡不着。

冷温柔:为啥睡不着?

牛晓春扭头看了一眼打着微鼾的郝新萍,心头滚过一阵说不清道不明的感觉。他觉得还是该关紧牢门,不让那头野兽冲出来为好。他没有再回信息,关了手机,强迫自己睡觉。

牛晓春是在锅碗瓢盆的碰撞声中醒来的,他朝窗户那边望,窗帘已被拉开了,天似亮非亮的样子,雪花浓密,像人工冲着镜头撒出的一团棉絮。

牛晓春说,雪还在下呢!

没有应答,郝新萍依然在厨房忙碌。牛晓春爬起来出了卧室,按亮了客厅墙上的电视机,回身去了卫生间。

坐在马桶上,牛晓春听到电视里正在播报早间新闻,本地台他只看早间新闻,与晚间新闻不同,早间新闻侧重于民生,本地官员的上镜率要小一些,大都是百姓家长里短的事儿。

熟悉的女主播声音:今天凌晨四点,北山看守所有两名在押犯人打晕了一名看守后越狱,一名犯人在翻墙时被电网击昏后掉下高墙被抓获,另一名已经潜逃,犯人的名字叫张明德……

## 秀气的中年男子

机关楼里的人都在议论着逃犯的事情,北山看守所与这座城市相距不过五十公里,这个逃犯会不会已经蹿入城中?大家脸上挂着遇到喜事才有的兴奋,做着各种各样的推测。牛晓春在走廊里和几个人也聊了一阵这件事,然后才掏钥匙开门,进自己办公室。

从门口走到办公桌边,脚下残雪把地板弄出了一溜花花印子,牛晓春坐下,眼里出现的是看守所高墙下雪地上留下的一串歪歪斜斜的脚印。按理说,雪天抓逃犯应该更容易些,雪地上的脚印就是一条长长的尾巴。牛晓春望了一眼窗外,雪还在下,他马上意识到不对,雪地上的脚印会很快被新雪覆盖,也许雪天抓逃犯会更难一些。

隔壁传来一阵争吵声,是两个男人的声音,争吵的也是有关逃犯的事。牛

175

晓春支起耳朵，想听到却没有听到有女声挟裹其中。牛晓春是这家机关的中层干部，一个并不显眼的处室的处长，正科级，他手下有三个科员，两男一女，就在隔壁房间办公。女的是个还没结婚的年轻女子，叫陶艺，说话声有些沙哑。牛晓春下意识地站起身，走到窗前，看见外边楼房、马路、停车位上的汽车都是白色的，一辆白色轿车正极力往一个狭窄车位里倒车，出出进进好几次总算停稳了，车门推开，钻出一个穿短款羽绒服的中年女人，年龄和牛晓春相仿，生得眉清目秀，身上却有一股早年女民兵才有的飒爽之气。这人是这家机关排名稍稍靠后的副职，姓段，大家都叫她段局。牛晓春知道段局的车是红色的，漫天飞雪中怎么看她的车都是白色的，她人也是白色的，在雪天雪地里如一道若有若无的划痕。

段局朝机关楼走的时候，身后出现了一名年轻女子，牛晓春眼睛一亮，这个年轻女子就是他手下女科员陶艺。三年前陶艺刚分到机关的时候，就是跟在段局身后进了他的办公室。陶艺偏瘦，身材中等，在身材高大的段局跟前显得有些渺小，但不知为什么，当时牛晓春眼睛就亮了，觉得眼前的女孩是个发光体。

牛晓春久久凝视着窗外，那道划痕在新雪中早已消失，他的思绪却成了新的一道划痕。有一次，他和陶艺被机关派出去一起出差，在一个陌生城市的宾馆开了两个房间，虽然两个房间只隔着一道墙，两个房间却是两个世界。天很晚了，洗过澡的牛晓春在这边世界里躺在床上看电视，看的是动物世界，脑袋里开了小差，总不自禁地猜想墙那边的世界。似睡非睡时响起一阵急促的敲门声，他拉开门，闯进来的是慌张的陶艺，她脸色煞白，身子不停地抖，嘴里不好了不好了只会说这一句话。他问怎么不好了，陶艺伸出一只胳膊，胳膊上有条渗了血的口子，再问才明白，原来她手机不小心掉进了床头与床身之间的夹缝里，她费了很大劲儿把胳膊伸进去，手机捞出来了，胳膊却被床身一颗钉子划出了一条血淋淋的口子。牛晓春想，真是女孩子，这算什么呀！他让陶艺坐到床沿儿，找出一块白纱布为她擦洗了伤口，又找出一块创可贴，轻轻敷在伤口上。牛晓春摸着陶艺胳膊做这件事时，能感到自己心跳已到了空前的频率，陶艺衣着单薄，身上散发着一股浴液的香味，她头发湿漉漉的，有水滴不时滴在他半个膀子上，牛晓春身体开始发热，等到做完这件事，身上的热浪已经一浪高过一浪。就在这时，他手机响了，电话是郝新萍打来的，接通后听筒里声音很大，坐在一边的陶艺听得清清楚楚。

郝新萍说,你去的那个城市有卖黄金米的吗?

牛晓春问,啥黄金米?

郝新萍说,就是小米,你买几斤回来。

牛晓春说,咱那地方也不是没有小米,干吗跑这么远买小米?

郝新萍说,咱这地方小米白不呲咧的,那种黄金米熬出的粥才有味道。

牛晓春说,好,这里有的话,我一定买几斤回去。

电话打完了,牛晓春发现身上的热浪已经消失,彼此身上的湿气也消失了许多,也就是说,氛围已经不是那个氛围了。又说了几句话,陶艺起身告辞,她站起身时他又闻到了她身上的香味,他想说再坐一会儿吧,嘴上迟疑片刻,陶艺推门出去了。

隔壁房间的议论声中挤进了一个沙哑的女声,想必陶艺已经进了办公室。牛晓春收回跑远的思绪,转身,走出了屋。

隔壁房间门没关,两男一女说得正热烈,牛晓春进去时他们刚好说到那个逃犯的相貌。其中一男说,你们注意到没有,女主播播这条新闻时用了一个特别的形容词,以前可没听过这种形容词用在逃犯身上。另一男说,是呀是呀,女主播是不是播新闻时紧张了,不小心用错了词儿?陶艺说,我看不是用错了词儿,咱们这位女主播历来爱标新立异,用这个词儿对她来说再正常不过了。

牛晓春早晨在卫生间里也听到了这个形容词,当时他也觉得有些特别,但念头一闪而过,注意力更多地集中在了逃犯本身。这个形容词就是秀气,女主播描绘逃犯张明德相貌时,说了一句"这是一个长相秀气的中年男子"。说一个逃犯长相秀气,在牛晓春的记忆里的确是前所未有,这说明了女主播的性情与众不同,也说明了我们的新闻越来越朝着宽容和灵活的方向走了。

一男接着说,逃犯张明德照片我看过了,眉清目秀,说秀气挺贴切的。

另一男说,形容逃犯应该是凶恶或丑陋之类的字眼儿,用秀气还是觉得有些别扭,你们说,这个女主播会不会受到批评呀?

牛晓春接茬儿说,我看不会,秀气只是形容他的长相嘛!

陶艺突然用手指着牛晓春,对另外两个男同事说,你们看,咱们牛处也是个长相秀气的中年男子呀!房间里沉寂片刻,随后几个人都哈哈大笑起来。

笑声还未完全退潮,牛晓春手机响了,打来电话的是他大学同学杜连山,说有事过来要和他面谈。

牛晓春只好回到自己办公室去等杜连山。杜连山要和他谈的这件事其实在一个月前就跟他谈过了,杜连山在外地一家电力安装公司工作,听说牛晓春所在的这个城市的一家大型火力发电厂要治理污染,工程对外招标,而主管招标的正是牛晓春所在的这个机关。牛晓春对这项工程是熟悉的,近年来国家投入巨资治理环境,对高污染企业下的是硬指标,发电厂的烟囱要进行脱硫脱硝处理,这是一个三千万元的工程,如果帮助杜连山中标,这其中的好处费将是可观的。牛晓春虽没有这个权力,但搭桥铺路还是可以做到的。

没用多长时间杜连山就登门了,二人嘻嘻哈哈寒暄一番,便坐下来谈正经事。牛晓春说,这个忙我是一定要帮的,但帮得上帮不上还得看我们丁局。牛晓春所说的丁局是这家机关的一把手,此人掌控能力颇强,只要他能抓到手的,一般不会给别人留有机会。招标的事本来归段局分管,牛晓春想来想去还是觉得直接找丁局比较稳妥,这么大的项目,最后拍板的权力丁局是不会让它旁落的。

杜连山说,还得靠你美言呀!

牛晓春带着杜连山去见丁局。敲开门,见段局正坐在沙发上。牛晓春说,你们领导谈事,我待一会儿再来。段局站起身歪着头看了看牛晓春身后的杜连山,又看了看办公桌后边的丁局,说,我没事了,还是你们谈。

段局出去后牛晓春把杜连山介绍给丁局,二人握手,各自落座。牛晓春对杜连山也是对丁局说,那件事我已经跟丁局说过了。杜连山连忙说,还请丁局长多多关照。丁局说,招标还有一段时间,稍后再详细谈吧。说罢他抬眼望了望窗户,有一搭没一搭地说,这雪下一宿了,看来今天也没停的意思。

牛晓春和杜连山都扭头去看窗户,玻璃窗外白茫茫全是飞舞的雪花,有点像没了信号的电视荧屏。

丁局接着说,这么大雪,你们说那个越狱逃犯能逃得了吗?

牛晓春和杜连山相互看了看,都说,逃不了,逃不了。


## 老婆和老婆外的女人


第二天雪停了,上午新鲜的阳光照在高高矮矮的积雪上,满世界都是比阳光还耀眼的反光。人们拎着铁锹出屋开始铲大街上的雪。雪停就是命令,各家各户各个单位,都要组织人马自扫门前雪,这是市政府的规定,违规是要被罚款的。在波浪般的铁锹撞击地面的铲雪声中,人们议论纷纷,依然在谈论逃犯张明德。

在露出木头或水泥质地的电线杆上，警方贴出了带有张明德照片的通缉令。盯着那张落魄却依然眉清目秀的脸，牛晓春心头涌起一种复杂的感觉，改判无罪本来已经是件可以等待的事情，谁想到张明德自己先等不下去了，难道这是天意？牛晓春下意识地摸了摸自己的脸，自己虽然也有一张秀气的脸，但长相的类型还是和张明德有些区别，张明德是双眼皮，鼻子小巧端正，秀气得接近女人，而他是韩国式的单眼皮，鼻子要高挺一些，脸部棱角也偏硬一些……牛晓春自嘲地笑了一下，离开那根电线杆。

到机关后，丁局把牛晓春叫到了办公室，又问了些有关杜连山和他所在的那家公司的情况。尽管牛晓春回答得十分详细，尽管手头上还有一摞有关那家公司的材料，丁局还是显得疑虑重重。

丁局说，这样吧小牛，你亲自去那家公司考察一下。

丁局又说，越快越好，就明天吧。

牛晓春说，陶艺的业务能力强，能不能带她一起去？考察起来也好有个照应。

丁局说，还是你一个人去吧。

推荐陶艺，牛晓春是不加思考的，话出口后连他自己都有些吃惊，潜意识里的某种东西瞬间迸发，想想有些后怕。他脑海闪过在宾馆房间里给陶艺受伤的胳膊上药时的画面，丁局的拒绝令他慌乱中挟裹着掩饰不住的失望。

这天晚上，上床前郝新萍并没有冲澡，显然她的心理重心仍然在张明德逃跑这件事上。牛晓春一年内要有十几次出差的机会，每次临行的前一晚郝新萍都会主动和他做爱，用郝新萍的话说，出去了没女人，一定要先喂饱他才行。牛晓春在心里说，说是喂饱我，不如说是清空我，空了的我在外边找其他女人的概率就会大大降低。

上床，熄灯，牛晓春挑衅似的用胳膊碰了碰郝新萍，郝新萍没有任何反应。对于张明德的案子她是倾注了大心血的，当初警、检、法都认定张明德就是投毒杀人的凶手，只有她提出质疑，顶着压力到处调查取证，在一审二审均判张明德死刑的时候，她依然没放弃自己的努力。眼见着要迎来公正的判决了，没想到张明德的意志先垮了，居然打伤狱警越狱潜逃。接下来她又将面临什么样的局面她自己都不敢想，她在怪张明德不争气的同时，还能怪什么呢？牛晓春知道她火上大了，根本不会有闲心再做点什么，他没有再打扰她，翻过身去安心睡觉。人到中年,牛晓春对郝新萍身体的要求已经下降到可有可无,但这又不妨碍对其他女人的身体依然有永不餍足的好奇心。当然,这"其他女人"指的是像陶艺这样水灵得一触就能出水的年轻女人。一想到陶艺,再触碰到身边的郝新萍,牛晓春就有一种类似未婚时自慰后的那种犯罪感。

牛晓春是第二天上午赶到杜连山所在的那座城市的,坐D字头火车,不过一个多小时的行程。他走出出站口时看见杜连山正一脸阳光地冲着他笑,火车站广场上到处是白花花的积雪,晴天,阳光照在雪上令雪有一种病态的孱弱,脚踩上去,发出类似一些物质粉身碎骨的声音。

坐上杜连山的汽车去了一家宾馆,简单收拾一番后又随着杜连山去了一家饭馆。饭馆的门脸不小,进店有迎宾小姐微笑欢迎,进了包房发现里面已经坐了四个人,三个女的一个男的。杜连山介绍,才知他们都是公司的人,男的是杜连山的上司,三个女的都是在职员中挑选出来的年轻女子。接下来便是那一套俗不可耐的吃饭喝酒的程序……在五个人的轮番敬酒中,牛晓春思绪还是开了小差,他想如果陶艺一起来了,她在酒桌上会如何表现呢?在宾馆的房间里,又会不会发生如同受伤、上药这样的事情呢?

酒喝到人人都放肆起来的时候,杜连山对牛晓春说,这公司你还去看吗?牛晓春说,既来之则安之,这公司嘛还是要去看一看的。杜连山说,好,耳听为虚眼见为实,明天我就带你去公司,今下午嘛,咱把酒喝透,该演的节目演足。

轮到三个女的中年龄最小的那个给牛晓春敬酒了,这女的长得娇小玲珑,一双大眼睛在脸上占了相当大比例,很像冷温柔的微信头像。与她碰杯时牛晓春的思绪又开了小差,他想如果跟那个冷温柔在一起,又会发生什么样的故事呢?

吃完饭杜连山执意要去唱歌,牛晓春本不想去,拗不过杜连山的热情,就恭敬不如从命了。歌厅包房里,那个很像冷温柔的女孩唱歌时,杜连山把嘴巴贴到牛晓春的耳朵,大声说,这家歌厅的三陪小姐有三十多个,用不用找一个领回宾馆去?牛晓春连连摇头,坚定地拒绝。杜连山顺着牛晓春眼神看过去,看见了那个像冷温柔的女孩,他恍然而笑,又把嘴巴贴到牛晓春耳朵,说,是不是喜欢她?牛晓春心头一颤,下意识地摇头,说,没有的事,按年龄我都快成人家爹了。杜连山说,男人嘛,都喜欢年龄小的女人,要不,一会儿我做做工作,把她劝到宾馆去?牛晓春又是心头一颤,但还是坚定地摇了摇头。

牛晓春一个人回宾馆时已是掌灯时分,窗外万家灯火,像画在画布上的油画。牛晓春拉上窗帘,顺手打开了电视机,接着咕咚一声躺倒在宽大的床上。

在一年四季中,牛晓春最喜欢冬天,而且最喜欢下雪的冬天。窗外冰天雪地,屋内温暖如夏,躺在被窝里的身体总会止不住地酝酿难以遏制的肉欲。如果在家里,他会增加与郝新萍做爱的次数。平时胡思乱想,一些年轻可爱的女人形象也会比其他季节光顾得频繁,令他的幻想如开闸渠水。此时,牛晓春觉得身体里的野兽正在来回地走,这样的夜晚也许更能考验牢笼的那一根根钢筋的坚固程度。

牛晓春伸手抓起手机,上网,打开微信,冷温柔的留言一下子出现在眼前。他顺手回复,在吗?冷温柔很快地回道,在。

牛晓春:干吗呢?

冷温柔:在一个闺密家蹭床呢!

牛晓春:什么意思?

冷温柔:没地方住,来借宿呗!

牛晓春:为什么没地方住?

冷温柔:在家没法住了,继父总是想占我便宜,我妈又保护不了我,我只好出来住。

牛晓春:你继父真是禽兽不如。

冷温柔:禽兽不如!

牛晓春听冷温柔讲过自己的身世,她父母在她十四岁那年离异,她十五岁跟着母亲一起嫁到了继父家。这个继父是个好色之徒,总是趁着她母亲不在身边时对她动手动脚。她初中没毕业就开始在外边打工,做过饭店服务员,在商场卖过衣服,在发廊做过洗头妹,现在她在一家手机卖场站柜台卖手机。她今年二十二岁,是个命不好的姑娘。

牛晓春:你以后打算怎么过?

冷温柔:正因为这个我才想到你,想跟你商量个事。

牛晓春:什么事?

冷温柔:你给我租个房子,要两室的。行吗?

牛晓春:我为什么给你租房子?

冷温柔:这样你就可以随时来跟我一起住了。

牛晓春:你是让我包养你?

冷温柔:就算吧,但我有底线,咱们得签个协议。

# 牛晓春日记(选1)

想不到艳福就这样砸到了我头上,窝边草陶艺我沾不上边,上天却把一个比陶艺还鲜嫩的女孩子送到我手上。我虽然忠于家庭,和老婆感情甚笃,可我是男人嘛,凡是男人,只要他不装,就会对老婆之外的某些女人有比对老婆强烈得多的欲望。冷温柔提出让我包养时,我着实激动了一阵子,想一想能拥抱一个鲜嫩欲滴的女孩,周身就有一种忍无可忍的战栗感。

邪念呀邪念!罪过呀罪过!

冷温柔是个贪图安逸的女孩子,因为没见过大世面,胃口不大,包养她的费用不高,但即使如此,对于我来说也是个不小的负担。我工资卡交给了郝新萍,我所在的又是个没什么油水的处室,工资外收入微乎其微。所以这次发电厂的排烟治理工程,对我的意义就十分重要了,只要杜连山成功中标,这其中的好处费嘛,包养冷温柔不在话下了!

冷温柔要跟我签一个君子协议,我略略思考一下,还是答应了。

协议完全是冷温柔起草的,内容如下:

1.甲方给乙方租一套房子,租期为一年。

2.甲方给乙方买一部苹果6手机。

3.甲方每月给乙方一些零花钱,数目多少看甲方心情。

4.甲方可不定期与乙方同居。

5.由于乙方读书少,甲方有义务传授乙方一些文化知识。

6.甲方与乙方同居时不可有实际性的性生活。

甲方签字:牛晓春

乙方签字:张小彤

张小彤是冷温柔的真实姓名,为了让我相信,她用手机发来了一张身份证照片。对于协议的前五条我均无异议,特别是第五条,还令我产生了一丝丝感动,看来这个没念过多少书的少女骨子里还是渴求知识的,对生活也有健康美好的期许,如果能传授给她一些知识,也算是自己在做坏事的过程中做了一件好事。最后一条令我的心陡然一空,先前的兴奋与温情一下子消失了,涌上心头的是一种竹篮打水的感觉。这张小彤小小年纪居然如此狡猾,要了那么多好处,却不给对方一点好处,而男人包养女人又往往是冲着这一点好处去的。细细一想,张小彤的狡猾挺幼稚可笑的,都住在一起了,怎么会没有实质性的性生活呢?也太低估了这个男人的攻击力了吧!退一步讲,即使男人信守条约,守住了最后底线,和一个男人住在一起的少女还依然是纯洁的吗?

从微信对话看得出,张小彤对自己拟定的协议十分得意,她甚至还用不下三百字来安慰我,说她这么做正是因为自己不是真正的不良少女,最后一条不过是守住底线,真的不是在欺骗我。她这么说有点此地无银三百两的味道,也就是说,她其实已经认为自己是在欺骗我了。

一个具有健全智商的男人会甘心受骗吗?

有那么一个瞬间,我想拉黑冷温柔,但这个瞬间过后,一种好奇心像烟雾一样升腾起来,令这个女孩在烟雾中时隐时现,有了一种朦胧美。从某种程度上讲,张小彤还是一块未经开发的荒地,而开发的结果又是个令人期许的未知数。我的血滚热起来,打消了拉黑她的念头。

这第六条也是自我考验的过程,我决定舍身一试。

## "私"字一闪念

牛晓春从另一座城市赶回这座城市时又下雪了,这一次雪花大而稀,飘飘悠悠有点像舞台上人造的雪花,人在其中有一种不真实的感觉。牛晓春下火车后直奔机关,一路上他看见一些警车闪着警灯鸣着警笛在大街上驶过,想必都是冲着逃犯张明德去的。

进了机关大楼,牛晓春发现人们依然在议论着张明德,在这个密布天罗地网的时代,整整三天过去了,还没有逮住逃犯,莫非是大雪将所有的蛛丝马迹都掩盖了?人们看见牛晓春后依然和他说着这个话题,而对他出差只字未提。看来他这两天的消失并未引起别人注意,或者说,雪天与逃犯张明德联手也将他掩盖了。

牛晓春先找丁局把考察结果做了汇报,出来后路过自己属下的房间,他停住脚步,迟疑了一下,还是推门走了进去。

两男一女正在议论什么,见牛晓春进来了,都停住嘴巴,抬头看他。作为他们的上司,牛晓春本能地挺直了胸脯,似笑非笑地问,说啥呢,这么兴奋?一男说,还不是说张明德的事。另一男说,是呀,早间新闻说,张明德在大刘庄出现过一次,曾跟一户人家讨过吃的,他离开时那家人报了警,可警察赶到大刘庄,把庄子里里外外搜个遍,却连张明德的影子也没看见。牛晓春把目光投向陶艺那张可人的脸,陶艺也接茬儿说起张明德,好像他失踪两天,连作为属下的他们三个也没发觉似的。

这不免令牛晓春有些失望,他随口也说了几句有关逃犯的话题,转身回自己办公室了。

窗外雪花在津津有味地飞舞,牛晓春站在窗前发呆,熟悉的景物在雪天变了样子,街道、楼房、挤得不能再挤的停车场,在雪花的点缀下都圣洁得如同童话,只有内心,似乎这样的天气内心更容易酝酿一些邪念。牛晓春回到办公桌边,坐下,打开电脑,当Wi-Fi有了信号,立马掏出手机打开微信,果然看到了张小彤的留言。

冷温柔:大叔,想好没有?

冷温柔:想不想签协议都给我个回话嘛!

牛晓春想了想,牙关一咬。

牛晓春:签吧。

这时微信的发现一栏有了个叫"发票"的新朋友提醒,显然是个卖发票的,牛晓春眼睛一亮,这次出差的所有开销都是杜连山包下的,出趟差报销个千八百的应该没问题,以往他不会在乎这千八百的,但即将与张小彤履行协议,钱紧,这千八百的也不该放过。主意打定,与"发票"聊了一会儿,约定用两百元买下一张一千两百元的住宿发票。

下班时牛晓春没有直接回家,去了与"发票"约好的地点——移动公司营业厅门口。他迎着飞雪赶过去,平时熙熙攘攘的移动营业厅门口的小广场已经没有几个人。营业厅已经关门,门口那些倒卖手机号的贩子也已经散去,他抬手腕看手表,约定时间已经到了,小广场上还没有一个像送发票的人出现,身边偶尔走过一个人时,他都会觉得这个人就是,而当这个人走过去了,他又觉得所有人都不是。他又抬腕看表,约定时间已经过去十分钟,他不停地在雪地上跺脚,心头隐隐升起一种不好的预感。他打算走算了,这时候,一辆摩托车从雪花中驶来,嘎的一声停在他身边。

骑车的是一个三十多岁的男人,他冲着牛晓春说,大哥,发票给你带来了。牛晓春哦了一声,接过男人递过来的发票,看了看,没看出什么毛病。

牛晓春问,网上可查吗?

男人说,可查,保真。

牛晓春掏出两张百元票子递过去,男人接过,揣进怀里,摩托车轰的一声开走了。牛晓春也拔腿就走,那辆摩托车和男人的影子还没在视线里消失,一辆破旧的桑塔纳2000就停在了他的前头,前门后门一起开,钻出了三条汉子。其中有两条飞快地架住了他两只胳膊。

其中一条说,跟我们走一趟,我们是警察。

牛晓春心里一紧,不好的感觉像块黑布,从头到脚把他罩住了。还没等他说什么,身子已经被架上了车后座,那三条汉子一条开车,另两条像两片面包贴在了他的两侧,他觉得自己一下子成了一个可怜的汉堡包。

车子开动,牛晓春稍稍镇静了一下,看了看左右。左边是个瘦子,面相和善;右边是个胖子,一脸凶相。

胖子说,知道不,你犯法了?

牛晓春说,不就是买了一张发票嘛!

胖子说,知道不,这一张发票足可以砸了你的饭碗。

车子在一个派出所门口停住,牛晓春被推搡着往里走时十分懊丧,一念之间,怎么就干了这件见不得人的事,时下对机关的财务管理得十分严格,这件事如果传到机关里,后果不堪设想……在一间屋子坐下来时,他浑身的汗毛都竖起来了。

瘦子坐到了他的对面。瘦子说,我们是例行公事,无冤无仇的,我们不会把你逼到绝路,我们问什么你说什么就行了。

瘦子问,姓名?

牛晓春答,牛晓春。

…………

牛晓春知道在这里是说不得假话的,他看了一眼墙上的"坦白从宽,抗拒从严"几个大字,索性坦白从宽了,人家问什么他答什么。瘦子写了有两页纸,递过去让他过目,签字,摁手印。摁过手印,他把殷红的手指举到眼前,一瞬间想到了那个叫张明德的逃犯。

瘦子拿着讯问记录说我去找所长。胖子坐到了牛晓春对面。

胖子说,是进拘留所,还是认罚?

牛晓春说,认罚。

胖子说,交五千元吧。

牛晓春说,和嫖娼罚一样数目的款?

胖子说,你嫖娼被抓过?

牛晓春说,没有没有,真没有。

胖子说,那就赶紧回家去取钱,记住,别让我等太长时间。

牛晓春回家跟郝新萍撒了个谎,说丁局的老婆有病住院了,他得揣点钱立即去探望。

郝新萍说,一千够了吧!

牛晓春说,平时想表现还没机会呢,好不容易机会来了,一千咋能够呢!


# 放长线


晚上七点多钟,雪还没有要停的意思,申杰勇站到窗前朝外望,雪雾迷茫,门前雨搭那盏灯前的雪花晶亮硕大,犹如被夸张了的梦境。连日来申杰勇一直沉浸在一种紧张与兴奋之中,窗外的雪花又使紧张与兴奋增添了一份梦幻色彩。这是个多雪的冬季,气温出奇的冷,这种天气既有利于捕捉逃犯,又为捕捉逃犯设置了种种障碍。多年来的警察生涯使他学会了辩证地看问题,就像有阳光必会有阴影一样。

申杰勇是在一个月前调到这个派出所当所长的,他和一位教导员、两位副所长轮流值夜班,也就是说四天他必须要上一个夜班。这天就轮到他上夜班。申杰勇做了近二十年刑警,在刑警支队干到了大队长的职位,参加侦破的大案要案数不过来,现在到了派出所,接触到的都是鸡毛蒜皮和鸡鸣狗盗的事,失落感也就像雪花一样落到他的身上。

有很重的脚步声旋上楼梯,申杰勇回过头,看见胖辅警小王带着一个中年男人走了进来。小王说,申所,牛晓春来交钱了。申杰勇走到办公桌后边坐下,盯住这个叫牛晓春的人,这人眉清目秀,不像个坏人,本来嘛,买张发票也就是为了报销,贪小便宜,算不得什么坏人。不过,既然被抓了,那就得当坏人处理。申杰勇强迫自己也和小王一样凶恶起来。

申杰勇问,交钱是自愿的?

牛晓春说,罚款嘛,不是自愿也得缴呀!

小王说,少废话,说你自愿就是自愿。

牛晓春说,自愿,是自愿。

牛晓春缴了罚款,申杰勇说,你可以走了。牛晓春磨磨蹭蹭不走。小王伸手要推搡他,被申杰勇拦住了。

牛晓春说,我听人讲,缴了罚款,公安会当面把讯问记录销毁的。

申杰勇说,你还是回去吧,如果不放心,我们可以交个朋友。

看着牛晓春极不情愿地跟着小王走出去,申杰勇苦笑着摇摇头。

第二天早晨雪不下了,天还是浑浑噩噩,没放晴的样子。申杰勇洗漱完毕并没有下班回家,而是开上一辆所里的警车去了市局,去参加抓捕逃犯的一个会议。作为一个派出所所长,开这样的会本不该叫他参加,但没办法,因为他曾是张明德案子的办案人,叫他参加这个会就是一个顺理成章的事了。路上积雪已经有了相当的厚度,车轮从雪上碾过,发出咯吱吱的响声。艰难地开进市局大院时手机响了,来电话的是那个被罚款的牛晓春,问他晚上有空没有,想请他吃顿晚饭交个朋友。他不耐烦地想按掉电话,但回答得还是相当客气,他说今晚没空,再找机会吧。

申杰勇将车停稳,踩着雪上办公楼台阶时差点跌了一跤。他是知道牛晓春必然会和他联系的,留下讯问记录,其实也就留下了被处罚人的痕迹,而被处罚人想抹掉痕迹,就只能主动跟他联系,主动再送一回钱。

申杰勇推门走进会议室时看见的都是刑警支队的一些熟脸。他与熟脸们打过招呼,选了个不起眼的位置坐下。待局领导来了,会议也就开始了。会议议题只有一个,那就是抓捕逃犯张明德。先是支队领导介绍这几天的搜捕情况和发现的蛛丝马迹。然后参会的局领导讲话,叫大家端正态度,张明德虽然有被冤屈的可能,但他现在毕竟是逃犯,一名逃犯对人民群众具有的威胁他都有,晚抓到他一天,人民群众就多一天危险,我们警察也就多一天的耻辱。

申杰勇心里很不是滋味,当初出警抓人的负责人就是申杰勇,他带着几个便衣刑警叫开那扇松松垮垮的铁门,带走了嫌疑人张明德。最初张明德拒不承认投毒作案,后来逼急了,用了些强硬手段,他才承认是他把一袋"毒鼠强"用水稀释后倒进了一只矿泉水瓶,再趁隔壁洪大嫂不在屋时溜过去,顺着壶嘴倒进了水壶里。当时有人也发现了一些疑点,但由于一些原因警方急于结案,也就没顾忌这些疑点。法院一审、二审均判处张明德死刑,警方专案组的人员也因此立了功。

局领导说,申杰勇,你有啥看法?

会议室里的目光齐刷刷落到申杰勇脸上，他身子一抖，顺嘴应道，没有看法。又觉不妥，补充一句，在法院还没有判张明德无罪之前，他依然是个在逃死刑犯，抓捕他就是我们的职责。

申杰勇心里清楚，局领导这样问他其心理成分是十分复杂的。在二审的庭审现场，那个执拗的律师郝新萍问代表警方出庭的他，警方的审讯视频为什么少了三十分钟，这三十分钟究竟发生了什么时，他斗争了半天还是没有斗过自己的良心，说出了违背职业规则的实话。这令警方十分被动，同时也给最高法院的死刑复核提供了依据。也正因为此，他才被迫离开刑警支队，调到了派出所。没办法，面对一个还是活脱脱的生命，他还是牢牢地守住了自己的心理底线。

局领导说，我问的是，你对抓捕逃犯有什么具体的想法？

申杰勇说，大措施不是我该想的，我想的是小措施，张明德前妻就住在我们派出所管辖的地段，我请求把监控他前妻的任务派给我。

## 另类的教学(1)

第一次见面，牛晓春请张小彤吃了顿饭。去的是一家肥牛府，牛晓春只点了一盘肥牛，其他要的都是海鲜和素菜。以往和郝新萍出去吃肥牛，肉类也只是要一盘，就是一家三口出去，肉类还是要一盘，他们三口人都不太爱吃肉。张小彤翻了一下眼皮，说，一盘肥牛还不够塞牙缝儿的。牛晓春说，那就再来一盘。张小彤说，两盘。牛晓春冲着服务员说，再加两盘肥牛。

张小彤吃相凶猛，三盘肥牛，她至少吃掉了两盘半。张小彤是个长相瘦小的女孩子，身高不足一米六，刀条脸，一双眼睛占据了脸上相当大的地盘。要不是亲眼所见，牛晓春怎么也不会相信眼前的女孩会有如此惊人的食量，这就是传说中的肚子没油水吧！牛晓春忍住笑，凝视着张小彤，她不算好看，也不算不好看，瘦小使她的青春气息打了些折扣，却掩饰不住身上的一股野气。她的衣着不算时髦，也不算不时髦，白色羽绒服脱了，身上穿的是黑中带满天星红点的毛衫，下边穿一条豹纹棉裤，地摊货倒无所谓，只是搭配得不和谐。这样的女孩除了有一种青果子般的味道外，并没有太多吸引他的地方。有那么一瞬间，他竟然有些后悔自己的决定。

吃得差不多时，张小彤从手包里掏出两张对折着的打印纸，展开，上边是她起草的协议书。下边乙方的空白处已经有了张小彤的签字。牛晓春接过,看了,笑,拿起笔,在下边甲方的空白处签了字。然后,二人各拿一张,分别揣入手包或裤兜。张小彤也笑,正是这一笑,令牛晓春窥见了作为女孩子的张小彤脸上令人动心的温暖。

从肥牛府出来,二人分手。此时正是午后两点多钟的光景,阳光和积雪上的反光共同灿烂着,牛晓春去房屋中介所找房子。近一年来二手房成了积压货,很容易就用他能够接受的价格租下了一套两居室的楼房,是一栋老旧的六层楼的四楼,六十多平米,两个卧室中间有一个不大不小没有窗户的客厅,床和其他家具一应俱全,主卧里还有一台24英寸老式电视机。房主要了他身份证复印件,和一年的租金。

当天晚上,张小彤就拎包入住了,牛晓春也想过来住一宿,被张小彤拒绝了。她说今晚我一个人要适应一下,你想来,就明晚吧。

牛晓春把明晚要在外边过夜的事跟郝新萍讲了。他是在床上讲这件事的,他编了好几个借口等着郝新萍问他,可郝新萍两眼盯着天花板,根本没接他的茬儿。

牛晓春问,还在想张明德的事?

郝新萍说,眼见着见日头了,他为啥选择了越狱?

牛晓春说,他也不知道就要判他无罪了,他都被判两次死刑了,还能对这第三次抱有啥幻想吗?

郝新萍说,阴差阳错,也许这就是他的命!

牛晓春说,别胡思乱想了,还是睡觉吧。

说罢,一伸手按灭了房灯。房间骤然黑下来,窗帘那边一点点有了些许亮光,像渐渐渗过来的白色液体。

第二天晚上,牛晓春如约去了出租屋。敲门,等了一阵,他盯着猫眼里的亮光,觉得那就是张小彤的眼睛。门开了,张小彤穿着薄得看得见乳罩的线衣,一张窄脸上一双眼睛大得出奇。

他进屋,她关门,反锁。屋子里有一股闷久了的味道,如果是在他家,郝新萍是不会容忍有这种味道存在的,不断地开窗通风,不断地让哪怕带有雾霾味道的新空气流进来,她或他才会安然。他走到主卧的窗户前使劲把窗户拉开一道缝儿,张小彤立马奔过来,霸道地把窗户拉得严严实实。

张小彤说,别以为这是夏天,大叔,开窗开错了季节。

牛晓春说，不管是夏天还是冬天，开窗透空气都是件好事。

张小彤说，我怕冷，你还是别做这件好事了。

牛晓春只好作罢，他下意识地在房子里转了一圈，他发现次卧关了门，试着扭了一下门把手，没拧动，显然上了锁。他回过头来，发现张小彤正盯着他，就笑了笑说，你到底有啥宝贝，需要一间屋子装呀？张小彤说，都是不想让男人看的东西。

牛晓春回到主卧，脱了外衣、外裤，然后上床。他没有躺下，而是双手抱膝坐着，呆呆地看张小彤。张小彤上了床，也抱着膝和他对坐。牛晓春知道自己此时的目光是色情的，是所有男人处于这种情境都无法绕开的色情。对于牛晓春这种年龄的男人，女孩子与年轻这两个词本身就具有压倒一切的诱惑力，一个美艳妇人怎么美貌也难敌一个女孩子的年轻。牛晓春目光从张小彤的一双脚向上爬，大腿、小腹、胸脯、脖子、面颊、头发……她本来细而短的腿因为蜷着而显得不细不短了，瘦削的臀部也因坐姿而显得宽肥了许多，小腹瘪瘪的，尽管隔着一层线衣，还是看得出那里没一丁点儿的赘肉，更因线衣是紧身的，又把她小巧的乳房裹出了夸张的圆挺，犹如一对欲盖弥彰的苹果。牛晓春觉得身体里的野兽在牢笼里开始来来回回地走，他咬了一下嘴唇，强化了一下身体里的牢笼。

牛晓春很快发现，有泪珠滚下张小彤的眼眶。他心一紧，色情倏地一下退潮了，那头走来走去的野兽也一下子停住脚步。他摇摇头，伸出一只手轻轻擦去她脸上的泪水，她没有躲，他手湿了，心里渐渐安宁下来。

张小彤说，你不想问我为啥哭吗？

牛晓春，不想问，我只想告诉你，我会信守约定的。

张小彤说，你是个好人。

牛晓春说，履行协约第五条，我们的第一课就从现在开始吧。

张小彤说，好。

牛晓春说，是讲历史，还是天文、地理、文学……

张小彤说，先讲地理吧！

牛晓春说，那就从地理开始。

张小彤说，你不会像地理老师那样讲得让人犯困吧？

牛晓春说，不会的，我只讲你喜欢听的，今晚我给你讲一讲咱中国的好地方，从哪里开始呢？对，就从遥远而美丽的西双版纳讲起吧！

从这个晚上开始,牛晓春发现自己渐渐迷上了这样的讲课,他讲地理不是讲地貌、地质、环境和植被,只是讲一个又一个著名的地方。有的地方他去过,有的地方他没去过,去过的他就凭印象讲,没去过的他就从网络上查找资料,做一做功课然后再讲。牛晓春觉得自己讲课时不是老师,而是导游,正带着一个没见过世面的无知少女结伴上路,开始一次漫长而又短暂的旅行。

讲累了,便是睡觉。两个人躺在同一张床上,如同一对在桌子中间画了一条界线的同桌,互不侵犯。这一夜,牛晓春最过格的举动不过是伸手擦去张小彤脸上的泪水。

## 牛晓春日记(选2)

想不到我竟然和一个女孩同床而秋毫不犯,我是该庆幸呢? 还是该悲哀呢? 背着郝新萍去和一个女孩同居,怎么说也是我不对,时常泛起的歉疚令我坐卧不安,想回头也是不甘。这种矛盾心理令我觉得自己怪怪的。

在出租屋里,我觉得自己不是在与张小彤做进攻与防守的游戏,而是自己与自己在进攻与防守。有好多个瞬间,身体里那头野兽就要冲破牢笼了,但瞬间而已,大多时间里我的防守相当成功,那头野兽只能在笼子里走来走去。

近来事情多得令我头疼,我感到自己的智力有点不够用,一想事脑袋里就像塞满了乱套的麻绳,理清了这一段,那一段又纠缠到一起。想到哪儿记到哪儿吧,杜连山所在的公司已经成功中标,一共是三家公司来竞标,那两家是杜连山找来"陪标"的,这样他中标就不会显得突兀了,招标单位也就心安理得。谁都知道这其中的好处不会是个小数目,我打电话给杜连山,拐弯抹角表达这个意思,这家伙不接话茬儿。我就不信丁局不得好处会把这个活儿给他,难道杜连山与丁局之间完成了直接对接? 我这个桥梁纽带已经给甩掉了?

我去找丁局,还是拐弯抹角表达这个意思,丁局也不接话茬儿。不好的预感。我他妈的真白忙活了。

郝新萍还是沉浸在张明德的案子里,对我的忽略达到了空前的程度,连我有几次夜不归宿都只是轻描淡写问那么一句。这样也好,更有利于我与张小彤来往。

上网查一些好山好水好地方的资料。备好课,才能讲好课。教与学中,还是有乐趣的。

心病，就是留在派出所的那张讯问记录，如果这份记录到了机关，一些早就想揪我尾巴而又找不到尾巴的人一定会合起伙来，抓住我的这根尾巴做文章。

快下班时，我拨通申所长的电话，说还是想请他吃饭。听他有些犹豫。我又说，就咱俩，没别人，咱吃一顿便饭。他这才说好。

地点是派出所附近的一家小饭馆。我先去的，等他妈的足足有一个小时，申所长才来。握手，落座，点菜。四菜一汤，两瓶啤酒，聊了有一个小时，不外乎你的工作我的工作，你的家庭我的家庭，等等。吃的什么菜出了饭馆我就忘了，只记得申所长的一张嘴在眼前上下翻飞。

在饭馆门口我把一个装有一沓钞票的信封塞给了他，他象征性地推搡了一下，还是收下了。我说没别的请求，就求你把那张讯问记录撕了。他说，回去就撕。走了几步回头又说，当你面撕最好。我点点头连声道谢。

花钱免灾，我心里是平衡的，不平衡的是那项环保治理的工程我一点好处都没有。越想越气，拨通杜连山的电话，我说连山你不讲究，我给你搭桥，你过了桥就一脚踢开我。杜连山说，别误会，我已经把好处给丁局了，你可以找他去要。

呸！我找丁局要好处，那是我在机关里干腻了。


## 钓大鱼


从小饭馆门口和牛晓春分手，申杰勇没有回家，又去了派出所。

路上的积雪白天融化了一些，到了晚上都冻上了，雪加冰，走几步就打一个出溜。汽车都放慢速度，吭哧吭哧如同蜗牛。申杰勇靠着街边走，街边的积雪白天没化，踩在雪上虽然吃力，却比踩冰稳了许多。冷天的空气要比暖天干净一些，可恶的雾霾也是怕冷的，他不时深吸一口气，觉得冷并快乐着。

进了派出所，申杰勇径直去了一个副所长的办公室，今晚他不值班，是这位副所长值班。副所长见了他露出惊讶表情，问你怎么来了。他把信封啪的一声拍在桌上，说了声充公吧。所谓的"充公"就是留作所里统一安排，他这么做是经过一番思想斗争的，这钱本可以揣进自己腰包，不会有人知道，斗争的结果还是充了公。本来私受牛晓春的钱就是违纪的，但派出所经费紧张，多一点钱就多一分力量。这钱花在派出所比花在牛晓春手上要有意义得多。

从副所长办公室出来，申杰勇给瘦辅警小张打了个电话。这一晚，小张和小王负责监控张明德前妻，他总是忍不住时不时要打电话问问情况。

小张说，申所，你不问我也想打电话汇报呢，张明德前妻没有异常动向，倒是他女儿的行踪有些反常。

申杰勇问，咋反常了？

小张说，这几天她没住她妈家，也没住在先前住的女子公寓，她住进了一个出租屋。

申杰勇说，她跟张明德有接触吗？

小张说，没有，不过，我发现了一个我们想不到的人和她有接触，真是怪事，他咋会和她有接触呢？

申杰勇说，少啰唆，快讲，这个人是谁？

小张说，就是我们处理过的牛晓春，我调查了，这个出租屋就是牛晓春租下来的。

申杰勇愣住了，这的确是个意外的情况。他脑袋里有些乱，家也不想回了，掏钥匙打开自己办公室的门。

申杰勇在办公室的简易床上想了一宿，他觉得有必要和牛晓春的单位取得联系。当然，发票的事他是不会提的，明规则也好潜规则也罢，做事都要讲个规则。

第二天早晨，好不容易熬到八点钟，申杰勇把电话打到了牛晓春单位，直接找领导。代表单位领导和他对话的是段局。听声音脆脆的，猜得出这是个作风泼辣的女干部。

申杰勇说，我想请你到派出所来谈一件事。

段局说，我们单位有违法的吗？

申杰勇说，没有。

段局说，那对不起，我不能去派出所，要谈事情，你可以来我这里。

申杰勇说，好吧，我一会儿就到。

申杰勇碰了一鼻子灰，气得只想骂娘，他处理过的干部多了，一个副县级的干部算得了什么？但人家毕竟没犯到你手里，拿拿架子也是件正常的事。

一个小时后，申杰勇敲开段局办公室的门。自我介绍，握手，落座，说明来意。

段局问，难道逃犯和我们单位有关系？

申杰勇说，我想了解一下牛晓春这个人。

段局又问，难道逃犯和牛晓春有关系？

申杰勇说，现在还不能这么说，但是，任何有价值的线索我们都不会放过，就请你讲一讲牛晓春吧。

段局说，牛晓春是我们这儿的中层干部，还没发现他有啥违法乱纪的现象。

申杰勇说，最近他有啥反常举动吗？

一道亮光划过段局的脸，她沉吟片刻，然后像有了什么新发现，兴奋地说，你还真别说，这几天他的表现还真有点反常，看着他总觉得哪儿不对，可具体说哪儿不对还说不出来。申杰勇皱了皱眉，觉得她这句话等于没说。段局显然不甘心说不出来，她一边思索一边接着说，最近我们主持了一个项目的招标，一家外地公司很容易就中了标，这几天牛晓春老是往丁局办公室跑，出来时表情十分怪异，莫非牛晓春与丁局之间有什么纠葛……申杰勇觉得这个女人扯远了，这种事归纪检部门调查，他所关心的事只与逃犯有关。

申杰勇打断段局的话，提醒道，牛晓春在生活作风上有什么问题吗？段局的脸上又是一亮，申杰勇的提醒一下子戳到了她的兴奋点，她压低声音说，以往嘛，我还真没发现啥问题，但自从有个年轻漂亮的女科员来了，问题就出现了，瞧牛晓春看人家的眼神就不对，不是男同事看女同事应有的眼神，而是那种带有某种企图的，只有有那种热望的人才会有的眼神……申杰勇又觉得她扯远了，又打断她的话，说，你们发现他与不是你们单位的一个二十出头的女孩子有关系吗？段局的脸上又划过亮光，说，莫非他在外边包了二奶？

段局接着说，不管他包没包，有了这个苗头就不是好事，千里之堤毁于蚁穴，马虎不得，我们对属下管教不够，我们也有责任。

申杰勇说，在没有确凿证据之前，希望你们不要为难牛晓春。

段局说，知道，这叫不打草惊蛇。

申杰勇起身告辞，段局要送他下楼，被他拦住了。

申杰勇一个人下楼，在下一层敲响了牛晓春办公室的门。他冲着一脸惊骇的牛晓春说，你好。

进屋，关门。他发现牛晓春的脸色像玻璃窗外窗台上的一层浮雪，白中有黑。他不请自坐，掏出烟盒，递给牛晓春一支，自己也点了一支。

牛晓春说，那事不完结了吗？

申杰勇说，还没。

申杰勇用嘴叼住烟，从口袋里掏出了那张讯问记录，让牛晓春看过了，然后双手轻轻用力，撕碎，丢在一旁的废纸篓。牛晓春这才释然，一屁股坐下来。

申杰勇说，现在完结了。

牛晓春说，申所你真讲究，大老远还跑一趟。

申杰勇说，也是路过，我们正在布置警力搜捕逃犯张明德。

说罢，他紧紧盯住了牛晓春的眼睛。

## 另类教学(2)

牛晓春朝着出租屋方向走，天黑透了，车辆在亮着冰碴儿的马路上缓缓地行。牛晓春是吃过晚饭出来的，他跟郝新萍撒了个蹩脚的谎，说是出去和同事打麻将。以往他并不怎么打麻将，三缺一赶上了，才不得不坐下来凑上几圈。如果郝新萍保持女性特有的敏感，是完全可以察觉到他的反常，问题是这些天她一直心神不宁，她走到窗户前，习惯性地开窗通风，一股寒风冲进来，连站在镜子前整理发型的牛晓春都打了个寒战，她迎风而立，足足站了一分钟。牛晓春穿上外衣，已经走到门口了，郝新萍才转过身，有一搭没一搭地说，张明德会躲到哪儿呢？牛晓春说，随他去吧，这不是你该管的事了。郝新萍说，如果他不越狱，现在法院可能已经宣判他无罪了。

牛晓春艰难地来到出租屋楼下，上楼，敲门。门开了，出现在眼前的女孩脸上有一缕好看的酡红色。进屋，牛晓春下意识地看了看四周，见屋子里只有张小彤一个人，这才舒一口气，脱外衣，坐下。

张小彤问，今天讲哪个地方呀？

牛晓春说，讲丽江吧。

张小彤说，哦，听说这是个好地方。

牛晓春说，丽江是座古城，始建于宋末元初，至今已有八百年的历史了。地处滇、川、藏交通要道，坐落于玉龙雪山脚下，依山傍水，房舍错落有致，特别是古街道顺水流而设，走在其中犹如幻境……

最初牛晓春是坐在床上讲的。讲着讲着，他脱了外衣，脱得只剩下内衣内裤，钻进被窝。张小彤也脱得剩下内衣内裤，钻进被窝。有那么一个时刻，牛晓春觉得身体里的野兽躁动不安，他伸出一只手，嘴上说的是古城怎么样怎么样,这只手已经搭在张小彤的被上,被子不厚,他感受到被子下那个年轻胴体的光滑与脉动,他手稍稍加些力气,张小彤一只手从被窝里钻出,坚定地将牛晓春的手拨开了。

张小彤说,不要违背协约。

牛晓春说,不会不会,咱还接着讲古城,古城的玉河水系上架有三百五十四座桥梁,其中最气派的就是大石桥……

牛晓春突然听到房间内似有东西相撞的声响,他四处环顾,又什么也没发现。停住嘴巴,侧耳细听,然后问张小彤,你听到啥声响了吗?张小彤说,没有。牛晓春还是听到了一些细微的声响。再问张小彤,张小彤还是说没有。牛晓春一时怀疑自己的耳朵出了问题,在这个多雪的冬季,一些器官出现点偏差也算不得怪事。

张小彤睡着后牛晓春失眠了,听着身边女孩发出均匀的呼吸声,他开始胡思乱想……越想脑袋越乱,整一宿都没有睡牢。

第二天上班,牛晓春难免状态不佳,陶艺见了他开玩笑,牛处昨晚都忙啥了?牛晓春说,能忙啥呀,就失眠了。他说完这话,忍不住打了个哈欠。

陶艺说,想事想多了吧,想多了就睡不着。

牛晓春说,你说得有道理,今晚我啥都不想。

陶艺说,心里要想,怕是挡不住吧?

牛晓春说,有啥挡不住的,我说不想就不想。

陶艺说,明天这个时间,我来看看牛处的状态。

看着陶艺走出去,牛晓春心头滚过一阵复杂的感觉,刚才陶艺的神态、语气,明显带有一种怀疑的成分。是她凭着女人特有的敏感察觉到了什么,还是做贼心虚,自己过于敏感了?牛晓春摇摇头,努力使自己的心态渐渐平和下来。

快下班时段局敲门进来,牛晓春让座,她没坐,站到牛晓春办公桌前。从坐着的角度看过去,牛晓春发现这个一向被大家认为长相年轻得与实际年龄相差甚远的女人,实际上已经衰老了,她皮肤虽白嫩光滑,但这种白与滑使她眼角的鱼尾纹更加显眼,腮边肌肉也有些松弛,不像陶艺脸上那样,是紧绷绷的。她标志性的飒爽之态已如街边的积雪渗进了足够的灰尘一样,渗进了一种疲态。牛晓春陡感一种悲哀。

段局说,最近和你爱人关系还融洽吧?

牛晓春说,融洽呀!

段局说，融洽就好，考验一个男人，其实就是考验他对年轻女人的抗诱惑能力。

牛晓春说，段局话中有话吧？

段局话锋一转，说，听说你爱人为张明德的案子操了不少心，眼见着能证明他无罪了，他自己却跑了，你说你爱人的努力不白费了吗？

牛晓春说，世事难料。

段局说，不是世事难料，是很多人挡不住外边的诱惑。

下班时间到，牛晓春和段局一起走出办公室，一起走出办公大楼。在门口停车场看见了丁局，丁局看见牛晓春和段局有说有笑，脸上就有一丝不好形容的表情。

## 牛晓春日记(选3)

除了古代那个柳下惠，还有谁能做到我这样，对一个触手可得的女子秋毫不犯呢？

今晚我给她讲的是泸沽湖，从丽江出发，驱车行驶四个小时就到了那个神秘的地方。以往我给她讲的都是我去过的地方，泸沽湖却没去过，正因为没去过，我的讲述反而变得更加洒脱，多了许多想象的内容。比如对摩梭人走婚的习俗，我的描述百分之九十都是虚构的。

躺在床上讲与听，各自盖着自己的被子，被子里是一对鲜活的异性躯体，躯体内是一对走来走去的野兽。我知道，在张小彤看来，我们没有越过那条预设的虚线，她就还是清白之身。我呢？我的想法要复杂得多，对我来说，即使没有越过那条线，这种同居方式带来的刺激已经是一种享受了。换个角度讲，说是遭罪也说得过去。我在这场同居游戏中所扮演的角色更像是陪太子读书，一切随着张小彤，一切都是为了让这个狡猾而又单纯的女孩占足便宜。

神秘而遥远的泸沽湖令我身体里的躁动趋于平息，渐渐地，连我自己都沉浸在自己瞎编的故事里。在一个摩梭人的祭祀活动中，一个小伙子看上了一个姑娘，姑娘也看上了这个小伙子，一个月朗星稀的夜晚便是二人幽会的日子。那天夜里，小伙子踏上走婚桥，跨过水草丛生的湖泊来到姑娘所在的村寨，悄悄摸到姑娘的窗前。他按住心头激动，正要敲窗，却听见里边传来男欢女爱的声音。原来另一个小伙子也来找这个姑娘，因为天黑幽会有不开灯的风俗，姑娘便认定那个小伙子就是这个小伙子……故事虽是喜剧，又明显带有悲剧色彩，讲者与听者都在会心地微笑之后，发出一声无奈的叹息。

房间已关了灯，我们并肩躺着，一动不动。一种温暖、柔软、轻松、舒缓的东西开始在空气中浮动。不知过了多久，一只手伸到我的胸前，没想到张小彤主动伸过了手，我迟疑一下，还是握住了这只手。一股电流倏忽流过我的身体，我想那件约定不许发生的事情也许就在这个夜晚会自然发生，我用力一拽，她一下子滚到了我的身上，我想再用力一拽，她却猛地推开我，恢复原位了。

接下来我还是讲泸沽湖，讲累了也就睡着了。

我不是圣人，但那份协约像利剑高悬。


# 又下雪了


天黑下来时又下雪了，申杰勇站在窗前向外望，满眼黑地儿白花，世界犹如一张偌大的窗帘。一股凉气和细碎的雪末儿从窗缝儿挤进来，使他前胸是凉的，后背是热的。

电话铃响令申杰勇精神一振，他回到办公桌边接电话，电话是段局打来的，她尖厉而兴奋的声音使窗外的雪夜显得十分遥远。

段局说，申所长，今晚我组织了一场捉奸活动，本来嘛，职工的私生活单位是不管的，但牛晓春涉嫌与未成年少女同居，这就违法了，单位也不能袖手旁观吧，那个女孩我看过，看起来不满十八岁，我们先去，派出所如果愿意协助，一会儿也可以去。

申杰勇说，你们不能去。

段局说，为啥我们不能去？我们一行八个人，已经出发了。

申杰勇说，你们这样会坏大事的，听我的没错，你们如果到了，千万不要先进去，要等我们到了一起进去。

申杰勇撂下电话，忍不住骂了一声，臭娘儿们！然后冲到门口，朝楼下喊，小张小王，带好家伙，随我出去执行任务。

值夜班人手有限，眼下所里身手好一些的只有辅警小张和小王了。申杰勇带着二人出了派出所，雪花扑面打在脸上又凉又痒，门顶那团灯光中，一大团雪花飞舞得十分夸张。

一辆破旧的警车裹带着车轮碾压积雪的声音开向大街。小王开车，申杰勇坐在副驾驶位置,他的心怦怦地跳得有些过速,衣服里出了一身的汗。在刑警支队十几年,他抓过各种各样的嫌犯,不知为什么,这一次他觉得自己出奇的紧张。长线放了有一阵子了,是该拉网抓鱼的时候了,让刑警队的同事们看看,他老申待什么地方都不是吃素的……他盯着车窗外的雪花,禁不住开始想入非非。

警车停在那栋灰不溜秋的居民楼下时,段局率领着一队人马已经候在那里,他们有男有女,杀气腾腾,像雪野里的一群猛兽。申杰勇眼睛扫过这些人时陡然一亮,他发现郝新萍也在其中。他是通过办张明德的案子认识郝新萍的,这是一个责任心极强,有着一口伶牙俐齿的不好对付的对手,在法庭上,她好几次问得他哑口无言。也正因为她,他才违背行规说了真话。

申杰勇说,郝律师,你怎么来了?

郝新萍脸都绿了,一句话说不出来。

段局说,是我通知她来的,我不想让她蒙在鼓里。

来不及多说,大家稀里哗啦上楼,敲门,门开了,呼啦啦挤进去,把只穿着衬衣衬裤的牛晓春和张小彤挤到屋角。

郝新萍冲过去撕扯牛晓春,被大家拉开。郝新萍吼,牛晓春,没想到你还能干出这种事。

段局说,我也没想到你能干出这种事。

段局说罢转脸问张小彤,你多大? 张小彤说,二十二岁。段局又问,你真的有二十二? 张小彤从柜盖上摸过手包,掏出身份证递给段局。

牛晓春说,我和她住一起就是为了教她知识,我和她没有做你们想的那种事。

段局把身份证还给张小彤,盯住牛晓春说,住一起没做那种事,你以为我们都是傻子?

牛晓春说,我们真没做呀!

申杰勇说,我来找个证人吧!

申杰勇叫大家先退出屋子, 然后他走到锁着的那扇门前。那扇门是木质的,门板上星星点点满是岁月的浊痕。申杰勇掏出手枪,飞起一脚,门板爆裂处是逃犯张明德一张惊恐的脸。

小张小王齐上,按倒张明德,给他戴上手铐。

一片惊愕声中,申杰勇问张明德,他俩有没有做那事你应该清楚吧?

张明德说，清楚，没做。

申杰勇又问，真没做？

张明德说，真没做，我有一把尖刀，他要是敢对我闺女做啥，我拎着尖刀早撞出去了。

【作者简介】李铁，男，二十世纪六十年代出生。在全国各大期刊发表了《乔师傅的手艺》《杜一民的复辟阴谋》《冰雪荔枝》等大量中短篇小说。曾获得《小说月报》百花奖等多种奖项。中国作家协会会员、辽宁省作家协会主席团成员、锦州市作协主席。

# 印　红

何大草

一

　　印红一家,住在一座天主教堂内。一九六六年夏天,神父被红卫兵赶走后,礼拜堂做了市委机关的大仓库,堆放办公桌、椅子、文件柜,还有可借给干部家用的床、茶几、方桌,以及自行车、开水瓶、洗脸盆、撮箕、扫把……上边都有块小标牌:行政处。

　　太阳天,阳光穿过脏兮兮的彩绘玻璃,仓库内气流旋转,五色迷离,一时宛如大剧院,人已散去,舞台灯光还落寞地亮着。

　　库门还是一百年前用老楠木打的,坚如城门,平日紧闭,挂了把大锁,万夫莫开。

　　印红的父亲,是仓库保管员,钥匙就吊在他的裤带上,足足七寸长,半截露到衣服下,一甩一甩,相当惹眼。

　　印家五口人,老印、印嬢、印红、姐姐印丽、弟弟印小军,就住在仓库边的一间大屋内。

　　教堂在明藩王府旧址的西侧,建于晚清,竣工已是民国,是罕见的中西合璧式,像一座南方私家园林再加公馆和碉楼,很肃穆,也很森然。红卫兵唱着歌,闯进教堂打砸、横扫了三遍,肃穆没有了,森然还在;屋顶、墙上长出荒草,还多了些萧索。随后,两堵新砌的红砖墙,把教堂圈成了三部分。

一部分成为仓库和印家的住宅。

一部分做了街道小厂,加工铁器,成天敲打声不断。

还有一大部分没人管,任由它荒芜,叫花子白天黑夜都可以进来睡大觉。却很少有人来:那种冷冽的荒芜,会钻到人的骨头里。

老印五十好几了,穷苦人出身,被抓了壮丁,起初当国民党的兵,淮海战役被俘,又当了共产党的兵。他上过朝鲜战场,还参加过中印边境还击战,但没放过枪,一直干后勤,做保管员。转业了,也做保管员。凡入库的家具,铁的、木的、纸的……均有公家的印戳,从没丢失过一件。就是老鼠钻进去了,不拿领导批的条子,也休想钻得出来。老印的同事、顶头的科长,都敬他,又有点怕他。他黑、矮、敦实,短脸大口,木木的,说话不好懂,有很重的乡音,像河南话,又像山西话,不像四川话,有人说可能是印度话,或者印度支那话、印第安人话……总之,和他说话很费劲。他也干脆少说话。

那间五口同住的印家大屋,从前可能是神职人员的阅览室,或者教民休息处。老印用木板、纸板把它隔成四个小间,做父母的一间,两个女儿一间,幺儿一间。还有一间空着,放了口军绿色的旧木箱,喷着部队的番号,可能是装弹药或压缩饼干的,算是老印的一个纪念品。印家没有厨房,一个蜂窝煤炉、一个自砌的柴火灶,还有一张很沉的四方桌,就搁在街沿上,做饭、吃饭都在这儿。屋檐有一丈多宽,避雨,透气,春夏秋三季还好,冬天吹风,很冷,但没别的法,就硬扛。扛过立春,人就舒展了。咋个说,比起从前挤在西御河沿街的棚户里,也是好多了。

街沿下是块花园,有两棵棕榈、一棵黄杏。树下种了茄子、扁豆、番茄、小葱和蒜苗……还有一群鸡在菜丛中游窜。鸡是印嬢养的。行政处照顾老印的关系,把她从七十里外的农村安置到炊事班打下手,洗菜、刷锅、熬稀饭、蒸馒头,还喂猪。食堂喂了三十多头猪儿,节庆日杀了,给黄皮寡瘦的干部们打牙祭。印嬢人高马大,动作麻利,事再多,没一件不做得服服帖帖的,猪儿一天天看着上膘,乌黑、溜圆。炊事班长不止一回夸她。她说:"芝麻小事,比起乡坝头,嗨!"

印嬢在机关喂猪,在家喂鸡,漆黑的是澳洲黑,白的是巴白鸡,全身金黄、肥腾腾的叫九斤黄,还有永远只有拳头大的河南电爆鸡儿,是用电孵化的,长不大,但精悍,而且母鸡不间歇地下蛋,终生不做鸡婆子。鸡屎撒在土里,菜都长得肥嫩。有天印孃拔萝卜，萝卜须带出一枚有链子的十字架，她顺手就搭在了晾衣绳上。

晾衣绳挂在两棵棕榈之间，晾衣服、被单和幺儿的尿片。

幺儿八岁多了，短脸大口，酷似老印，但白胖了许多，吃得多，喝得多，每晚必尿床，尿了就大闹。老印再困，也必披衣起床，亲自给幺儿换尿片，换完了，还在幺儿屁股上啃一口，呵呵笑。幺儿大哭，哭得越响亮，老印越舒坦。

## 二

印红的姐姐叫印丽，一九六六届高中生，比妹妹高两届，个子比妹妹高一头。论模样，印丽站在人群中，即便是乱翻翻的大操场，谁都会一眼就看到她。高挑，头昂着，有两道男人似的浓眉，额前一排披披妹，衬得眼珠子巨大，水汪汪的，却故意微虚着，显出一丝睥睨。论成绩，她不算顶拔尖，但读书多，同学读《红岩》《青春之歌》《家》，她已在读《红楼梦》、鲁迅文集、陀思妥耶夫斯基的《罪与罚》。而且文笔好，她写的读书札记《套中人醒醒吧》，发表在《中国青年报》，很让全校师生震动了一回。她还是校女篮的主力，短跑一百米创过十三秒二六的全市中学生纪录，教育局局长、体委主任联合给她颁的奖。她是很可以骄傲的，也颇有几个女生甘愿做她的跟屁虫。男生呢，仰慕是自然的，爱慕呢，就不敢了。

同学们晓得她爸在市委工作，就问具体担任何职，她谦虚一笑，说："这个，就不值得说了。"啥都没说，也就更神秘，高不可攀了。悄悄为她写了情书的，也就悄悄撕掉了事。偏偏有个戴黑框眼镜的才子，知难而上。他是个军队子弟，雅好写诗，自视也高，就仿雪莱体给印丽写了首情诗，但诗递过去，石沉大海……这，是让他颇为饮恨的。

红卫兵初起，印丽是全校的组织者，草绿军便服，白色大翻领，头发扎成一股结实的粗辫子，袖子挽到胳膊肘，总是置身于人群的中央，鼓动、演说、呼口号，活像五四运动的青年领袖。只不过，五四青年的标志是，胸前搭一条白围巾，而她是戴一条鲜艳的红袖套。

有天下午，印丽顶了烈日，率一拨红卫兵，闯进了贡米巷二十七号市委家属院。这是座院中套院的大院落，住着从书记到部长、处长的百余户家属，屋后簇拥着皂荚、银杏，门前种着向日葵、喇叭花，木格子窗户挂着翠绿的帘子。印丽看着,嘴角就浮起一丝丝冷笑。她下令揪斗宣传部的一个副部长,但他已被另一拨造反派揪走了。她就亲手把他女儿拖出来,剃了阴阳头。

那女儿哇哇大哭,又踢又咬,印丽骂了声:"×你妈!"反手就是两耳光,把自己的手都扇肿了。

那时候,印家还挤在西御河沿街的棚户里,冬冷、夏潮,父母、小弟住楼下,姐妹二人住阁楼,一张床,两人同挤。但印丽情愿打地铺。紧挨着地铺的,是一摞摞堆放整齐的书,小说、历史、中文、俄文,过期的《大众电影》。枕头下,塞着日记本。

印红偶尔抽本书出来看看,印丽见了就呵斥:"不准动! 一动就乱了。"

印红把书默默放回去,还低头把书仔细码一遍,看不出一丝动过的痕迹。

那些书,除了《青春之歌》《卓娅和舒拉》是印丽攒零花钱买的,其他都是找人借的,借了没还。不算赖,书主人也没催,还告诉她,好书耐得读,读一回、两回还不够。

书主人姓佟,学生们习惯称之为佟大娘。佟大娘不老,三十几岁吧,但个矮、精瘦,加上背微驼、头发花白,就显老了。她原是南方大学数学系最年轻的讲师,一九五七年被划为右派,本该发配农场改造的,因为是家中幺女,父亲又是四川医学院的牙科专家(据说曾给毛主席拔过牙),两个哥哥则在研制战斗机的"9C98信箱"做工程师,组织上网开一面,把她搁到了这所中学来。

佟的身份不是教师,也不是厨师、门卫、清洁工……很模糊,算打杂。譬如,高二的数学老师分娩了,她去顶两个月课。初三的物理老师去师院进修了,顶课的也是她。她还顶过英语课、化学课、音乐课……她嗓子有点哑,音量大不,唱德沃夏克《妈妈教我的歌》,却把所有学生都镇住了。佟的名声在师生中口口相传,而她却迅速地老了。架在她鼻梁上的眼镜,厚如瓶底,成了老的象征。佟大娘的称号,也就从那时被叫了起来。

私下里,佟大娘不跟同事往来,也没有学生下了课还环绕身边。她漠然的表情,似乎也在告诉别人,就这样吧。

她也很少回父母家,怕自己的身份连累了家人。平日,她住在校内单身宿舍里,那是一幢红砖筒子楼底层的单间,光线暗,也潮湿,还放了两张小床,她和一个教政治的年轻女老师合住。好在政治老师已在谈婚论嫁,未婚夫是个老红军的儿子,面善、好心肠,但轻微智障,说话就淌清口水……她还有一点点犹

204

豫。老红军家住独院,房子多的是,专门让保姆给她收拾了一间。未婚同居是非法的,居委会、派出所都要严管。但此事颇为例外,一则并非未婚同房,一则老红军门前谁敢来放屁! 她也就乐得夜不归宿了。

佟大娘书多,自己床下堆满了,就扔在政治老师的床上。

过了几年,她的右派帽子摘了。校长在大会宣布时,她当众把眼镜也摘了,一脚踩成粉碎。所有人都看呆了。印丽后来问过她为什么,她说:"摘了帽,脑子轻松;摘了眼镜,让鼻梁也轻松……平等吧。"印丽简直听糊涂了。

踩了眼镜的佟大娘,看什么都是模糊的,可她不虚眼,眼里也没迷茫。看不清对面走过的人是谁,又有啥关系呢,反正,她也没几个人要招呼。


印丽认识佟大娘,是念高一下学期时。语文老师得了急性肺炎,佟大娘来顶课。头一堂是点评语文老师患病前布置的作文:《我的美丽家乡》。印丽语文一向很好,作文尤其出色,每有佳作,语文老师都会抢着拿到各个班去念。佟大娘似乎也有所耳闻,所以就首先点了印丽的名,让她朗读自己的文章。

印丽读完,一片安静,几个跟屁虫还拍了拍巴掌。印丽站在那儿,得意而又故作谦虚,眼巴巴看着佟大娘,等待着表扬。

佟大娘淡淡一笑:"我听不出你的家乡美丽在哪儿,全是形容词,空洞的抒情,废话连篇。我甚至听不出,你的家乡和别人的家乡区别在哪儿。重写吧。"

全班炸开了,嗡嗡乱响。印丽先是吃惊,继而眼窝噙满泪水,差点大喊:"你这个摘帽右派!"但她拳头攥出汗水,还是忍住了。佟大娘等教室安静了,又说:"印丽同学尚且如此,其他的估计也好不了。通通都重写。"

"那你说咋个写?"印丽咬牙道。

"大题小做。写窗台下,你每天浇灌的一棵树;街边露天茶铺里,喝茉莉花茶的几个老大爷;或者,你妈妈星期天炒的蒜苗回锅肉,加了太和豆豉、郫县豆瓣,座墩肉炒到起灯盏窝儿……这些细细碎碎,才构成了你家乡的美丽。"说着,她用鼻子深深吸了一口气。这时已快中午十二点,大家都饿了,蒜苗回锅肉的香味似乎就在教室里飘浮,好多同学嘴里都冒出了清口水。

印丽把从前的作文本都撕了。她重写了《我的美丽家乡》,描述从自家阁楼上望出去:狭窄马路和低矮棚户之间,站着一棵高出屋檐的老泡桐,树皮粗糙,像斑斑裂痕的手背。可一到春天,它就会在绿叶生长前,开出粉嘟嘟的紫花,一串串的,挂满枝梢,把阴黢黢的西御河沿街,全都映亮了。老泡桐后边,隔了小街是另一家阁楼,每天清早,窗户会嘭地推开!一个揉着眼屎的少年放出一窝灰鸽子。鸽毛会飘到这边来,脏兮兮的,还有股鸽粪味,很讨厌。但是,鸽哨把人的视线带得很远,到天际线的那边,这又是叫人喜悦的。

佟大娘说她:"有进步,你相当不傻嘛……只是路子走偏了。"把她叫到单身宿舍,奖励了一本屠格涅夫的《猎人笔记》,丰子恺翻译,还是一九五五年初版的。佟大娘说:"一九五五年,我大学毕业还不久,刚在中科院院刊发表了《论圆周率的无限和有限》,又在《人民文学》发表了诗歌《短歌行》,还以为自己可以做很多的梦……真的是做梦。"

印丽就问她咋成为右派的,她看了下印丽,眼睛刀子般一闪。"那时的我,就像今天的你,咋个都会成为右派的。有啥道理呢?没道理。"

印丽打了个寒战。这间阴潮的小屋,让她冷得像泡在冷水里。

但,这之后,她还是常去找佟大娘借书。每次去,佟大娘好像都正等着她,书都挑选好了,进屋就递过去,也不让座、倒水,意思是:反正你也不久留,拿了书就走。

不过,也颇有些例外。印丽读了不懂的,也只有跟佟大娘交流。"安娜·卡列尼娜,她是好女人,还是坏女人?"

佟大娘斟酌着字句。"应该说,是个悲剧的女人。"

"她的死,值得不值得?"

"我也说不清。但她为自己活过,这是值得的。"

"她是不是很像扑火的飞蛾?"

"不。她就是火。"

三

印丽每次借了书回来,都会很兴奋,然而也很沉默。晚上坐在地铺上,背靠墙,想自己的心事。忍不住的时候,也讲给印红听。

"佟大娘这种女人,最适合做啥呢?她说我就像当年的她,那我又该做啥呢?反正我不做右派。何况她那么丑,我咋个会像她!笑话。"

印红低头听了,默然。印丽并不想听回答,只是需要跟个人说话。

默然和低头,是印红在姐姐跟前习惯的姿态。姐妹同校,印红不止一次听同学说她:"你简直不像印丽的妹妹。"她听得懂同学的潜台词,很想反问,不像妹妹,那你说像啥?但她也只默然一笑。像啥,不像啥,又咋样了呢,姐妹俩依然在一口锅里舀饭吃,在一间阁楼上睡觉。姐姐宛如一团强光,亮得人睁不开眼睛,头晕,害怕。印红就常躲着她,上学、放学咋个也不一块走。印丽在台上领奖、发言、接受哗哗掌声时,印红显出心不在焉,尽量把自己收缩起来……收缩到悄无声息。

但,这也是很不容易的。她虽说比姐姐矮一头,却比姐姐胖一圈,十五岁后,她总肚子饿,一顿饭要吃三大碗。母亲说:"幸喜得,三年灾荒年过了,要波然,只有当饿死鬼算屎了。"干饭把她的身体撑大了,丰满而结实。她的头埋得低,胸脯却比姐姐,也比所有女同学挺得高。尤其是,她的衣服,都是姐姐穿旧的,姐姐合身,她则紧绷得膨胀。上课被老师点名起来发言时,她嘴笨,成绩又一般,常磨蹭半天找不到话说,只好傻站着。而且,她跟母亲在乡下住过些年,乡音始终没丢干净,那儿虽距省城只有几十里,但在岷江以西,属南路话,口音重,"不"就总是念成"波",老遭人取笑。这也是她不到非说不可,就宁可闭口的原因。

老师、同学都盯着她,教室里静静的,背后有女生叽咕:"不长脑子,只长那儿。""那儿再长,会炸开扣子吧?"她脸烧红,觉得自己要哭了,眼窝却干干的,到底没有哭。

好在她发言机会少。主动举手,这是从未有过的。

同桌的男生,对她还不错。可他长得像个瘦猴子,姓白,绰号白伙食,白伙食就是白吃饭、不长心、乱说话的傻瓜蛋。他父亲是钟表匠,他就吹嘘是中将;他母亲在耀华食品厂当工人,这个还好,家里不缺糖吃。他常塞给印红两颗硬糖、酥心糖。印红有点忸怩,但还是吃了。

要好的女生,也有两个,但只限于放学路上讨论下炒醋熘莲花白、干煸四季豆。她们都是长女,放下书包就做家务事。印丽是个例外,不做饭,不洗碗,连衣服都是印红给她搓。这个,印红也不晓得咋回事,好像从来就是这样的,天经地义。幺儿出生,老印夫妇也算老来得子,视为传家宝。可一家人,高高在上的,还是印丽。老印不大敢跟大女儿说话;印嬢倒是要说,可说得心虚,生怕没说对,大女儿瞪她一眼,鼻子里轻蔑地哼一声。

印红夹在姐姐和小弟弟中间,早已认命。她叫印红,可心里把自己改叫了印灰。不是灰颜色,是烧成了灰烬的灰。

印红有晚睡了一觉醒来,听见印丽还在地铺上翻过来滚过去,就伸了头去看,正看见印丽瞪着大眼在看她,吓了她一跳。

"我入团遇到问题了。"印丽说。

"……"

"说我跟摘帽右派走得太近了。纯粹是嫉妒……是陷害。"

阁楼上长久的沉默。印红破例回应了一句:"姐,波怕。"

印丽扑哧一下笑了。"波怕? 是不怕。我只怕你永远改不了。怕啥呢? 印家根正苗红,爸爸当过革命军人,现在还……把守着革命的大门呢。他们算老几!"

过会儿,印丽长叹一口气。"不过,我还是避一避,入了团再说。佟大娘给我留了本书,你明天帮我跑一趟。拿了书就走,啊?"

印红黑暗中赶紧点头,怕她没看见,又嗯了声。这是印丽头一回有求于自己。


佟大娘开了门,见是印红,也不惊讶,一手夹着烟卷,一手在小床上捡了本书递过去。印红莫名退了半步,很恭敬地叫了声:

"佟老师。"

"是她的妹妹吧? 我这儿,就她来过,她不来,自然是她妹妹了……你不是她姐姐吧?"

"我是……印红。"

佟大娘笑了下,她是难得一笑的。"印红,你有意思。"她挪过来一把硬椅子,顺手倒了杯水放在矮柜上,自己坐到床沿去,安静地抽烟。

矮柜上有只青花瓷盘,摁着许多的烟头。女人抽烟的不很多,但印红不奇怪。随母亲住乡下时,外婆也是早晚抽烟的,一手端了水烟袋,一手拿草纸捻子,不停地吹燃、点烟、吹熄、再吹燃……外婆清瘦,眼窝红红的,颧骨也红红的,戴顶黑丝绒小帽,帽前嵌了块绿翡翠,双腿间还夹一只竹烘篮,很像电影里的老地主婆。这话,印红不敢说。佟大娘抽烟的样子,跟外婆是很不相同的,也像在哪儿见过的,但不是电影,也不是生活中,然而很熟悉,就是她设想中,女人抽烟应该的样子吧,很有文化,又有点邪味,人还是好人,却让人不大看得透。

印红摩挲着手里的书,她该走了,但她还想再坐会儿。这间小屋,她听印丽说过无数次,感觉很神秘,也离自己很遥远。此刻就坐在小屋中,近是近了,可感觉它依然像个谜。墙刷得很白,窗帘半拉,也是白色的,两张小床,一张被子折叠整齐,一张码着书。墙上没挂画,却用图钉钉了一幅字:

> 读书破一卷,
> 下笔如有人。

这让印红很困惑,但又不敢问。枕头边,放了本黑壳精装的旧书,她自然也不敢拿过来看看。

屋里飘溢着浓浓的烟味,却不呛人。印红吸了口气,莫名暖融融的。

一个人不说话,一个人找不到话说。

长久的沉默后,印红磨蹭着,站了起来。

佟大娘也站了起来。她指着那杯水:"喝了吧。"

印红把水都喝干了,看看佟大娘,觉得她瘦小得像用一把谷草扎成的,轻飘飘,可以随手拎着走。不过,她头发虽已花白,却相当旺盛,一丝不乱,厚实而有光泽,似乎是跟她很不相称的。

# 四

印红拿回的书,是陀思妥耶夫斯基的《白夜》,很薄,七十来页。可印丽读了个开头,就倒扣在那摞书的最上边,像是趴着沉沉入睡了。这跟她从前借到书就手不释卷地阅读,大为不同。印红小心翼翼问她:"波好读?"

她回答:"不想读。"

再想问她为啥不想读,可是没敢问。

印红一个人在阁楼时,偷偷把《白夜》拿过来读了读。读得头痛。不是不想读,也不是不好读,而是读不懂。她唯一读过的小说,是《高玉宝》,听老师在早读课时逐日朗读的。其他的读物,都是课本上的短文。她把《白夜》很慎重地放回去,同时想到了佟大娘旺盛头发覆盖下的小脑袋,那里边该装着多少旁人不懂的学问啊!只有印丽,才能在那儿随意进出,和佟大娘谈笑交流。

可是,印丽不打算再去佟大娘的小屋了。过些天,她让印红把《白夜》还回去。"就说我很忙,谢谢她了。"

"你忙啥呢?"印红喃喃道。

印丽瞪了她一眼。

"那,你还借波借书呢?"

"这个……她拿给你,你就拿着吧。"

"入团的事,莫问题了吗?"

印丽又瞪了她一眼。她赶紧闭嘴。


佟大娘看见印红来还书,似乎也没有惊讶。她手上还是夹着烟卷,一手掭着《白夜》。"喜欢不喜欢呢,印红?"她没有提印丽。

印红很为难地摇摇头。"读波懂……外国人的名字好长,记波住。"

佟大娘笑了下,有点像假笑。"我给你倒杯水吧。"说倒水,其实是泡了杯茉莉花茶。她把烟卷叼在嘴上,慢慢把茶叶抖进杯子,先倒了小半杯开水,轻轻浪了浪,再把杯子小心地斟满,放到矮柜上,朝印红那边推了下。

烟卷的烟子,可能熏到了佟大娘,她眼里有了泪水,在眼窝里酿着,终于没有流出来。

这是午后一点半,校园、宿舍都安静得很,楼梯口偶尔有个人打喷嚏,简直响亮如放炮,让人暗暗地心惊。印红端起茶杯大喝了一口,好烫!但她不叫、不吐,硬把茶水吞了下去。口腔、喉咙、肚子一股烧灼,痛得眼泪鼻涕一齐涌上来。

她和佟大娘相互看了看,泪眼对着泪眼,不觉都笑出了声。

"瓜女娃子。"

"她也老是骂我瓜。"

佟大娘吸完一根烟,又顺手点燃了一根。印红瞟了下烟盒,是中华牌。

"有点奢侈吧?我就这么点享受了……管他呢,呵呵。"佟大娘的嗓音,印红这才注意到,果然是传说中的破嗓子,慢,嘶哑而低沉。

印红傻笑了下,说:"她这段时间忙得很。"

"……"

"忙着准备考大学,每天睡得好晚哦。"这个理由不会错。

佟大娘不接这个话,只淡淡道:"她后颈窝那颗痣咋样了?"

"……"轮到了印红说不出话来。她从不晓得印丽后颈窝有颗痣。

佟大娘用下巴指了下小床。"上回来,她困了,就倒下来睡午觉,不晓得做了啥梦,半醒不醒地,就在后颈窝上抠,把那颗痣抠得血淋淋,黑痣都成红痣了……还流泪,又不哭出声。"说到这儿,黯然叹了一口气。

印红听得头皮发麻,肚子一阵抽搐,差点就要吐。

"我给她擦洗了,还给她吃了一片安眠药,这才消停了。只有睡眠才能让她温顺下来啊,睡熟了,蜷缩起来,就像一个……很乖很乖的、初生的婴儿。"

印红愣愣地望着雪白的床单,折叠整齐的白铺盖,白枕头边半塞一本黑壳精装的旧书……她简直想象不出,印丽蜷缩在这张小床上的样子。甚至,她记不起印丽睡在地铺上的任何细节了。

"你走吧,"佟大娘说。

"能波能,"印红吞吞吐吐说,"借本书给我,好懂的那种。"

"多读书,会把脑子读坏的,就像我……我的书,还有很多在她那儿,你应该可以找到本好懂的。"

"要还是读波懂,我可以来问你吗,佟老师?"

佟大娘虚眼把印红看了很久。她虽然近视,却是很少虚眼的。"不想入团了? 争取顺当入个团,毕业了,也顺当找到个工作……今后再不要来了。"

## 五

印丽入了团。接下来就是考大学,首个意愿是哈尔滨军事工程学院。

她在学校图书室偷偷撕了张画报,贴在自家的阁楼上:哈军工巍峨的苏式主楼,宽广的大操场,队列整齐、全身戎装的年轻学员正在晨练……红太阳在远方升起。晚上复习功课时,她会不时瞟上一眼,心里很踏实。

哈军工的首任院长,是大将陈赓,可见其门槛之高。跨得进去的,必备三个条件:出身好、成绩好、身体好。这三个条件,她自忖条条符合。

她告诉印红:"进了哈军工就是军队的人,管吃、管住、管穿,就连裤衩都是军绿色,毕业就是女科学家、女军官……可惜军衔制刚刚取消了,不然咋个也是个中尉吧。反正比爸强,他转业才是个少尉呢,一辈子挤在这个穷旮旯。你说对不对? "

印红自然应该是沉默。然而,她没有。她说:"波对。"

印丽以为自己耳朵出了错。"波对? 啥子是不对? "

印红从书堆中抽出一本杰克·伦敦的《马丁·伊登》。"这些书都算白读了? 当初,还说要当作家呢。"

"你敢翻我的书！"

"波是翻……我是读。反正，你也莫用了。"

印丽严厉地看着印红，慢慢笑了起来。"你瓜！佟大娘还没当作家呢，就当右派了。要是当了作家，戴十顶右派帽子都不够。"

"帽子早就摘了嘛。"

"所以说你瓜。"

瓜就是傻。印丽很不傻，然而，大学还是成了泡影了。临近高考，高考却被取消了。

不过，印丽倒一点不沮丧。校园里红旗招展，她虽没上成哈军工，却穿了身没有领章、帽徽的军装，戴了红袖套，做了红卫兵头头，每天都带着一拨人造反，忙得很。

印红问她："你咋那么高兴呢？好像天天在过节。"

"造反嘛，咋不高兴。造了反，我们才有出头的日子。"

"造哪个的反？"

"帝修反、封资修、官老爷，一切压在我们头上的不是东西的东西。"

印红默然一会儿，忽然说："姐，你后颈窝是波是有颗痣？

印丽很吃惊地瞪着她。

"我想看一眼。"

"呸！谁也别想看我的身子，除了我的爱人。"

"爱人？"印红很迷惑地咕哝一声。

"爱人咋个了！闹革命也要有爱人，有家庭，还要生娃娃。"印丽说着红了脸，是激动，并不羞涩。

"闹革命？"印红又咕哝一声，继而笑出了声，"说得硬像还在打仗似的。"

"你瓜。比打仗还要激烈，你不会懂的。"

印红承认是很不懂，同时也很疑惑。她是想上大学的，就算考不上，念个师专也可以，嘴笨当不了老师，就去图书馆做个管理员也不错，可以不花钱读很多书。学校已经停课了，印丽每天忙着造反的时候，印红就躲在阁楼上读被她冷落的书。耐心读过两三页之后，居然就能跟着人物往故事深处走。

高尔基的《在人间》，她读了两遍了，还忍不住再读。人名长了的确不好记，她就抄写在一本旧作文本的背面,再补充点人物的简介和经历,偶尔还有自己的几句感想,结果越写越长,差不多成了浓缩版和札记本,想忘也都忘不了。

《在人间》中有三个女人,她印象是最深的。一个是慈祥、坚强的外祖母。一个是借书给少年主人公看的裁缝的妻子,她像个瓷人儿,却开启了他的文学之门。一个是也借书给主人看的寡妇,她美丽、奢华而且很放荡,却被主人公暗称为玛尔果皇后,通过她的手,他读到了普希金的诗。书中引用的两句,印红也在心里反复念叨着:

> 那边,在人迹不到的小路上,
> 印着人们没有见过的野兽的足迹……

她从诗里,看到了外婆家门外的河滩、大沼泽。

阁楼外已经乱到沸腾了,印红充耳不闻,沉溺在书中,偶尔傻笑一声……哭,这倒是没有。

印丽相当不满。"印红这回是真的瓜了。"吃晚饭时,她对父母说。

父亲自然不敢开腔。母亲却难得地替二女儿抵挡了一下:"瓜人有瓜福嘛,管她呢。"

印红埋头吃饭,好像说的跟她无关。

而印丽也很少回家吃饭了。她常跟红卫兵在外边吃革命大锅饭。

印红觉得这样过日子也不错。她快把阁楼上的书读完时,印家搬入了废弃的天主教堂。

# 六

印嬢对新居的热情,活像古代的朝臣告老返乡,终于又踏上了故土。她脱了鞋袜,光脚挥锄,在神父的园子里育秧种菜。幺儿跟在母亲屁股后边,她点好一窝种子,他就撒上一泡尿。天晓得他的尿咋会有那么多。印嬢兴头上来,还会冲大屋里叫一声:"印红!"

印红抱着一本书,蔫耷耷地走出来,眼珠子迷茫地转一转。

"你也撒泡尿,来!"印嬢指着一畦刚开紫花的茄子。

印红过了一会儿才听懂,脸烧红,咕哝声"有病啊",转回屋去。身后,印嬢响亮地大笑着,幺儿也拖着清鼻涕傻笑。

印丽对搬入教堂,表现得相当漠然。两姐妹的房间宽敞多了,她不必再打地铺,然而,并无喜色。每天早晨,她穿着没领章、帽徽的军服,戴了鲜红的袖套,走出教堂,去造反、闹革命……她自己也觉得,这有点滑稽。

印红不然,嘴上不说,对以教堂为家的享受,实在比她母亲还多一些。每天,她有很多时间趴在窗前,或屋檐下读书。故藩王府前的广场上,红卫兵、造反派的游行日夜不停,锣鼓、口号、鞭炮声隐隐传入教堂来,印红觉得日子更安静,也更安逸了。印丽的心思,她不明白,也没敢去过问。

学校的校长,这是当权派,印丽他们已经批斗过了。随后列了一个教师名单,都是教学权威,跟权沾边的,也挨着斗。

把这些权威都斗了一遍后,戴黑框眼镜的红卫兵小头头就说:"还漏了一个,佟大娘!不仅要斗,还要剃阴阳头,坐喷气式飞机。"

印丽反对。"凭什么?她不是权威,就连正式老师也不是。她当过右派,但帽已经摘了。"

"摘帽右派,等于隐形右派,就更该批斗了。可见她隐藏得多深,人有多黑,毒害有多大。"

"这是啥逻辑?"

黑框眼镜笑而不答。他穿的军装,没有印丽的新,却是他父亲穿过的,四个兜的干部服,军帽也是洗旧了,还故意戴斜点,眼镜后的眼睛,也略斜着看人,仿佛有种能洞穿秘密的微笑。他说:"我早就看出来了,你中佟大娘的毒,比谁都深。"

印丽脑子蒙了下,强笑道:"污蔑战友是犯罪的……我印丽根正苗红。"

黑框眼镜也笑道:"你不是印丽。"

印丽呸了一声,很想直接甩他一耳光。

"你也不是马利,你是马利亚!"他顿了顿,看着印丽的脸发白,有汗粒从额角、鼻尖渗出来。"圣母马利亚!你中毒太深了。那套资产阶级的慈悲心,还是放到天主教堂去祈祷最合适。"

印丽自念书起,就以父亲的出身为骄傲,又以父亲的工作为秘密。她不邀请同学到家玩,家庭住址秘而不宣,有时候放学回家,还会故意兜圈子,迷惑同学的视线。搬入教堂守仓库,更是三缄其口的。黑框眼镜的话,故意说一半,留一半,似乎是迫使她承认,自己是那么的虚弱。她做出很坚定的神态,问他:"你到底想要说什么?"

"我想说,去把佟大娘揪出来,打倒,再踏上一只脚。"

"你说到做到,你就去啊。"

"不,你带领我们去。我们从来都跟你走,对不对?"

所有人的目光都朝向了印丽。

印丽哈哈大笑,突然打住!"跟我走?!红卫兵只有一个统帅,我们只跟统帅走!"所有人的目光,又齐刷刷朝向了黑框眼镜。

印丽得理不饶人,厉声追问道:"请问,你是什么意思?阴阳怪气,转移视线,想把我们往哪条歧路上带?不错,你父亲是革命军人,可你的母亲呢?你的外公、外婆呢?查三代,查八代,经不经得起查?!毛主席说过,世界上没有无缘无故的爱,也没有无缘无故的恨。你不在灵魂深处爆发革命,你就会被你隐藏的、自己都不晓得的阶级偏见、阶级歧视,甚至阶级仇恨所蒙蔽,最终走向革命的反面!"

大家都听得一头雾水,似乎又豁然开朗。黑框眼镜脸上忽红忽白,汗也出来了,于是摘下眼镜,拿手帕仔细擦了,缓过气来,冷笑道:"我是什么人,等会儿看我如何对付反革命分子就晓得了。"他喊了声"走",径直就奔教师宿舍而去。几个人追在他屁股后。印丽犹豫了一阵,也带人跟了过去。

# 七

印红读完莱蒙托夫的诗《祖国》,望望窗外,幺儿正光了屁股,蹲在一窝萝卜苗上拉屎。母亲扶着锄头,笑呵呵,说不出的喜悦。她就呆想,这泡屎、这响亮的笑,该就是我的祖国吧?莱蒙托夫的《祖国》中,列举的也就是村路、白桦、草房、喝醉了的农夫的笑谈……这些个,我也可以写的嘛。

她就在旧作文本的背面,写了起来。不是诗,只是些记录,很详细地写了幺儿几次拉屎拉尿的过程,还写到了秧苗在施肥后生长的情况,自然,这里边就有了些描写,还有了些议论。譬如:"弟娃吃得多,拉得多,粮食通过他的肠子,就变成了肥料,虽然臭不可闻,却苗壮了庄稼……那么,说弟娃浪费粮食是不对的,可是,说他是造粪机,好像也不对,那该说他是个啥子呢?"写到这儿,她自己也笑了。咬了会儿笔头,接着写:"他啥也不是,弟娃,就是爸妈的幺儿。"写完了,读了两遍,觉得全是废话,想撕又舍不得,就摊在桌子上。

印丽回家,捡起来迅速扫了一遍,笑道:"你懂什么是祖国?祖国是什么?"

印红不敢回答。

"祖国是鲜血换来的光荣。"

印红嗫嗫嚅嚅地抗议:"这是莱蒙托夫说的,可他用的是否定……"

"他想否定什么?你说!"印丽声色俱厉地瞪着印红。

印红吓了一跳,不觉就退了半步,等着挨骂。

然而,印丽的表情颓然松弛下来,叹了口气。"鲜血只能换来鲜血……我累了。"她往床上一倒,闭上眼睡了。

她还穿着军服,但眉宇间一点英气也没了。确如她说,累了。也许不只是累,额头、颈子都是汗,汗结成了盐,头发散下来,乱乱地粘着,有一丝还咬进了嘴角。嘴角有污迹,白衬衫的领子也有污迹,还见了红,不晓得是不是血?军帽,进门就没看见头上有,手里也没有。她从小喜欢唱:"砍头只当风吹帽。"歌剧《洪湖赤卫队》的歌词。这会儿,她的头还好好的,帽子却吹得不见了。

印红看着摊在床上的印丽,呆呆地,觉得她很不像印丽。

印嬢在屋檐下喊:"吃饭啰,吃饭啰……比喂一窝猪儿还麻烦,波识好。"

印丽翻了个身,侧睡,面向着墙壁。

印红凑过去,小声道:"妈喊吃饭了。"没动静。"妈喊吃饭了……你吃波吃?"

"波!"印丽大叫一声,吓得印红浑身一哆嗦。

印丽的背上,有一大团都湿了,是汗。汗的边缘,有一圈白色,是蒸发的盐分。


晚饭时,印红给印丽夹了半碗青笋丝凉拌折耳根、半碗干煸四季豆。饭后端进屋子,她还在睡,但从侧睡变成了大趴着,像只舒展的大青蛙。军服脱了,衬衣、长裤也脱了,只剩了条小背心和小裤衩,像汗津津的绳,捆着她裸露的身体。印红已经记不得,上回看见印丽的光身子,是什么时候了。

印丽的脸很瘦削,大眼、小嘴、尖下巴,脱了衣服,却是让人吃惊的丰腴和白皙。窗外的光线开始变暗了,这反倒让印红看见,印丽皮肤上一层汗毛在晶晶地闪烁。从后颈窝往下,汗毛逐渐变短,却更密实、有力了……但,印红没有看见,佟大娘说的那颗痣。

顺着脊柱,印红的目光往下扫,越过印丽的小背心,一条弧线滑下去,还是没有,脊柱再一翘,荡进了小裤衩。她不死心,吸口气,屏住,伸出两根指头拈住裤腰带,向下一拉! 那颗黑痣突然跳了出来……随后,才看见两瓣粉蛋一般的屁股。黑痣比五分硬币还要大,有着触目惊心的黑,不是墨黑,不是非洲黑,是黑得起腻,还长了一撮黝黑、卷曲的毛。

印红抽了口冷气。佟大娘咋个看到的?

印丽反手把小裤衩拉上去,咕哝句:"不要乱来。"印红愣了会儿,又把小裤衩拉下来。印丽再次反手把裤衩拉上去,咕哝着,多了些忸怩:"不要乱来嘛……"她是在说梦话。

印红退到自己床沿上坐着,看着熟睡的印丽,直到夜色浓了,啥也看不见了。

# 八

印丽收拾了几件衣服,用她爸珍藏的军用背包带,打了一个结结实实的铺盖卷,就挤了北上的火车,大串联去了。印红把她送到火车站。

站台上歌声嘹亮。

印红说:"能赶上毛主席检阅红卫兵吗? "

印丽大声道:"能,当然能! "却把嘴凑到她耳边,悄声说:"我才不在乎……游山玩水是第一。"

"你……也太反动了嘛。"印红吃了一惊。

"你还没看过埃德加·斯诺的《西行漫记》吧,在我们这个年纪,就应该东走西走,东看西看。"

"看啥呢? "

"去看看佟大娘吧……她活不了几天了。"

"她挨打了吗? "

"看看她吧,你读她的书,欠她的情。"

"你不欠吗? "

"我? "印丽摇摇头,"两清了。"

# 九

　　星期六,印红刨了几口晚饭,就骑了父亲的公车去学校看望佟大娘。公车,即公家的自行车,机关借给干部使用的,用杂牌零部件拼装,结实到又笨又重,轮子全是二八圈的,大得像蒸汽机时代的火车轮。印红当初学骑公车时,踩到底了,脚尖还够不着踏板呢。虽然这样,骑在车上,她还是能体会到少有的速度感、飘飘然。家里的油盐柴米肉菜,都是她骑了公车去买的。

　　印丽从不骑公车,嫌丑。还说了句风凉话:"幸好是公车,压不垮。"印红半天才回过神,她是嘲笑自己胖。

　　校园里光线还好,西边还有太阳的余光,月亮却已浮在天上了。天色薄蓝,晴得很正。除了到处贴满了大字报,四周都还很安静。操场上,孤单单一男生,握着木头大刀东挥西舞,正是印红的同桌白伙食。

　　白伙食冲她叫了声:"逍遥派!"

　　她不搭理。

　　他又说:"明天大游行,我走头排……你来吗?"

　　"波,我有事。"

　　"有事?这么晚了还往学校跑。"

　　她脚下使劲一踩,嗖地就过去了。

　　宿舍楼里外也都贴着标语、大字报。很多人家吃完了晚饭,在洗碗刷锅,听收音机。佟大娘的门大开着,标语、大字报一直贴进了屋里,几面墙、床头、柜子上,都有。但,屋子收拾得很整洁。靠窗的藤椅上,佟大娘戴了顶男式灰帽,闭眼坐着,没茶、没书,手里夹着一根烟卷。印红刚一跨入,她就察觉到了。

　　"印红吧?"

　　"嗯。"

　　"坐吧。"

　　印红在床沿坐下来。

　　"是她叫你来看望我的吧?她还记得我……我还好,除了头发剪掉了,书只剩下了一本,啥都没有变。"佟大娘声音平静,但嗓子被烟呛了,很费劲地咳嗽

218

了几声。"经历过变化的人,变化也就是一种平常了。"她又咳了几声,没有痰。

印红似乎听懂了,但不晓得怎么接她的话。

枕头边,还塞着那本黑壳的精装书。

那顶男帽下,佟大娘脸上的表情、皱纹、伤痕,都看不大清楚,但印红能感觉到,她眼睑下的肌肉在不停地抽搐。

"他们打了你吗?"

"用皮带抽。"

印红吸了口冷气。

"还好……她没有动手。"


动手的,是那个戴黑框眼镜的小头头。佟大娘被踢倒在地上,他用皮带抽,抽累了,就研究枕边那本黑壳的精装书。书里没一个中文。小头头成绩不坏,很快认出,这不是英文。他问印丽:"是俄文吧?"印丽看都不看,就说:"不是。"其他人凑过来,优等生、劣等生,都不认识。黑框眼镜火了,他把书向佟大娘扬了扬。

"这是啥子文? 你说。"

"德文。"佟大娘跪着回答。

"内容?"

"圣经。"

黑框眼镜哈哈大笑。"难怪啊! 你的心就是泡着这种黑书泡黑的。"他在书上吐了口痰,再一把扔在地上,用脚使劲地踩。踩了不过瘾,再一脚踢到佟大娘跟前。"念!"

佟大娘双手捧起书,从封面开始,念了一段德语。

"翻译出来!"

"《资本论》第一卷,作者:卡尔·马克思。"

屋子里冷得像冰箱。所有人的目光,都刀子般盯着黑框眼镜。他怒号:"你刚才还说是圣经!"

"全世界共产主义者的圣经。"佟大娘说着,把书放到床上。封面还留着黑框眼镜的痰,扉页上有乌七八糟的脚印。

"骗子、疯子……你说,你说了谎!"黑框眼镜的声音开始发抖。

"可以拿到专政机关去鉴定。"佟大娘很坚定地回答。

大家都看着印丽,等她一句话。

她说:"都这个时候了,她还敢说谎?"

几个男生冲上去,把黑框眼镜扑倒了。女生开始呼口号。胳膊被扭断的声音,很清脆……他跪在佟大娘身边,放声大哭。


印红把《资本论》拿在手里抚摸着。"你天天晚上都读吗?"

"怎么会。读了,也读不懂。"

"你波懂德文吗?"

"我懂。可是,这就像人们读爱因斯坦的相对论,即便每个字都懂,可还是读不懂。"

"可,为啥还要放在枕边呢?"

"因为……它成了我唯一的守护神。"

"那一天的事,你已经预见了?"

佟大娘不答,换了个话题。"她还好吗?"

"走了,大串联去了。"

她哦了声,默然好久,咕哝着:"走了好,走了好……走了,就不必见我了。"

印红想起印丽的话:"她活不了多久了。"可看起来,倒还不至于。

佟大娘抽完一根烟,又点燃一根。"可,我还真想看看她……的家呢,当然只是个奢望了。"

强烈的烟味让印红有点头晕。她说:"可以。"

"怎么会可以?"

"我爸陪我妈带弟弟回外婆家去了,明天才回来。"

"这个,听起来有点偷偷摸摸啊。"

"没啥啊,你又不偷东西。"

佟大娘愣了下,哈哈大笑,差点被自己的笑声噎住了,随后就使劲地咳嗽。"印红啊,再没人有你瓜啊,金瓜。"

## 十

印红把佟大娘扶上公车后座。天色已经深灰转暗,白伙食还在操场握刀徘徊。看见印红的车过来,他喊了声:"明天大游行,你来嘛。"

220

印红拿一只脚支着车。"我有事。"

"你来嘛。"

"我波来。"

他看了看佟大娘,但啥也不问,只重复:"来嘛。"

印红叹口气,说:"我能来就来。"

他呵呵笑起来:"那就是要来了。你一向说话算话的。"

公车驶出校园,街灯斑驳,几个小娃娃在街沿边捡撞了灯泡落下的水爬虫,拿回去好喂鸡。佟大娘说:"明天你去嘛。"印红说:"我波去。他是个白伙食。""他不是白伙食。他比哪个都聪明。""咋个看得出来呢?""这还需要看!听都听出来了……你去吧,他不坏。"印红不说话。


进了教堂的侧门,印红架好公车,伸手来扶佟大娘。她一把把她推开了。

印红还没回过神,她又一把抓住了她的手。

佟大娘的手冷汗涔涔的,不住地哆嗦。教堂里的建筑,黑黢黢的,园子上的那块夜空,则已从深灰暗黑,转而为湛蓝,厚实而又锃亮。月亮爬到了顶上,从屋角望上去,有如山高月小。

"对不起,"佟大娘说,"刚才有点心慌……这会儿好多了。"

她们在屋檐下的饭桌边坐下。印红给佟大娘倒了杯开水。菜畦里传来青涩的植物气息,还有幺儿淡淡的尿骚味,活像刚刚施了肥。鸡们在竹笼里咕噜噜喘息,大概是打呼噜吧。有只公鸡突然脖子一梗,喔喔长鸣!印红过去踢了一脚,骂道:"活颠倒了!"

佟大娘扑哧笑了,咯咯咯地。印红有点惊讶,没想到她会笑得像个小姑娘。

她指了指仓库。"是礼拜堂吧,小时候我来过,唱诗。"

"你是信天主的吧?"

"我只是爱唱诗,管风琴伴奏……好美的回忆。"佟大娘摸出一根烟,点燃,深深吸进去,慢慢、慢慢吐出来。"美的,我死活都爱……是有点贪心了。"

印红默然无语。

佟大娘把烟抽完,喝了半杯水。印红扶着她,进了自己的房间。

灯光下,两张小床,白色床单,恍然有点像跨进了佟大娘的宿舍。佟大娘看着那张没有铺盖的床,轻声道:"这是她睡的?"印红点点头。

佟大娘很难得地把眼虚起来,似乎是要看得清晰些。随后,脸上就有了舒坦的笑纹。"我好像看见,她就睡在床上的。"

印红哆嗦了一下,感觉好冷。

佟大娘走向空床,坐到床沿,再侧身慢慢躺上去。她把两腿舒展开,脸贴在床单上,吸了口气,像抽烟,但更轻些,也更深长些。

"再也看不到她了。"

"她串联回来了,我就跟她一起来看你。"

佟大娘脸上又漾起了笑纹。"我那些书,你都读过了?"

"读了些,我笨,读得慢,一本书要读几遍,半懂波懂的……"印红的脸烧起来,听见自己的声音很忸怩。

"你还写了点什么没有呢?"

印红把一摞作文本递过去,说:"写在背面的。"

佟大娘依旧侧躺着。她把本子从前面读,读完了,才读背面的。读得很仔细,读着,读着,她坐了起来。

印红听到"波"的一声!这一声很轻微,却在后来的记忆中,愈来愈清晰。

佟大娘的一滴眼泪落在了本子上。

她读完了一本,没有再读,把一摞本子递还给了印红。

印红想问什么,话到嘴边,却换了。"你的书,等过了这阵,我再还你。"

佟大娘摇摇头。"你留着吧……我啥也不再需要了。我要死了。"

"……"

"乳腺癌晚期。"佟大娘又笑了笑。笑声跟刚才不同,很干涩,像只老鸡婆。"好笑吧,偏偏是乳腺癌,我还没有……奶过娃娃呢。"

"……"

"想想这世上活得不甘心的人多的是,也就没啥不甘心的了,是不是?"

"波!"

"你哭了?"

印红呜呜地哭着,像小时候挨了母亲一顿鸡毛掸子,哭声不大,却相当委屈。

"算了,算了,我都无所谓,你伤心啥呢? 送我回去吧。"

佟大娘握住印红的手,站起来,却好一阵没有把手抽出来。她盯着印红的眼睛,缓缓道:"你会成为一个作家的。"

"我……"

“我不会看错的。”

“你逗我。”

“我只逗过她……一个人。”

公鸡又在鸡笼中喔、喔、喔地叫起来！印红扑哧笑了，笑着抹了抹眼泪，眼泪咋个也抹不完。

佟大娘出了门，又回头看了看，嘴里喃喃道：“我的天，整整一段幸福的时光……难道这对人的一生来说，还嫌短吗？”

印红还要过些年，才会蓦然发现，佟大娘最后所念的，是《白夜》的结尾。


【作者简介】何大草，本名何平，1962年生于成都，1983年四川大学历史系毕业。在期刊发表小说两百余万字；出版有长篇小说《刀子和刀子》《盲春秋》《所有的乡愁》等八部，以及小说集《衣冠似雪》、散文集《失眠书》。现执教于四川师范大学中文系。

# 家天天

普　玄

## 一

我现在混得还可以,每天喝酒醉醺醺的。我老婆骂我没出息,骂我容易满足,由她骂去。如果你知道我生下来没爹没妈,如果你知道我婴儿期没吃过奶,是喂红薯浆长大的,如果你知道上小学我二嫂不给我饭吃,如果你知道我坐过牢捡过破烂,如果你知道我曾经饿倒在别人家门口,别人喂我我连一颗米都咬不动,那你就会理解我常国良现在的生活。对,我是一个孤儿。我有很多生活。我现在混得还可以,每天喝得醉醺醺的。

我坐在早餐摊上喝早酒,太阳漂在酒碗上,晃得我心神不宁。我端着一碗晃动的金光,边喝边等陈黑五。昨天晚上,我在离这儿不远的地方喝夜市靠杯酒,为一件小事,我骂我的垃圾分拣中心的一个小工。我骂他的时候有一个黑胖子盯着我,我的口音里面,省城武汉话夹着普通话,根子还是鄂西北襄阳那里的"二河南话",引起他注意。我骂完小工起身,他追着我走。我走到大皂角树下,正准备拐弯上分岔路时他喊我名字。

你是……国良?黑胖子犹豫着喊我。

这个黑胖子就是陈黑五。

陈黑五现在是省城中医大学的副教授!陈黑五所在的大学新校区搬到我们所在的城中村了!最关键的,陈黑五是我几百公里外那个家乡,那个村子,那个……哎呀,一下子说不清,太复杂了,先喝一口酒。

昨天晚上,我就立在那棵大皂角树下和陈黑五说话,约定今早我带他参观我的工厂。

面前三个碟子,一碟豆腐干,一碟卤鸡蛋,一碟牛杂,牛杂里面有半碗混汤、一只牛蛋和几块里脊。还有一碗黄酒。早上迎着太阳喝酒,看那些匆匆忙忙上班的人,看那些来来往往卖菜出早货摊的人。看他们忙来忙去,我在这里喝闲酒等陈黑五。

但是陈黑五来后,说他不去了。

那怎么行?

那怎么行?我对陈黑五说,我都安排好了。

我不去了,我有事,陈黑五说。

你什么事不能去?我把酒碗撂下来,听他说话。

我慢慢听明白了。原来陈黑五的母亲,要赶到省城逼他结婚。

这么说,你三十多了,到现在还没成家?我问陈黑五。

这么说,你妈要来?我又问陈黑五。

这么说……

他张着嘴要回答,我一句一句问,他不知道回答哪一句。我不需要他回答。难怪我心神不宁,难怪酒碗上漂着一片怪异的金光。难怪我老婆昨天夜里在我酒醉的时候说的那句话我听着那么耳熟。

左边一个家,右边一个家,你现在选,你要哪个家?

我现在想起来了,我老婆昨夜说的这句话。我老婆昨夜和我说这句话,是因为我又搞了一个女人,在外面又有一个家。她让我做出选择。我喝醉了。我不想选择。但是她这句话让我夜半醒来发呆。好熟悉好熟悉。谁说过谁说过。记忆像块遥远的石头。现在陈黑五一说,这块石头飘过来了。在我十岁的时候,陈黑五的母亲也对我说过。

酒碗上漂着的怪异的太阳金光不见了,我的心也安宁下来。


常国良十岁的时候,被收养他的义父领着,从省城武汉坐火车坐汽车,转拖拉机,回到老家汉水中游的一个村子常家营。他太想家了,他要回到自己的家,他要从省城里回到乡村。

左边一个家,右边一个家,你现在选,你要哪个家?

当时说这话的是常五姐。

面前有两拨人,中间是一个小型渠沟,渠道里断流没有水。左边的堤沿上,是收养他的人家,从小喂养他的养奶奶,喊爸爸的养父,围观的村民。右边的堤沿上,是他两个亲哥哥,背后也是围观的村民。

常五姐拉着常国良的手。常五姐是养父的妹妹。

国良,你别做让自己一生后悔的事,常五姐劝常国良。

常国良望望他大哥,这个渔佬肩上扛着两只木船上的小划子,上面停着两只鹭鸶。他望望二哥,二哥刚刚结婚,脸上没有血色。他望望常五姐,这个女人平均两年生一个孩子,结婚十一年已经生了五个,刚刚生下陈黑五不久。是这个女人在他死了父母后把他抱养过来,交给她在武汉工作的哥哥养活。但是常国良想家,他既然从省城武汉回来了,就不想再回去了。

他当然选择自己的家,选择和自己的亲兄弟在一起。

他看见常五姐在哭。边哭边说他会后悔一生。

常国良觉得好笑。我又不是你家孩子,我回我的家,你哭什么呢?我回我的家,我为什么要后悔?


常国良一年后就后悔了。一年后的一天,他和新婚一年的二哥在汉江边炸鱼,炸掉了二哥的三根指头。常国良捧着二哥右手的三根指头,追着血淋淋的二哥,先跑村卫生所,再跑乡卫生院。他看着二哥的手指头在他手里由热变凉,一点点变乌变紫。他一生都记得那三根指头分别是中指、无名指和小拇指。

二嫂看着这三根指头,气昏了头,先是打他,怎么打都不解气,后来把他的右手绑在门前一棵柿子树的树干上,用笔沿着他的右手食指和无名指之间画线,画完线之后,她去屋里找炸药。

我也炸你三根指头,她对常国良说。

常国良大哭大叫。

你放心,我保证只炸三根,不炸两根,也不炸四根,二嫂说。

邻居们看常国良的二嫂真格要炸他指头,飞快地去喊村长。

村长来的时候,二嫂正在安装炸药和雷管。她找了一个墨水瓶,里面铺一

226

层炸药,中间铺一层泥,外面铺一层炸药。动作娴熟。炸鱼前都是这么做的。她正在安装雷管和引线时,村长来了。

村长劈手夺走她的炸药瓶,说,你想犯法啊你?

二嫂一屁股坐在地上号啕:我男人没了三根指头,怎么办?

村长没说怎么办。他先把常国良从树上解下来,然后在柿子树下面挖了一个小坑,把三根手指头埋了。埋完手指头,他让常国良提一桶水,在坑上面用水瓢浇水和种花。

你浇水干什么?你种花干什么?未必里面还会再长出三根手指头?二嫂说。

花种好了,上面是绿青刺的月季,夕阳冷水一样泻在柿子树上面,泻在月季上面,常国良蹲在月季下面哭。

你这个小丧门星,二嫂说,那么好的省城日子你不过,你回来干什么?你回来快活一年,先炸死大哥,多了一个寡妇,现在又炸伤一个,我也快成寡妇了,你知道吗?

## 二

现在你们明白了我和眼前这个陈黑五副教授的关系,他就是我五姑大常五姐的孩子。在我老家鄂西北谷城县,在那个据说神农种植过五谷的地方,在汉水中游那一带,我们把姑姑喊大大或姑大。我父在我妈怀我的时候到汉江河炸鱼炸死了,我妈在我没满月的时候得病也死了。我五姑大把我抱过来,送给她在武汉工作的哥哥领养。虽说我养父在武汉,但我在村子里长到八岁才去。我住养奶奶家。八岁那年被养父领到省城,在武汉生活了两年,我想家想不过,中途逃跑两次,都迷了路,被警察送回。两年后十岁,我坚决地离开了省城,回到了常家营我自己的家。我快乐了一年,一年后,大哥炸鱼炸死了,二哥炸掉了三根指头,大致就这些。

这个陈黑五现在是副教授,这不奇怪,他们这样的家庭出大学生出教授不奇怪,奇怪的是他长这么胖。他小时候很瘦,又黑又瘦,排行老五,村里人都喊他黑五。

我对他印象深,是他有一回放学打扑克,被他妈知道了,他妈惩罚他。他妈惩罚他是不让他上学,而是让他放羊,那时候全村孩子都上学,只有我一个没爹没妈的孩子不上学,陈黑五受惩罚不上学了放羊,我就有了伴。

我放了七只羊,陈黑五放了一只羊,我们在汉江边的沙滩上和往西几公里的卧牛山上放羊。我们把羊扔在草丛里,我们就相互讲故事。那时候我是村子里的故事大王。我没想到陈黑五讲故事也很了得。我在省城武汉生活过,村里几个人去过?我炸鱼炸过丹江口水库,谁有这个胆?我敢拎住蛇的尾巴,朝天空中扔,哪个敢?所以我天天给陈黑五讲故事。

我给陈黑五讲省城武汉。我说省城武汉有一条江,叫长江,比我们这汉江要宽,但是水是黄的。我给他讲省城的房子,一层一层火柴盒一样往上堆的楼房。我给他讲省城的电车,汽车头上长一个角,沿着电线能跑出火花的电车。

我给他讲我们炸丹江口水库。我父在汉江河炸死了,我大哥在我回来不到一年也炸死了。我和二哥在汉江边分析,我们得出的结论是上边建了丹江口水库,水库把大鱼都拦住了,我们没有鱼打了,只好炸鱼。我们就恨丹江口水库,决定去炸它。我们用鱼去换炸药和雷管,我们从村子里修公路挖煤矿那些人那里换了一堆炸药和雷管,我们划着小木船,去给父亲和大哥报仇。我们划过丹江口大桥,再往前,我们才知道这丹江口水库根本无法炸。水库建在高山峡上,几百米的水柱喷涌下来,下面的小船根本无法靠近。更重要的,还有电网和武警站岗。

我每天给陈黑五讲故事,我想用故事把他吸引住,我想让他永远陪我放羊,因为我太孤单了。我的故事讲完了,我就开始编故事。在汉江河中游河岸,有成块成块的废水泥板,那是当年防汛修建的。丹江口水库修建以后,这些水泥板作废了,周边的蚂蚁草往水泥板上伸展。我们坐在水泥板上,望着灰色的天空,望着面前的汉江和对岸隐约如墨点的房子,我们相互讲故事。

轮到陈黑五讲故事。陈黑五讲的都是他在学校的故事,他学习成绩如何好,他站在国旗下面朗诵和领唱,每次讲到最后,他都会哭起来。

我再也不打扑克了,他哭着说,如果我妈让我再去上学,我永远不打扑克了,我一定好好学习。

那一刻我就知道陈黑五陪我放羊不会长久。让他放羊,只是我五姑大惩罚他的办法而已。

这种惩罚真见效。一周之后,陈黑五告别我复学,从此以后,再不贪玩,专心学习,这不,二十多年后,一个乡村的孩子,考上重点中学,省城重点大学,研究生,现在已经是副教授了。

陈黑五在汉江河边告别我去上学的时候,我表面轻松内心难过。我说我不想上学,最讨厌学校。其实我也想上学,我特别喜欢语文,特别喜欢看故事漫画。但我不能去上学,一上学,我就没有饭吃。


常国良十岁那年从省城回到乡村,一开始跟大哥住,大哥炸死后,大嫂带着孩子改嫁了,常国良跟二哥住。二哥三根指头炸掉之后,二嫂不让他住了。十一岁的时候,常国良和二哥二嫂分家,二哥二嫂分了两间土坯房,他分了一间偏厦。

常国良想上学。村里集体给他粮食,他自己做饭。每年两个学期假期上学前,他都跑到武汉,找他的养父讨要学费。他在分家后居然又读了两年书,一直读到初中一年级。

常国良有一个爱好,他爱看故事书和漫画,看完之后就给村里人讲,吹牛。在他家院子那棵柿子树下面,常常围着一群听他讲故事的人。故事讲完,常国良总不忘补上一句话。

我将来要到武汉去工作,我爸爸给我说的,他望着柿子树顶和天空说。

每到这个时候,他二嫂就端一盆脏水,出来朝月季花上泼。三根指头能长出来吗?屁!她边泼边说。

众人一哄而散。

常国良知道自己不能再上学了是读初中一年级时某一个冬天的中午,他从乡中学放学和同学告别回到家中。和同学们告别之前,他还在给同学吹牛,说他将来毕业,不会在乡里,不会在镇里,也不会在县里市里。我要去哪里?常国良说,我当然去省城武汉。

常国良吹完牛顺着乡道顶着冬天的暖阳回家,打开偏厦的门,正准备做饭,却发现屋子里起了变化。米没有了,锅没有了。常国良平时睡着木板地铺,锅用几块砖支在床头,米袋子为防老鼠,也放在床头的手边。在常国良的床头枕头边,放着半截砖头和半截瓦片,一听响动,他就在黑暗里扔出,弹无虚发,第二天他就会煮老鼠吃。米和锅,那是他的命,他知道这一点。每次一开门,他第一眼就看他的米和锅,看他的命。米在锅在,他心里就踏实温暖。

现在他的命没有了!他冲到床头,锅不见了,米袋子不见了。只剩下横七竖八几块半截支锅的砖头。常国良愤怒地拿起半截砖头,转身冲出门。太阳一下子黑了。太阳怎么一下子黑了?他凭着感觉往柿子树下面走,好像在黑黑的夜里和深海底里走。他听到二哥从屋里端着饭碗出来的声音。他说，二哥，太阳怎么一下子黑了？二哥说，说啥子昏话，太阳明明在天上亮着。他听着二嫂端着饭碗出来，嘴里吧唧吧唧嚼饭。他听见二嫂把二哥往屋里推，啪叽关门的声音。

他使劲睁开眼，太阳在天上。他坐在柿子树下面那丛月季前面。他明白了，月季长不出三根指头。他明白了，他读书恐怕读不成了。

常国良仍然坚持读了一阵。他读书的时候，把米袋子缝成条状缠在腰间。有一天上课，他累得气喘吁吁。老师说，你怎么了常国良？他憋了很久，说出实情。老师一看，他腰间绑着粮食在听课。老师就哭了。

中午同学们放学回家吃饭，常国良就靠在操场边的一棵树上，啃红薯或红薯干。

这样坚持不了多久，常国良就告别学校，回家干活了。

陈黑五记得两件事。一是有一天中午，常国良待在他家门口榆树前，他不敢喊陈黑五的妈，因为他当初没听五姑大的话，从省城回来。最后常五姐故意躲到里屋，让陈黑五喊他吃了一顿饭。

还有一回，快过年了，常国良没有地方过年。在鄂西北汉水中游那一带，平日里多穷不管，年是要富着过的。小年将近，家家开炸，树上都飘香。常国良过不了年，他赌钱输得精光，只剩一根黑烟棍。他在村子里转来转去，最后转到陈黑五家。

他看到常五姐正在厨房里炸萝卜圆子和藕圆子，他不敢喊，悄悄溜到灶门口，帮忙填柴。常国良一把一把填柴，他想喊一声五姑大，试了几试没敢喊。他故意把柴火填得很旺，故意拉风箱，让红彤彤的火照着他，好让常五姐看见。常五姐早已经看见他了，忙着丢圆子捞圆子没顾上。常国良很紧张。他把身上仅有的一根黑烟棍掏出来。他知道常五姐是吃纸烟的。他试了几试，掏出来又塞进去。正在他慌张不定的时候，常五姐隔着锅灶上的雾气喊他。

国良，过年到这儿过，常五姐说。

常国良站起身。他快速从灶门口绕过风箱，绕过水缸，冲过去给常五姐递烟。常五姐说，国良你吃烟？常国良说，捡地上的。刚说完又感觉不对，改口说，不对不对，问别人要的。

常五姐两个手占着，常国良就把黑烟棍塞到五姑大嘴里，又赶紧从灶里夹一块炭火给五姑大点着。

# 三

我在阳光下摆摆脑壳。阳光如一摊水,我的脑壳像西瓜一样在水里摆动。陈黑五的妈要来武汉了?一个叫常五姐的人要来省城武汉了?一个我叫她五姑大的人要来省城武汉了?

我笑起来。怪不得我这几天眼皮跳,怪不得我这几天心情爽朗,怪不得我昨晚碰上陈黑五。我一直想找个机会,找个人,我要把我现在的生活,现在的日子,切西瓜一样,切成一块一块,给他们看。看,我常国良的选择是对的;看,我不是早晚要坐牢的人;看,我不是没脸皮的人;看,我现在混得还可以,每天醉醺醺的。

那么,陈黑五的妈,常五姐,我五姑大,是看我切这个西瓜的最佳人选了。

因为有几句重要的话都是她说的。

我二哥的三根指头炸掉之后,我们不敢再去炸鱼了,我们干什么呢?我们决定去偷。

我记得我们下定决心那一天。那一天中午,太阳淡薄,天空高远,我和我二哥在西瓜棚子外面下象棋,棋盘是在沙地上划的方格,中间是楚河汉界,棋子是用纸片做的,象飞田,马走日。我二哥下不过我。他用右手拿纸片棋子移动,他那只剩两根指头的右手很灵巧,像一个蜈蚣夹子一样将纸片移来移去。下不过我之后,他一脚将棋盘和棋子踢了,站起身往棚外走。我也跟着他走到棚外。我们站在棚外看远处白亮的沙洲和绿色的汉江河。

最近嘴里好寡啊,二哥说。

我知道二哥又想炸鱼了。我们为什么炸鱼?我父我大哥为什么为炸鱼而死?就是因为嘴里寡。往常时,全村如果只有两家飘香,那肯定一家是村长,一家是我们。如果只有一家飘香,有可能是村长家,也有可能是我们家。村长家飘香,也可能是我们用鱼去换他手里的炸药和雷管他家才飘香。

你又想去炸鱼?我问二哥。

二哥抬起右手,看看那两只蜈蚣夹子,叹口气。

我们朝很远的卧牛山看。这座山绿树荫荫,据说朱洪武皇帝曾经在这里放过牛。他当兵打仗以后,他当年的牛卧在这里,成了精,变成了一座山。远远看过去,牛头牛尾牛身,真是太像了。

搞山上的树,我二哥突然来一句。

我一激灵。

我说,二哥,搞山上的树有人要抓的。

二哥看看右手的两只夹子,说,总比炸鱼强,总不会丢命。

我想想也是。

你敢不敢搞?二哥问我。

我有啥子不敢?我说。

我和二哥开始偷树以后,风声慢慢在村子里传开了。有一天傍晚,家家在做饭的时候,我经过陈黑五家,听陈黑五和他妈在说我。

我五姑大也听说我偷树的事了,她一边做饭一边长长地叹气。

总有一天这个国良要坐牢,她说。

我拔腿就跑。我往卧牛山跑,日头看着压着山顶了,我又往回跑,田埂子上到处是苜蓿和紫黑的花朵,我穿过村子,继续跑,我往汉江河的沙洲上跑,五姑大的话猛狗一样追着我。我站在汉江河边上,我知道我跑不掉。前面是汉江河,是黑黑的夜。我恨这个五姑大,她总是说得那么准。我知道她是对的。从我和二哥望着卧牛山那一刻我就知道我会有什么结果。


常五姐说常国良将来会坐牢不久,常国良就因为偷树被抓了。不过这回他并没有坐牢,他只是游了街。

二十多年前的汉江中游一带,犯了事,不够犯法的条件,惩罚方式便是游街。常国良和二哥两个人,一人扛着一棵松树,由村民兵连长敲着锣押着,在村街挨家挨户游斗。每走一户人家,民兵连长锣声一停,常国良和二哥就开始检讨。

我偷树,我浑蛋!

我偷树,我浑蛋!

村里的孩子们都追着他们,挨家挨户看热闹。游斗到哪一家,哪一家就出来发烟,端茶递水,看笑话。游斗到常五姐的家门口,常国良不敢往前走了。常五姐也早早把孩子们赶进屋里,把门关上了。

游过街之后,常国良干脆破罐子破摔,成了村里的一大公害。村民自留地里的萝卜、白菜、毛腊菜、豆角,鸡笼里的公鸡、母鸡,山上的树,稻场里的谷子、麦子,无一幸免。

某一天,陈黑五跑回来告诉常五姐,说常国良偷了过路军车上的东西,是成捆的军大衣。常五姐当时正在吃饭,她惊得饭碗突然掉在地上,身子从凳子上滑落,一屁股坐在地上。

这个小王八蛋,军车敢偷,你真想坐牢啊,她捶着地说。

那时候从省城武汉运往丹江口的战略物资,都从汉江河的这条乡道上走,偷了军用战略物资,那还了得!省里市里县里镇里,各路警察穿梭破案,时间不长,常国良就被抓走了。

常国良在牢里只坐了半年,原因是他只有十五岁,还有,他不知道那是军用物资。在牢里,常国良和犯人们一起学会了很多坏东西,其中最主要的是如何搞女人,最重要的,他听牢头教了一堂人生课。

这个牢头对常国良特别好,不许别人打他,还给他烟吸,常国良后来才明白原因,这个牢头也是个孤儿。这个牢头被判了死刑,在生命的最后日子里的无数个夜晚,他总是一根一根吸纸烟,由常国良陪他,给他讲故事。

常国良给他讲武汉,讲常五姐,讲大哥二哥。常国良给他讲了大哥炸死和二哥炸掉三根指头的原因。其实炸鱼只要小心,是炸不死人的。毕竟只有那么一个玻璃瓶,毕竟只有那么一点炸药。但是在河边沟岔里炸鱼,看见鱼冒泡,你丢炸药去,鱼又跑了。最精准的炸鱼,渔佬们都知道,叫一口烟。怎么叫一口烟?喷一口烟的工夫,炸药投出去,落水刚好炸开,鱼就跑不掉。这就要求导火线在手里燃上几秒,这一口烟,把握好了,炸鱼;把握不好,炸自己。

有一个晚上没有火了,全号子里都找不到一根火柴,唯一的火种就是一个烟头。为了保护火种,牢头自己不吸烟的时候,让常国良吸。两个人说了一夜话,到早上的时候,常国良实在受不了了,他醉烟了。

他正要合眼的时候,听到几句震惊的话。

我的今天就是你的明天,牢头说。

常国良的烟头惊掉在地上。

我原来和你一样,也是孤儿,也是没饭吃,也是偷,后来就抢,抢的过程捅了人,牢头说,你沿我这条路在走。

我不想死,常国良说。

谁都不想死,牢头叹口气,说,你说得好小家伙,一口烟,炸鱼是一口烟,人一辈子也是一口烟。

我不偷了,常国良说。

你真能改？牢头问。

我能改，常国良说，我能不去炸鱼了，就能不偷了。

你要能改，我给你说两条孤儿活命的方法，牢头说。

常国良听着。外面浓黑如墨，近处远处有一阵一阵的鸡叫，只有一个烟头，天上落下的星星一般的烟头，在暗黑中亮着闪着。

孤儿要活下去，一是要嘴甜，嘴会说，这个本事你有，另外一点，要找到你的贵人。谁是你贵人？总在帮你的人是你贵人。

# 四

常五姐现在混得还可以，享受着一个成功老人的晚年生活，享受着周边人们的羡慕和赞美。一个鄂西北汉江边山区小县小镇上的六十多岁的农村妇女，一个丈夫只是小学教师的半边户，她一生六个孩子，其中五个考上了大学，其中两个工作在本地市区，其中两个工作在省城武汉，还有一个在美国哈佛大学当教授。如果你知道她的丈夫是一个一条腿跛的残废，如果你知道她的第一个孩子是一个半聋半哑的残废，如果你知道"文革"她丈夫挨斗时期对手是如何想方设法让他们家破人亡，那么你就会知道，这个老太太为经营一个家，保住一个家付出了什么，你就会明白，她三十多岁的儿子陈黑五不成家，对她意味着什么。

常五姐到达省城，见到儿子陈黑五和二十多年不见的常国良，常五姐不住常国良为她登记好的酒店，不住常国良四层楼的家里，坚持要住到儿子陈黑五的宿舍。

在一个二十多平方米的空间里，常五姐看到了一个几十年苦读书奋斗到省城的副教授的日常生活。一张写字方桌，一个台灯，一个行李包，一个书架，一个铁碗，一个饭勺。都是一，什么有二呢？除了书。没有饭桌，没有锅灶，副教授的一日三餐，不是在食堂，就是在外面的小吃摊。

常五姐发脾气是从副教授的床开始的。副教授的床其实不叫床，它只是一个床板，没有四条腿，下面垫着几块木头。

这是什么？常五姐说。

床啊，陈黑五说。

这是什么床？常五姐声音大起来。

副教授知道母亲的意思是什么。有腿的叫床,没有腿的也叫床,副教授解释说,现在省城里流行没有腿的床。

省城流行没有腿的床? 常五姐声音更大一点。

好,你睡没腿的床,你睡地板,常五姐哭起来。

你这样的床,当年常国良坐牢出来都不睡你知道吗? 常五姐哭着说。

当年常国良坐了半年牢,回家后一开门,发现铺在地上的床板已经成了老鼠窝,被子被房顶上的漏雨滴湿,已经沤烂发霉,他关上门转身走。他走到常五姐家门口,他喊五姑大。他记住了牢头的话,谁是他的贵人。常五姐当天就领着他,步行三十多里路,到镇砖瓦厂找到妹妹常八姐,常八姐在砖厂给常国良找了一份工作,一干就是两年。

两年以后,常国良离开砖厂回村里,打开门对着地上的床板看了一下,床板还在,上面的被子已经变黑发臭,常国良转身又走。他又找到常五姐。

五姑大,给我介绍一个女的,常国良说。

常五姐明白了常国良的意思,说,你还不到十八岁啊国良。

常国良说,我要成个家,有女人才是家。

常五姐说,男人想成家简单,回去先把你自己的家搞富一点。

常国良说,我没有家,那不是个家,我一天不找到女人,一天不进那个家。


这些都是我辛苦挣的。我这些都是干净钱。所有这些,房子、厢式货车,还有废品分拣厂。我带着我五姑大和陈黑五,我像切西瓜一样,把我的生活切给他们看。

今天又有收获。废品分拣厂一号仓库里面,堆满了废旧的钢管。最近郊区起了龙卷风,把郊区的蔬菜大棚吹倒了一大片。我们的民工去帮他们拆大棚,既赚人力钱,又赚废品钱,两头赚。

我在小山般的废钢管背后看到了我五姑大常五姐疑惑的目光。我明白那目光背后的内容。我切开了一片西瓜,她怀疑那瓜瓤子是烂的。

这些都是我辛苦挣的,我这些都是干净钱,我说。

我不是偷的,我又补充一句。

我五姑大望着我。

是的,我当年给她发过誓的,我说我只辛苦挣钱,我挣干净钱。我一生再不会偷了。

我坐牢出来,顺着沥青路从县城走到镇上,又顺着乡路从镇里走到村里。乡路顺着汉江河延伸,走到中间一个洄流湾,我坐在汉江边的一块石头上,对着汉江发誓。

　　我炸鱼再炸下去,结果是丢指头,丢命,我要再偷下去,最后我会变成那个牢头,也是丢命,我想活下去。

　　我的贵人是五姑大。

　　五姑大帮我找工作到砖瓦厂,在砖瓦厂,我干泥工、窑工、脱坯工,干了两年,我年年是劳动标兵。两年以后,我回到村子里,又苦干两年。我在村子里这两年干什么呢?我挨家挨户帮忙打短工。哪一家要帮忙脱坯,要帮忙起房子,要帮忙挖藕田,凡是最辛苦的地方都有我。两年里,我没有一天回我那半间小偏厦住。那时候分田到户有一段时间了,农村里天天都在盖红瓦房,天天都起二层楼,到处忙忙碌碌,我也成了张家请李家请的俏工,一天都空不下来。

　　有一回,我在房顶上帮一户人家修漏房。下面人往上面成摞成摞抛瓦,房子上的人接瓦盖房顶。这是个技术活,很多人接瓦接不好,瓦片掉下来,又伤人又破瓦。我接瓦一片也不破。这里面有个绝活,手往前伸,接瓦的一瞬间,有一个回缩动作,形成一个漂亮的弧形。我在那里接瓦,下面的人都在围观喝彩。

　　有一回一个人恶作剧,趁别人扔一摞瓦的时候,他同时也扔一片瓦。我那一瞬蒙了,不知道接哪个。我伸两只手去接,结果身子失去平衡。

　　我的身子从房顶滚到房檐,我伸手去抓房檐,只摸住了房檐的木块。我死了!我死了!我在空中喊。我被人从地上扶起,我被人试探着鼻孔看有没有气息,我被人抬到乡卫生院。一个小时后我苏醒了,一天以后,我打着绷带重新上房梁干活了。

　　我没有摔死。我也没有骨折。我是一只猫,猫有九条命。我只摔肿了,软组织受伤。那我还干活。

　　我的事在全村传开了。村里人都赞美我。大家都说,国良真是变了。我五姑大很高兴,她专门跑到盖房工地看我。浪子回头金不换,她逢人就说。

# 五

　　常五姐在儿子陈黑五哼着曲调去拎水的时候对他的婚姻忽然明白了,在此之前,她一直在苦思这个问题。一个三十多岁的大学副教授,一个无残疾无病灾的杰出青年,怎么会不结婚?怎么会没有年轻女性看上他?常五姐当年在村子里,是有名的媒婆。她对青年男女的感情婚姻,是有研究的,她专程赶到省城,也就是要解决这个问题。

陈黑五副教授哼着曲调拎着一桶水进屋。

你凭什么那么高兴? 常五姐问。

我高兴了吗? 陈黑五说。

我从你哼的曲子里听出高兴,常五姐说。

那你凭什么高兴? 常五姐说。

我天天上班啊,看书啊,教学生啊,我做的都是高兴的事,我凭什么不高兴? 副教授诧异说。

但是你三十二岁了,你还没结婚啊,你应该着急啊,常五姐说。

那算什么事,我不着急,副教授继续哼曲调。

常五姐在这一刻得到了灵感,她认为她忽然把儿子婚姻这件事想明白了。那就是他三十二岁没结婚,他还天天快乐,他还哼快乐的曲调,他还不着急。

在鄂西北汉江中游那一带,那些年,二十出头的青年就开始着急。男子过了二十八,女子过了二十五六,如果还没说好对象,父母亲戚都会发动起来帮忙。孤儿常国良那年找常五姐开口帮忙时多大? 还不到十八岁。

常五姐坐在小椅子上发呆,陈黑五副教授继续哼着快乐的曲调,进进出出。二楼上住的都是青年教师,都是这种二十多平方米的单身宿舍。一到中午或傍晚,走廊里都传来洗菜和炒菜的声音。但每天不做饭只吃食堂和小摊的,只有陈黑五一个人。

常五姐现在明白了,自己儿子这个三十多岁的破格提拔的副教授,这个优秀青年,他开了很多扇门,但是有一扇门却没开。这一扇门,就是女人、婚姻和家。女人有什么好?婚姻和家有什么好?没打开这扇门的人是不明白的。常五姐坐在小椅子上发呆,她陷入自责。她认为关上儿子这扇门的,不是别人,而是她这个所谓的成功的母亲。

陈黑五在很小的时候就聪颖过人,有读书的天赋。他做的惊人事情之一就是小学刚读一年级时就全村收集连环画,根据连环画上的故事年代,他记住了中国的朝代、朝代排序和朝代人物。那时候常家营还没通电,家家用煤油灯,陈黑五每天晚上串门给村里人家去讲故事。

我为什么叫陈黑五?他问村里人。

你排行老五啊,你黑啊,村里人说。

不,陈黑五扬扬得意地说,因为在这个世界上,我是第五黑。

那前四黑是什么?村里人问。

夜,夜第一黑,陈黑五用手指在空中划拉一下,说,夜黑吧。

村里人想想是。

然后是墨,第二。第三黑是包文拯包青天。农村人都知道包青天黑。第四黑是谁?黑旋风李逵。李逵你们知道吗?你们知道李逵,那你们知道他在梁山上排什么座次?在天上是什么星?我给你们说,排二十二位,天杀星。

聪明的陈黑五有一天接受了一个任务,替常五姐喊一个叫常德的人。陈黑五几分钟之后,满脸通红,气喘吁吁地跑回来,常德没喊来,却告诉了常五姐一个信息——常德和一个女人在睡。为什么这么说?陈黑五说,屋子里静悄悄的,里屋门帘掀开,床下有两双鞋。其中一双是男人鞋,另外一双是棉鞋。陈黑五描述着鞋的样子。床上哩,两个人抱着睡。

陈黑五判断对了。因为常德的对象是常五姐帮忙介绍的,那女子来了几次,刚好穿这种鞋。常五姐根据陈黑五描述的场景推测着这对青年男女的关系进展,推测完毕,忽然意识到一个问题。

常五姐意识到的问题是孩子们会不会受影响,变得早熟。

常五姐准备不当媒婆了,因为她的几个孩子成绩都特别好,远近闻名,常五姐和当小学老师的丈夫制订的计划,就是要培养几个大学生。为当媒婆影响孩子学业,让孩子们过早知道男女搞对象的事,得不偿失。常五姐不当媒婆了,村子里的男青年不干,一是那时候穷,说对象困难;二是常五姐说媒不收彩礼,她家里孩子都在上学,没劳力,她给谁说媒谁就去她家帮忙干活。常五姐家里的地,的确需要人帮忙干。

常五姐就定了一个奇怪的规矩,白天说媒,晚上不说媒;学生休息日和假期不说媒。她怕孩子们看见听见。

有两件事对陈黑五刺激很大。

第一件是陈黑五的三哥陈胖三在县城上高中的时候谈恋爱,常五姐知道后,惩罚他的方式是要他不读书了,回村子里和一个半癫痫的疯女子结婚,这件事不单吓住了陈胖三,也吓住了后来去美国留学又在哈佛当教授的陈高四和陈黑五。陈黑五那时就明白,不专心读书,上学早恋,下场只有一个,回来和疯女人结婚。

第二件事是陈黑五跟着常国良玩鸡鸡。

孤儿常国良没坐牢的时候,有一阵子是村里的孩子头。他除了给孩子们讲省城武汉外,另外一个招,就是教孩子们玩鸡鸡。常国良高峰期带着一大群孩子,他坐在田埂水渠的涵管上,他在上面玩鸡鸡,几十个孩子在下面玩鸡鸡,真成一个阵势。

常五姐知道这件事了,那还了得! 她逼着常国良,要他用田间的毒植物"毛毛眼"浆汁在鸡鸡头上涂,常国良的鸡鸡肿了一个星期,每天像鸭子一样行走,尿不出尿。她让陈黑五去参观,然后威吓说,看! 这就是不学好的下场!


我明白我五姑大常五姐的意思,她想让我给陈黑五副教授上上课开开窍,让他早点知道女人的好处,知道婚姻和家的重要,但她又怕陈黑五跟我学坏。我知道她这种复杂心理,否则我怎么叫常国良。但我知道那没用,只能尽尽心。教一个人坏和教一个人好一样,都必须在成长期,过了成长期以后,教一个人学好不容易,教一个人学坏也不容易。

我带着陈黑五在城中村逛。我们沿着烤饼子摊、修脚摊、五金店、药店、洗头理发店、水果店、麻辣烫店、热干面店、莲藕排骨汤店,我们沿着数不清的摊子和门店往前走,我带他去学坏。

这个我从小看他长大的副教授干净得如同一张白纸,带他逛城中村是一件很累的事,他有一大堆问题让你哭笑不得。

谁是"小姐"? 怎么认"小姐"? 他问我。

在省城武汉,我们把在发廊在洗浴城从事黄色产业的女孩子喊"小姐"。谁是"小姐"?"小姐"身上又没有商标,脖子上又没有挂牌子。有一类"小姐",甚至不在"发廊"和"洗浴城",就在街头晃,怎么认? 这个全凭感觉。有一回我们两个在一个十字路口等红灯,我看到一个女孩子,我说,这是一个"小姐",他不信,结果我们跟着那女孩子走,七拐八拐,最后果真进了一个发廊,向我们招手勾引。陈黑五副教授吓跑了。

我们在城中村穿行。我们碰到一群一群打麻将的人,他们把麻将桌抬到外面的阳光下,赌钱就堆在桌子上,今天在打,明天在打,后天也在打。他们是一群吃房租的人。陈黑五不理解。人可以这样生活吗? 他们就这样打麻将打一生吗?

我们在城中村穿行。我们看到大学生租房区。一些想自由的大学生,男男女女合租,提前过起了夫妻生活。他们买炉子,买菜,在逼仄的小楼阁里,成双成对进进出出。

我们在城中村穿行。我们看到一群群打工的夫妻,他们成双成对,买菜买粮,打架骂街,但他们并不真的是夫妻,他们大多都是临时夫妻。节假日一到,他们会各回各的村,各回各的家。

陈黑五慢慢看出一些门道了,他会总结统计那些"小姐"的特征了,但是总结统计以后,又有了新问题。

一个城中村,怎么有那么多发廊洗头店? 他问。

你看看,他拿出统计的店名和数字给我看,说,一条街,光发廊洗头店就有四十多个。

看到数据统计后,我也吃一惊。

我想带他去发廊洗头店体验一回。

那天中午吃过饭,我和陈黑五在城中村里逛。我们坐在一辆人力三轮后面,看一条街上一家挨一家的发廊洗头店,看那些生意人和民工们在发廊洗头店进进出出,看门店女老板在门口站着过度热情地迎来送往。

我看出陈黑五眼中的渴望。

搞一回吧,我说。

不,他坚决地回答。

我看见他的手在发抖,一下一下打摆子一样抖动。

没有危险,我对他说,开这种店的人都和当地派出所有关系,还有,卫生上也有办法,安全。

不,他又坚决回答。

我突然意识到一个问题,他还是一个处男。我听说了,他此前谈过一次恋爱,他考上大学,那女孩没考上,他上大学期间每个星期跑回去辅导那女孩子学习,后来那女孩子考大学考到西安,变卦了。他受了刺激,很多年不再恋爱。

你还没搞过女人? 我问他。

他点点头。

我意识到这是一个问题。一个三十二岁的副教授,一个处男,第一次不能给发廊洗头店这样的地方,我带他到一个地方,见到一个女人。

这个兄弟交给你了,我说。

这个女人是我的情人,我在这个城中村又建了一个家,这个女人长着圆萝卜一样的屁股,我就喊她"圆萝卜"。

# 六

常五姐从哪些地方看出"圆萝卜"不是常国良老婆呢?反正陈黑五没看出来。陈黑五认为"圆萝卜"就是常国良老婆。

常国良要请常五姐吃饭,在城中村最高级的饭店包房里,"圆萝卜"忙来忙去,让服务员泡上好的大红袍茶,点海鲜、鲍鱼和辽参,一口一声"五姑大"叫着,热情周到,殷勤备至,她哪里出了错呢?

"圆萝卜"点好菜泡好茶,安排顺当后出去和服务员说话,常五姐对陈黑五说,这个不是常国良老婆。

陈黑五不相信。陈黑五跑到楼下拦住刚处理完生意正要上楼的常国良问,证实了母亲判断的正确性。

你是怎么看出来的? 陈黑五后来问母亲。

常五姐自己也说不清。

我明白了,陈黑五说,应该是在这个女人点菜上看出来的,她点菜大手大脚,只拣贵菜点,如果是常国良的老婆,她不会浪费,她会节约。

不完全,常五姐说,我闻到她身上有一种气息。

气息? 什么气息? 副教授问。

说不清,常五姐说,常国良从村子里跑到省城武汉,有二十年了,她不像在这儿生活二十年的人,我闻到一股自留地菜园子的味道,我离开农村也有十几年了,是什么? 萝卜?

天哪,副教授瞪大眼睛说,她就叫"圆萝卜"。

常国良这是在做给我看,常五姐说,当年他和我闹翻,我说他将来会打光棍,找不到老婆,他说他不单会找到老婆,还要找两个老婆。他现在找到两个老婆了。

在鄂西北汉水边上的常家营村,常五姐们那个时代,全村只有三个光棍汉。常五姐当媒婆,撮合了很多人,最终这三个人她无法撮合成功。她总结了这三个人的特点,人穷不说,主要是名声不好。

第一个光棍汉曾经是地主的儿子,还偷过耕牛判过刑,臭名远扬,无人愿意跟他结婚;第二个光棍是脏,脏到什么程度,几十年吸烟只用一根火柴。他用苞谷须子点着火后,每天把火绳挂在身上,夜里火绳挂在床头。该光棍几十年不洗澡,更不刷牙,人在十米之外能闻到他身上的烟气臭气,这个名声传出去,也说不到老婆;第三个光棍汉是偷看嫂子洗澡的人,被嫂子田间地头骂,村里村外骂,骂出了名。

常五姐曾经对前来求她说媒的小伙子们说,你穷一点不怕,你长得丑一点也不怕,条件降一点,总可以找到对象,怕什么?怕你名声不好! 名声一不好,你可能永远找不到对象。

常五姐当年为什么那么说常国良?因为常国良坐牢出来以后,又干了一件名声最不好的事。这件事比偷东西和坐牢名声更坏。

常国良找了一个同村同姓的女子谈恋爱,还睡在了一起。

最初发现这件事的是常国良的二嫂。常国良坐牢回到村子里以后,从来不回小偏厦住,挨家挨户打短工,打短工到哪家,就在哪家吃和住。某一天常国良打完短工后居然回来收拾小偏厦,引起了二嫂的注意。她看出了问题。常国良带了一个女子回来睡,这个女子,就是邻队的常雪梅。

某一个中午,在砖缝里看得明白真切之后,常国良的二嫂兴奋地跑到柿子树下面,大声尖叫。

不得了喽,不得了喽,常家人搞常家人喽!

常国良和常雪梅的事一下子就传开了。

常雪梅的父母找到常国良的二哥。消息一传开,常国良和常雪梅索性不回去了,四处看见他们,真要找四处都找不到。

常雪梅父母说,按说这种事我们先找父母,你说咋办。

常国良二哥晃动着两只蜈蚣夹子说,谁是他父母? 你们到地下找去。

常雪梅父母找到常五姐说,常国良没有父母,二哥不管,你们这一家,不管怎么说,和他总有个牵扯,毕竟抱养过他,你们管不管?

常五姐一算,常国良和常雪梅论血缘关系还没出五服,心里一凉。

在一个月亮很大的晚上,常五姐请全村年龄最大最会说书的常谢爷和村长,又找到一些己亲和民兵连长,民兵连长找来常国良,大家围坐在常五姐家门口两棵大榆树下面开会。

众人都批评常国良,常国良把头扎在裤裆下面。

村长说了一句重要的话。他说,在我们常家营,有两件事始终要记住。哪两件?

第一是村长的位置始终要姓常的坐,第二是常家人不能和常家人结婚。

年龄最大的常谢爷说,国良这一回可以原谅他,怎么说呢? 他没有父母。礼义廉耻这事儿,五服不通婚这事儿,是父母教的,这次你们断了,记住教训。还是那句话,浪子回头金不换。

常雪梅的父亲参加了会。他觉得就这么解决,便宜了常国良,自己家吃了大亏。在汉水中游,男女睡了叫睡瞌睡了,女子失去身子叫西瓜瓢子掏了。

常雪梅父亲说,那我女子被他睡了瞌睡,掏了西瓜瓢子咋办?

众人相互望望。

常五姐赶紧说,这事交给我,我保证给她说一个不错的婆家。

众人都说,国良啊,一定要改过来,学好!

但是常国良不但没改好,还做出了让全村人吃惊的事。常五姐匆匆给常雪梅说了一家丹江口的人,嫁出去之后,他跑到丹江口把常雪梅勾引回来了。常五姐干脆让常雪梅住在自己家里,她不相信她斗不过常国良。她要再给常雪梅说一户人家。但是她没想到,某一天晚上,常国良居然半夜里把常雪梅喊走了。

怎么喊走的?

常五姐半夜里惊醒,常雪梅刚刚偷跑出门。她追出去,追过两棵大榆树,看见常国良。

常国良! 常五姐尖着声喊,你嫌丢人丢得不够吗? 你想名声臭一千里吗? 你想当一辈子光棍,找不到老婆吗?

我找不到老婆?常国良在月光下奔跑,抛来一句话说,等我给你找两个老婆来看看。


陈黑五跑下楼来找到我,说他妈看出来"圆萝卜"不是我老婆,我一愣。这个老太太真是厉害,什么都瞒不了她。

这个"圆萝卜"还在那里自鸣得意,她还以为她会点菜,她哪里知道这个老太太已经看破了她的身份。哪里出了破绽? 我明白了,是在点菜上。我早就和她说过,我五姑大吃素忌口,几十年了。一个人吃素忌口几天容易,一个人吃素忌口几十年,背后必有原因和秘密。我就是知道这个原因和秘密的人。

我让"圆萝卜"出场,的确是在做给我五姑大常五姐看,我要把这块西瓜彻底切开,我要赌当年那口气。但我第一次只想让"圆萝卜"出场,假装是我老婆,不想挑那么明,毕竟是第一次。但我没想到第一次都瞒不过她。

　　我永远记得她在月亮下面追我的场景,月亮大如簸箩,在两个榆树中间,在她家对面的烟叶地中间,在烟叶地对面的小树杈中间。我这一辈子感情的事似乎都和月亮有关,啊,月亮,啊,雪梅啊。

　　我第一次带雪梅到我住的那个偏厦,我们在那里发生关系,我在那里掏她的瓜瓢子。月亮做证,我们是有感情的。我们在建筑工地当小工,我从房顶上摔下来那回她也在场。我们眉目传情以后,我忽然不想住别人家了,我要住回自己的偏厦。我重新买了被子,清扫了地面,买了锅和米袋子。我来不及检修屋顶上的漏瓦。自从我坐牢以来,瓦缝越漏越大,有几块瓦已经掉了,那只好改天再检修。我等不及了,我要带雪梅进来。

　　雪梅进来后看到我住这样的地方,一下子哭了。我也哭了。我们抱在一起哭。我们都知道姓常的和姓常的不能这样搞,但我们忍不住。雪梅说你怎么这么可怜啊国良哥。我就说你怎么这么香啊雪梅。我们在地铺上哭着滚着抱着,我们躺下来可以从房顶漏瓦的地方看见天空中很大的月亮。

　　雪梅让我闻到了世界上最美的幽香,我在这幽香中一次一次颤抖。我原来认为世界上最香的是汉江鱼香。我大哥为什么炸死?二哥为什么炸掉三根指头?因为汉江鱼实在是太香了。锅里炸着煎着鱼,夜晚里空气中四处都飘香,啊,那真叫香。但是,那种香和雪梅身上的香比起来,啊,真是,真是连一只小指甲盖都不如啊。

　　我们顺着漏瓦洞看月亮,月亮沉在巨大的海底,我们在一只船上,一只晃动的船,我们在大海上晃啊晃,我们晃动得浑身银粉。我们是月亮的孩子。我们在哭。我们不知道这船能飘多久。我们不知道,这船上的木头,来自哪个神秘的森林。这森林里的木头,做过后羿的弓箭没有。月亮大还是海大?我们看见月亮在海底里啊,分明是海大啊。但我们也知道,月亮比海大啊。那么你看国良哥,雪梅说,海沉到月亮里面了。那么你看雪梅,月亮把海托起来了。

　　全村子里有头有脸的人批斗我,也是在一个月亮很大的晚上。月亮没有在天上,像是挂在人群背后,像一床白被单那样挂着,像电影银幕那样挂着。村子里的百岁老人常谢爷在。我的头夹在裤裆下面。他们说这事算了,断了,常家人不搞常家人,没出五服,乱伦,搞不得的,让我们忘了。常雪梅再找男人我再找女人。我知道我忘不掉。月亮白床单一样挂在一侧,月亮看着我,月亮知道我忘不掉。

常谢爷说,国良啊,你知道我们这常姓怎么来的?你知道我们这一支怎么到汉江边来的?周围的人都在听,月亮也在听。常谢爷说,我们的祖先了不得啊,我们的祖先是给轩辕黄帝祭月的啊。轩辕黄帝打炎黄大战,没有月亮帮忙可不行啊。常谢爷说,我们姓常,那月亮上的嫦娥,她其实和我们一个姓啊,她在天上天天看我们啊。常谢爷说,国良啊,我们这一支,从山西大槐树迁啊迁,迁到河南,又到南阳,再迁到这汉江边上来,我们这个祖先,这个支,我们是有规矩的啊。

我懂。我明白。我知道。但是我忘不掉雪梅啊。

我记得五姑大追我的那个晚上,月亮铺天盖地,月光像网一样撒开,我在村子里疯狗一样跑,我每走一户人家,狗都跳出来猛叫。我受不了啊,我想雪梅了,我要带她离开。但是她住在五姑大家,五姑大和她谈心,要她再嫁人。夜有多深?月亮落在门上,落在窗户上。我学鸟叫,我学知了叫,我学鱼叫。我学来学去,我在外面都叫不醒雪梅。她和五姑大在睡。我要带她离开,去哪里?去武汉。最后是月亮帮我叫醒她的?月亮顺着窗户进去了。月亮如一条船,飘着晃着进去了。

月亮拖住船。月亮站在船上。月亮在船上行走。呜呜呜,呜呜呜。

雪梅居然醒了。

雪梅顺着窗户顺着月亮看见我了。

雪梅轻手轻脚打开门,我早在门外的榆树下面等着了。

# 七

常五姐站在饭店窗户前,看着儿子陈黑五和常国良在楼下的场院里交头接耳。她知道他们在说什么。陈黑五也太沉不住气了,这就是没结婚的男人。窗子前面有一棵很大的法国梧桐树,上面留着一块一块的疤痕。城中村的历史和过去只有从树上去看了,房子已经盖得横七竖八,一幢楼和一幢楼之间,只有一棵树的距离。幸好还有树。幸好这个城市有严格的规定砍树违法。常五姐喜欢树,她看到的不是层层叠加的房子,而是树下的菜地。对,这个村子原来就是城郊蔬菜地。南瓜、葫芦、小叶黄、莲藕白,长啊长,长到房顶上来!

陈黑五上楼来,常国良一个人在树下转。他有点犹豫。毕竟搞小老婆不是什么桌面上的事,现在又要上桌面。他狠狠地抽一口烟,又狠狠地抽一口烟。

常国良推门进包房找"圆萝卜","圆萝卜"找服务员看菜去了。常国良先对常五姐嘿嘿笑,又摸头。五姑大既然看出来了,得给她说破。

五姑大,常国良拉椅子坐她边上,说,你得承认,现在世道在变。

常五姐说,是啊。

常国良说,我有一个朋友,一个人娶了四个老婆,哎呀,一个门栋,四套房子。

陈黑五惊奇地瞪大眼睛,问,一个门栋?那这些女的不吵架吗?那他和她们有孩子吗? 那他……

常五姐用脚踢踢陈黑五。

常国良望望五姑大,看不出什么表情。

你得承认,现在世道在变,他又说。

常五姐也承认在变。这一段时间,她逼着陈黑五去参加相亲会。那种由报社和电视台组织的活动,由婚姻网站组织的见面会、相亲会,五花八门。组织者都是传媒机构,不停地变换着地点,一会儿是梅园,一会儿是湖边,还有就是电视演播厅。看了几次,常五姐也就看明白了。换来换去,最终还是男女相会,还是门当户对,还是郎才女貌。传媒传媒,不也是媒嘛,和村里的媒人有什么本质不同吗?

眼前的村子在变,树却没变,因为有这么多树,城中村充满了人情味。

你得承认,现在世道……常国良又想说什么,"圆萝卜"带着服务员端着一连串海鲜大菜进来了。

五姑大……"圆萝卜"殷勤地喊。

你滚,常国良突然说。

我怎么了?"圆萝卜"一脸诧异,说,我给五姑大安排……

这些菜是给你自己点的吗?你要知道,我五姑大是吃素的,常国良气呼呼地说。

哎呀,我忘了,"圆萝卜"说,哎呀,这可真是,我只想点贵一点的东西表表心情。

你滚,常国良一边赶"圆萝卜",一边对服务员说,打包给她带走。

"圆萝卜"居然不生气。你又来牛脾气,她说。

常国良把"圆萝卜"赶出门，找来大堂经理，要经理重新安排素菜素油，素菜要有机的，素油要原生的。陈黑五也凑过去，两个人共同商量素菜的品种。

常五姐看着他们两个凑在一起的脑壳，想，如果常国良是陈黑五，有家，一直读书，他会成为副教授吗？

如果陈黑五是常国良，是孤儿，会炸鱼，坐牢，捡破烂发财，会找两个老婆吗？

有一点是相同的。

这一阵常五姐跟着陈黑五不停地参加各种相亲会，每次相亲会结束，陈黑五都要一个人独处。在学校大操场的角落里，固定的那块大石头上，在夕阳下面，他一个人就那样一直坐。常五姐不敢去喊他。这样的背影让人心疼。

常五姐想起常国良当年带着常雪梅跑，他跑了不到十天，又带着常雪梅回来了。他们跑到省城武汉，他们没钱了，常国良在途中生了病，高烧不止。回到村里后，常雪梅父母把她关在家里，半步不能离开，又很快给她说了婆家，嫁到邻村王家营。

常国良在常雪梅待在家里期间每天都在她家附近的田埂上晒太阳等她，每天等到太阳落卧牛山。夕阳顺着卧牛山往下面的田埂上流，流到常国良的头上背上。

村里人一开始在后面看他议论他，后来都匆匆走过，只有他一个人。

常雪梅悄悄出嫁了，全村人都知道了，只有常国良一个人不知道。他每天还在那个田埂上面一块石头上坐。他的头发像田埂上的蚂蚁草一样疯长，他的胡子也长得黑魆魆的，像一个野人。

最后陈黑五偷偷告诉了他，要他死心，说常雪梅已经嫁人了，对方是另一个村村长的儿子，对方有六个兄弟，很厉害的。算了算了。


陈黑五是我的兄弟，我一辈子都不会忘记他，就是那年我坐在田埂上等常雪梅，他气喘吁吁过来告诉我常雪梅出嫁那个场景。其实我知道我等不到常雪梅。但是我就要这么等。我天天看着夕阳一点一滴地落下卧牛山，我看着眼前的苜蓿、荠菜和蚂蚁草，它们都伸出手拉夕阳的尾巴。我看着远处的松树和桐子树，它们和夕阳拉拉扯扯。我看到我，我看到一个叫常国良的人，从夕阳上下来，跳到树上飞，跳到草上蹦，坐在我自己身边。劝我走，劝我离开雪梅，告诉我雪梅出嫁的消息。

我每天都在等我自己。

我在月亮下面从我五姑大家里勾引出常雪梅,我们开始跑。往哪里跑?我们要远远离开常家营,离开这个破乡破镇,离开这个县,我们要去省城武汉。我们兴奋地在大如簸箩的月亮下面奔跑,我们没有想到这是个磨难之旅。

问题出在坐火车上。我们没有钱,只有去扒火车。我们没有扒上坐人的绿壳车,我们只扒上了运煤的货车。我们在运煤的货车上下蹬手那里贴着,非常惊险。火车在往前慢慢开着。我看见雪梅哭了。

我说,雪梅你怎么哭了?

雪梅说,我没哭啊。

我说,雪梅你想家了吗?

雪梅说,我才不想家。

但是我知道常雪梅想家了。

其实常雪梅没到县城就开始想家了。她从没有走出过我们那个叫沈家湾的乡。我们从县城往火车站赶的时候,她就几步一回头。我们在火车上扒着贴着,她哪里会想到风会这么大,夜会这么冷,火车这么危险,武汉会这么远。

她原来听说扒火车,总觉得惊险刺激,真正扒火车了,没那么好玩。火车在天亮停了。武汉到了吗? 没有。武汉到了吗? 没有。一个站,襄阳,一个站,随州,一个站,安陆。武汉一直到不了。

我们到武汉了。最要命的是我感冒了,发烧。我的额头烫得不行。常雪梅也晕,呕吐,一摊一摊水地吐。我们你推我拉赶到我养父家,我已经烧得瘫软了。我在床上睡了四天四夜。养父一家和雪梅找医生给我打针,喂我吃药,第五天病好了,养父也知道了我们的事,表情很严肃地给我们买了返程的票让我们回去。

返回的路上,我和雪梅一句话都没说。

我的好兄弟陈黑五,他跑过来告诉我,他说雪梅出嫁了。嫁到附近王家营,嫁给村长的儿子,嫁到一个有六兄弟的家里。我站起来。我笑了一下。我对着卧牛山,我对着面前的苜蓿田和远处黑蒙蒙的村子,笑了一下。

我要陈黑五去找雪梅,我要再见她最后一回。我根据陈黑五提供的情报信息,我在卧牛山牛腿那个位置守着,因为雪梅经常在那里放牛。我为了等雪梅,我怕错过她,干脆不再回村里。我守在卧牛山一个废弃的看山棚子那里,我终于等到了雪梅。

我等到了雪梅的惊恐和一句话。你快跑,她说。

我很快知道为什么要快跑,因为那六兄弟中的三个大汉拿着绳子在追我。我拔腿从卧牛山往村子里跑。他们在田埂上追,我在田中间跑。我远远地看见了三间面朝西的房,门前面有两棵大榆树,树前面站着一个女人。

这个女人当然是我五姑大。

快滚!滚到武汉去!这是五姑大二十年前给我说的最后一句话。

# 八

我现在混得还可以,我有两个女人两个家。我有一个女人"圆萝卜",我还有一个老婆叫王锁。你得承认,现在世道变了。陈黑五见过王锁以后,大吃一惊。他原来以为我另外找女人,要么老婆凶悍,要么老婆丑陋,他没想到王锁如此漂亮贤惠。这个我承认。我怎么给他说得明白呢?你吃惯了大鱼大肉,你也要吃萝卜白菜。我只能这么说。

王锁找我打架哭闹,撒泼拼命,但是最终拿我没办法。我们有两个女儿在上中学,她还有一个喜欢做地方小吃的母亲。每个周末两个女儿回来,我们都装得像没事一样。每次她母亲来看我们,都带很多小吃。

王锁怎么知道我五姑大来了?凌晨我很早醒来她问我一次,现在我来看陈黑五她又打电话来问。

夜里我喝了夜市酒,喝得有点多了,早上很早就醒来。我起来坐在一楼喝茶醒酒,我一杯一杯喝,一次一次上厕所。茶喝光了,我喊"圆萝卜"给我烧水,却把王锁从楼上喊下来了。我才明白我没在"圆萝卜"那个"家"里,是在王锁这个"家"里。最近我喝酒后经常搞错。把两个"家"搞混,也遭到两个女人奚落。我像一个鱼漂子,在两条鱼之间滑动。

陈黑五不明白我的事,其实我自己也不明白。我的心成了一条滑动的鲇鱼,我抓不住它。我想用炸药来炸这条鱼,炸这颗心。

王锁下楼来上厕所,复式楼上面没有厕所,我住在一楼她住在二楼。

听说你五姑大来了?王锁上完厕所问。

她怎么知道的?我没有回答她。

陈黑五副教授在图书馆查阅资料,我坐在他旁边无聊,王锁电话打来了。

听说你五姑大来了?她问。

我不吭声。

我要见五姑大，她说。

我不想让她见。我都带"圆萝卜"见了，为什么不想让王锁见？我还没想明白。在我和王锁恋爱结婚早期创业阶段，我给她说的最多的就是五姑大。在她的想象中，五姑大是一个传奇人物。我给她讲了那个神奇的汉江河，讲了炸鱼和西瓜地，讲了我偷东西和坐牢。我重点讲了五姑大，从小抱养我，十岁的时候在渠沟边让我选择哪个家，过年的故事和坐牢的预言。除了雪梅这事没讲。

我注意到这个图书室的一个管理员，我推推陈黑五，说，那个姑娘看上你了。

陈黑五在整理笔记，他教《本草纲目》和《千金方》之类的书，书比大砖头还厚。他学历史专业，却分配到中医大学来教书，教医古文，我觉得这真是搞笑。

你不明白，真正的学问在跨界交叉这个地方，他说。

那个姑娘长着白皮肤大眼睛，头发是天生卷曲，闪着自然光泽。她最明显的特征是下巴有点翘，相书上说这种下巴有财运。她像护士一样穿着白大褂。在这幢图书馆大楼里，地板亮得像镜子，每个图书管理员都穿着护士一样的白大褂。

我在这样的地方有点局促，手足无措，我平时在城中村都螃蟹一样横着走。我局促地坐在陈黑五副教授边上，又说一遍，那个姑娘看上你了。

陈黑五抬头看看，刚好和那姑娘目光对视了。

她姓吴，东北人，我们喊她吴东北。陈黑五说。

我看出来这个吴东北一遍一遍地朝陈黑五教授这边踱步，她并没有什么事，在旁边的书架上整整书籍，拿着杯子在倒水。她在弯腰整鞋子的时候，还在朝陈黑五看。

这间图书室人很少，都在专心看书，只有我这个无聊的人才能看到这些。我坐在陈黑五旁边，目光乱瞟，无所事事。我不喝酒，不搞两个女人，我干什么呢？我的垃圾分拣厂早已经理顺了，每天有人去捡破烂，然后交过来过秤，再分拣按品类堆好，这些都简单，都顺了，我只好无聊。

人无聊真是没意思。你看陈黑五他多有意思，他只住二十多个平方米那么小的房子，他却每天在这个地方读书抄笔记，他多有意思。我最近经常梦到我在捡破烂，梦到我饿得晕倒，一颗米都咬不动。我梦到王锁那时候打我，在我面前哭。那个时候的生活多有意思啊!

王锁放下电话。她要见五姑大常五姐。常国良在电话里问,你怎么知道五姑大来了?分明是他自己说的啊。他前几天在一个酒后的晚上说的。看来他是忘了,看来他是酒色伤身。

王锁要见五姑大,她要见这个传奇人物。她要问问五姑大,常国良是好人还是坏人。

常国良是好人还是坏人?这个问题她问了好多年了,这个问题从她刚认识常国良刚刚和他谈恋爱就被他强行"睡掉"开始问起。

常国良因为常雪梅事件从汉江中游的常家营逃到武昌南站,在武昌南站捡破烂为生三年,碰到了王锁。王锁当时和母亲在武昌南站附近开小吃摊,卖糊米酒和莲子汤,还有荷叶饼和麻鸭汤。常国良看中王锁了。王锁长得不高,但是圆脸盘,大眼睛,一对黑辫子。常国良看中王锁了,他就用卖破烂的钱买上海军衫和黑皮鞋,牙齿刷得白森森的,每天去吃荷叶饼和麻鸭汤。捡破烂的小混混们都哄笑他。王锁妈和王锁也看出来了,觉得好笑。

常国良约王锁去看长江。王锁说,去就去呗。她老家监利县,就在长江边啊。

在长江边,常国良说,王锁,我想娶你。

王锁说,我知道啊。

常国良说,那你嫁我吗?

王锁说,我凭什么嫁你呢?

常国良说,你小看我吗?我告诉你,我只是暂时捡破烂,我告诉你,我的爸爸妈妈在武钢工作。我只是不听话体验生活捡捡破烂。

王锁说,长江长耳朵了吗?长江会听到你吹牛的。

常国良说,你不相信吗?那我带你去看你敢去吗?

王锁说,太阳长在天上,江水贴在地上,大白天的,我怕你什么?

常国良说,那你要答应,如果我爸爸妈妈真在武钢,那你就和我谈恋爱。

王锁根本不相信他父母在武钢,赌着气说,答应答应。

前往武钢的路上,王锁被这个大工业城区震撼。在她从小就听的乡村传说中,武钢是什么?是毛主席点火炉炼钢的地方啊,是几十万产业工人会战的地方啊。一辆一辆电车穿过之后,一排排红砖房穿过之后,一队队标准相同的钢盔帽和服装看过之后,他们来到一个花园的一幢楼房,上到三楼,常国良敲门,喊"爸爸,妈",才把王锁搞傻了。

这是常国良养父养母的家。常国良从八岁时在这里生活了两年,十岁时他太想家,回老家常家营,期间寒暑假讨学费,他又扒火车来过几回。和常雪梅逃婚,那一回是他最后见养父。带王锁来的一路上,常国良心里直打鼓。他带常雪梅来的事,养父后来知道了,很恼火他。万一不认他,或者轰他出来,怎么办?

万一到那个地步,我常国良就是个骗子,他对自己说。

爸爸,妈——这是我女朋友王锁!常国良把王锁推在前面。

感谢天地,感谢楼梯,感谢时间,感谢心情,感谢美丽的王锁!答应了!答应了!养父养母在那一刻心情很高兴,他们喜欢美丽的王锁!瓜子,茶水,糖果,还有什么? 煮汤圆,打荷包蛋! 加红糖!

这一关常国良过去了。

这一关过后不久,常国良带王锁到长江边玩,在江边一个荒芜的芭芒地,常国良把王锁强行"睡掉"了。

事后,王锁哭着又打又骂——强奸犯!

常国良跪在王锁面前,说,王锁,我太爱你了,我怕失去你! 我要和你结婚!

王锁哭着跑了。你这个强奸犯,你等着坐牢吧!

常国良,好人还是坏人?

常国良,捡破烂的还是武钢子弟?

王锁消失了三天。这三天里,她搞清楚了第二个问题,常国良不是武钢子弟,那只是他养父养母,他是一个孤儿。

那么,常国良是好人还是坏人? 这是她重点思考的问题。她找不到答案。她赶到长江边,赶到那个芭芒地,她想找到她的处女血。但是没有找到,中间下了一场小雨。她在那个地方面对着长江站了很久很久,她看见黄黄的长江水一波一波晃动,那是雪山的眼泪和心情吗?雪山的水分明是白的,为什么这么混杂?第三天晚上,她想明白了。她去找常国良,如果常国良跑了,她就去报警抓这个坏人。

常国良没有跑。他做好了坐牢的准备。他三天没吃饭,第三天实在饿得不行了,买了一大袋瓜子嗑。中间他洗了一个澡,身上实在臭得不行。洗完澡后,他裸着身子,顶着被子,一颗一颗嗑瓜子。他不想穿衣服了,总是要坐牢,那就光着身子让他们抓好了。坐牢坐牢,反正坐过牢,反正是孤儿,反正哪儿都没有家,那就把牢当作家。头顶上的灯泡昏黄,面前的瓜子壳一点一点地往上涨,慢慢变成一座小山的形状,卧牛山的形状? 卧牛山,卧牛山!

王锁?

他以为出了幻觉,王锁来了。

王锁后面没有警察。

王锁被眼前这个样子惊呆了。面前这个其实是一个猴子,猿,红眼睛猿,顶着被子,扯住被角拥住身子,瓜子壳像一座小山,有起有伏有传说故事的小山。

她的眼睛一下子红了。

可怜的人。

可怜的人!

孤儿,你有家了! 王锁站在昏黄的灯泡下面对常国良说。


# 九


陈黑五跑来要我分享他的喜悦,他来的时候是大清早,嘴里的白气一股一股往外冒。但是我在"圆萝卜"这儿摊上事儿了,我没心思听他说话。

国良哥,你看得真准,那个小吴,吴东北,我们……他结结巴巴。

我知道了。这个三十多岁的未婚男人大冬天的早晨找我分享喜悦,他肯定经过了一整晚的激动。但我现在没有时间和心情与他分享,我在"圆萝卜"这儿摊上事儿了。

"圆萝卜"在屋里哭。我们从半夜里一直闹到现在都没停息。

我把"圆萝卜"染上性病了。

我生殖器染上性病了,这是多严重的事,但是我却不知道,我昨晚上还在喝夜市酒,夜里还和"圆萝卜"过了性生活。凌晨我起来喝醒酒茶,感觉下身不对。我一看,吓住了。我知道坏事了,因为前一天我和几个朋友到发廊里找洗头妹鬼混了。

我准备去看医生,我绕过一辆车走到我的厢式小货车前面,我呼出的白气里面还有酒气。

国良哥，你真是看得准……陈黑五跟着我朝车前面走。

你怎么知道我住这儿？我问陈黑五。

你告诉我的啊，陈黑五说。

我什么时候告诉陈黑五我住"圆萝卜"这儿？我摸摸脑壳，最近我经常掉头发，头顶开始露白，记性越来越不好了。

我下面生殖器凌晨开始流脓，我染了性病还喝了酒，这是多要命的事！

你看得真准国良哥，昨天晚上……陈黑五看我脸色不对劲。

昨天晚上你们怎么了？睡了？我问他。

怎么会？陈黑五说，昨天晚上我们看了电影，看电影的时候，她有一个动作，我的袜子朝鞋子里面缩了一半，她弯腰下去，把我的袜子拉伸展……

昨天晚上……昨天晚上我为什么要到"圆萝卜"这儿来，为什么要和她发生性关系？

这是"圆萝卜"质问我的话。

你得了性病，你为什么不回那个家？为什么不搞她？为什么不把性病传给王锁？"圆萝卜"问。

我不是故意的，不是故意的。

有房了，有车了，有钱了，你给那个"家"；有性病了，你带回这个"家"，性病带给我，天下有这样的理吗？

我不是故意的，不是故意的。

你有两个女人两个"家"了，你还去找洗头妹，你还嫖娼，你是个人吗？

我不是故意的，真不是故意的。

嫖娼不是故意的，是别人强迫你的吗？

我十张嘴也说不清。吵架斗嘴后面再说，现在要救命，找医生一刻都不能耽误。

我现在明白为什么那么多人急着找女人，急着成家了，陈黑五说。

你让开，我对陈黑五说。

他拦住我的车门了。

女人……你让开！我大声拦住他的话头。

你怎么了？陈黑五闪到一边问。

我顾不得和他说那么多，我开着车在村里面弯着绕着，我去找医生。"圆萝卜"不到诊所里诊治打针，她说她丢不起那个人。我只好去找私人医生。

我没有找到愿意出诊的私人医生，但我想出了一个办法，带着"圆萝卜"离开本村，到附近的另外一个城中村去打针。

"圆萝卜"不得不同意了。

第二天是双休日。原来每个双休日，我都不会在"圆萝卜"这里过，我都要赶回去。寄宿读高中的大女儿和读初中的小女儿都会回来，我都和她们一起过双休。在两个女儿面前，我和王锁都表现得若无其事，让她们感觉到我们是一个幸福的家。

你回家去啊，"圆萝卜"催我。

诊断出是急性淋病，打过针之后，我们的紧张情绪平稳了一些。回，还是不回？我站在窗口，看着窗前的一棵楝树。

电话咨询了医生后，我决定不回。

"圆萝卜"催我回。回去回去！凭什么不回！那才是你家！

传染不了，啊，你放心，"圆萝卜"说，别听医生的，是不是？再说了，要得性病，大家一起得，那才公平，是不是？

我大女儿打电话来，问，爸爸为什么不回？

我说，出差了。

我小女儿打电话来，说，这么多年没听说你出过差，你出什么差？开一个破烂分拣公司还需要出差吗？

王锁打电话来，说，我知道你在哪里，你终于连女儿都不要了。


王锁放下电话。还需要见五姑大吗？还需要再打听常国良是好人坏人吗？两个女儿看着她，她努力撑着要说一句替常国良圆场的好话，张了半天嘴，号啕大哭起来。

你们的爸爸是一个好爸爸，王锁边哭边说。

王锁哭着下楼。她要去找常国良，去找那个叫"圆萝卜"的女人。过去她不愿意这么做，不愿意和一个卖萝卜的女人去争一个男人，去争一个曾经的孤儿。现在她要去干什么？她不知道。她拐过一幢楼，又拐过一幢楼，绕过一群一群人，一个一个莫名其妙的门店。有人看见她在哭，但是并不惊奇。谁哭谁笑都行。

那么好，现在确定，常国良这个人，是个坏人，孤儿中的败类，强奸犯。那么，原来一大把一大把的生活是假的吗？

那么,结婚三年后,第一个女儿出生时,他坐在产房外,有一片树叶从医院窗户飘到他头上,他得到神示说是一个女儿,然后对着天空流泪和感谢,这是假的吗?

那么,结婚六年后生第二个女儿,当时王锁突然发病早产,他背着王锁急跑,在医院的门口瘫倒累昏迷,这是假的吗?

那么,某年某月某日,他正在吃饺子,突然丢下饭碗蒙面大哭,是假的吗?

对,也是一个冬天,也是一个休息日,王锁包饺子给常国良吃。常国良吃着吃着,愣住了,两眼空茫。

你怎么了? 王锁问。

我在做梦吗? 常国良问。

做梦吃饺子? 王锁说,那就天天做梦。

常国良放下碗,蒙面大哭起来。

你怎么了? 王锁问。

这就是家,这就是家,常国良说,我真是太幸福了。房子,饺子,孩子,这就是家。

一家一家窗台上挂的腊鱼腊肉减缓了王锁的脚步,噢,快过年了。快过年了!过年要吃腊鱼腊肉,过年要回老家看父母,过年要有一个家,要全家团聚。

王锁停下来,在村街上站着。风吹过来。风从树梢吹来,风从地上吹来,风从空中吹来。风朝南向推她,风朝北向推她。很久很久以后,她改变了方向。她去找陈黑五,她要见五姑大。

她没有见到。这个五姑大回老家过年去了。


十


清晨里五姑大打来电话,电话里传来榆树和河水的声音。天还没亮,我觉得奇怪。五姑大也觉得奇怪。我那时候最喜欢听榆树和河水的声音。榆树是知了和榆钱儿飞舞混合的声音,河水是飞在水中和船只碰撞的声音。

她搬到镇上住有十年了,原先那个房子,卖给别人了,门前的两棵大榆树,被他们砍倒了,她说,我也好久没听到榆树和河水的声音了。

我不知道该说什么。

国良,五姑大说,我夜里睡不着,我担心陈黑五。

陈黑五有什么好担心的？

原来五姑大担心陈黑五受这个东北姑娘小吴的骗。

不会不会。

你觉得不会？

不会。

我回老家来过年，陈黑五和小吴来送我，她喊我叫妈，他们才多长时间？她一喊，把我喊得心惊肉跳，我这几天一直睡不着，五姑大说。

我笑起来。

你到底想快还是慢？我问。

当然想快，她说。

那人家真快了，你又怀疑，我说。

五姑大没话了。

现在的年轻人，都这样，快。我说。

都这样？

都这样。

那我就放心了。

你得承认，现在世道在变，我说。

她似乎被我说服了，放下电话。

大清早，我带"圆萝卜"去私人诊所打针。一幢小型楼房，一楼是诊所，二楼住着医生全家，三楼四楼出租。一楼的窄院子里，利用空间垒着一层层经济作物，金橘、香椿苗和红薯叶子。早上还冷，诊所里只有我和"圆萝卜"。"圆萝卜"低着头。每天来打针她都低着头。我却四处张望，我看他家的小院子，看金橘、香椿苗和红薯叶子。

我看到了一个人的影子。

我以为我看错了。早上她在院子里侍弄一盆金橘，我看了一个侧影，但是这个相貌我刻在脑壳里了。白皮肤大眼睛，天生的自然卷发闪着光泽，关键是翘下巴。没错，她就是那个图书馆的姑娘，她就是陈黑五的女朋友。

但是在这幢小楼的四楼，她却和另一个年轻男人共同租着房。

天下有一模一样的人吗？

我去找陈黑五。这个校园太大了，中间的足球场就是原来生产大队的麦田，现在的教学大楼就是原来的生产队场院。陈黑五副教授沐浴在阳光下，他口袋里装着喜糖,他准备和吴东北领结婚证了。

那么是我看错了?

应该是我看错了。

中午我喝着藕汤想这事,这一阵子我每天治病打针,没喝酒了,脸色又红润起来。因为治病,我长住这个家里,居然住习惯了。我喝汤的时候,"圆萝卜"在收拾东西,一袋一袋打包,快过年了,她也要回老家去了。她在老家有父母,有丈夫,有儿子。

我把早上看到的事给"圆萝卜"说了。

天下有一模一样的人吗?

很简单,"圆萝卜"说,她租房要身份证,一查不就清楚了吗?

查清楚后,我脸色黑绿着回来了。

夜里五姑大又打来电话,她老是心慌,感觉不好。她给陈黑五打电话,陈黑五给她报告喜讯,说快拿结婚证了。陈黑五越说快她越心慌,越感觉不对。

这个老太太,感觉真是太准了。

能不能让他们一起回老家过个年,我再看看?五姑大说。

没必要了,我脱口而出。

怎么了怎么了?她紧张起来。

没事没事,我对她支支吾吾。

怎么开口说这个事呢?这个翘下巴的东北小吴,她带着男朋友逃婚逃到这里来的,她和男朋友结婚照都挂在墙上,每天都住在一起,她怎么又和陈黑五结婚呢?

我想再看几天,或者,过了这个年再说。

几天以后,再打针的时候,医生告诉我,那个东北小吴不租这儿了,带着男朋友搬走了。


常国良在"圆萝卜"的房子里生着炭火盆,他边烤火边听陈黑五副教授谈女人和未来幸福的家。

女人身上的香是一种什么香?陈黑五问。

你们睡了吗?常国良问。

你看你说的,陈黑五说。

没睡说什么说?常国良说,想起汉江河的鱼,小白刁子鱼,在锅里一煎,夜

258

空里,柿子树上,瓦片上,四处都是那种香。

你,陈黑五气得不行,瞪眼说,人怎么能比鱼?

未必比鱼香? 常国良故意气陈黑五。

我一直认为女人是大地上的一种花,陈黑五说,是《本草纲目》都没记载的一种花。古医书上说,世界上任何一种花都可以入药。

两个人围着火炉玩手机。炭火上面,用铁皮安装了排烟管,排烟管顺着房梁一直伸出窗外。

陈黑五的手机一直热线和吴东北联系着。吴东北回老家去了。她去当地县公安局户籍科咨询转户口的事。她想把户口转到这个大城市,转到省城,和陈黑五拿到结婚证,按照规定才能转过来。拥有省城户口,才算是一个真正的省城人。吴东北在图书馆目前还是临时工。

能不能尽快办? 单位开个证明,先去办户口? 吴东北在短信里问。

不行,亲爱的,陈黑五说,户籍处说了,必须有结婚证才能办。

但是我妈希望我先有户口再结婚啊,吴东北说。

常国良看着陈黑五递过来的手机短信,明白了。

这是我最后一个单身年了,陈黑五说,明年过年,我就有家了。

你怎么不回王锁那儿去? 陈黑五说,明年过年到我家,我招待你。

城中村有名的混混熊大带着寒气进来了。

"圆萝卜"回老家去了? 熊大问。

对,常国良说。

一到过年,谁是谁家人就真正看出来了,熊大说,天天给你做饭洗衣,陪你睡瞌睡,一过年,人家回去陪丈夫陪儿子去了。

说正事说正事,常国良说。

你要快点回王锁那儿,毕竟过年了,熊大说。

说正事说正事,常国良又说。

你委托我打听那女的,她从东北逃婚来的,那男的应聘教中学,女的当图书管理员。他们又搬了一个地方。飞到天上? 他们又不是鸟。只要在这个地盘上,她在哪儿租房都不行。

陈黑五看看熊大,椅子往后挪一挪,他居然没听出来。

说开不说开? 怎么开口说这件事?

春节过完上班,常国良就搞明白了。这个吴东北,最后打的主意是什么呢? 她想先和陈黑五拿结婚证,等办完户口,再和陈黑五去办离婚证。

确定了这一点后,常国良和吴东北见面了。

# 十一

在见到我之前吴东北已经煎熬难忍,短时间她变这么瘦就是证明。看见我带着几个混混找到她,她一下子哭起来。她跪在地上,她捶着地板哭。她说她知道会有这一天。她一下子垮了,丝毫没有抵赖。

在一个二十多平方米的地方,放着一张双人床,墙上挂着她和一个男人的结婚照。他们在东北老家就准备结婚了,因为家人反对,动用了太多的社会力量,他们待不下去了,双双南逃。他们带着这个结婚照,坐火车坐汽车,他们来到这个中部省城寻靠亲戚。但是亲戚无力关照他们,他们只好应聘工作。

这个女人跪地哭着。她说她每天煎熬,她说她夜间自责。她说她想进入大城市,想有一个稳定的工作。她说恶念像蛇一样追着她,每天深入她的梦境。她说她每天都在良心和恶念之间,钟摆一样摇晃。

我想到一个办法。这个女人照了结婚照,毕竟没结婚。她可以扔掉这个男友。她可以成为一个副教授的妻子,煮汤煮面,生男生女。

不,不不,她惊恐地抓住床单。她再次哭。她说她不能扔下男友,扔下爱情。他们从遥远的地方,从中俄边境,带着寒气,带着浓重的家乡鼻音,来到这个江城,他们死也不分开。

我呆住了。我拿她怎么办? 我想到了常雪梅,想到了那个叫常国良的青年。我想到那一幕幕,我眼角发红。

滚!

快滚!

滚蛋!

我对她怒吼。

我走在去大学的路上,我走在大学校园里。我要告诉陈黑五,我要说出这个事。我走到操场上,走到办公楼。我看到十多年前的麦苗和生产队场院。我看见麦苗在太阳下面疯长,天天向上。

我要和他说吗?

我要和这个三十多岁的未婚青年,说这个残酷的事吗?

我停止脚步。

我在操场上沿线走着,犹如走上当年的田埂。我望着遍地的麦苗,我望着遍地破碎的阳光,手足无措,无能为力。

我想流泪。

为什么选中陈黑五? 为什么是我兄弟? 为什么是这么一个可怜的人?

麦苗和阳光都不说话,它们几十年都不回答。

这就像我当年问我为什么是孤儿。我问别人有爹妈我为什么没有? 我问上帝造孤儿为什么选中了我。

谁也搞不清这个问题。

我该怎么办?

我给陈黑五说吗?

我不给他说,又怎么办?

我那个灵通而心慌的五姑大电话又来了。

我犹豫再三,不得不说了。

不! 不! 我听到我五姑大在电话里哭起来。


陈黑五副教授快领结婚证的时候女朋友消失了,陈黑五副教授坐在校园角落的小山头的一块石头上,看夕阳下落。

陈黑五坐的小山,原来是村里"农业学大寨"唯一没削平的山头,山头的一边,是校园的操场,山头的另一边,是一片准备盖新楼的荒地。陈黑五副教授光头,胖,小眼睛,陈黑五副教授短大衣,足球鞋,他在这个山头的光石块上坐着,一天一天看夕阳。

陈黑五第一天看完夕阳整夜不回,白天继续上课,陈黑五第二天第三天看完又整夜不回,白天还继续上课。

第一天,中午看太阳冷,傍晚看夕阳热。夕阳如一只火盆,烘烘热的火盆。陈黑五副教授看见了火盆里的故乡,汉江,榆树,常家营。那里的每家每户冬天都烤火盆。一只树疙瘩,几个树棍,一群人围着喝茶烤火盆。太阳都是烤出来的,夕阳都是烤下去的。孩子们都是一年一年烤大的。第二天,夕阳是一股倒映在水里的火苗。上面是一个学童,下面是一只书包。陈黑五在火苗般的灯光下学习,考上镇中学,跃过县级,考上市重点中学,一路过关斩将,重点大学,研究生。陈黑五在一张一张书桌上写着,三更灯火五更鸡,书中自有黄金屋。当然也有颜如玉。第三天,雾气很重,夕阳很小,夕阳在雾气中白白亮亮。陈黑五看见那是一个女生,一个女人,一个女同学,一个负心女子。

陈副教授失恋的消息传遍了教研室,传遍了学校,陈副教授每天不吃不喝,每天一坐一夜,每天一身雾气,那可是一个事件。第四天,老师,朋友,教研室主任,分管副校长,陆续到山头去问询。在离陈黑五几步远的上坡坎那里,陈副教授用目光止住他们。

陈教授,你好吗?

谢谢,我很好。

陈教授,你要想开。

谢谢,我没有想不开。

陈教授,你需要帮助吗?

谢谢,我不需要帮助。

可你这么多天不吃不喝不睡啊。

陈黑五想想,我这么多天都没吃没喝没睡吗?

第四天下午看完夕阳,陈黑五回寝室去了。有邻居证明,他只喝了水,没吃没睡。第五天他继续看夕阳,成群的学生去看他。

学生们说,陈老师好。

陈黑五说,你们好。

学生们说,陈老师,你是我们最喜欢的老师。

陈黑五是一个好老师。

学生们说,这么多年,我们才明白,古文可以这样有意思,古文中藏着中医术。

陈黑五说,好好学习。

学生们看陈黑五不走,也都不走。他们顺着陈黑五的目光朝夕阳看。他们看不明白。难道夕阳是一味奇异的中药?

第六天,学校先派来救护车,派来又觉得不对劲,因为陈黑五身体还在动,目光还平视。后来改成几个值班医生,几个值班医生在山坡下面佯装看云,佯装摄影,引来一群好奇围观的人。

第七天,常国良来了。

常国良在坡坎地那里站住,夕阳落在陈黑五头上。他看见一个人,从夕阳上缓缓走下来,那是当年那个在田埂等待的常国良。

兄弟,是我,常国良喊。

你?陈黑五扭过头。

是我,我是国良。常国良看不见陈黑五了,他只看见了一片夕阳。那片夕阳在麦地田,在田埂上。蚂蚁草在疯长,胡子也如蚂蚁草一般疯长。夕阳上下来一个人,陪着田埂上的人坐着。

陈黑五慢慢站起来。

常国良准备迎上去,迎住这个苦难的兄弟,但他立即感觉不对。因为陈黑五在地上捡了一块砖头,因为陈黑五追过来要用砖头砸他。

他撒开腿跑。

是我!

是我!

常国良越跑越快,因为追他的陈黑五疯了。他拿着砖头直朝常国良脑袋后面追。

我是常国良!

常国良听到一声响。他吓倒在地上。他看到砖头击中他前面的一块树皮。

你把她给我找回来!找回来!

我要见她!

我想她!恨她!

我要杀她!

他看到陈黑五倒在地上,哭起来。

为什么是我?

国良哥,为什么是我?陈黑五说。

# 十二

常五姐从武昌南站下火车,常国良送她去看陈黑五。

我要和这个女人拼了!她说。

你为什么放她走?她一边生气一边质问常国良。

常国良不和她多说话,车子在拥挤的车道上拐来拐去。情况很紧急,因为这个时候陈黑五坐在小山头看夕阳进入第五天了。

一路气愤的常五姐到达现场,学生们三五成群,一拨一拨往坡顶上去劝

263

陈黑五。足球场边上有一个篮球场,篮球场边上有几个网球场,现在都空空荡荡,没人来锻炼。

她没有上去劝说,很安静地走回儿子的宿舍,铺床,烧水,开窗户通风。她当媒婆几十年,她明白这些事。所有的劝说都没有用。

需要有一件事把他拉出来。

常五姐每天也不吃不喝,坐在那里念佛。她在等着拉出儿子的那件事,但真正把他拉出来的是常五姐的病。陈黑五用砖头打完常国良,哭出来。哭出来就会好一点。陈黑五好一点,常五姐却病倒了。

常五姐原先有贫血症,时常头晕,乡村小镇里,谁把贫血当作蛮大个事呢? 常五姐病倒了,还睡在儿子宿舍的地铺上,她不想去医院。

陈黑五知道母亲主要是心病,他坐在床头陪母亲说话。

我要找一个正式工,陈黑五说,在我们这种大学,临时工是没有地位的。

常五姐说,好,找正式工。

我必须找一个研究生,是不是,陈黑五说,我是正牌研究生,破格提拔的副教授,我要找一个研究生才有共同语言对不对。

对,要找个研究生,常五姐说。

然后常五姐就没话了,由着陈黑五在那里说。常五姐知道儿子是在安慰自己。她听着,有一声没一声地应答着,到后面就没有声响了。她看见了汉江河边遥远的沙船和航标的灯影,看见了卧牛山下一家一家冬雾中的灯火。她起不了床了。

送医院,找床位,办手续。幸好陈黑五教的是中医大学,幸好有附属医院,这些都不远。医生诊断结果还是贫血。陈黑五找了最好的中医,医生还说是贫血。贫血有很多种,她这种贫血比较严重,病在骨头上,骨头里没有造血功能了。

常五姐躺在病床上,觉得身体像一只沙漏,一点一点往外渗沙子,越渗越快,越渗越多。一开始的治疗方案是输血,后来血输不进去,熬中药,中药也喂不进去,没有办法了。常五姐近些年修佛,她看见了光。她感觉到身上漏的不是沙子,是她的命运。她在失血。别人失血可能在外面,她却在看不见的深处,一点一滴失血,那一点一滴朝暗黑的深处滴渗的,是她几十年的命。

但是她死不瞑目,因为她的儿子还没结婚。如果这个儿子有个残疾,是个文盲,她也就认了。但这个儿子什么都不缺,多么优秀,年轻的大学副教授,五官端正,身体健康,性格随和,富有爱心,这样的儿子三十多岁还没结婚是儿子的问题吗?这样的儿子一天不结婚,她敢离开这个世间吗?

常五姐嘴唇在动。

说吧,有什么话要说?众人你一句我一句问。

黑五……尽快成家,尽快……

众人一个一个抹泪。

好,我听明白了,陈黑五说。

常五姐另外几个孩子都从各地赶来,大家共同商议,准备把常五姐运回老家。但是大家又不敢轻易动,她已经昏迷很多天了,目前这个情况,完全坐不了车啊,万一车上出什么事,那不是害她吗?

众人犹豫着,常国良带着救星来了。


我带来给五姑大治病的是一个年龄不到二十岁的女学生,她最后治好了五姑大的病。此前谁知道呢?我带她去医院,她见到陈黑五,鞠躬喊陈老师。她是中医大学进修班的学生。陈黑五的几个兄弟姐妹,喊我到医院大厅的一根柱子那里,低声嘀咕。

你没开玩笑吧,国良,她还是个学生,他们说。

我不知道。我只听说她是个神医。这个叫张月的女学生,每个星期到城中村最中心的那棵皂荚树下面给老头老太太们义诊,一开始她支摊子的时候,无人问津。现在一听说张月来了,她的义诊摊位上排着长龙。后来我们知道她出生在中医世家,因为没有考上大学,没有大学毕业证,她就拿不到医师资格证,她在地方给人看病就不合法。她只有找门道上中医大学的成人班,最终还得拿个文凭。

张月没考上大学,有真才实学会看病是真的,村里老头老太太们病治好了,那是真的。

就算她有点真才实学,看几个感冒发烧可以,这种病能治好吗?陈黑五的兄弟姐妹问。

我不知道。

张月很孤单地站在大厅里。

那先请她把脉吧。也实在是没办法了。

张月开的药方子出来后,众人一对比,太惊奇了。因为她开的药方子和一个老中医开的药方子一模一样,只是有几味药剂量加大了。

陈黑五的一个哥哥自认为懂一点中医,他找出破绽,他挑出一味药,正是张月剂量加大的,这种药单服有毒,叫细辛。细辛不过钱是常识,你凭什么翻倍? 他质问。

我开方子不照书上来,张月说。

陈黑五下了决心。现在大气污染,吃菜都吃不到环保菜,药还像原来的那样环保? 没准就要加量。

治疗开始了。

三服药下去,三天过去了,没有任何反应和动静,我心里直打鼓。

第四天中午,又是双休日,我在"圆萝卜"这里做饭,我从厨房的窗户里看见村中心那棵大皂荚树。我看见村里的老人们陆陆续续朝那里赶,我知道张月在那里。

我放下锅铲准备出去看看。屋子里几个人不许我出门。这几个人都是"圆萝卜"的妹妹,我分别叫她们白菜、茄子和辣椒小四。她们四个刚好一桌,正在打麻将。辣椒小四还没结婚,嘴厉害得像辣椒,因此得名。人的绰号都是有原因的,白菜就长得白,茄子的腰弯拧拧的,看看,神不神。

姐夫,辣椒小四喊我,你快点做饭,我喜欢喝姐夫煨的汤,她在那里喊。

另外两个妹妹白菜和茄子,也都姐夫姐夫地喊。

这个春节过后,"圆萝卜"把她的几个姊妹都带来了,这几个姊妹原来在别的地方打工,现在她把她们几姊妹都招过来,共同替我办厂。我有四个破烂分拣线,她们每个人守一条线,我倒省事。

你得承认,现在世道在变。

"圆萝卜"姊妹四个,她们是鄂东湖区农村人,你看她们什么都想得开。我第一次和"圆萝卜"搞上,也是因为这句话。我当时闲得无聊,整天喝酒。人在无聊的时候总想找点事做。那时候"圆萝卜"还没到我的厂里,还在替别人守小商店,我经常去那里买烟买酒,所以就熟。有一天下午,商店空荡荡的,"圆萝卜"给我拿烟,给我点火。反正我想怎么舒服她怎么来,多懂事体贴人啊。我们无聊地说着话。

你得承认,现在世道在变,她说出这句话。

天哪,这个"圆萝卜",怎么说出这么让人舒服这么深刻的话,因为我刚好想说这句话。

我们就那么搞上了。

我现在这个时候，我干什么呢？我每天不需要干事，每天有捡破烂的工人替我干，我创业期捡了十几年破烂，我对那些门道太熟悉了。

和我一样生活的人，在这个村子里太多了。你有一幢宅基地盖的房子，你一楼做门面，二楼自家住。三楼四楼做成小房，每层可以租给四家人。你看你一个月收多少租金？你一生这样下去，你用得完吗？

你只有无聊。

但是也有大家没办法的事，那就是生老病死。你再有钱，你几十年不工作都有吃有喝，但是你得生病，你生了病，还找不到好医生。所以人们都去找这个还不到二十岁的小张月。

从第四天开始，一个多月没下床的五姑大开始吐痰，放屁，一天比一天厉害。又过了三个疗程，二十一服药喝下去后，她活过来了。

# 十三

常五姐活过来了，但是身体神智有了明显的变化。这次生病是常五姐身体的分水岭。从此以后，她有了老年痴呆症的症状。世界在她面前突然缓慢起来。说话慢，走路慢，吃饭慢，最慢的是回忆。像老黑白电影里的慢镜头，吱吱哑哑带着响声。

但是有一件事常五姐知道慢不得，那就是陈黑五的婚姻。

陈黑五副教授经过母亲生病这一场事，情绪彻底拔出来了，开始和原来一样，正常地学习和生活。不久，陈黑五副教授又恋爱了。

陈黑五副教授这次找了一个大学三年级学生，刚好二十岁。陈黑五副教授瞒着母亲不说，常国良却给她说了。

那怎么行？不行不行！常五姐说。

太小了，要找大一点的，找了马上就结婚的，常五姐说。

这个陈黑五，他怎么总干这种事？他总在干自己插秧苗，让别人割谷子的事！常五姐急得不行。

常五姐没想到陈黑五找的女朋友居然是治好自己病的张月。

常五姐感激张月，喜欢张月。陈黑五女朋友是张月她当然同意，当然高兴，张月来的时候，她拉着她的手，说，张月啊，我希望你们快点结婚，你明白吗?

张月低头笑笑。

这个只有二十岁的姑娘,把手指搭在常五姐的脉搏上给她看身体状况,这个时候她安稳,平静,成熟,像一个三十多岁的女人,有大将风度。长相中等,五官端正,不偏不倚。所有这一切,都让常五姐喜欢。常五姐不喜欢太漂亮的,更不喜欢妖冶的。

还有两年毕业,两年,这个时间怎么度过呢?

常五姐修佛。每天很早起来,盘腿打坐;每天晚上,盘腿念经。两年等于二十四个月,一百多个星期,七百多天。两年有四个学期,四十八个节令。两年有两个春节,十个大一点的农历节。哎呀时间,日子。常五姐熬不住了,她要去看陈黑五姐姐的孩子、哥哥的孩子,她要去看第三代人。但是常五姐生病后不如原来了,她原来坐火车坐汽车谁担心过?现在她从省城武汉回老家襄阳,再转到汉水边的谷城,中间要有人接。出发前详细地告诉中间接站亲人线路、车号、长途客车司机电话。

常五姐看第三代人,心里还挂着陈黑五,挂着张月。她居然学会了用手机。她的手机功能简单,陈黑五给她设置好了,按孩子们出生的顺序,一个孩子一个键,陈黑五就按5这个键。一按电话就通。张月就按0这个键。这样好记。

看完第三代人,她又坐车到省城,每天打坐数佛珠,每周看张月一次,也让张月把把脉。过一段时间,她又熬不住了,想老家了,想汉水河了,想常家营了。辗辗转转,接接送送,她回村子看一回。

回一次常家营,变得很不容易了。常家营,变成了一个点,这个点要穿过长江汉江,动用铁路公路,沿着省城市区县城乡镇逐级到达。门前的榆树没有了。当年的房子和猪圈没有了。村里的年轻人和孙子辈都不认识了。也就搬走了十几年。也只是随丈夫搬到镇上一所学校。十几年,时间空落得像一片巨大的麦田,荒草疯长,无人种植。

常五姐利用这点空当还想去看看祖先,看看天下那些大的常姓村庄,看看常家的祖先姬姓源头。她去了一次当年祖先移民的山西大槐树,儿女们给她安排了一辆专车,几个人前后护卫。那么常姓其他的村,全国分布那么广,她就放弃。常姓分布太广了。山西陕西江苏山东,到处都有。这个愿望她已经无法实现了。

她在常家营找到她当年出生后一直生活到出嫁前的家,那是一座祠堂,

"破四旧"时分给她父母。因为是祠堂，无人敢扒，但是破旧得无人问津。她在里面站了很久。当年的堂屋，当年屋顶的燕子窝，当年的青砖青壁。

常五姐在柱子边上的一块砖上，看到几个大字，"家天天"。她在这里看了好久。记忆生锈了，回忆一件事很难。这几个字莫名其妙，是她的笔迹。她慢慢想着。她在这里出生，当姑娘起，带着梦想，嫁人生子，磨磨难难，有一个家，天天生活，天天生长，天天过着困难而实在的日子。

常五姐站在这块砖前面流泪了。她最终想起来了。这几个字是她写的，刻上去的。她当时写这几个字，为什么写？为什么刻？啊，她当姑娘时多高傲啊，漂亮，能歌善舞，在剧团演"小二黑"。她嫁了一个跛腿残疾教师，家人不同意。外面议论纷纷。这还不够。她和这个残疾教师生的第一个孩子，打针打错了，变成聋哑人，又成残疾。这还不够。她的残疾丈夫居然遇上运动挨斗，"现行反革命"，整他的对手已经明确表示，要让他家破人亡。"家"，破不破？这么多事，这么苦，这么难，她挺不住了，挺不过去了啊。她过来找她妈，她不想活了。想上吊自杀。母亲让她刻在砖上的。啊，家，啊，天，天，家天天。


张月毕业了！

但是张月考上了研究生。

不行！不读！结婚！

张月哭了。

现在没有研究生学历不行，留在省城，要想在大学工作，或者去医院当医师，没有研究生学历怎么行？大学生简直太多了。

那倒是。

那为什么要工作？不工作当一个家庭妇女有什么不好？

张月不干。她要当职业妇女。靠陈黑五养她，她不干。她要当一个医师，拿医师资格证那种医师。能给人治病那种医师。

常五姐急归急，后来也理解了。她也是这种人，不靠人养，一生奔波自主。再说，陈黑五的工资，养一个人再买房，还真成问题。

问题是读研又要三年。三年多少煎熬？三年多少个日子？她感觉撑不住了。她是汉江边深秋的秸秆，冬天的苇草，撑不住了。

好在陈黑五和张月关系密切，好在两个人商量要用两年修完三年的学分，提前一年拿毕业证。那就再等两年，只是辛苦了张月，每晚都和陈黑五背个书包去图书馆,天下那么多书,那么多字,如何看得完?

这两年常五姐定下神来,只要能天天看到儿子和张月在一起。中间她摔倒了一次,骨盆裂了,在医院里手术。张月给她调膏子,陈黑五在她的香炉前给她续香。

她坐在床头,张月看她。她忍住疼痛,她的黄汗布满额头。她拉住张月,说,张月,和我儿子结婚。

张月哭着说,好,我和他结婚。

常五姐说,我听人说了,读研究生可以结婚。

张月哭着点头。

儿子陈黑五说她,你急等那一年半载干什么?

常五姐说,我怕变化啊。

陈黑五说,真要变的人,你结婚了又变怎么办?

常五姐想想也是。我急糊涂了,她说。

张月每个周末来看她,常五姐想照顾张月,反被张月照顾。张月一声一声喊姨。常五姐想让张月喊妈。

喊妈,她告诉张月。

张月害羞不喊。

陈黑五说她,当年那个吴东北,喊你妈你紧张,现在倒好,逼着人喊。

常五姐说,不要提那个贱人!

有一天下晚自习,天上很大的月亮。常五姐煨汤送到图书馆给张月,张月和陈黑五出来送她。常国良来了。常国良远远看着陈黑五和张月牵着常五姐在操场上散步,仰头看月。月亮大而白。

常五姐说,张月,我们常家这个姓,传说和这个月亮有关。

张月说,噢,真神奇。

常五姐说,张月,你名字里面有个"月",你天生应该和我们有缘,是我们家人。

张月抱住常五姐,流泪,慢慢地一字一字地喊:

妈——妈——妈——

常国良站在一边的树下流泪。陈黑五看见他了,过来打招呼。

我怎样才能过上你们那样的生活?常国良说。

270

我怎样才能过上陈黑五的生活？我过不上他的生活。

　　我现在在过这样的生活。早上喝酒，中午喝酒，晚上喝酒，也经常去夜市喝酒。我喝完酒闲看。我喝完酒早醒。我喝完酒找女人。

　　我现在生活在四个女人中间。她们分别是"圆萝卜"、白菜、茄子和辣椒小四。我每天轮流睡。她们喊我皇上。我们经常在一起集体乱搞，毫不避讳。她们都有着菜的名字。我生活在菜地里，每天闻着女人的气息和青菜的气息。

　　我现在体重一百九十斤，眼珠发黄，头发稀少，走路缓慢，每天吃壮阳药喝壮阳酒。加上王锁，我现在有五个女人，五个家。但是我想过陈黑五那样的生活。

　　每天早上我醒得很早，我坐起发呆喝茶。听城中村的租房户早起的声音，卖菜理菜出发的声音，卖早点热粥烧饼捅炉子的声音，三轮车启动的声音。我怎样才能过上他们那样的生活？我过不上他们那样的生活。

　　我曾经过着他们那样的生活。我和王锁结婚后，我们离开武昌南站，我们四处流浪生活，最终扎根在这个地方。我们为什么最终在这儿扎根？因为我八岁到十岁在养父家生活，中间偷跑了两次，都跑到这个地方。我和这个地方有缘，有感情。那时候哪有这么多楼房，那时候城市和这个村还没有连接，那时候到城里去，要走过一大片一大片蔬菜地。我们在这里成了第一批租房人，我们成了第一批捡垃圾的破烂王。我们每天也是早早起床出发，弄出很有力量的响声。我们把腿脚在地上划动，我们是汉江长江的船夫。我们在租的房子生下第一个孩子，我们听孩子哭出太阳。我们用捡垃圾的钱买下第一间房，房子里有了全家人的声音。

　　上午我去村中间皂荚树下面。树下面是老人们的天堂。老人们在谈论祖先的生活。他们在讨论这棵大皂荚树的来历和年龄。他们在谈论它有七百岁八百岁。他们在讨论江西填湖广，湖广填四川。他们在讨论祖先们挑筐背米背粮的情景。祖先们种下一棵树，围着树生活。树在人在。

　　我过不上祖先们的生活。

　　我站在树下面。树是一块吸铁石。我八岁那年从养父家逃跑。我想家想汉水，我想那个常家营，我跑来跑去迷了路，我最终跑到这棵大树下。我是抱养的孩子，孤儿，我从小月子窝里死了母亲被抱走，我生活在抱养的奶奶家，奶奶的大儿子是我养父，在省城的武钢工作。我八岁被带到武钢上学。但是我想家想汉水，我要偷跑回家。我跟着卖菜的农夫出城，跟着一筐筐萝卜白菜上船,我看见了长江,我一开始以为是我们那条汉江,后来我知道是长江。我跟着白菜萝卜筐子一直到这个村,我看到这棵树,我不走了。我在天黑的时候哭喊,我没有回常家营,也迷失了武钢,却到了这个村子。我在这个村子里流浪十八天,吃百家饭,直到警察带养父赶来接我。

我想倒转回去,过那时候的生活。

我想过我女儿们的生活。我大女儿上高中了,二女儿上初中。二女儿见面不理我,玩她的游戏机。大女儿坐地铁去很远的地方寄宿。我送她去上学,她和我很陌生了。我们看着地铁里的人群,看着远处的风景,沉默不语。

# 十四

一个一个有月亮的晚上过去了,一个一个没有月亮的晚上也过去了。常五姐数着日子等到张月研究生毕业。但是张月却给常五姐带来一个新消息,她要出国了。

张月要出国学习一年药剂学。中医的望闻问切,当然不需要出国学,但是中医的药剂标准化,要向外国学习。张月用两年的时间修完了三年的学分,学校认为她是个人才,派她出国。

张月带着喜悦来找常五姐,常五姐却不开门。常五姐靠在门上,一边流泪一边发慌。

张月说,开门。

常五姐说,你走。

张月说,妈,我是张月。

常五姐说,你要出国了,你要攀高枝了,我当不了你妈了。

张月明白常五姐的意思,说,妈,我不会。

常五姐说,那你就不出国,你们马上结婚。

张月说,妈,人生都有梦想,也就一年时间。

常五姐说,我等不动了,我熬不住了。我等了两年,我天天数手串上的珠子,我又等一年,我又数珠子,我把珠子都摸光溜了。

两个人你一句我一句。一个靠着门外边,一个靠着门里边。常五姐气若游丝,她想缩在门里面,或者变成一张画贴在门上。但那又有什么用呢?

最终陈黑五回来。陈黑五批评母亲,出个国有那么紧张吗?陈黑五的哥哥陈高四,不也在美国吗? 不就一年吗? 怎么那么紧张?

常五姐说,那你们先结婚,结了婚张月再走。

陈黑五说,那就更不对了。用结婚能拴住一个女人吗? 我们有同事出国,也是出国前先结婚,结果呢? 出了国不照样变吗?

常五姐说,那就不出国。

陈黑五忙改口说,当然,百分之九十九的人是不会变的。

常五姐还是心慌。

陈黑五当然舍不得张月走,但是这个一年,对人生的价值也许是无限的,他研究医古文,知道中医需要交流和现代性改革。

让她走! 陈黑五说,真要变心,我就一辈子打光棍。

常五姐哭着说,儿子,你快四十岁了啊!

张月临走的时候送了陈黑五一个打火机。这个打火机是一个大肚子娃娃,肚子里面是燃气,火苗在头发上,特别好玩。陈黑五和张月逛商店,陈黑五摸着看了几次舍不得买。张月走时,买了送给他。

张月走后,屋子里一下子冷了,留下一个老太太和一个单身汉。陈黑五每天把打火机拿出来玩,他每天想念张月。常五姐看见打火机,虽然很喜欢这个样子,但心有疑问。

她为什么送你打火机? 常五姐问。

因为我喜欢啊,陈黑五说。

有没有别的意思? 常五姐问。

有那么复杂吗? 陈黑五说。

陈黑五每天和张月在手机微信上留言,说话,陈黑五安慰母亲,这和一个学校、一个城市,有多大区别呢?

但是毕竟不同。

有几天张月一直没联系,陈黑五就心里慌。那几天武汉的天气特别热,陈黑五去省图书馆搞一个公益讲座,讲完课打开手机,仍然没有张月的微信。他心里忽然发起慌来。

他想到打火机,想到母亲说过的话。送一只打火机,什么意思? 真的没有用意?打火机是气体的,气体是会用完的,是会蒸发掉的,气没有的时候,是不是就要分手了?

陈黑五看看天气闷热,每个人都挥汗如雨,心里一惊。他拦住一辆出租,不停地让司机快速。他飞奔进校园,飞奔进宿舍。还好,打火机还在那里,还有半罐气。他在屋里转了一下,想想朝哪里放。他打开冰箱,放在顶层。关上冰箱,又不放心,在里面找出一层塑料纸,一层一层包上。

陈黑五虚惊一场,张月这几天在异国搞一个调研项目,累病了。病好第一时间在微信上告知他。陈黑五就嘲笑自己。

陈黑五从此有了一个习惯,每天开一下冰箱,朝里面看上几眼。

有一天中午,陈黑五打开冰箱,那个熟悉的塑料袋不见了。他问常五姐,常五姐刚好买菜上楼。

他问,冰箱里面我那个塑料袋呢?

常五姐说,什么塑料袋?

陈黑五说,里面装打火机那个。

常五姐说,你的打火机放在冰箱里吗?打火机放在冰箱里干什么?

陈黑五声音抖抖地说,你看见了吗?

常五姐说,塑料袋和烂苹果一起丢了。

丢到哪儿了?陈黑五声音哆哆嗦嗦。

常五姐明白自己犯了错误,折转身和陈黑五到楼下的垃圾筒里去寻。垃圾筒还在,垃圾早上已经被拉走了。

陈黑五飞跑起来。他跑到校门口,拦住一辆出租车,司机问去哪里?他才想起得问分管垃圾的,出租车不知道。陈黑五下车,忽然想起常国良。常国良这个垃圾王应该知道。常国良在电话里告诉他,他那个垃圾和城市环卫所这个垃圾不一样,他那个是可利用废品,环卫所的垃圾是毒品。陈黑五在太阳下面大吼一声,常国良才停止炫耀知识。

陈黑五吼着说,常国良,现在看你的本事,我怎么找?

陈黑五重新拦住出租车,先找到街道办垃圾站,街道办垃圾站查了陈黑五所在大学的运行区位和车次,这批垃圾已经运走了。

陈黑五转身拦车朝区垃圾站赶,常国良已经赶到了。

要在堆积如山的垃圾里面,找到那一辆车那一个编号,都不动手。常国良买了一条烟上下打点,大家都知道他这个垃圾王,虽说是不同的垃圾,毕竟也有些业务交叉。头目给常国良面子,出来问,丢了什么东西?金子吗?

几个工人在臭气熏天的垃圾中扒来扒去,陈黑五眼睛不敢眨,那个塑料袋刚冒出来,他一下子扑上去。

天哪,还在!

打火机还在!

打火机!

一群环卫工人围过来看,陈黑五举在头顶,不许别人碰到。

不是金子。众人看明白了。

陈黑五赶回去,把冰箱打开,把打火机重新放好。冰箱门关上之后,他找了个小方凳坐在冰箱前面,突然哭起来。

怎么了?母亲说,不是找到了吗?

我想她了,我想成家了,妈,陈黑五继续哭。


王锁消失了。

其实事情不是一天来的,但是这么多事情朝一块挤,把我吓住了。我有四条垃圾分拣线,"圆萝卜"姊妹四个每个人守一条线。我一条线一条线地丢。有人在我旁边建一条垃圾分拣线,我不以为然,等他们兴旺我们没生意,我觉醒已经晚了。丢第一条线不觉得,第三条线第四条线同时丢,工人围过来找我要拖欠的工资,我才明白怎么回事。

现在你们都看明白了,"圆萝卜"姊妹四个在玩我,她们把破烂垃圾的运营流程和上下游关系全都接过去了,工人干着她们的事,却拿着我的工资。我这边不仅没有业务,还拖欠了那么多工人的工资。我的厢式皮卡车被工人们拦住,要变卖发工资。

王锁消失之前,把我们住的那一栋楼卖了。

现在你们明白了,我一下子无家可归了。

我去找村长喻三。喻三说,你还知道找我吗?你不是那个有五个老婆的皇上吗?

我去找黑道熊大。我找到熊大才知道,辣椒小四已经成了熊大的女人。

八岁那年我从武钢逃到这里,我在这里认识了喻三和熊大。我们在皂荚树下有一个约定,这个约定是一盘棋。喻三和熊大在皂荚树下下一盘象棋,当裁判的是我。我逃到这个村子,我吃百家饭,我最先结识的就是喻三和熊大。天下混混是一家。喻三和熊大那时候都是人物。他们两个下棋来赌,赌什么呢?我说,赌村长吧。

我们开始赌村长。下赢的将来当村长。下输的将来当富人。我这个当裁判的怎么办? 他们两个保证, 天天让我有肉吃。

喻三赢了这盘棋。

我现在无家可归, 喻三还是念及旧情。他给我指一条路, 让我去找王锁。

你去找王锁, 喻三说, 没有王锁你有今天吗? 你找回王锁, 我给你保留户口, 你找不回来, 我们这里马上又要拆迁了, 你当年搞的户口都没有了, 你明白吗?

我去找王锁。我打王锁手机, 她手机每天都关着。

我先去找两个女儿。她们肯定知道母亲在哪儿, 因为王锁每个月给她们卡上打生活费, 但是现在女儿们都不理我。

我去找王锁。我坐上长途公交车朝湘鄂两省交界的监利赶。沿路我在想喻三说的户口的事。是的, 我们真正在城中村发财就因为这个户口。我和王锁当年搬到城中村捡破烂, 我们一捡十年。后来喻三真的当了村长, 熊大真的成了村里的第一富人。我找喻三帮忙, 想搞个户口。喻三在帮忙的时候被群众举报了, 没有成功。但是喻三有办法。王锁在当时村办企业打工, 她表现突出, 被评为全市打工明星, 这当然是喻三帮的忙。按政策照顾落了户口。有了户口, 就有宅基地指标, 有指标就能盖房子出租, 事情就这么简单。

王锁的母亲我岳母这个会做荷叶饼和麻鸭汤的女人并不知道发生了什么事, 她给我烤荷叶饼, 麻鸭汤改成鳝鱼汤。我吃得满头大汗。我吃完喝完, 才问起王锁。

王锁到你老家去了啊, 她说。

去我老家?

对。

但是, 我有二十多年没回去了啊。

我岳母觉得奇怪。你在老家有个叫五姑大的人吧? 她说。

有。

五姑大是什么意思?

姑大就是姑姑。

她找你五姑大去了。

我连忙起身。我不能再坐了。我听不清她在后面交代什么。我在路边拦车转荆州, 从荆州拦车转襄阳, 二十多年了, 有二十多年了!

路上我联系五姑大, 她也在回家的路上。她不认识王锁, 也没接到过王锁电话。

我一路赶到常家营。

常家营我已经不认识了,我好像走到另一个村子。我没见到熟悉面孔,男男女女都外出打工去了。最大的变化是树,村子里没有几棵树了,全是红红的二层楼房。远处卧牛山上,树都被砍光了。

我找到五姑大当年的家,那两棵大榆树早被砍掉,三间土坯房也已经消失。我找到我二哥住的房子和我当年那间偏厦,去了才知道我二哥已经去世,二嫂带着孩子改嫁。我找不到那棵柿子树了,更无法寻找当年埋了三根指头的月季花。

我找到我生活了八年的祠堂。现在里面荒废得长满荒草。我从月子窝里被五姑大抱来,到八岁我去省城武汉,我在这里生活了八年。我没想到我在柱子边上的砖头上看到这几个字。我站在那里看着,泪流满面。

"家天天"。

只有我知道这是怎么回事。只有我知道。只有我知道当时五姑大活不下去了,她想自杀。她在这个房梁燕子窝那里拴好了绳子,准备上吊。五姑大的妈妈,我喊奶奶的人站在旁边,手里端着一碗药。

五姑大想去死,我奶奶想她活。

五姑大找了一个残疾丈夫,一年后生了一个残疾儿子,又一年后,她丈夫在"文革"中被打成"现行反革命",她接受不了,她觉得无法忍受,她想到去死。

我怎么办?五姑大问她妈,为什么我这么命苦?

这碗药你把它喝了,奶奶说,喝完药,记住,不去死,一生吃素。

五姑大把药喝了。

喝完药她在砖上刻字。

我四岁了。她教我写字。她教我的第一个字是"家"。

她找来一把镰刀,她使劲刻着写:家——

我跟着念:家——

"家"之后写什么?她望望天空,在后面补了一个字:

天——

我跟着念:

天——

277

第三个字她不知道写什么了，愣了一下，又写了一个字：

天——

我跟着念：

天——

家天天——

家天天——

【作者简介】普玄，原名陈闯，出生于湖北省谷城县，现居武汉。毕业于华中师范大学，后读北师大作家班。曾在《人民文学》《收获》《当代》《十月》《小说月报·原创版》《钟山》《花城》等刊物发表小说三十余篇，被《小说月报》《中篇小说选刊》《小说选刊》选载三十余次。曾获《当代》《长江文艺》《芳草》等杂志小说奖、湖北文学奖、新屈原文学奖、百花文学奖等文学奖项。